COLLECTION
FOLIO CLASSIQUE

Honoré de Balzac

Une double famille

SUIVI DE

Le Contrat de mariage

ET DE

L'Interdiction

Préface de Jean-Louis Bory
Notice et notes
de Samuel S. de Sacy

Gallimard

PRÉFACE

Tu te doutes bien, cher lecteur, que si ces trois nouvelles, courts romans plutôt, se trouvent ici réunies, ce n'est pas sous l'effet du hasard. Rien d'artificiel dans leur juxtaposition.

Débarrassons-nous d'abord, et au galop, des considérations érudites aussi ennuyeuses qu'inévitables. Savoir si Decazes, le chéri de Louis XVIII, qu'on surnommait La Fleur des pois, *entre, et pour quelle part, dans le personnage de Paul de Manerville ; si, pour imaginer son destin final, Balzac s'est inspiré de celui du beau-père de la sœur de son beau-frère, un certain Aristide Midy-Boisduval ; où il a pêché son Évangélista et pourquoi elle est espagnole et pourquoi à Bordeaux — cela t'amuse, cher lecteur ? Guère ? Moi non plus. Cela n'intéresse que les spécialistes, excités comme des puces à la découverte d'un nouveau modèle pour tel ou tel détail de tel ou tel personnage ; ou les romanciers enivrés de félicité quand ils constatent que leur imagination se nourrit comme celle de Balzac ou plutôt que l'imagination de Balzac se nourrissait comme la leur — de là à conclure qu'ils sont les Balzac d'aujourd'hui, certains sautent ce pas avec un léger abus dans la précipitation.*

Foin des sources, donc. Mais attention aux dates. Une double famille *est de 1830 ;* Le Contrat de mariage, *de 1835;* L'Interdiction, *de 1836. Balzac a trente et un puis trente-six et trente-sept ans; brillant journaliste, il est désormais un écrivain reconnu, reçu dans les salons; en 1830, il a déjà écrit* Les Chouans, Le Bal de Sceaux ; *en 1835 (entre autres romans)*, La Peau de chagrin, Le Colonel Chabert, Le Curé de village, La Femme de trente ans, Louis Lambert, Eugénie Grandet, La Recherche de l'absolu, La Fille aux yeux d'or, Le Père Goriot — *chapelet de chefs-d'œuvre auxquels s'ajoute, au moment de* L'Interdiction, Le Lys dans la vallée. *En 1835 et 1836, c'est fait, Balzac a en tête le colossal projet de* La Comédie humaine, *et les textes antérieurs, comme* Une double famille, *il va les remanier en fonction de cette idée qui charpente* La Comédie humaine *et qui, par la réapparition des personnages de romans en romans, orchestre la résurgence des destins individuels et leur poursuite au sein de toute une société saisie dans son ensemble et dans son évolution historique.*

Dans le catalogue-plan des ouvrages que contiendra La Comédie humaine, *catalogue écrit de la main de Balzac en 1845 (cinq ans avant sa mort), ces courts romans appartiennent tous trois à la première partie,* Études de mœurs *(« Les mœurs sont l'hypocrisie des nations », je cite Balzac), et au premier livre de cette première partie,* Scènes de la vie privée, Une double famille *porte le numéro 12,* L'Interdiction *le numéro 29,* Le Contrat de mariage *le numéro 30.*

Pour les amateurs, ceux qui jouissent de complicité béate à voir fonctionner l'énorme machine romanesque édifiée par Balzac, ceux qui ne résistent pas au savoureux vertige de jouer à La Comédie humaine *(je suis de ceux-là, je trouve ce jeu plus excitant que toute filature, toute enquête dans n'importe quel roman policier), je rappellerai que les romans brefs de ce genre servent de joints entre les grands romans, à la fois ciment et boulons, ou plutôt (car cela vit, le sang circule) tissu conjonctif. C'est chez ces textes-là que la machine balzacienne fonctionne le plus visiblement. Le comte Roger de Granville, important magistrat* (D. F.), *rendra des attendus particulièrement favorables à la marquise d'Espard* (I.) *dans son procès contre le marquis, procès dont nous ne saurons le résultat que dans* Splendeurs et misères des courtisanes *(je ne vous le dirai pas) — Granville protège alors Lucien de Rubempré, qu'aime et protège aussi à sa manière le faux abbé Carlos Herrera, qui est le Vautrin jadis connu par Rastignac et Bianchon à la pension Vauquer du* Père Goriot ; *lequel Carlos Herrera a loué pour Esther Gobseck l'appartement rue Taitbout jadis habité par « la grosse Caroline de Bellefeuille »* (D. F.) *qui a été abandonnée par son amant magistrat — qui est Granville. Ce côté « tuyau de poêle » de* La Comédie humaine *me ravit. Une fille Granville, Marie-Angélique, épousera Félix de Vandenesse, oui, celui du* Lys dans la vallée, *qui courtisa Natalie de Manerville, l'épouse de Paul* (C. M.). *Le petit Manerville, nous l'avons rencontré sur les talons d'Henry de Marsay, il était son confident falot dans* La Fille aux yeux d'or, *lorsque de Marsay affrontait une Espagnole farouche, une San-Réal, en une préfiguration de l'aventure (mais beaucoup plus banale, comme il convient à un Manerville) qui allait affronter Paul à une farouche Espagnole, une Casa-Réal. La marquise d'Espard* (I.), *Natalie de Manerville* (C. M.), *elles sont de tous les bals, de toutes les fêtes, de toutes les intrigues mondaines, elles appartiennent à cette scintillante écume de la société parisienne qu'explore Balzac de long en large et de bas en haut. Salut à Camusot* (I.), *qui instruira l'affaire Rubempré-Herrera; salut à Popinot, le bon juge; salut à Bianchon, le bon médecin, c'est sur lui que se termine* Une double famille, *sur lui que s'ouvre* L'Interdiction *— parfait exemple du rôle essen-*

tiel des personnages secondaires dans l'architecture de La Comédie humaine. *Salut, cher Rastignac* (I.)! *Salut, ô dangereux Marsay! Nous ne connaissons que vous.*

A présent que nous nous sommes bien amusés à jouer à Balzac, et avec lui, attaquons les choses sérieuses.

*

L'action de ces trois courts romans se déroule sous la Restauration. Au début de la Restauration, Louis XVIII regnante, *pour* Une double famille (*1815-1822*) *et pour* Le Contrat de mariage (*1821*) *; fin de la Restauration, sous Charles X, pour* L'Interdiction (*1828*), *et pour l'épilogue du* Contrat de mariage (*1827*). *Compte non tenu, dans* Une double famille, *d'un prologue impérial et d'une conclusion louis-philippienne, tout se passe alors que siège sur le trône, après un empereur et avant un roi des Français, un roi de France, un vrai, un* sacré, *le dernier, au grand chagrin de Balzac, qui ne verra dans Louis-Philippe Ier (avec justesse) que le premier bourgeois d'une monarchie bourgeoise. La majesté meurt à ce mélange. La remplace un* appétit, *plus sensible à l'utile qu'au grand. Mais si la majesté rayonne encore au sommet, c'est étayée par les nostalgiques de Versailles et les rancuniers de Coblence — passagers d'une planète morte. Les apparences politiques* restaurées *sont en effet redevenues ce qu'elles étaient avant le déluge. Pas les sujets. Mortel porte-à-faux (d'où la révolution de juillet 1830). Les mœurs françaises n'ont pas traversé impunément les encore récents tumultes de l'Histoire. Formidablement excité par les chambardements sociaux et par la culbute des fortunes, l'*appétit, *ce moteur tout matériel de l'ambition lorsqu'elle se limite à la conquête des nourritures terrestres et du pouvoir temporel, l'appétit fait claquer un peu partout les mâchoires. Cette faim, à l'échelle d'une* *classe, la bourgeoise, se confond, avec les moyens de se satisfaire, dans le même signe, qui est celui du vrai pouvoir : l'argent. Ce qui ne l'empêche pas, cette faim, de camoufler la nudité obscène de son appétit derrière la décence de la morale — d'autant plus stricte, la morale, que l'appétit est plus grand.*

Omniprésence et omnipotence de l'argent, rigueur et étroitesse de la morale régentent les vies privées — qu'elles embourgeoisent *par conséquent. La liberté de mœurs en pratique dans les hautes classes de l'Ancien Régime, notamment dans les rapports avec les femmes, épouses et maîtresses, n'est désormais plus de mise. Le père de Roger de Granville le regrette* (D. F.) *: « Est-ce que nous sommes jamais embarrassés d'une femme, nous autres ! » S'embarrasser d'une femme : les drames racontés par Balzac dans nos trois récits ne naissent pas d'ailleurs. Parce que des aristocrates à papa, comme le fils Manerville* (C. M.) *ou le fils Granville* (D. F.)*, ont épousé des bourgeoises, et que l'embourgeoisement des mœurs agit comme une pesanteur, il n'y a pas, dans l'effet de la vie conjugale, anoblissement de la bourgeoise, mais embourgeoisement du noble — donc dégradation du mari. Quant à la marquise d'Espard* (I.)*, née de Blamont-Chauvry, face à un époux qui se conduit en véritable grand seigneur, plus qu'en gentilhomme : en preux chevalier des époques anciennes, elle se conduit, rapace, calculatrice et basse, toute marquise qu'elle est, en épicière des temps modernes.*

Cette France, royaume d'un roi de France héritier de Saint-Louis mais dont les sujets vivent déjà dans le privé *comme Joseph Prudhomme, a pour capitale Paris. Paris est plus qu'une capitale : cancer dévorant, miroir aux alouettes, enfer et paradis. Là s'y mène, à grandes guides, cette vie, qu'on appelle « parisienne », où l'espace se fait lumière et le temps galop. Paris, avec ses tentations, et l'argent que les satisfaire exige, dérègle bien des vies privées. Pour elles, Paris est plus qu'un décor: un personnage. Au point que deux des récits ici présentés,* Une double famille *et* L'Interdiction, *Balzac les avait d'abord classés dans les* Scènes de la vie parisienne. *Dans deux de ces récits, un Parisien (ou qui l'est devenu : un habitué de la « vie parisienne ») épouse une provinciale. Granville* (D. F.), *Manerville* (C. M.) *« descendent » à Bayeux, à Bordeaux, pour en ramener chacun sa « bourgeoise » — laquelle « monte » vers Paris (à nous deux !), chargée (comme un canon l'est de mitraille) d'envie, de désirs, de jalousie (s), d'amour-haine, de peur et de méfiance, de rancune et de cette timidité sourdement agressive dont se déguise un complexe d'infériorité prêt à se tourner en surenchère dans la provocation fashionable* (C. M.) *ou en résistance opiniâtre* (D. F.) *— bref, tout ce qui va compliquer, au grand dam du parisien mari, l'appétit fondamental de l'épouse. Dans* Le Contrat de mariage, *Bordeaux n'est qu'un entracte. Entracte fatal puisque tout s'y joue, et à jamais, si bien que Balzac peut se taire vigoureusement sur les suites, beau trou d'ombre, rude ellipse (une des plus violentes que je connaisse dans l'histoire du récit romanesque) — mais c'est à Paris et par (grâce à ?) Paris que se développent les conséquences catastrophiques du contrat.*

Paris est un personnage corrupteur, destructeur. C'est lui qui a « empoisonné » Natalie de Manerville (C. M.), *la marquise d'Espard* (I.), *comme il finit par détruire, à l'autre bout de l'échelle sociale, Caroline Crochard, brodeuse en tulle, grisette devenue cocotte, et qu'un voyou battant le pavé parisien condamne à un destin épouvantable. C'est avec Paris que le marquis d'Espard rompt de si scandaleuse façon* (I.) *que les Parisiens, ceux de son monde comme les autres, le taxent de folie. C'est à cause de la vie parisienne que les ménages Granville* (D. F.) *et Manerville* (C. M.) *vont capoter — soit que l'épouse la repousse avec horreur* (D. F.), *soit qu'elle y aspire de toutes ses forces, ah! quitter Bordeaux et dare-dare, tel est le cri des Évangélista mère et fille* (C. M.).

*

Dans ces vies privées que travaillent en profondeur l'embourgeoisement des mœurs et la fascination galopante de la vie parisienne, si difficilement conciliables (et voilà le chiendent : la morale, pire : l'argent, risquent d'être mis à mal à Paris), qu'est-ce qui va dénoncer les failles, exaspérer les antagonismes, attirer la crise comme la cime des arbres attire la foudre? Le mariage.

Voici trois histoires de mariage, avec séquelles. Séquelles désastreuses. Le vrai ménage de Roger de Granville est un enfer, son faux ménage, par manque d'armature légale et d'accueil social, se dissout; Roger de Granville disparaît, il quitte Paris (D. F.). *Le marquis d'Espard est menacé de l'asile d'aliénés, le juge (c'est Popinot) va-t-il voler à son secours? la machiavélique marquise fait changer le juge (c'est Camusot)* (I.). *Paul de Manerville, ruiné, cocu, berné, s'embarque loin de Paris, lui aussi, vers les antipodes; exil qui est une mort — on n'entendra plus jamais parler de lui. Trois naufrages. Le mariage ruine l'amour* (D. F., I., C. M.), *ruine les fortunes* (I., C. M.).

Naufrages où ce sont les hommes qui se noient. Trois hommes brisés. L'un d'eux, brisable, il est vrai : Paul de Manerville (C. M.). *Un mouton qui, à Paris, avait joué au lion, fort mal, et qui est revenu à Bordeaux jouer, un peu moins mal, les Brummell un tantinet grassouillet : la « fleur des pois » (tel aurait été le premier titre du récit) et, nul doute, pois ou non, il y a de la fleur en Paul, c'est-à-dire de la femme, Balzac le dit, et Natalie le sentira vite, fine mouche, qui saura tirer parti de cette féminité clandestine — mais ce Paul est brave type, gentil,* et même bon (le féroce Marsay l'aime bien, tout en le méprisant), le caractère lui manque, pas la lucidité, et ne le serait-il pas, lucide, l'ami Marsay serait là, lucide pour deux, que dis-je ? pour mille, qui a éclairé Paul dès le début, et sans pitié, et qui l'éclairera sans pitié sur la fin ; mais voilà, Paul est incapable de suivre ces conseils, il n'est pas Marsay, il n'est que Manerville. D'accord, passe pour Paul, c'est une chiffe, il n'a pas volé ce qui lui arrive. Mais Granville (D. F.), dont le seul vrai tort (définitif, il est vrai) est d'avoir voulu épouser un magot ? Mais — surtout — l'admirable marquis d'Espard (I.), toutes les noblesses de la noblesse ? Compte tenu de l'évolution des mœurs, ces trois hommes à particule ne font pas le poids. Les intrigues des familles, leur choix personnel, c'est-à-dire l'attrait de l'argent ou/et quelque chose qui a, un moment, ressemblé à l'amour, les ont placés face à (contre) des femmes fortes.

Fortes, parce que animées de l'appétit dynamique de leur classe ; et que par surcroît cet appétit ascensionnel s'arme d'une passion. Chez Natalie de Manerville et chez la marquise d'Espard, c'est — vertige des plaisirs, avidité — l'égoïsme forcené et peut-être l'attrait qu'exerce sur elles un homme autre que leur mari : Félix de Vandenesse pour Mme de Manerville (sur ce point, La Comédie humaine, ailleurs, nous renseignera), et pour Mme d'Espard, le chevalier d'Espard, frère du marquis ? mais là-dessus Balzac se tait et se taira — autre beau trou d'ombre. Pour Mme de Granville (D. F.), l'autre homme, c'est son curé, c'est-à-dire Dieu. La bigoterie lui tient lieu d'avidité, de plaisir — d'égoïsme. C'est elle le moteur de son appétit. La bigoterie, pas la piété — Mme de La Chanterie (L'Envers de l'histoire contemporaine) est pieuse et c'est une sainte. Encore moins la vertu (Balzac a renoncé au premier titre de ce récit, La Femme vertueuse). Le marquis d'Espard, qui, comme Angélique de Granville, résiste à Paris, est, lui, vertueux ; de la vertu, Angélique n'offre que l'aspect rébarbatif, négatif, stérile et stérilisateur, alors que la vertu du marquis d'Espard féconde.

D'autant plus fortes, les épouses, qu'elles profitent du renfort de leur mère. La mère : forteresse d'où surgissent des troupes fraîches pour le renouvellement des assauts ; docteur ès rancunes et ruses ; professeur en technique d'alcôve — car il est vrai que la vie conjugale, c'est cela aussi, « le mariage c'est le lit », affirme Balzac, à quoi la Sagesse des Nations a répondu depuis belle lurette « Et comme on fait son lit, on se couche. » C'est lier le lit au contrat de mariage. Balzac va fort loin dans cette direction-là. Mme Évangélista (C. M.) apprend à sa fille comment, en conséquence directe d'une certaine clause du contrat, il va lui falloir ramer, sous les draps, la fleur des pois.

Redoutable Mme Évangélista, débordant de feu hispano-créole, aussi charmeuse que maléfique. Mais non moins redoutable Mme Bontems (D. F.), pourtant peu présente dans le récit, mais dont l'influence pernicieuse ne cessera de catastropher le ménage Granville, parce qu'elle aura jeté son enfant dans les griffes d'un confesseur abusif, et « rien n'est plus fatal au bonheur, croyez-moi (je cite Balzac), que l'intervention des prêtres dans les ménages ». Jusqu'à cette misérable pauvre vieille mère Crochard (D. F.), qui est danger : assez maligne pour se faire, sainte nitouche, la maquerelle de sa fille.

*

Est-ce à dire que Balzac a une vue noire du mariage ? La Physiologie du mariage, cynique avec gentillesse et libertine sans conséquence, à l'image du « jeune célibataire » qui l'avait allègrement troussée, n'est pas si loin (1829). Mais si, il y a des mariages heureux. Mais pas *ici. Ou bien ils ont été détruits. Détail révélateur : il n'en reste que les femmes. Il est vrai que les guerres de la Révolution et de l'Empire sont passées par là : elles ont consommé bien des maris, ainsi Crochard, le père de Caroline* (D. F.). *Outre Mme Crochard, Mmes Bontems* (D. F.) *et Évangélista* (C. M.) *sont veuves. C'est-à-dire qu'elles ne sont plus que des mères. Donc des belles-mères à part entière. Et la boucle se boucle pour le malheur de l'homme.*

Évidemment, Balzac réagit en homme, en bourgeois et en Français — il n'y a pas plus misogyne, au fond, qu'un peuple comme le nôtre, très attaché à une tradition gauloise (*justement*) *et qui tient, comme à la prunelle de ses yeux, à sa réputation de coq cocoriquant avec gloire. C'est de l'enfantillage. Plus important :Balzac a une vue* désacralisée *du mariage. Le mariage n'est plus, avant tout, sacrement sanctionné par la célébration religieuse; c'est une institution sociale. Il s'est passé pour le mariage ce qui va se passer, en 1830, pour la monarchie. Monarchie politique et monarchie domestique sont alors logées à la même enseigne. Le roi des Français siégeant sur son trône et le roi du ménage carré dans son fauteuil voient leur autorité, cessant d'être divine, minée pour avoir placé le contrat avant le sacrement — ce qui, en politique, se traduit ainsi : fin du Sacre, vive la Charte. Aux Tuileries comme au foyer, triomphe de l'embourgeoisement.*

Institution sociale, le mariage doit être calculé pour consolider l'ordre nécessaire à la bonne marche des affaires — tout se tient. Sous le capuchon de la religion dont se farde ordinairement la morale, le mariage est affaire de lois régissant la construction de la famille (le couple, les enfants) et les intérêts intéressés (laissons toute sa force au pléonasme) par cette construction. Question de prise de possession — mieux : affaire de propriété. Propriété d'une personne (laissez donc le cœur en coulisse — si tant est qu'il assiste à la chose —, son intérêt *n'a pas voix au chapitre); propriété des biens dont la personne a la propriété aujourd'hui et l'aura demain (on appelle ça des « espérances »); propriété de la place que la personne occupe dans la société, titre, métier, honneur, réputation, relations (à l'époque, faveur royale), et caetera. Bilan qui permettra de conclure : « Paul a fait une bonne* affaire » *ou bien « C'est Natalie qui l'a roulé ».*

Bon. Ces lois tiennent compte d'un code. En l'occurrence, le Napoléon. Or ce code, on le sait, concrétisant la misogynie bien de chez nous, avait rangé la femme sous tutelle. A l'ordre bâti sur le Code, les lois, au moment du mariage, veillent sous forme d'un contrat que passent les parties en présence — charte de cette royauté qu'est le régime patriarcal. Que de manœuvres il y faut! Que de précautions, subterfuges, pièges! Tout cela légal, cela va sans dire, et qui se chiffre : le mariage est une science. Et qui se chiffre au prix *de discussions positives, donc soumises à l'examen des faits.*

Cette science réclame des spécialistes. Des hommes de loi, bien sûr : juges, avocats, surtout notaires lorsqu'on n'en est qu'au contrat. Avec quel succès Balzac ravive ses souvenirs de clerc d'avoué chez Me Guillonnet-Merville ou de clerc de notaire chez Me Passez! Et comme il s'amuse — qu'il nous montre le juge Popinot manœuvrant la marquise d'Espard (I.) *ou les notaires des deux parties discutant le contrat Manerville-Évangélista* (C. M.)*! Vraie scène de comédie bouffe que celle-ci : on l'entendrait volontiers sur une musique du signor Rossini, — à qui le récit est dédié. A noter au passage la sympathie que ce cher réactionnaire de Balzac réserve au vieux notaire style Ancien Régime, la probité faite homme, et la malice à la Daumier avec laquelle il crayonne le portrait du jeune notaire de la génération montante, l'*appétit *même.*

Tout cela assez désenchantant. Mais quoi, c'est de la

signature de ce contrat, du plus minuscule de ses paragraphes, que dépend entièrement la vie conjugale à venir. Quoi d'étonnant si la femme, à la faveur de ce contrat et surtout de son application postérieure, cherche à prendre sa revanche sur le Code, à tourner les obstacles ou à les anéantir — à saisir, avec le temps et dans le secret de la vie privée, les rênes du gouvernement — conquise, à conquérir son conquérant ? ou, en termes moins courtois mais plus bourgeois : possédée, à posséder son propriétaire.

Les contrats de mariage ressemblent moins aux pactes d'alliance qu'aux traités de paix : ils déterminent les hostilités prochaines. C'est une longue et fatigante guerre que le mariage. Le mot est de Balzac. Terrain opérationnel, le lit est champ pour les manœuvres avant de l'être pour la bataille.

De cette guerre, nos trois courts romans vous le montrent, c'est l'homme le vaincu. Conspirations domestiques, complots de famille, avec journée des dupes et coup de Jarnac (le plus beau termine L'Interdiction*). La loi y remplace le poignard ou le poison. Bourgeoise contre un aristocrate, provinciale contre un Parisien, femme contre un homme roi par la grâce du Code, l'épouse transforme sa triple faiblesse en force par l'habile utilisation des lois, pourtant pour elle si peu favorables, mais qu'elle réussira à retourner contre son maître. On est tenté de compléter la formule :* Dura lex sed lex — et durior mulier.

*

Et l'amour ? Qu'a-t-il à faire avec les lois, avec le Code ? Aime-t-on par acte notarié ? Par référé du tribunal ? L'amour, « par sa nature, anarchique et perturbateur » (Alain), ignore l'Ordre, qu'entend maintenir le mariage — qui vise à garantir la stabilité d'un « établissement ». Stable, l'amour ? La seule idée de contrat le hérisse, et de contrat public, qui plus est, et de contrat imposé par la société — alors que ne vaut à ses yeux que le libre choix (être aimé pour soi et cela seulement) et qu'il rêve, par conséquent, de n'exister que dans l'union de deux libertés. Pense-t-il seulement à l'avenir ? Toujours, jamais : il ne connaît que ces mots-là — peu raisonnable idée du futur. Mais demain ? dans un mois ? dans un an ? Comment faire tenir ensemble amour et temps, passion et durée ? Voyez Roger et Caroline (D. F.).

Et qu'a-t-il à faire avec les affaires, l'amour, avec les chiffres ? Possession, oui, mais pas propriété : est-il marchandise ? Ce serait vouloir donner un prix à qui n'en a pas, ne peut en avoir. Le mariage « monnaie » en vue d'un échange. L'amour ne bat pas plus monnaie qu'il n'est monnayable. « A combien l'amour revient aux vieillards ? » est l'ultime calcul du désespoir avant la mort.

Il est pourtant là, l'amour. Après tout, Angélique de Granville aime Roger, à sa manière : en le noyant dans l'eau bénite, jusqu'à l'asphyxie (D. F.). *Paul adore Natalie. C'est même sa principale, sa vraie faiblesse. L'amour dans le mariage, c'est le défaut de la cuirasse. Celui qui aime — plus exactement : celui qui aime plus que l'autre — touchera le sol des deux épaules. Autre preuve —* a contrario *puisque la victime est femme : Caroline Crochard, ex-de Bellefeuille, dans les pattes de son voyou* (D. F.).

Nous rencontrons surtout l'amour hors mariage. Le désordre, vous dit-on. C'est l'idylle de Roger et de Caroline (D. F.). *L'adultère se révélerait-il propre à tempérer la sévérité des lois conjugales ? Il concilie le désordre de l'amour et l'ordre du mariage. Il suffit d'être trois, chiffre minimum. Le trio est peut-être la seule façon, pour le mariage, de résoudre la quadrature du cercle.*

Mais au prix de quels ennuis imposés par l'hypocrisie des convenances, imposées à leur tour par le respect de l'intérêt social, souvent confondu avec le respect des intérêts ! Le secret, sinon la honte, le déshonneur, le scandale, la perte de son « établissement », et parfois de sa fortune. Le secret, c'est-à-dire la peur, le danger du chantage, et l'on bute à nouveau sur le fric, dont il faut bien payer la défense de son bonheur.

Bonheur, j'ai enfin lâché ce gros mot. Qui vous parle de bonheur ? C'est obscène. Et de bonheur conjugal *encore ! Époux en adoration, à genoux devant l'épouse souriante tendant un sein nacré à leur enfant qui tète ; ce tableau du paradis dans l'amour à deux, Balzac nous l'offre, rue Taitbout, chez Caroline. Tableau à la Greuze : il est touchant, mais hors la loi.*

Le bonheur ! Ces trois histoires vous répondent. Écoutez le conseil amer que Roger de Granville, avant de s'effacer du monde, donne à son fils (D. F.) *: prudence et circonspection ; tout juste si le vieux magistrat ne cite pas la sagesse populaire : « Le mariage est une affaire si grave qu'on n'a pas assez de toute sa vie pour y réfléchir. » Le bonheur ! Écoutez, oui, le silence, mâchoires serrées, du marquis d'Espard* (I.)*, prêt à mourir comme le loup chanté par Vigny. Écoutez surtout le hurlement sangloté du pauvre Manerville — « Henry ! Henry ! » — ce S. O. S. navrant que personne n'entendra, puisque Paul, le cœur brisé, est déjà perdu en mer.*

*

« Pour être heureux en ménage, dit Balzac, il faut être un homme de génie marié à une femme tendre et spirituelle [c'est l'union qu'il croira réaliser pour son compte — bénéfice serait le terme exact — avec Mme Hanska], ou se trouver, par l'effet d'un hasard qui n'est pas aussi commun qu'on pourrait le penser, tous les deux excessivement bêtes. » Cruel Balzac ? En conclusion aux Petites

misères de la vie conjugale, *l'Ami murmure à l'Auteur : « Vous vous vengez bien durement de ne pas pouvoir écrire l'histoire de ménages heureux. » Sans doute. Il n'est pas toujours réjouissant d'avoir à aimer par miettes célibataires.*

Jean-Louis Bory.

Une double famille

A Madame la Comtesse Louise de Thürheim [1],

comme une marque du souvenir et de l'affectueux respect de son humble serviteur,

De Balzac.

La rue du Tourniquet-Saint-Jean, naguère une des rues les plus tortueuses et les plus obscures du vieux quartier qui entoure l'Hôtel de Ville, serpentait le long des petits jardins de la Préfecture de Paris et venait aboutir dans la rue du Martroi, précisément à l'angle d'un vieux mur maintenant abattu. En cet endroit se voyait le tourniquet auquel cette rue a dû son nom, et qui ne fut détruit qu'en 1823, lorsque la ville de Paris fit construire, sur l'emplacement d'un jardinet dépendant de l'Hôtel de Ville, une salle de bal pour la fête donnée au duc d'Angoulême à son retour d'Espagne. La partie la plus large de la rue du Tourniquet était à son débouché dans la rue de la Tixeranderie, où elle n'avait que cinq pieds de largeur. Aussi, par les temps pluvieux, des eaux noirâtres baignaient-elles promptement le pied des vieilles maisons qui bordaient cette rue, en entraînant les ordures déposées par chaque ménage au coin des bornes. Les tombereaux ne pouvant point passer par là, les habitants comptaient sur les orages pour nettoyer leur rue toujours boueuse ; et comment aurait-elle été propre ? Lorsqu'en été le soleil darde en aplomb ses rayons sur Paris, une nappe d'or, aussi tranchante que la lame d'un sabre, illuminait momentanément les ténèbres de cette rue sans pouvoir sécher l'humidité permanente qui régnait depuis le rez-de-chaussée jusqu'au premier étage de ces maisons noires et silencieuses. Les habitants, qui au mois de juin allumaient leurs lampes à cinq heures du soir, ne les éteignaient jamais en hiver. Encore aujourd'hui, si quelque courageux piéton veut aller du Marais sur les quais, en prenant, au bout de la rue du Chaume, les rues de l'Homme-Armé, des Billettes et des Deux-Portes qui mènent à celle du Tourniquet-Saint-Jean, il croira n'avoir marché que sous des caves. Presque toutes les rues de l'ancien Paris, dont les chroniques ont tant vanté la splendeur, ressemblaient à ce dédale humide et sombre où les antiquaires [2] peuvent encore admirer quelques singularités historiques. Ainsi, quand la maison qui occupait le coin formé par les rues du Tourniquet et de la Tixeranderie subsistait, les observateurs y remarquaient les vestiges de deux gros anneaux de fer scellés dans le mur, un reste de ces chaînes que le quartenier [3] faisait jadis tendre tous les soirs pour la sûreté publique. Cette maison, remarquable par son antiquité, avait été bâtie avec des précautions qui attestaient l'insalubrité de ces anciens logis, car pour assainir le rez-de-chaussée on avait élevé les berceaux de la cave à deux pieds environ au-dessus du sol, ce qui obligeait à monter trois marches pour entrer dans la maison. Le chambranle de la porte bâtarde décrivait un cintre plein, dont la clef était ornée d'une tête de femme et d'arabesques rongées par le temps. Trois fenêtres, dont les appuis se trouvaient à hauteur d'homme, appartenaient à un petit appartement situé dans la partie de ce rez-de-chaussée qui donnait sur la rue du Tourniquet d'où il tirait son jour. Ces croisées dégradées étaient défendues par de gros barreaux en fer très espacés et finissant par une saillie ronde semblable à celle qui termine les grilles des boulangers. Si pendant la journée quelque passant curieux jetait les yeux sur les deux chambres dont se composait cet appartement, il lui était impossible d'y rien voir, car pour découvrir dans la seconde chambre deux lits en serge verte réunis sous la boiserie d'une vieille alcôve, il fallait le soleil du mois de juillet ; mais le soir, vers les trois heures, une fois la chandelle allumée, on pouvait apercevoir, à travers la fenêtre de la première pièce, une vieille femme assise sur une escabelle au coin d'une cheminée où elle attisait un réchaud sur lequel mijotait un de ces ragoûts semblables à ceux que savent faire les portières. Quelques rares ustensiles de cuisine ou de ménage accrochés au fond de cette salle se dessinaient dans le clair-obscur. A cette heure, une vieille table, posée sur une X, mais dénuée de linge, était garnie de quelques couverts d'étain et du plat cuisiné par la vieille. Trois méchantes chaises meublaient cette pièce, qui servait à la fois de cuisine et de salle à manger. Au-dessus de la cheminée s'élevaient un fragment de miroir, un briquet, trois verres, des allumettes et un grand pot blanc tout ébréché. Le carreau de la chambre, les ustensiles, la cheminée, tout plaisait néanmoins par l'esprit d'ordre et d'économie que respirait cet asile sombre et froid. Le visage pâle et ridé de la vieille femme était en harmonie avec l'obscurité de la rue et la rouille de la maison. A la voir au repos, sur sa chaise, on eût dit qu'elle tenait à cette maison comme un colimaçon tient à sa coquille brune ; sa figure, où je ne sais quelle vague expression de malice perçait à travers une bonhomie affectée, était couronnée par un bonnet de tulle rond et plat qui cachait assez mal des cheveux blancs ; ses grands yeux gris étaient aussi calmes que la rue, et les rides nombreuses de son visage pouvaient se comparer aux crevasses des murs. Soit qu'elle fût née dans la misère, soit qu'elle fût déchue d'une splendeur passée, elle paraissait résignée depuis longtemps à sa triste existence. Depuis le lever du soleil jusqu'au soir, excepté les moments où elle préparait les repas et ceux où, chargée d'un panier, elle s'absentait pour aller chercher les provisions, cette vieille femme demeurait dans l'autre chambre devant la dernière croisée, en face d'une jeune fille. A toute heure du jour les passants apercevaient cette jeune ouvrière, assise dans un vieux fauteuil de velours rouge, le cou penché sur un métier à broder, travaillant avec ardeur. Sa mère avait un tambour vert sur les genoux et s'occupait à faire du tulle ; mais ses doigts remuaient péniblement les bobines ; sa vue était affaiblie, car son nez sexagénaire portait une paire de ces antiques lunettes qui tiennent sur le bout des narines par la force avec laquelle elles les compriment. A la nuit, ces deux laborieuses créatures plaçaient entre elles une lampe dont la lumière, passant à travers deux globes de verre remplis d'eau, jetait sur leur ouvrage une forte lueur qui faisait voir à l'une les fils les plus déliés fournis par les bobines de son tambour, et à l'autre les dessins les plus délicats tracés sur l'étoffe à broder. La courbure des barreaux avait permis à la jeune fille de mettre sur l'appui de la fenêtre une longue caisse en bois pleine de terre où végétaient des pois de senteur, des capucines, un petit chèvrefeuille malingre et des volubilis dont les tiges débiles grimpaient aux barreaux. Ces plantes presque étiolées produisaient de pâles fleurs, harmonie de plus qui mêlait je ne sais quoi de triste et de doux dans le tableau présenté par cette croisée, dont la baie encadrait bien ces deux figures. A l'aspect fortuit de cet intérieur, le passant le plus égoïste emportait une image complète de la vie que mène à Paris la classe ouvrière, car la brodeuse ne paraissait vivre que de son aiguille. Bien des gens n'atteignaient pas le tourniquet sans s'être demandé comment une jeune fille pouvait conserver des couleurs en vivant dans cette cave. Un étudiant passait-il par là pour gagner le pays latin, sa vive imagination lui faisait comparer cette vie obscure et végétative à celle du lierre qui tapisse de froides murailles, ou à celle de ces paysans voués au travail, et qui naissent, labourent, meurent ignorés du monde qu'ils ont nourri. Un rentier se disait après avoir examiné la maison avec l'œil d'un propriétaire : « Que deviendront ces deux femmes si la broderie vient à n'être plus de mode ? » Parmi les gens qu'une place à l'Hôtel de Ville ou au Palais forçait à passer par cette rue à des heures fixes, soit pour se rendre à leurs affaires, soit pour retourner dans leurs quartiers respectifs, peut-être se trouvait-il quelque cœur charitable. Peut-être un homme veuf ou un Adonis de quarante ans, à force de sonder les replis de cette vie malheureuse, comptait-il sur la détresse de la mère et de la fille pour posséder à bon marché l'innocente ouvrière dont les mains agiles et potelées, le cou frais et la peau blanche, attrait dû sans doute à l'habitation de cette rue sans soleil, excitaient son admiration. Peut-être aussi quelque honnête employé à douze cents francs d'appointements [4], témoin journalier de l'ardeur que cette jeune fille portait au travail, estimateur de ses mœurs pures, attendait-il de l'avancement pour unir une vie obscure à une vie obscure, un labeur obstiné à un autre, apportant au moins et un bras d'homme pour soutenir cette existence, et un paisible amour, décoloré comme les fleurs de sa croisée. De vagues espérances animaient les yeux ternes et gris de la vieille mère. Le matin, après le plus modeste de tous les déjeuners, elle revenait prendre son tambour plutôt par maintien que par obligation, car elle posait ses lunettes sur une petite travailleuse de bois rouge, aussi vieille qu'elle, et passait en revue, de huit heures et demie à dix heures environ, les gens habitués à traverser la rue : elle recueillait leurs regards, faisait des observations sur leurs démarches, sur leurs toilettes, sur leurs physionomies, et semblait leur marchander sa fille, tant ses yeux babillards essayaient d'établir entre eux de sympathiques affections, par un manège digne des coulisses. On devinait facilement que cette revue était pour elle un spectacle, et peut-être son seul plaisir. La fille levait rarement la tête ; la pudeur, ou peut-être le sentiment pénible de sa détresse, semblait retenir sa figure attachée sur le métier ; aussi, pour qu'elle montrât aux passants sa mine chiffonnée, sa mère devait-elle avoir poussé quelque exclamation de surprise. L'employé vêtu d'une redingote neuve, ou l'habitué qui se produisait avec une femme à son bras, pouvaient alors voir le nez légèrement retroussé de l'ouvrière, sa petite bouche rose, et ses yeux gris toujours pétillants de vie, malgré ses accablantes fatigues ; ses laborieuses insomnies ne se trahissaient guère que par un cercle plus ou moins blanc dessiné sous chacun de ses yeux, sur la peau fraîche de ses pommettes. La pauvre enfant semblait être née pour l'amour et la gaieté : pour l'amour qui avait peint au-dessus de ses paupières bridées deux arcs parfaits, et qui lui avait donné une si ample forêt de cheveux châtains qu'elle aurait pu se trouver sous sa chevelure comme sous un pavillon impénétrable à l'œil d'un amant ; pour la gaieté qui agitait ses deux narines mobiles, qui formait deux fossettes dans ses joues fraîches et lui faisait si promptement oublier ses peines ; pour la gaieté, cette fleur de l'espérance, qui lui prêtait la force d'apercevoir sans frémir l'aride chemin de sa vie. La tête de la jeune fille était toujours soigneusement peignée. Suivant l'habitude des ouvrières de Paris, sa toilette lui semblait finie quand elle avait lissé ses cheveux et retroussé en deux arcs le petit bouquet qui se jouait de chaque côté des tempes et tranchait sur la blancheur de sa peau. La naissance de sa chevelure avait tant de grâce, la ligne de bistre nettement dessinée sur son cou donnait une si charmante idée de sa jeunesse et de ses attraits, que l'observateur, en la voyant penchée sur son ouvrage, sans que le bruit lui fît relever la tête, devait l'accuser de coquetterie. De si séduisantes promesses excitaient la curiosité de plus d'un jeune homme qui se retournait en vain dans l'espérance de voir ce modeste visage.

— Caroline, nous avons un habitué de plus, et aucun de nos anciens ne le vaut.

Ces paroles, prononcées à voix basse par la mère, dans une matinée du mois d'août 1815, avaient vaincu l'indifférence de la jeune ouvrière, qui regarda vainement dans la rue : l'inconnu était déjà loin.

— Par où s'est-il envolé? demanda-t-elle.

— Il reviendra sans doute à quatre heures, je le verrai venir, et t'avertirai en te poussant le pied. Je suis sûre qu'il repassera, voici trois jours qu'il prend par notre rue ; mais il est inexact dans ses heures : le premier jour il est arrivé à six heures, avant-hier à quatre, et hier à trois. Je me souviens de l'avoir vu autrefois de temps à autre. C'est quelque employé de la Préfecture qui aura changé d'appartement dans le Marais. — Tiens, ajouta-t-elle après avoir jeté un coup d'œil dans la rue, notre monsieur à l'habit marron a pris perruque, comme cela le change!

Le monsieur à l'habit marron devait être celui des habitués qui fermait la procession quotidienne, car la vieille mère remit ses lunettes, reprit son ouvrage en poussant un soupir et jeta sur sa fille un si singulier regard qu'il eût été difficile à Lavater lui-même de l'analyser [5] : l'admiration, la reconnaissance, une sorte d'espérance pour un meilleur avenir, s'y mêlaient à l'orgueil de posséder une fille si jolie. Le soir, sur les quatre heures, la vieille poussa le pied de Caroline, qui leva le nez assez à temps pour voir le nouvel acteur dont le passage périodique allait animer la scène. Grand, mince, pâle et vêtu de noir, cet homme, d'environ quarante ans [6], avait quelque chose de solennel dans la démarche et le maintien ; quand son œil fauve et perçant rencontra le regard terni de la vieille, il la fit trembler, elle lui crut le don ou l'habitude de lire au fond des cœurs, et son abord devait être aussi glacial que l'était l'air de cette rue. Le teint terreux et verdâtre de ce terrible visage était-il le résultat de travaux excessifs, ou produit par une frêle santé ? Ce problème fut résolu par la vieille mère de vingt manières différentes ; mais le lendemain Caroline devina tout d'abord sur ce front facile à se rider les traces d'une longue souffrance d'âme. Légèrement creusées, les joues de l'inconnu gardaient l'empreinte du sceau avec lequel le malheur marque ses sujets, comme pour leur laisser la consolation de se reconnaître d'un œil fraternel et de s'unir pour lui résister. La chaleur était en ce moment si forte, et la distraction du monsieur si grande, qu'il n'avait pas remis son chapeau en traversant cette rue malsaine ; Caroline put alors remarquer l'apparence de sévérité que les cheveux relevés en brosse au-dessus du front répandaient sur cette figure. Si le regard de la jeune fille s'anima d'abord d'une curiosité tout innocente, il prit une douce expression à mesure que le passant s'éloignait, semblable au dernier parent qui ferme un convoi. L'impression vive, mais sans charme, ressentie par Caroline à l'aspect de cet homme ne ressemblait à aucune des sensations que les autres habitués lui avaient fait éprouver : pour la première fois, sa compassion s'exerçait sur un autre que sur elle-même et sur sa mère ; elle ne répondit rien aux conjectures bizarres qui fournirent un aliment à l'agaçante loquacité de la vieille, et tira silencieusement sa longue aiguille dessus et dessous le tulle tendu; elle regrettait de ne pas avoir assez vu l'étranger, et attendit au lendemain pour porter sur lui un jugement définitif. Pour la première fois aussi, l'un des habitués de la rue lui suggérait autant de réflexions. Ordinairement, elle n'opposait qu'un sourire triste aux suppositions de sa mère qui dans chaque passant espérait trouver un protecteur pour sa fille. Si de semblables idées imprudemment présentées n'éveillèrent aucune mauvaise pensée, il fallait attribuer l'insouciance de Caroline à ce travail obstiné malheureusement nécessaire qui consumait les forces de sa précieuse jeunesse, et devait infailliblement altérer un jour la limpidité de ses yeux, ou ravir à ses joues blanches les tendres couleurs qui les nuançaient encore. Pendant deux grands mois environ, *le monsieur noir*, tel fut son surnom, eut une allure très capricieuse : il ne passait pas toujours par la rue du Tourniquet, la vieille le voyait souvent le soir sans l'avoir aperçu le matin, il ne revenait pas à des heures aussi fixes que les autres employés qui servaient de pendule à madame Crochard ; enfin, excepté la première rencontre où son regard avait inspiré une sorte de crainte à la vieille mère, jamais ses yeux ne parurent faire attention au tableau pittoresque que présentaient ces deux gnomes femelles. A l'exception de deux grandes portes et de la boutique obscure d'un ferrailleur, il n'existait à cette époque, dans la rue du Tourniquet, que des fenêtres grillées qui éclairaient par des jours de souffrance les escaliers de quelques maisons voisines ; le peu de curiosité du passant ne pouvait donc pas se justifier par de dangereuses rivalités ; aussi, madame Crochard était-elle piquée de voir son *monsieur noir* toujours gravement préoccupé, tenant les yeux baissés vers la terre ou levés en avant, comme s'il eût voulu lire l'avenir dans le brouillard du Tourniquet. Néanmoins, un matin, vers la fin du mois de septembre, la tête lutine de Caroline Crochard se détacha si brillamment sur le fond obscur de sa chambre, et se montra si fraîche au milieu des fleurs tardives et des feuillages flétris entrelacés autour des barreaux de la fenêtre ; enfin la scène journalière présenta des oppositions d'ombre et de lumière, de blanc et de rose, si bien mariées à la mousseline que festonnait la gentille ouvrière, avec les tons bruns et rouges des fauteuils, que l'inconnu contempla fort attentivement les effets de ce vivant tableau. Fatiguée de l'indifférence de son monsieur noir, la vieille mère avait, à la vérité, pris le parti de faire un tel cliquetis avec ses bobines, que le passant morne et soucieux fut peut-être contraint par ce bruit insolite à regarder chez elle. L'étranger échangea seulement avec Caroline un regard, rapide il est vrai, mais par lequel leurs âmes eurent un léger contact, et ils conçurent tous deux le pressentiment qu'ils penseraient l'un à l'autre. Quand le soir, à quatre heures, l'inconnu revint, Caroline distingua le bruit de ses pas sur le pavé criard, et quand ils s'examinèrent, il y eut de part et d'autre une sorte de préméditation : les yeux du passant furent animés d'un sentiment de bienveillance qui le fit sourire, et Caroline rougit : la vieille mère les observa tous deux d'un air satisfait. A compter de cette mémorable matinée, le monsieur noir traversa deux fois par jour la rue du Tourniquet, à quelques exceptions près, que les deux femmes surent remarquer ; elles jugèrent, d'après l'irrégularité de ses heures de retour, qu'il n'était ni aussi promptement libre, ni aussi strictement exact qu'un employé subalterne. Pendant les trois premiers mois de l'hiver, deux fois par jour, Caroline et le passant se virent ainsi pendant le temps qu'il mettait à franchir l'espace de chaussée occupé par la porte et par les trois fenêtres de la maison. De jour en jour cette rapide entrevue eut un caractère d'intimité bienveillante qui finit par contracter quelque chose de fraternel. Caroline et l'inconnu parurent d'abord se comprendre ; puis, à force d'examiner l'un et l'autre leurs visages, ils en prirent une connaissance approfondie. Ce fut bientôt comme une visite que le passant devait à Caroline ; si, par hasard, son monsieur noir passait sans lui apporter le sourire à demi formé par sa bouche éloquente ou le regard ami de ses yeux bruns, il lui manquait quelque chose dans sa journée. Elle ressemblait à ces vieillards pour lesquels la lecture de leur journal est devenue un tel plaisir que, le lendemain d'une fête solennelle, ils s'en vont tout déroutés, demandant, autant par mégarde que par impatience, la feuille à l'aide de laquelle ils trompent un moment le vide de leur existence. Mais ces fugitives apparitions avaient, autant pour l'inconnu que pour Caroline, l'intérêt d'une causerie familière entre deux amis. La jeune fille ne pouvait pas plus dérober à l'œil intelligent de son silencieux ami une tristesse, une inquiétude, un malaise que celui-ci ne pouvait cacher à Caroline une préoccupation. — « Il a eu du chagrin hier ! » était une pensée qui naissait souvent au cœur de l'ouvrière en contemplant la figure altérée du monsieur noir. — « Oh ! il a beaucoup travaillé ! » était une exclamation due à d'autres nuances que Caroline savait distinguer. L'inconnu devinait aussi que la jeune fille avait passé son dimanche à finir la robe au dessin de laquelle il s'intéressait ; il voyait, aux approches des termes de loyer, cette jolie figure assombrie par l'inquiétude, et il devinait quand Caroline avait veillé ; mais il avait surtout remarqué comment les pensées tristes qui défloraient les traits gais et délicats de cette jeune tête se dissipèrent à mesure que leur connaissance avait vieilli. Lorsque l'hiver vint sécher les tiges, les feuillages du jardin qui fleurissait la fenêtre, et que la fenêtre se ferma, l'inconnu ne vit pas sans un sourire doucement malicieux la clarté extraordinaire de la vitre à la hauteur de la tête de Caroline. La parcimonie du feu, quelques traces d'une rougeur qui couperosait la figure des deux femmes lui dénoncèrent l'indigence du petit ménage ; mais si quelque douloureuse compassion se peignit alors dans ses yeux, Caroline lui opposa fièrement une gaieté feinte. Cependant les sentiments éclos au fond de leurs cœurs y restaient ensevelis, sans qu'aucun événement leur en apprît l'un à l'autre la force et l'étendue, ils ne connaissaient même pas le son de leurs voix. Ces deux amis muets se gardaient, comme d'un malheur, de s'engager dans une plus intime union. Chacun d'eux semblait craindre d'apporter à l'autre une infortune plus pesante que celle dont le partage le tentait. Était-ce cette pudeur d'amitié qui les arrêtait ainsi? Était-ce cette appréhension de l'égoïsme ou cette méfiance atroce qui séparent tous les habitants réunis dans les murs d'une nombreuse cité? La voix secrète de leur conscience les avertissait-elle d'un péril prochain? Il serait impossible d'expliquer le sentiment qui les rendait aussi ennemis qu'amis, aussi indifférents l'un à l'autre qu'ils étaient attachés, aussi unis par l'instinct que séparés par le fait. Peut-être chacun d'eux voulait-il conserver ses illusions. On eût dit parfois que le monsieur noir craignait d'entendre sortir quelques paroles grossières de ces lèvres aussi fraîches, aussi pures qu'une fleur, et que Caroline ne se croyait pas digne de cet être mystérieux en qui tout révélait le pouvoir et la fortune. Quant à madame Crochard, cette tendre mère, presque mécontente de l'indécision dans laquelle restait sa fille, montrait une mine boudeuse à son monsieur noir à qui elle avait jusque-là toujours souri d'un air aussi complaisant que servile. Jamais elle ne s'était plainte si amèrement à sa fille d'être encore à son âge obligée de faire la cuisine ; à aucune époque ses rhumatismes et son catarrhe ne lui avaient arraché autant de gémissements ; enfin, elle ne sut pas faire, pendant cet hiver, le nombre d'aunes de tulle sur lequel Caroline avait compté jusqu'alors. Dans ces circonstances et vers la fin du mois de décembre, à l'époque où le pain était le plus cher, et où l'on ressentait déjà le commencement de cette cherté des grains qui rendit l'année 1816 si cruelle aux pauvres gens, le passant remarqua sur le visage de la jeune fille dont le nom lui était inconnu les traces affreuses d'une pensée secrète que ses sourires bienveillants ne dissipèrent pas. Bientôt il reconnut dans les yeux de Caroline les flétrissants indices d'un travail nocturne. Dans une des dernières nuits de ce mois, le passant revint, contrairement à ses habitudes, vers une heure du matin par la rue du Tourniquet-Saint-Jean. Le silence de la nuit lui permit d'entendre de loin, avant d'arriver à la maison de Caroline, la voix pleurarde de la vieille mère et celle plus douloureuse de la jeune ouvrière dont les éclats retentissaient mêlés aux sifflements d'une pluie de neige ; il tâcha d'arriver à pas lents ; puis, au risque de se faire arrêter, il se tapit devant la croisée pour écouter la mère et la fille en les examinant par le plus grand des trous qui découpaient les rideaux de mousseline jaunie, et les rendaient semblables à ces grandes feuilles de chou mangées en rond par des chenilles. Le curieux passant vit un papier timbré sur la table qui séparait les deux métiers et sur laquelle était posée la lampe entre les deux globes pleins d'eau. Il reconnut facilement une assignation. Madame Crochard pleurait, et la voix de Caroline avait un son guttural qui en altérait le timbre doux et caressant.

— Pourquoi tant te désoler, ma mère? Monsieur Molineux ne vendra pas nos meubles et ne nous chassera pas avant que j'aie terminé cette robe; encore deux nuits, et j'irai la porter chez madame Roguin.

— Et si elle te fait attendre comme toujours? Mais le prix de ta robe paiera-t-il aussi le boulanger?

Le spectateur de cette scène possédait une telle habitude de lire sur les visages qu'il crut entrevoir autant de fausseté dans la douleur de la mère que de vérité dans le chagrin de la fille; il disparut aussitôt, et revint quelques instants après. Quand il regarda par le trou de la mousseline, la mère était couchée; penchée sur son métier, la jeune ouvrière travaillait avec une infatigable activité; sur la table, à côté de l'assignation, se trouvait un morceau de pain triangulairement coupé, posé sans doute là pour la nourrir pendant la nuit, tout en lui rappelant la récompense de son courage. Le monsieur noir frissonna d'attendrissement et de douleur, il jeta sa bourse à travers une vitre fêlée de manière à la faire tomber aux pieds de la jeune fille, puis, sans jouir de sa surprise, il s'évada le cœur palpitant, les joues en feu. Le lendemain, le triste et sauvage inconnu passa en affectant un air préoccupé, mais il ne put échapper à la reconnaissance de Caroline qui avait ouvert la fenêtre et s'amusait à bêcher avec un couteau la caisse carrée couverte de neige, prétexte dont la maladresse ingénieuse annonçait à son bienfaiteur qu'elle ne voulait pas, cette fois, le voir à travers les vitres. La brodeuse fit, les yeux pleins de larmes, un signe de tête à son protecteur comme pour lui dire : — Je ne puis vous payer qu'avec le cœur. Mais le monsieur noir parut ne rien comprendre à l'expression de cette reconnaissance vraie. Le soir, quand il repassa, Caroline, qui s'occupait à recoller une feuille de papier sur la vitre brisée, put lui sourire en montrant comme une promesse l'émail de ses dents brillantes. Le monsieur noir prit dès lors un autre chemin et ne se montra plus dans la rue du Tourniquet.

Dans les premiers jours du mois de mai suivant, un samedi matin que Caroline apercevait, entre les deux lignes noires des maisons, une faible portion d'un ciel sans nuages, et pendant qu'elle arrosait avec un verre d'eau le pied de son chèvrefeuille, elle dit à sa mère : — Maman, il faut aller demain nous promener à Montmorency! A peine cette phrase fut-elle prononcée d'un air joyeux, que le monsieur noir vint à passer, plus triste et plus accablé que jamais ; le chaste et caressant regard que Caroline lui jeta pouvait passer pour une invitation. Aussi, le lendemain, quand madame Crochard, vêtue d'une redingote de mérinos brun rouge, d'un chapeau de soie et d'un châle à grandes raies imitant le cachemire, se présenta pour choisir un coucou [7] au coin de la rue du Faubourg-Saint-Denis et de la rue d'Enghien, y trouva-t-elle son inconnu, planté sur ses pieds comme un homme qui attend sa femme. Un sourire de plaisir dérida la figure de l'étranger quand il aperçut Caroline dont le petit pied était chaussé de guêtres en prunelle couleur puce, dont la robe blanche, emportée par un vent perfide pour les femmes mal faites, dessinait des formes attrayantes, et dont la figure, ombragée par un chapeau de paille de riz doublée en satin rose, était comme illuminée d'un reflet céleste ; sa large ceinture de couleur puce faisait valoir une taille à tenir entre les deux mains ; ses cheveux, partagés en deux bandeaux de bistre sur un front blanc comme de la neige, lui donnaient un air de candeur que rien ne démentait. Le plaisir semblait rendre Caroline aussi légère que la paille de son chapeau, mais il y eut en elle une espérance qui éclipsa tout à coup sa parure et sa beauté quand elle vit le monsieur noir. Celui-ci, qui semblait irrésolu, fut peut-être décidé à servir de compagnon de voyage à l'ouvrière par la subite révélation du bonheur que causait sa présence. Il loua, pour aller à Saint-Leu-Taverny, un cabriolet dont le cheval paraissait assez bon ; il offrit à madame Crochard et à sa fille d'y prendre place. La mère accepta sans se faire prier ; mais au moment où la voiture se trouva sur la route de Saint-Denis, elle s'avisa d'avoir des scrupules et hasarda quelques civilités sur la gêne que deux femmes allaient causer à leur compagnon.

— Monsieur voulait peut-être se rendre seul à Saint-Leu ? dit-elle avec une fausse bonhomie. Mais elle ne tarda pas à se plaindre de la chaleur, et surtout de son catarrhe, qui, disait-elle, ne lui avait pas permis de fermer l'œil une seule fois pendant la nuit ; aussi, à peine la voiture eut-elle atteint Saint-Denis, que madame Crochard parut endormie ; quelques-uns de ses ronflements semblèrent suspects au monsieur noir, qui fronça les sourcils en regardant la vieille femme d'un air singulièrement soupçonneux.

— Oh ! elle dort, dit naïvement Caroline, elle n'a pas cessé de tousser depuis hier soir. Elle doit être bien fatiguée.

Pour toute réponse, le compagnon de voyage jeta sur la jeune fille un rusé sourire comme pour lui dire : « Innocente créature, tu ne connais pas ta mère ! » Cependant, malgré sa défiance, et quand la voiture roula sur la terre dans cette longue avenue de peupliers qui conduit à Eaubonne, le monsieur noir crut madame Crochard réellement endormie ; peut-être aussi ne voulait-il plus examiner jusqu'à quel point ce sommeil était feint ou véritable. Soit que la beauté du ciel, l'air pur de la campagne et ces parfums enivrants répandus par les premières pousses des peupliers, par les fleurs du saule et par celles des épines blanches eussent disposé son cœur à s'épanouir comme s'épanouissait la nature ; soit qu'une plus longue contrainte lui devînt importune, ou que les yeux pétillants de Caroline eussent répondu à l'inquiétude des siens, le monsieur noir entreprit avec elle une conversation aussi vague que les balancements des arbres sous l'effort de la brise, aussi vagabonde que les détours du papillon dans l'air bleu, aussi peu raisonnée que la voix doucement mélodieuse des champs mais empreinte comme la nature d'un mystérieux amour. À cette époque, la campagne n'est-elle pas frémissante comme une fiancée qui a revêtu sa robe d'hyménée, et ne convie-t-elle pas au plaisir les âmes les plus froides ? Quitter les rues ténébreuses du Marais, pour la première fois depuis le dernier automne, et se trouver au sein de l'harmonieuse et pittoresque vallée de Montmorency ; la traverser au matin, en ayant devant les yeux l'infini de ses horizons, et pouvoir reporter, de là, son regard sur des yeux qui peignent aussi l'infini en exprimant l'amour, quels cœurs resteraient glacés, quelles lèvres garderaient un secret ? L'inconnu trouva Caroline plus gaie que spirituelle, plus aimante qu'instruite ; mais, si son rire accusait de la folâtrerie, ses paroles promettaient un sentiment vrai. Quand, aux interrogations sagaces de son compagnon, la jeune fille répondait par une effusion de cœur que les classes inférieures prodiguent sans y mettre de réticences comme les gens du grand monde, la figure du monsieur noir s'animait et semblait renaître ; sa physionomie perdait par degrés la tristesse qui en contractait les traits ; puis, de teinte en teinte, elle prit un air de jeunesse et un caractère de beauté qui rendirent Caroline heureuse et fière. La jolie brodeuse devina que son protecteur, sevré depuis longtemps de tendresse et d'amour, ne croyait plus au dévouement d'une femme. Enfin, une saillie inattendue du léger babil de Caroline enleva le dernier voile qui ôtait à la figure de l'inconnu sa jeunesse réelle et son caractère primitif, il sembla faire un éternel divorce avec des idées importunes, et déploya la vivacité d'âme que cachait la solennité de sa figure. La causerie devint insensiblement si familière qu'au moment où la voiture s'arrêta aux premières maisons du long village de Saint-Leu, Caroline nommait l'inconnu monsieur Roger. Pour la première fois seulement, la vieille mère se réveilla.

— Caroline, elle aura tout entendu, dit Roger d'une voix soupçonneuse à l'oreille de la jeune fille.

Caroline répondit par un ravissant sourire d'incrédulité qui dissipa le nuage sombre que la crainte d'un calcul chez la mère avait répandu sur le front de cet homme défiant. Sans s'étonner de rien, madame Crochard approuva tout, suivit sa fille et monsieur Roger dans le parc de Saint-Leu, où les deux jeunes gens étaient convenus d'aller pour visiter les riantes prairies et les bosquets embaumés que le goût de la reine Hortense a rendus si célèbres [8].

— Mon Dieu, combien cela est beau! s'écria Caroline lorsque, montée sur la croupe verte où commence la forêt de Montmorency, elle aperçut à ses pieds l'immense vallée qui déroulait ses sinuosités semées de villages, les horizons bleuâtres de ses collines, ses clochers, ses prairies, ses champs, et dont le murmure vint expirer à l'oreille de la jeune fille comme un bruissement de la mer. Les trois voyageurs côtoyèrent les bords d'une rivière factice, et arrivèrent à cette vallée suisse dont le chalet reçut plus d'une fois la reine Hortense et Napoléon. Quand Caroline se fut assise avec un saint respect sur le banc de bois moussu où s'étaient reposés des rois, des princesses et l'Empereur, madame Crochard manifesta le désir de voir de plus près un pont suspendu entre deux rochers qui s'apercevait au loin, et se dirigea vers cette curiosité champêtre en laissant son enfant sous la garde de monsieur Roger, mais en lui disant qu'elle ne les perdrait pas de vue.

— Eh! quoi, pauvre petite, s'écria Roger, vous n'avez jamais désiré la fortune et les jouissances du luxe? Vous ne souhaitez pas quelquefois de porter les belles robes que vous brodez?

— Je vous mentirais, monsieur Roger, si je vous disais que je ne pense pas au bonheur dont jouissent les riches. Ah! oui, je songe souvent, quand je m'endors surtout, au plaisir que j'aurais de voir ma pauvre mère ne pas être obligée d'aller par le mauvais temps chercher nos petites provisions, à son âge. Je voudrais que le matin une femme de ménage lui apportât, pendant qu'elle est encore au lit, son café bien sucré avec du sucre blanc. Elle aime à lire des romans, la pauvre bonne femme, eh! bien, je préférerais lui voir user ses yeux à sa lecture favorite, plutôt qu'à remuer des bobines depuis le matin jusqu'au soir. Il lui faudrait aussi un peu de bon vin. Enfin je voudrais la savoir heureuse, elle est si bonne!

— Elle vous a donc bien prouvé sa bonté?

— Oh! oui, répliqua la jeune fille d'un son de voix profond. Puis après un assez court moment de silence pendant lequel les deux jeunes gens regardèrent madame Crochard qui, parvenue au milieu du pont rustique, les menaçait du doigt, Caroline reprit : — Oh! oui, elle me l'a prouvé. Combien ne m'a-t-elle pas soignée quand j'étais petite! Elle a vendu ses derniers couverts d'argent pour me mettre en apprentissage chez la vieille fille qui m'a appris à broder. Et mon pauvre père! Combien de mal n'a-t-elle pas eu pour lui faire passer heureusement ses derniers moments! A cette idée la jeune fille tressaillit et se fit un voile de ses deux mains. — Ah! bah, ne pensons jamais aux malheurs passés, dit-elle en essayant de reprendre un air enjoué. Elle rougit en s'apercevant que Roger s'était attendri, mais elle n'osa le regarder.

— Que faisait donc votre père? demanda-t-il.

— Mon père était danseur à l'Opéra avant la révolution, dit-elle de l'air le plus naturel du monde, et ma mère chantait dans les chœurs. Mon père, qui commandait les évolutions sur le théâtre, se trouva par hasard à la prise de la Bastille. Il fut reconnu par quelques-uns des assaillants qui lui demandèrent s'il ne dirigerait pas bien une attaque réelle, lui qui en commandait de feintes au théâtre. Mon père était brave, il accepta, conduisit les insurgés, et fut récompensé par le grade de capitaine dans l'armée de Sambre-et-Meuse, où il se comporta de manière à monter rapidement en grade, il devint colonel; mais il fut si grièvement blessé à Lützen[*] qu'il est revenu mourir à Paris, après un an de maladie. Les Bourbons sont arrivés, ma mère n'a pu obtenir de pension, et nous sommes retombées dans une si grande misère qu'il a fallu travailler pour vivre. Depuis quelque temps la bonne femme est devenue maladive; aussi jamais ne l'ai-je vue si peu résignée; elle se plaint; et je le conçois, elle a goûté les douceurs d'une vie heureuse. Quant à moi, qui ne saurais regretter des délices que je n'ai pas connues, je ne demande qu'une seule chose au ciel...

— Quoi? dit vivement Roger qui semblait rêveur.

— Que les femmes portent toujours des tulles brodés pour que l'ouvrage ne manque jamais.

La franchise de ces aveux intéressa le jeune homme qui regarda d'un œil moins hostile madame Crochard quand elle revint vers eux d'un pas lent.

— Hé bien, mes enfants, avez-vous bien jasé? leur demanda-t-elle d'un air tout à la fois indulgent et railleur. Quand on pense, monsieur Roger, que le *petit caporal* s'est assis là où vous êtes! reprit-elle après un moment de silence. — Pauvre homme! ajouta-t-elle, mon mari l'aimait-il! Ah! Crochard a aussi bien fait de mourir, car il n'aurait pas enduré de le savoir là où *ils* l'ont mis.

Roger posa un doigt sur ses lèvres, et la bonne vieille, hochant la tête, dit d'un air sérieux: — Suffit, on aura la bouche close et la langue morte. Mais, ajouta-t-elle en ouvrant les bords de son corsage et montrant une croix et son ruban rouge suspendus à son cou par une faveur noire, *ils* ne m'empêcheront pas de porter ce que l'*autre* a donné à mon pauvre Crochard, et je me ferai certes enterrer avec...

En entendant des paroles qui passaient alors pour séditieuses, Roger interrompit la vieille mère en se levant brusquement, et ils retournèrent au village à travers les allées du parc. Le jeune homme s'absenta pendant quelques instants pour aller commander un repas chez le meilleur traiteur de Taverny; puis il revint chercher les deux femmes, et les y conduisit en les faisant passer par les sentiers de la forêt. Le dîner fut gai. Roger n'était déjà plus cette ombre sinistre qui passait naguère rue du Tourniquet, il ressemblait moins au *monsieur noir* qu'à un jeune homme confiant, prêt à s'abandonner au courant de la vie, comme ces deux femmes insouciantes et laborieuses qui, le lendemain peut-être, manqueraient de pain ; il paraissait être sous l'influence des joies du premier âge, son sourire avait quelque chose de caressant et d'enfantin. Quand, sur les cinq heures, le joyeux dîner fut terminé par quelques verres de vin de Champagne, Roger proposa le premier d'aller sous les châtaigniers au bal du village, où Caroline et lui dansèrent ensemble : leurs mains se pressèrent avec intelligence, leurs cœurs battirent animés d'une même espérance ; et sous le ciel bleu, aux rayons obliques et rouges du couchant, leurs regards arrivèrent à un éclat qui pour eux faisait pâlir celui du ciel. Étrange puissance d'une idée et d'un désir! Rien ne semblait impossible à ces deux êtres. Dans ces moments magiques où le plaisir jette ses reflets jusque sur l'avenir, l'âme ne prévoit que du bonheur. Cette jolie journée avait déjà créé pour tous deux des souvenirs auxquels ils ne pouvaient rien comparer dans le passé de leur existence. La source serait-elle donc plus gracieuse que le fleuve, le désir serait-il plus ravissant que la jouissance, et ce qu'on espère plus attrayant que tout ce qu'on possède?

— Voilà donc la journée déjà finie! A cette exclamation échappée à l'inconnu au moment où cessa la danse, Caroline le regarda d'un air compatissant en voyant sur sa figure une légère teinte de tristesse.

— Pourquoi ne seriez-vous pas aussi content à Paris qu'ici? dit-elle. Le bonheur n'est-il qu'à Saint-Leu? Il me semble maintenant que je ne puis être malheureuse nulle part.

Roger tressaillit à ces paroles dictées par ce doux abandon qui entraîne toujours les femmes plus loin qu'elles ne veulent aller, de même que la pruderie leur donne souvent plus de cruauté qu'elles n'en ont.

Pour la première fois, depuis le regard qui avait en quelque sorte commencé leur amitié, Caroline et Roger eurent une même pensée ; s'ils ne l'exprimèrent pas, ils la sentirent au même moment par une mutuelle impression semblable à celle d'un bienfaisant foyer qui les aurait consolés des atteintes de l'hiver ; puis, comme s'ils eussent craint leur silence, ils se rendirent alors à l'endroit où la voiture les attendait ; mais avant d'y monter, ils se prirent fraternellement par la main, et coururent dans une allée sombre devant madame Crochard. Quand ils ne virent plus le blanc bonnet de tulle qui leur indiquait la vieille mère comme un point à travers les feuilles : — Caroline! dit Roger d'une voix troublée et le cœur palpitant. La jeune fille confuse recula de quelques pas en comprenant les désirs que cette interrogation révélait ; néanmoins, elle tendit sa main qui fut baisée avec ardeur et qu'elle retira vivement, car en se levant sur la pointe des pieds elle avait aperçu sa mère. Madame Crochard fit semblant de ne rien voir, comme si, par un souvenir de ses anciens rôles, elle eût dû ne figurer là qu'en *a parte.*

L'aventure de ces deux jeunes gens ne se continua pas rue du Tourniquet. Pour retrouver Caroline et Roger, il est nécessaire de se transporter au milieu du Paris moderne où il existe, dans les maisons nouvellement bâties, de ces appartements qui semblent faits exprès pour que de nouveaux mariés y passent leur lune de miel : les peintures et les papiers y sont jeunes comme les époux, et la décoration en est dans sa fleur comme leur amour ; tout y est en harmonie avec de jeunes idées, avec de bouillants désirs. Au milieu de la rue Taitbout, dans une maison dont la pierre de taille était encore blanche, dont les colonnes du vestibule et de la porte n'avaient encore aucune souillure et dont les murs reluisaient de cette peinture coquette que nos premières relations avec l'Angleterre mettaient à la mode, se trouvait, au second étage, un petit appartement arrangé par l'architecte comme s'il en eût deviné la destination. Une simple et fraîche antichambre, revêtue en stuc à hauteur d'appui, donnait entrée dans un salon et dans une petite salle à manger. Le salon communiquait à une jolie chambre à coucher à laquelle attenait une salle de bains. Les cheminées y étaient toutes garnies de hautes glaces encadrées avec recherche. Les portes avaient pour ornements des arabesques de bon goût, et les corniches étaient d'un style pur. Un amateur aurait reconnu là, mieux qu'ailleurs, cette science de distribution et de décor qui distingue les œuvres de nos architectes modernes. Caroline habitait depuis un mois environ cet appartement meublé par un de ces tapissiers que guident les artistes. La description succincte de la pièce la plus importante suffira pour donner une idée des merveilles que cet appartement offrit aux yeux de Caroline amenée par Roger. Des tentures en étoffe grise, égayées par des agréments en soie verte, décoraient les murs de sa chambre à coucher. Les meubles, couverts en casimir [11] clair, présentaient les formes gracieuses et légères ordonnées par le dernier caprice de la mode : une commode en bois indigène, incrustée de filets bruns, gardait les trésors de la parure ; un secrétaire pareil servait à écrire de doux billlets sur un papier parfumé ; le lit, drapé à l'antique, ne pouvait inspirer que des idées de volupté par la mollesse de ses mousselines élégamment jetées ; les rideaux, de soie grise à franges vertes, étaient toujours étendus de manière à intercepter le jour ; une pendule de bronze représentait l'Amour couronnant Psyché ; enfin, un tapis à dessins gothiques imprimés sur un fond rougeâtre faisait ressortir les accessoires de ce lieu plein de délices. En face d'une psyché se trouvait une petite toilette, devant laquelle l'ex-brodeuse s'impatientait de la science de Plaisir, un illustre coiffeur.

— Espérez-vous finir ma coiffure aujourd'hui? dit-elle.

— Madame a les cheveux si longs et si épais, répondit Plaisir.

Caroline ne put s'empêcher de sourire. La flatterie de l'artiste avait sans doute réveillé dans son cœur le souvenir des louanges passionnées que lui adressait son ami sur la beauté d'une chevelure qu'il idolâtrait. Le coiffeur parti, la femme de chambre vint tenir conseil avec elle sur la toilette qui plairait le plus à Roger. On était alors au commencement de septembre 1816, il faisait froid : une robe de grenadine verte garnie en chinchilla fut choisie. Aussitôt sa toilette terminée, Caroline s'élança vers le salon, y ouvrit une croisée par où l'on sortait sur l'élégant balcon qui décorait la façade et se croisa les bras dans une attitude charmante, non pour s'offrir à l'admiration des passants et les voir tournant la tête vers elle, mais pour regarder le boulevard au bout de la rue Taitbout. Cette échappée de vue, que l'on comparerait volontiers au trou pratiqué pour les acteurs dans un rideau de théâtre, lui permettait de distinguer une multitude de voitures élégantes et une foule de monde emportées avec la rapidité des ombres chinoises. Ignorant si Roger viendrait à pied ou en voiture, l'ancienne ouvrière de la rue du Tourniquet examina tour à tour les piétons et les tilburys, voitures légères récemment importées en France par les Anglais. Des expressions de mutinerie et d'amour passaient sur sa jeune figure quand, après un quart d'heure d'attente, son œil perçant ou son cœur ne lui avaient pas encore indiqué celui qu'elle savait devoir venir. Quel mépris, quelle insouciance se peignaient sur son beau visage pour toutes les créatures qui s'agitaient comme des fourmis sous ses pieds! Ses yeux gris, pétillants de malice, étincelaient. Toute à sa passion, elle évitait les hommages avec autant de soin que les plus fières en mettent à les recueillir pendant leurs promenades à Paris, et ne s'inquiétait certes guère si le souvenir de sa blanche figure penchée ou de son petit pied qui dépassait le balcon, si la piquante image de ses yeux animés et de son nez voluptueusement retroussé, s'effaceraient ou non le lendemain du cœur des passants qui l'admiraient : elle ne voyait qu'une figure et n'avait qu'une idée. Quand la tête mouchetée d'un certain cheval bai-brun vint à dépasser la haute ligne tracée dans l'espace par les maisons, Caroline tressaillit et se haussa sur la pointe des pieds pour tâcher de reconnaître les guides blanches et la couleur du tilbury. C'était *lui*! Roger tourne l'angle de la rue, voit le balcon, fouette son cheval qui s'élance et arrive à cette porte bronzée à laquelle il est aussi habitué que son maître. La porte de l'appartement fut ouverte d'avance par la femme de chambre, qui avait entendu le cri de joie jeté par sa maîtresse. Roger se précipite vers le salon, presse Caroline dans ses bras, et l'embrasse avec cette effusion de sentiments que provoquent toujours les réunions peu fréquentes de deux êtres qui s'aiment ; il l'entraîne, ou plutôt ils marchent par une volonté unanime, quoique enlacés dans les bras l'un de l'autre, vers cette chambre discrète embaumée ; une causeuse les reçut devant le foyer, et ils se contemplèrent un moment en silence, en n'exprimant leur bonheur que par les vives étreintes de leurs mains, en se communiquant leurs pensées par un long regard.

— Oui, c'est lui, dit-elle enfin ; oui, c'est toi. Sais-tu

que voici trois grands jours que je ne t'ai vu, un siècle! Mais qu'as-tu? Tu as du chagrin.

— Ma pauvre Caroline...

— Oh! voilà, ma pauvre Caroline...

— Non, ne ris pas, mon ange ; nous ne pouvons pas aller ce soir à Feydeau [12].

Caroline fit une petite moue boudeuse, mais qui se dissipa tout à coup.

— Je suis une sotte! Comment puis-je penser au spectacle quand je te vois? Te voir, n'est-ce pas le seul spectacle que j'aime? s'écria-t-elle en passant ses doigts dans les cheveux de Roger.

— Je suis obligé d'aller chez le procureur général, nous avons en ce moment une affaire épineuse. Il m'a rencontré dans la grande salle ; et comme c'est moi qui porte la parole, il m'a engagé à venir dîner avec lui ; mais, ma chérie, tu peux aller à Feydeau avec ta mère, je vous y rejoindrai si la conférence finit de bonne heure.

— Aller au spectacle sans toi, s'écria-t-elle avec une expression d'étonnement, ressentir un plaisir que tu ne partagerais pas!... Oh! mon Roger, vous mériteriez de ne pas être embrassé, ajouta-t-elle en lui sautant au cou par un mouvement aussi naïf que voluptueux.

— Caroline, je dois rentrer pour m'habiller. Le Marais est loin, et j'ai encore quelques affaires à terminer.

— Monsieur, reprit Caroline en l'interrompant, prenez garde à ces paroles! Ma mère m'a dit que, quand les hommes commencent à nous parler de leurs affaires, ils ne nous aiment plus.

— Caroline, ne suis-je pas venu? N'ai-je pas dérobé cette heure à mon impitoyable...?

— Chut, dit-elle en mettant un doigt sur la bouche de Roger, chut, ne vois-tu pas que je me moque!

En ce moment ils étaient revenus tous les deux dans le salon, Roger y aperçut un meuble apporté le matin même par l'ébéniste : le vieux métier en bois de rose dont le produit nourrissait Caroline et sa mère quand elles habitaient la rue du Tourniquet-Saint-Jean, avait été remis à neuf, et une robe de tulle d'un riche dessin y était déjà tendue.

— Eh bien, mon bon ami, ce soir je travaillerai. En brodant, je me croirai encore à ces premiers jours où tu passais devant moi sans mot dire, mais non sans me regarder ; à ces jours où le souvenir de tes regards me tenait éveillée pendant la nuit. O mon cher métier, le plus beau meuble de mon salon, quoiqu'il ne me vienne pas de toi ! — Tu ne sais pas, dit-elle en s'asseyant sur les genoux de Roger qui ne pouvant résister à ses émotions était tombé dans un fauteuil... Écoute-moi donc ! Je veux donner aux pauvres tout ce que je gagnerai avec ma broderie. Tu m'as faite si riche ! Combien j'aime cette jolie terre de Bellefeuille, moins pour ce qu'elle est que parce que c'est toi qui me l'as donnée. Mais, dis-moi, mon Roger, je voudrais m'appeler Caroline de Bellefeuille, le puis-je ? Tu dois le savoir : est-ce légal ou toléré ?

En voyant une petite moue d'affirmation inspirée à Roger par sa haine pour le nom de Crochard, Caroline sauta légèrement en frappant ses mains l'une contre l'autre.

— Il me semble, s'écria-t-elle, que je t'appartiendrai bien mieux ainsi. Ordinairement une fille renonce à son nom et prend celui de son mari... Une idée importante qu'elle chassa aussitôt la fit rougir, elle prit Roger par la main, et le mena devant un piano ouvert. — Écoute, dit-elle. Je sais maintenant ma sonate comme un ange. Et ses doigts couraient déjà sur les touches d'ivoire, quand elle se sentit saisie et enlevée par la taille.

— Caroline, je devrais être loin.

— Tu veux partir ? Eh bien, va-t'en, dit-elle en boudant ; mais elle sourit après avoir regardé la pendule, et s'écria joyeusement : — Je t'aurai toujours gardé un quart d'heure de plus.

— Adieu, mademoiselle de Bellefeuille, dit-il avec la douce ironie de l'amour.

Elle prit un baiser et reconduisit son Roger jusque sur le seuil de la porte : quand le bruit des pas ne retentit plus dans l'escalier, elle courut au balcon pour le voir montant dans le tilbury, pour lui en voir prendre les guides, pour recueillir un dernier regard, entendre le roulement des roues sur le pavé, et pour suivre des yeux le brillant cheval, le chapeau du maître, le galon d'or qui garnissait celui du jockey [13], enfin pour regarder longtemps encore après que l'angle noir de la rue lui avait dérobé cette vision.

Cinq ans après l'installation de mademoiselle Caroline de Bellefeuille dans la jolie maison de la rue Taitbout, il s'y passa, pour la seconde fois, une de ces scènes domestiques qui resserrent encore les liens d'affection entre deux êtres qui s'aiment. Au milieu du salon bleu, devant la fenêtre qui s'ouvrait sur le balcon, un petit garçon de quatre ans et demi faisait un tapage infernal en fouettant son cheval de carton dont les deux arcs recourbés qui soutenaient les pieds n'allaient pas assez vite à son gré ; sa jolie petite tête à cheveux blonds retombant en mille boucles sur une collerette brodée sourit comme une figure d'ange à sa mère quand, du fond d'une bergère, elle lui dit : — Pas tant de bruit, Charles, tu vas réveiller ta petite sœur. Le curieux enfant descendit alors brusquement de cheval, arriva sur la pointe des pieds comme s'il eût craint le bruit de ses pas sur le tapis, mit un doigt entre ses petites dents, demeura dans une de ces attitudes enfantines qui n'ont tant de grâce que parce que tout en est naturel, et leva le voile de mousseline blanche qui cachait le frais visage d'une petite fille endormie sur les genoux de sa mère.

— Elle dort donc, Eugénie ? dit-il tout étonné. Pourquoi donc qu'elle dort quand nous sommes éveillés ? ajouta-t-il en ouvrant de grands yeux noirs qui flottaient dans un fluide abondant.

— Dieu seul sait cela, répondit Caroline en souriant.

La mère et l'enfant contemplèrent cette petite fille, baptisée le matin même. Alors âgée d'environ vingt-quatre ans, Caroline offrait tous les développements d'une beauté qu'un bonheur sans nuages et des plaisirs constants avaient fait épanouir. En elle la femme était accomplie. Charmée d'obéir aux désirs de son cher Roger, elle avait acquis les connaissances qui lui manquaient, elle touchait assez bien du piano et chantait agréablement. Ignorant les usages d'une société qui l'eût repoussée et où elle ne serait point allée quand même on l'y aurait accueillie, car la femme heureuse ne va pas dans le monde, elle n'avait su ni prendre cette élégance de manières, ni apprendre cette conversation pleine de mots et vide de pensées qui a cours dans les salons ; mais, en revanche, elle conquit laborieusement les connaissances indispensables à une mère dont toute l'ambition consiste à bien élever ses enfants. Ne pas quitter son fils, lui donner dès le berceau ces leçons de tous les moments qui gravent en de jeunes âmes le goût du beau et du bon, le préserver de toute influence mauvaise, remplir à la fois les pénibles fonctions de la bonne et les douces obligations d'une mère, tels furent ses uniques plaisirs. Dès le premier jour, cette discrète et douce créature se résigna si bien à ne point faire un pas hors de la sphère enchantée où pour elle se trouvaient toutes ses joies, qu'après six ans de l'union la plus tendre elle ne connaissait encore à son ami que le nom de Roger. Placée dans sa chambre à coucher, la gravure du tableau de Psyché arrivant avec sa lampe pour voir l'Amour malgré sa défense lui rappelait les conditions de son bonheur. Pendant ces six années, ses modestes plaisirs ne fatiguèrent jamais par une ambition mal placée le cœur de Roger, vrai trésor de bonté. Jamais elle ne souhaita ni diamants ni parures, et refusa le luxe d'une voiture vingt fois offerte à sa vanité. Attendre sur le balcon la voiture de Roger, aller avec lui au spectacle ou se promener ensemble pendant les beaux jours dans les environs de Paris, l'espérer, le voir, et l'espérer encore, étaient l'histoire de sa vie, pauvre d'événements, mais pleine d'amour. En berçant sur ses genoux par une chanson la fille venue quelques mois avant cette journée, elle se plut à évoquer les souvenirs du temps passé. Elle s'arrêta plus volontiers sur les mois de septembre, époque à laquelle chaque année son Roger l'emmenait à Bellefeuille y passer ces beaux jours qui semblent appartenir à toutes les saisons. La nature est alors aussi prodigue de fleurs que de fruits, les soirées sont tièdes, les matinées sont douces, et l'éclat de l'été succède souvent à la mélancolie de l'automne. Pendant les premiers temps de son amour, Caroline avait attribué l'égalité d'âme et la douceur de caractère dont tant de preuves lui furent données par Roger, à la rareté de leurs entrevues toujours désirées et à leur manière de vivre qui ne les mettait pas sans cesse en présence l'un de l'autre, comme le sont deux époux. Elle se souvint alors avec délices que, tourmentée de vaines craintes, elle l'avait épié en tremblant pendant leur premier séjour à cette petite terre du Gâtinais : inutile espionnage d'amour! Chacun de ces mois de bonheur passa comme un songe, au sein d'une félicité qui ne se démentit jamais. Elle avait toujours vu à ce bon être un tendre sourire sur les lèvres, sourire qui semblait être l'écho du sien. A ces tableaux trop vivement évoqués, ses yeux se mouillèrent de larmes, elle crut ne pas aimer assez et fut tentée de voir dans le malheur de sa situation équivoque une espèce d'impôt mis par le sort sur son amour. Enfin, une invincible curiosité lui fit chercher pour la millième fois les événements qui pouvaient amener un homme aussi aimant que Roger à ne jouir que d'un bonheur clandestin, illégal. Elle forgea mille romans, précisément pour se dispenser d'admettre la véritable raison, depuis longtemps devinée, mais à laquelle elle essaya de ne pas croire. Elle se leva, tout en gardant son enfant endormi dans ses bras, pour aller présider, dans la salle à manger, à tous les préparatifs du dîner. Ce jour était le 6 mai 1822, anniversaire de la promenade au parc de Saint-Leu, pendant laquelle sa vie fut décidée ; aussi chaque année ce jour ramenait-il une fête de cœur. Caroline désigna le linge qui devait servir au repas et dirigea l'arrangement du dessert. Après avoir pris avec bonheur les soins qui touchaient Roger, elle déposa la petite fille dans sa jolie barcelonnette, vint se placer sur le balcon et ne tarda pas à voir paraître le cabriolet par lequel son ami, parvenu à la maturité de l'homme, avait remplacé l'élégant tilbury des premiers jours. Après avoir essuyé le premier feu des caresses de Caroline et du petit espiègle qui l'appelait papa, Roger alla au berceau, contempla le sommeil de sa fille, la baisa sur le front, et tira de la poche de son habit un long papier bariolé de lignes noires.

— Caroline, dit-il, voici la dot de mademoiselle Eugénie de Bellefeuille.

La mère prit avec reconnaissance le titre dotal, une inscription au Grand-Livre de la dette publique.

— Pourquoi trois mille francs de rente à Eugénie, quand tu n'as donné que quinze cents francs à Charles ?

— Charles, mon ange, sera un homme, répondit-il. Quinze cents francs lui suffiront. Avec ce revenu un homme courageux est au-dessus de la misère. Si, par hasard, ton fils est un homme nul, je ne veux pas qu'il puisse faire des folies. S'il a de l'ambition, cette modicité de fortune lui inspirera le goût du travail. Eugénie est femme, il lui faut une dot.

Le père se mit à jouer avec Charles dont les caressantes démonstrations annonçaient l'indépendance et la liberté de son éducation. Aucune crainte établie entre le père et l'enfant ne détruisait ce charme qui récompense la paternité de ses obligations, et la gaieté de cette petite famille était aussi douce que vraie. Le soir, une lanterne magique étala sur une toile blanche ses pièges et ses mystérieux tableaux, à la grande surprise de Charles. Plus d'une fois les joies célestes de cette innocente créature excitèrent des fous rires sur les lèvres de Caroline et de Roger. Quand, plus tard, le petit garçon fut couché, la petite fille s'éveilla, demandant sa limpide nourriture. A la clarté d'une lampe, au coin du foyer, dans cette chambre de paix et de plaisir, Roger s'abandonna donc au bonheur de contempler le tableau suave que lui présentait cet enfant suspendu au sein de Caroline blanche, fraîche comme un lis nouvellement éclos et dont les cheveux retombaient en milliers de boucles brunes qui laissaient à peine voir son cou. La lueur faisait ressortir toutes les grâces de cette jeune mère en multipliant sur elle, autour d'elle, sur ses vêtements et sur l'enfant ces effets pittoresques produits par les combinaisons de l'ombre et de la lumière. Le visage de cette femme calme et silencieuse parut mille fois plus doux que jamais à Roger, qui regarda tendrement ces lèvres chiffonnées et vermeilles d'où jamais encore aucune parole discordante n'était sortie. La même pensée brilla dans les yeux de Caroline qui examina Roger du coin de l'œil, soit pour jouir de l'effet qu'elle produisait sur lui, soit pour deviner l'avenir de la soirée.

L'inconnu, qui comprit la coquetterie de ce regard

fin, dit avec une feinte tristesse : — Il faut que je parte. J'ai une affaire très grave à terminer, et l'on m'attend chez moi. Le devoir avant tout, n'est-ce pas, ma chérie ?

Caroline l'espionna d'un air à la fois triste et doux, mais avec cette résignation qui ne laisse ignorer aucune des douleurs d'un sacrifice : — Adieu, dit-elle. Va-t'en! Si tu restais une heure de plus, je ne te donnerais pas facilement ta liberté.

— Mon ange, répondit-il alors en souriant, j'ai trois jours de congé, et suis censé à vingt lieues de Paris.

Quelques jours après l'anniversaire de ce 6 mai, mademoiselle de Bellefeuille accourut un matin dans la rue Saint-Louis, au Marais, en souhaitant ne pas arriver trop tard dans une maison où elle se rendait ordinairement tous les huit jours. Un exprès venait de lui apprendre que sa mère, madame Crochard, succombait à une complication de douleurs produites chez elle par les catarrhes et par ses rhumatismes. Pendant que le cocher de fiacre fouettait ses chevaux d'après une invitation pressante que Caroline fortifia par la promesse d'un ample pourboire, les vieilles femmes timorées desquelles la veuve Crochard s'était fait une société pendant ses derniers jours introduisaient un prêtre dans l'appartement commode et propre occupé par la vieille comparse au second étage de la maison. La servante de madame Crochard ignorait que la jolie demoiselle chez laquelle sa maîtresse allait souvent dîner fût sa propre fille ; et, l'une des premières, elle sollicita l'intervention d'un confesseur, en espérant que cet ecclésiastique lui serait au moins aussi utile qu'à la malade. Entre deux bostons, ou en se promenant au jardin Turc [14], les vieilles femmes avec lesquelles la veuve Crochard caquetait tous les jours avaient réussi à réveiller dans le cœur glacé de leur amie quelques scrupules sur sa vie passée, quelques idées d'avenir, quelques craintes relatives à l'enfer, et certaines espérances de pardon fondées sur un sincère retour à la religion. Dans cette solennelle matinée, trois vieilles femmes de la rue Saint-François et de la Vieille-Rue-du-Temple étaient donc venues s'établir dans le salon où madame Crochard les recevait tous les mardis. A tour de rôle, l'une d'elles quittait son fauteuil pour aller au chevet du lit tenir compagnie à la pauvre vieille, et lui donner de ces faux espoirs avec lesquels on berce les mourants. Cependant, quand la crise leur parut prochaine, lorsque le médecin appelé la veille ne répondit plus de la veuve, les trois dames se consultèrent pour décider s'il fallait avertir mademoiselle de Bellefeuille. Françoise préalablement entendue, il fut arrêté qu'un commissionnaire partirait pour la rue Taitbout prévenir la jeune parente dont l'influence paraissait si redoutable aux quatre femmes ; mais elles espérèrent que l'Auvergnat ramèrerait trop tard cette personne dotée d'une si grande part dans l'affection de madame Crochard. Cette veuve, évidemment riche d'un millier d'écus de rente, ne fut si bien choyée par le trio femelle que parce qu'aucune de ces bonnes amies, ni même Françoise, ne lui connaissaient d'héritier. L'opulence dont jouissait mademoiselle de Bellefeuille, à qui madame Crochard s'interdisait de donner le doux nom de fille par suite des *us* de l'ancien Opéra, légitimait presque le plan formé par ces quatre femmes de se partager la succession de la mourante.

Bientôt celle des trois sibylles qui tenait la malade en arrêt vint montrer une tête branlante au couple inquiet, et dit : — Il est temps d'envoyer chercher monsieur l'abbé Fontanon. Encore deux heures, elle n'aura ni sa tête, ni la force d'écrire un mot.

La vieille servante édentée partit donc, et revint avec un homme vêtu d'une redingote noire [15]. Un front étroit annonçait un petit esprit chez ce prêtre, déjà doué d'une figure commune ; ses joues larges et pendantes, son menton doublé témoignaient d'un bien-être égoïste ; ses cheveux poudrés lui donnaient un air doucereux tant qu'il ne levait pas des yeux bruns, petits, à fleur de tête, et qui n'eussent pas été mal placés sous les sourcils d'un Tartare.

— Monsieur l'abbé, lui disait Françoise, je vous remercie bien de vos avis ; mais aussi, comptez que j'ai eu un fier soin de cette chère femme-là.

La domestique au pas traînant et à la figure en deuil se tut en voyant que la porte de l'appartement était ouverte, et que la plus insinuante des trois douairières stationnait sur le palier pour être la première à parler au confesseur. Quand l'ecclésiastique eut complaisamment essuyé la triple bordée des discours mielleux et dévots des amies de la veuve, il alla s'asseoir au chevet du lit de madame Crochard. La décence et une certaine retenue forcèrent les trois dames et la vieille Françoise de demeurer toutes quatre dans le salon à se faire des mines de douleur qu'il n'appartenait qu'à ces faces ridées de jouer avec autant de perfection.

— Ah! c'est-y malheureux! s'écria Françoise en poussant un soupir. Voilà pourtant la quatrième maîtresse que j'aurai le chagrin d'enterrer. La première m'a laissé cent francs de viager, la seconde cinquante écus, et la troisième mille écus de comptant. Après trente ans de service, voilà tout ce que je possède!

La servante usa de son droit d'aller et venir pour se rendre dans un petit cabinet d'où elle pouvait entendre le prêtre.

— Je vois avec plaisir, disait Fontanon, que vous avez, ma fille, des sentiments de piété ; vous portez sur vous une sainte relique...

Madame Crochard fit un mouvement vague qui

n'annonçait pas qu'elle eût tout son bon sens, car elle montra la croix impériale de la Légion d'honneur. L'ecclésiastique recula d'un pas en voyant la figure de l'Empereur ; puis il se rapprocha bientôt de sa pénitente, qui s'entretint avec lui d'un ton si bas que pendant quelque temps Françoise n'entendit rien.

— Malédiction sur moi! s'écria tout à coup la vieille, ne m'abandonnez pas. Comment, monsieur l'abbé, vous croyez que j'aurai à répondre de l'âme de ma fille?

L'ecclésiastique parlait trop bas et la cloison était trop épaisse pour que Françoise pût tout entendre.

— Hélas! s'écria la veuve en pleurant, le scélérat ne m'a rien laissé dont je pusse disposer. En prenant ma pauvre Caroline, il m'a séparée d'elle et ne m'a constitué que trois mille livres de rente dont le fonds appartient à ma fille.

— Madame a une fille et n'a que du viager, cria Françoise en accourant au salon.

Les trois vieilles se regardèrent avec un étonnement profond. Celle d'entre elles dont le nez et le menton prêts à se joindre trahissaient une sorte de supériorité d'hypocrisie et de finesse, cligna des yeux, et dès que Françoise eut tourné le dos, elle fit à ses deux amies un signe qui voulait dire : — Cette fille est une fine mouche, elle a déjà été couchée sur trois testaments. Les trois vieilles femmes restèrent donc ; mais l'abbé reparut bientôt et quand il eut dit un mot, les sorcières dégringolèrent de compagnie les escaliers après lui, laissant Françoise seule avec sa maîtresse. Madame Crochard, dont les souffrances redoublèrent cruellement, eut beau sonner en ce moment sa servante, celle-ci se contentait de crier : — Eh! On y va! Tout à l'heure! Les portes des armoires et des commodes allaient et venaient comme si Françoise eût cherché quelque billet de loterie égaré. A l'instant où cette crise atteignait à son dernier période, mademoiselle de Bellefeuille arriva auprès du lit de sa mère pour lui prodiguer de douces paroles.

— Oh! ma pauvre mère, combien je suis criminelle! Tu souffres, et je ne le savais pas, mon cœur ne me le disait pas! Mais me voici...

— Caroline...

— Quoi?

— Elles m'ont amené un prêtre.

— Mais un médecin donc, reprit mademoiselle de Bellefeuille. Françoise, un médecin! Comment ces dames n'ont-elles pas envoyé chercher le docteur?

— Elles m'ont amené un prêtre, reprit la vieille en poussant un soupir.

— Comme elle souffre! Et pas une potion calmante, rien sur sa table.

La mère fit un signe indistinct, mais que l'œil pénétrant de Caroline devina, car elle se tut pour la laisser parler.

— Elles m'ont amené un prêtre... soi-disant pour me confesser. — Prends garde à toi, Caroline, lui cria péniblement la vieille comparse par un dernier effort, le prêtre m'a arraché le nom de ton bienfaiteur.

— Et qui a pu te le dire, ma pauvre mère?

La vieille expira en essayant de prendre un air malicieux. Si mademoiselle de Bellefeuille avait pu observer le visage de sa mère, elle eût vu ce que personne ne verra, rire la Mort.

Pour comprendre l'intérêt que cache l'introduction de cette scène, il faut en oublier un moment les personnages, pour se prêter au récit d'événements antérieurs, mais dont le dernier se rattache à la mort de madame Crochard. Ces deux parties formeront alors une même histoire qui, par une loi particulière à la vie parisienne, avait produit deux actions distinctes.

Vers la fin du mois de novembre 1805, un jeune avocat, âgé d'environ vingt-six ans, descendait vers trois heures du matin le grand escalier de l'hôtel où demeurait l'Archichancelier de l'Empire[16]. Arrivé dans la cour, en costume de bal, par une fine gelée, il ne put s'empêcher de jeter une douloureuse exclamation où perçait néanmoins cette gaieté qui abandonne rarement un Français, car il n'aperçut pas de fiacre à travers les grilles de l'hôtel, et n'entendit dans le lointain aucun de ces bruits produits par les sabots ou par la voix enrouée des cochers parisiens. Quelques coups de pied frappés de temps en temps par les chevaux du Grand Juge[17] que le jeune homme venait de laisser à la bouillotte de Cambacérès retentissaient dans la cour de l'hôtel à peine éclairée par les lanternes de la voiture. Tout à coup le jeune homme, amicalement frappé sur l'épaule, se retourna, reconnut le Grand Juge et le salua. Au moment où le laquais dépliait le marchepied du carrosse, l'ancien législateur de la Convention devina l'embarras de l'avocat. — La nuit tous les chats sont gris, lui dit-il gaiement. Le Grand Juge ne se compromettra pas en mettant un avocat dans son chemin! Surtout, ajouta-t-il, si cet avocat est le neveu d'un ancien collègue, l'une des lumières de ce grand Conseil d'État qui a donné le Code Napoléon à la France. Le piéton monta dans la voiture sur un geste du chef suprême de la justice impériale. — Où demeurez-vous? demanda le ministre à l'avocat avant que la portière ne fût refermée par le valet de pied qui attendait l'ordre. — Quai des Augustins, monseigneur. Les chevaux partirent, et le jeune homme se vit en tête à tête avec un ministre auquel il avait tenté vainement d'adresser la parole avant et après le somptueux dîner de Cambacérès, car le Grand Juge l'avait visiblement évité pendant toute la soirée. — Eh bien, monsieur *de* Granville, vous êtes en assez beau chemin! — Mais, tant que je serai à côté de Votre Excellence... — Je ne plaisante pas, dit le ministre. Votre stage est terminé depuis deux ans, et vos défenses dans le procès Ximeuse et d'Hautescrre vous ont placé bien haut. — J'ai cru jusqu'aujourd'hui que mon dévouement à ces malheureux émigrés me nuisait. — Vous êtes bien jeune, dit le ministre d'un ton grave. Mais, reprit-il après une pause, vous avez beaucoup plu ce soir à l'Archichancelier. Entrez dans la magistrature du parquet, nous manquons de sujets. Le neveu d'un homme à qui Cambacérès et moi nous portons le plus vif intérêt ne doit pas rester avocat faute de protection. Votre oncle nous a aidés à traverser des temps bien orageux, et ces sortes de services ne s'oublient pas. Le ministre se tut pendant un moment. — Avant peu, reprit-il, j'aurai trois places vacantes au Tribunal de première instance et à la Cour impériale de Paris, venez alors me voir, et choisissez celle qui vous conviendra. Jusque-là travaillez, mais ne vous présentez point à mes audiences. D'abord, je suis accablé de travail; puis vos concurrents devineraient vos intentions et pourraient vous nuire auprès du patron. Cambacérès et moi, en ne vous disant pas un mot ce soir, nous vous avons garanti des dangers de la faveur.

Au moment où le ministre acheva ces derniers mots, la voiture s'arrêtait sur le quai des Augustins, le jeune avocat remercia son généreux protecteur avec une effusion de cœur assez vive des deux places qu'il lui avait accordées, et se mit à frapper rudement à la porte, car la bise sifflait avec rigueur sur ses mollets. Enfin un vieux portier tira le cordon, et quand l'avocat passa devant la loge : — Monsieur Granville, il y a une lettre pour vous, cria-t-il d'une voix enrouée. Le jeune homme prit la lettre, et tâcha, malgré le froid, d'en lire l'écriture à la lueur d'un pâle réverbère dont la mèche était sur le point d'expirer.

— C'est de mon père! s'écria-t-il en prenant son bougeoir que le portier finit par allumer. Et il monta rapidement dans son appartement pour y lire la lettre suivante :

« Prends le courrier, et si tu peux arriver prompte-
« ment ici, ta fortune est faite. Mademoiselle Angélique
« Bontems a perdu sa sœur, la voilà fille unique, et
« nous savons qu'elle ne te hait pas. Maintenant
« madame Bontems peut lui laisser à peu près quarante
« mille francs de rente, outre ce qu'elle lui donnera
« en dot. J'ai préparé les voies. Nos amis s'étonneront
« de voir d'anciens nobles s'allier à la famille Bontems.
« Le père Bontems a été un bonnet rouge foncé qui
« possédait force biens nationaux achetés à vil prix.
« Mais d'abord il n'a eu que des prés de moines qui ne
« reviendront jamais ; puis, si tu as déjà dérogé en te
« faisant avocat, je ne vois pas pourquoi nous recu-
« lerions devant une autre concession aux idées ac-
« tuelles. La petite aura trois cent mille francs, je t'en
« donne cent, le bien de ta mère doit valoir cinquante
« mille écus où à peu près, je te vois donc en position,
« mon cher fils, si tu veux te jeter dans la magistrature,
« de devenir sénateur tout comme un autre. Mon beau-
« frère le Conseiller d'État ne te donnera pas un coup
« de main pour cela, par exemple ; mais, comme il
« n'est pas marié, sa succession te reviendra un jour :
« si tu n'étais pas sénateur de ton chef, tu aurais donc
« sa survivance. De là tu seras juché assez haut pour
« voir venir les événements. Adieu, je t'embrasse. »

Le jeune Granville se coucha donc en faisant mille projets plus beaux les uns que les autres. Puissamment protégé par l'Archichancelier, par le Grand Juge et par son oncle maternel, l'un des rédacteurs du Code, il allait débuter dans un poste envié, devant la première Cour de l'Empire, et se voyait membre de ce parquet où Napoléon choisissait les hauts fonctionnaires de son Empire. Il se présentait de plus une fortune assez brillante pour l'aider à soutenir son rang, auquel n'aurait pas suffi le chétif revenu de cinq mille francs que lui donnait une terre recueillie par lui dans la succession de sa mère. Pour compléter ses rêves d'ambition par le bonheur, il évoqua la figure naïve de mademoiselle Angélique Bontems, la compagne des jeux de son enfance. Tant qu'il n'eut pas l'âge de raison, son père et sa mère ne s'opposèrent point à son intimité avec la jolie fille de leur voisin de campagne ; mais quand, pendant les courtes apparitions que les vacances lui laissaient faire à Bayeux, ses parents, entichés de noblesse, s'aperçurent de son amitié pour la jeune fille, ils lui défendirent de penser à elle. Depuis dix ans, Granville n'avait donc pu voir que par moments celle qu'il nommait sa *petite femme*. Dans ces moments, dérobés à l'active surveillance de leurs familles, à peine échangèrent-ils de vagues paroles en passant l'un devant l'autre dans l'église ou dans la rue. Leurs plus beaux jours furent ceux où, réunis par l'une de ces fêtes champêtres nommées en Normandie des *assemblées*, ils s'examinèrent furtivement et en perspective. Pendant ses dernières vacances, Granville vit deux fois Angélique, et le regard baissé, l'attitude triste de sa petite femme lui firent juger qu'elle était courbée sous quelque despotisme inconnu. Arrivé dès sept heures du matin au bureau des Messageries de la rue Notre-Dame-des-Victoires, le jeune avocat trouva heureusement une place dans la voiture qui partait à cette heure pour la ville de Caen.

L'avocat stagiaire ne revit pas sans une émotion profonde les clochers de la cathédrale de Bayeux. Aucune espérance de sa vie n'ayant encore été trompée, son cœur s'ouvrait aux beaux sentiments qui agitent de jeunes âmes. Après le trop long banquet d'allégresse pour lequel il était attendu par son père et par quelques amis, l'impatient jeune homme fut conduit vers une certaine maison située rue Teinture, et bien connue de lui. Le cœur lui battit avec force quand son père, que l'on continuait d'appeler à Bayeux le comte de Granville, frappa rudement à une porte cochère dont la peinture verte tombait par écailles. Il était environ quatre heures du soir. Une jeune servante, coiffée d'un bonnet de coton, salua les deux messieurs par une courte révérence, et répondit que ces dames allaient bientôt revenir de vêpres. Le comte et son fils entrèrent dans une salle basse servant de salon, et semblable au parloir d'un couvent. Des lambris en noyer poli assombrissaient cette pièce, autour de laquelle quelques chaises en tapisserie et d'antiques fauteuils étaient symétriquement rangés. La cheminée en pierre n'avait pour tout ornement qu'une glace verdâtre, de chaque côté de laquelle sortaient les branches contournées de ces anciens candélabres fabriqués à l'époque de la paix d'Utrecht. Sur la boiserie en face de cette cheminée, le jeune Granville aperçut un énorme crucifix d'ébène et d'ivoire entouré de buis bénit. Quoique éclairée par trois croisées qui tiraient leur jour d'un jardin de province dont les carrés symétriques étaient dessinés par de longues raies de buis, la pièce en recevait si peu de jour qu'à peine voyait-on sur la muraille parallèle à ces croisées trois tableaux d'église dus à quelque savant pinceau, et achetés sans doute pendant la révolution par le vieux Bontems, qui, en sa qualité de chef du district, n'oublia jamais ses intérêts. Depuis le plancher soigneusement ciré jusqu'aux rideaux de toile à carreaux verts, tout brillait d'une propreté monastique. Involontairement le cœur du jeune homme se serra dans cette silencieuse retraite où vivait Angélique. La continuelle habitation [18] des brillants salons de Paris et le tourbillon des fêtes avaient facilement effacé les existences sombres et paisibles de la province dans le souvenir de Granville, aussi le contraste fut-il pour lui si subit qu'il éprouva une sorte de frémissement intérieur. Sortir d'une assemblée chez Cambacérès où la vie se montrait si ample, où les esprits avaient de l'étendue, où la gloire impériale se reflétait vivement, et tomber tout à coup dans un cercle d'idées mesquines, n'était-ce pas être transporté de l'Italie au Groenland ? — Vivre ici, ce n'est pas vivre, se dit-il en examinant ce salon de méthodiste. Le vieux comte, qui s'aperçut de l'étonnement de son fils, alla le prendre par la main, l'entraîna devant une croisée d'où venait encore un peu de jour, et pendant que la servante allumait les vieilles bougies des flambeaux, il essaya de dissiper les nuages que cet aspect amassait sur son front.

— Écoute, mon enfant, lui dit-il, la veuve du père Bontems est furieusement dévote. Quand le diable devint vieux... tu sais! Je vois que l'air du bureau [19] te fait faire la grimace. Eh bien, voici la vérité. La vieille femme est assiégée par les prêtres, ils lui ont persuadé qu'il était toujours temps de gagner le ciel, et pour être plus sûre d'avoir saint Pierre et ses clefs, elle les achète. Elle va à la messe tous les jours, entend tous les offices, communie tous les dimanches que Dieu fait, et s'amuse à restaurer les chapelles. Elle a donné à la cathédrale tant d'ornements, d'aubes, de chapes, elle a chamarré le dais de tant de plumes, qu'à la procession de la dernière Fête-Dieu il y avait une foule comme à une pendaison pour voir les prêtres magnifiquement habillés et leurs ustensiles dorés à neuf. Aussi cette maison est-elle une vraie terre-sainte. C'est moi qui ai empêché la vieille folle de donner ces trois tableaux à l'église, un Dominiquin, un Corrège et un André del Sarto qui valent beaucoup d'argent.

— Mais Angélique? demanda vivement le jeune homme.

— Si tu ne l'épouses pas, Angélique est perdue, dit le comte. Nos bons apôtres lui ont conseillé de vivre vierge et martyre. J'ai eu toutes les peines du monde à réveiller son petit cœur en lui parlant de toi, quand je l'ai vue fille unique; mais tu comprends aisément qu'une fois mariée, tu l'emmèneras à Paris. Là, les fêtes, le mariage, la comédie et l'entraînement de la vie parisienne lui feront facilement oublier les confessionnaux, les jeûnes, les cilices et les messes dont se nourrissent exclusivement ces créatures.

— Mais les cinquante mille livres de rente provenues des biens ecclésiastiques ne retourneront-elles pas...

— Nous y voilà, s'écria le comte d'un air fin. En considération du mariage, car la vanité de madame Bontems n'a pas été peu chatouillée par l'idée d'enter les Bontems sur l'arbre généalogique des Granville, la susdite mère donne sa fortune en toute propriété à la petite, en ne s'en réservant que l'usufruit. Aussi le sacerdoce s'oppose-t-il à ton mariage; mais j'ai fait publier les bans, tout est prêt, et en huit jours tu seras hors des griffes de la mère ou de ses abbés. Tu posséderas la plus jolie fille de Bayeux, une petite commère qui ne te donnera pas de chagrin, parce que ça aura des principes. Elle a été mortifiée, comme ils disent dans leur jargon, par les jeûnes, par les prières, et, ajouta-t-il à voix basse, par sa mère.

Un coup frappé discrètement à la porte imposa silence au comte, qui crut voir entrer les deux dames. Un petit domestique à l'air affairé se montra; mais, intimidé par l'aspect des deux personnages, il fit un signe à la bonne qui vint près de lui. Vêtu d'un gilet de drap bleu à petites basques qui flottaient sur ses hanches, et d'un pantalon rayé bleu et blanc, ce garçon avait les cheveux coupés en rond : sa figure ressemblait à celle d'un enfant de chœur, tant elle peignait cette componction forcée que contractent tous les habitants d'une maison dévote.

— Mademoiselle Gatienne, savez-vous où sont les livres pour l'office de la Vierge? Les dames de la congrégation du Sacré-Cœur font ce soir une procession dans l'église.

Gatienne alla chercher les livres.

— Y en a-t-il encore pour longtemps, mon petit milicien? demanda le comte.

— Oh! pour une demi-heure au plus.

— Allons voir ça, il y a de jolies femmes, dit le père à son fils. D'ailleurs, une visite à la cathédrale ne peut pas nous nuire.

Le jeune avocat suivit son père d'un air irrésolu.

— Qu'as-tu donc? lui demanda le comte.

— J'ai, mon père, j'ai... que j'ai raison.

— Tu n'as encore rien dit.

— Oui, mais j'ai pensé que vous avez conservé dix mille livres de rente de votre ancienne fortune, vous me les laisserez le plus tard possible, je le désire ; mais si vous me donnez cent mille francs pour faire un sot mariage, vous me permettrez de ne vous en demander que cinquante mille pour éviter un malheur et jouir, tout en restant garçon, d'une fortune égale à celle que pourrait m'apporter votre demoiselle Bontems.

— Es-tu fou?

— Non, mon père. Voici le fait. Le Grand-Juge m'a promis avant-hier une place au parquet de Paris. Cinquante mille francs, joints à ce que je possède et aux appointements de ma place, me feront un revenu de douze mille francs. J'aurai, certes, alors des chances de fortune mille fois préférables à celles d'une alliance aussi pauvre de bonheur qu'elle est riche en biens.

— On voit bien, répondit le père en souriant, que tu n'as pas vécu dans l'Ancien Régime. Est-ce que nous sommes jamais embarrassés d'une femme, nous autres !...

— Mais, mon père, aujourd'hui le mariage est devenu...

— Ah çà! dit le comte en interrompant son fils, tout ce que mes vieux camarades d'émigration me chantent est donc bien vrai? La Révolution nous a donc légué des mœurs sans gaieté, elle a donc empesté [20] les jeunes gens de principes équivoques? Tout comme mon beau-frère le jacobin, tu vas me parler de nation, de morale publique, de désintéressement. O mon Dieu! Sans les sœurs de l'Empereur, que deviendrions-nous?

Ce vieillard encore vert, que les paysans de ses terres appelaient toujours le seigneur de Granville, acheva ces paroles en entrant sous les voûtes de la cathédrale. Nonobstant la sainteté des lieux, il fredonna, tout en prenant de l'eau bénite, un air de l'opéra de *Rose et Colas* [21], et guida son fils le long des galeries latérales de la nef, en s'arrêtant à chaque pilier pour examiner dans l'église les rangées de têtes qui s'y trouvaient alignées comme le sont des soldats à la parade. L'office particulier du Sacré-Cœur allait commencer. Les dames affiliées à cette congrégation étant placées près du chœur, le comte et son fils se dirigèrent vers cette portion de la nef, et s'adossèrent à l'un des piliers les plus obscurs, d'où ils purent apercevoir la masse entière de ces têtes qui ressemblaient à une prairie émaillée de fleurs. Tout à coup, à deux pas du jeune Granville, une voix plus douce qu'il ne semblait possible à créature humaine de la posséder, détonna comme le premier rossignol qui chante après l'hiver. Quoique accompagnée de mille voix de femmes et par les sons de l'orgue, cette voix remua ses nerfs comme s'ils eussent été attaqués par les notes trop riches et trop vives de l'harmonica. Le Parisien se retourna, vit une jeune personne dont la figure était, par suite de l'inclination de sa tête, entièrement ensevelie sous un large chapeau d'étoffe blanche, et pensa que d'elle seule venait cette claire mélodie ; il crut reconnaître Angélique, malgré la pelisse de mérinos brun qui l'enveloppait, et poussa le bras de son père.

— Oui, c'est elles, dit le comte après avoir regardé dans la direction que lui indiquait son fils. Le vieux seigneur montra par un geste le visage pâle d'une vieille femme dont les yeux fortement bordés d'un cercle noir avaient déjà vu les étrangers sans que son regard faux eût paru quitter le livre de prières qu'elle tenait. Angélique leva la tête vers l'autel, comme pour aspirer les parfums pénétrants de l'encens dont les nuages arrivaient jusqu'aux deux femmes. A la lueur mystérieuse répandue dans ce sombre vaisseau par les cierges, la lampe de la nef et quelques bougies allumées aux piliers, le jeune homme aperçut alors une figure qui ébranla ses résolutions. Un chapeau de moire blanche encadrait exactement un visage d'une admirable régularité, par l'ovale que décrivait le ruban de satin noué sous un petit menton à fossette. Sur un front étroit, mais très mignon, des cheveux couleur d'or pâle se séparaient en deux bandeaux et retombaient autour des joues comme l'ombre d'un feuillage sur une touffe de fleurs. Les deux arcs de sourcils étaient dessinés avec une correction que l'on admire dans les belles figures chinoises. Le nez, presque aquilin, possédait une fermeté rare dans ses contours, et les deux lèvres ressemblaient à deux lignes roses tracées avec amour par un pinceau délicat. Les yeux, d'un bleu pâle, exprimaient la candeur. Si Granville remarqua dans ce visage une sorte de rigidité silencieuse, il put l'attribuer aux sentiments de dévotion qui animaient alors Angélique. Les saintes paroles de la prière passaient entre deux rangées de perles d'où le froid permettait de voir sortir comme un nuage de parfums. Involontairement le jeune homme essaya de se pencher pour respirer cette haleine divine. Ce mouvement attira l'attention de la jeune fille, et son regard fixe élevé vers l'autel se tourna sur Granville, que l'obscurité ne lui laissa voir qu'indistinctement, mais en qui elle reconnut le compagnon de son enfance : un souvenir plus puissant que la prière vint donner un éclat surnaturel à son visage, elle rougit. L'avocat tressaillit de joie en voyant les espérances de l'autre vie vaincues par les espérances de l'amour, et la gloire du sanctuaire éclipsée par des souvenirs terrestres ; mais son triomphe dura peu : Angélique abaissa son voile, prit une contenance calme, et se remit à chanter sans que le timbre de sa voix accusât la plus légère émotion. Granville se trouva sous la tyrannie d'un seul désir et toutes ses idées de prudence s'évanouirent. Quand l'office fut terminé, son impatience était déjà devenue si grande que, sans laisser les deux dames retourner seules chez elles, il vint aussitôt saluer sa petite femme. Une reconnaissance timide de part et d'autre se fit sous le porche de la cathédrale, en présence des fidèles. Madame Bontems trembla d'orgueil en prenant le bras du comte de Granville, qui, forcé de le lui offrir devant tant de monde, sut fort mauvais gré à son fils d'une impatience si peu décente. Pendant environ quinze jours qui s'écoulèrent entre la présentation officielle du jeune vicomte de Granville comme prétendu de mademoiselle Bontems et le jour solennel de son mariage, il vint assidûment trouver son amie dans le sombre parloir, auquel il s'accoutuma. Ses longues visites eurent pour but d'épier le caractère d'Angélique, car sa prudence s'était heureusement réveillée le lendemain de son entrevue. Il surprit presque toujours sa future assise devant une petite table en bois de Sainte-Lucie, et occupée à marquer elle-même le linge qui devait composer son trousseau. Angélique ne parla jamais la première de religion. Si le jeune avocat se plaisait à jouer avec le riche chapelet contenu dans un petit sac en velours vert, s'il contemplait en riant la relique qui accompagne toujours cet instrument de dévotion, Angélique lui prenait doucement le chapelet des mains en lui jetant un regard suppliant, et, sans mot dire, le remettait dans le sac qu'elle serrait aussitôt. Si parfois Granville se hasardait malicieusement à déclamer contre certaines pratiques de la religion, la jolie Normande l'écoutait en lui opposant le sourire de la conviction. — Il ne faut rien croire, ou croire tout ce que l'Église enseigne, répondit-elle. Voudriez-vous pour la mère de vos enfants d'une fille sans religion? Non. Quel homme oserait être juge entre les incrédules et Dieu? Eh bien, comment puis-je blâmer ce que l'Église admet? Angélique semblait animée par une si onctueuse charité, le jeune avocat lui voyait tourner sur lui des regards si pénétrés qu'il fut parfois tenté d'embrasser la religion de sa prétendue; la conviction profonde où elle était de marcher dans le vrai sentier réveilla dans le cœur du futur magistrat des doutes qu'elle essayait d'exploiter. Granville commit alors l'énorme faute de prendre les prestiges du désir pour ceux de l'amour. Angélique fut si heureuse de concilier la voix de son cœur et celle du devoir en s'abandonnant à une inclination conçue dès son enfance, que l'avocat trompé ne put savoir laquelle de ces deux voix était la plus forte. Les jeunes gens ne sont-ils pas tout disposés à se fier aux promesses d'un joli visage, à conclure de la beauté de l'âme par celle des traits? Un sentiment indéfinissable les porte à croire que la perfection morale concorde toujours à la perfection physique. Si la religion n'eût pas permis à Angélique de se livrer à ses sentiments, ils se seraient bientôt séchés dans son cœur comme une plante arrosée d'un acide mortel. Un amoureux aimé pouvait-il reconnaître un fanatisme bien caché? Telle fut l'histoire des sentiments du jeune Granville pendant cette quinzaine dévorée comme un livre dont le dénouement intéresse. Angélique attentivement épiée lui parut être la plus douce de toutes les femmes, et il se surprit même à rendre grâce à madame Bontems, qui, en lui inculquant si fortement des principes religieux, l'avait en quelque sorte façonnée aux peines de la vie. Au jour choisi pour la signature du fatal contrat, madame Bontems fit solennellement jurer à son gendre de respecter les pratiques religieuses de sa fille, de lui donner une entière liberté de conscience, de la laisser communier, aller à l'église, à confesse, autant qu'elle le voudrait, et de ne jamais la contrarier dans le choix de ses directeurs. En ce moment solennel, Angélique contempla son futur d'un air si pur et si candide que Granville n'hésita pas à prêter le serment demandé. Un sourire effleura les lèvres de l'abbé Fontanon, homme pâle qui dirigeait les consciences de la maison. Par un léger mouvement de tête, mademoiselle Bontems promit à son ami de ne jamais abuser de cette liberté de conscience. Quant au vieux comte, il siffla tout bas l'air de : *Va-t'en voir s'ils viennent* [22].

Après quelques jours accordés aux *retours de noce* si fameux en province, Granville et sa femme revinrent à Paris où le jeune avocat fut appelé par sa nomination aux fonctions d'Avocat général près la Cour impériale de la Seine. Quand les deux époux y cherchèrent un appartement, Angélique employa l'influence que la lune de miel prête à toutes les femmes pour déterminer Granville à prendre un grand appartement situé au rez-de-chaussée d'un hôtel qui faisait le coin de la Vieille-Rue-du-Temple et de la rue Neuve-Saint-François. La principale raison de son choix fut que cette maison se trouvait à deux pas de la rue d'Orléans où il y avait une église, et voisine d'une petite chapelle sise rue Saint-Louis. — Il est d'une bonne ménagère de faire des provisions, lui répondit son mari en riant. Angélique lui fit observer avec justesse que le quartier du Marais avoisine le Palais de Justice, et que les magistrats qu'ils venaient de visiter y demeuraient. Un jardin assez vaste donnait, pour un jeune ménage, du prix à l'appartement : les enfants, *si le Ciel leur en envoyait*, pourraient y prendre l'air, la cour était spacieuse, les écuries étaient belles. L'Avocat général désirait habiter un hôtel de la Chaussée-d'Antin où tout est jeune et vivant, où les modes apparaissent dans leur nouveauté, où la population des boulevards est élégante, d'où il y a moins de chemin à faire pour gagner les spectacles et rencontrer des distractions ; mais il fut obligé de céder aux patelineries d'une jeune femme qui réclamait une première grâce, et pour lui complaire il s'enterra dans le Marais. Les fonctions de Granville nécessitèrent un travail d'autant plus assidu qu'il fut nouveau pour lui, il s'occupa donc avant tout de l'ameublement de son cabinet et de l'emménagement de sa bibliothèque ; il s'installa promptement dans une pièce bientôt encombrée de dossiers, et laissa sa jeune femme diriger la décoration de la maison. Il jeta d'autant plus volontiers Angélique dans l'embarras des premières acquisitions de ménage, source de tant de plaisirs et de souvenirs pour les jeunes femmes, qu'il fut honteux de la priver de sa présence plus souvent que ne le voulaient les lois de la lune de miel. Une fois au fait de son travail, l'Avocat général permit à sa femme de le tirer hors de son cabinet et de l'emmener pour lui montrer l'effet des ameublements et des décorations qu'il n'avait encore vus qu'en détail ou par parties.

S'il est vrai, d'après un adage, qu'on puisse juger une femme en voyant la porte de sa maison, les appartements doivent traduire son esprit avec encore plus de fidélité. Soit que madame de Granville eût accordé sa confiance à des tapissiers sans goût, soit qu'elle eût inscrit son propre caractère dans un mode de choses ordonné par elle, le jeune magistrat fut surpris de la sécheresse et de la froide solennité qui régnaient dans ses appartements : il n'y aperçut rien de gracieux, tout y était discord[23], rien ne récréait les yeux. L'esprit de rectitude et de petitesse empreint dans le parloir de Bayeux revivait dans son hôtel, sous de larges lambris circulairement creusés et ornés de ces arabesques dont les longs filets contournés sont de si mauvais goût. Dans le désir d'excuser sa femme, le jeune homme revint sur ses pas, examina de nouveau la longue antichambre haute d'étage par laquelle on entrait dans l'appartement. La couleur des boiseries demandée au peintre par sa femme était trop sombre, et le velours d'un vert très foncé qui couvrait les banquettes ajoutait au sérieux de cette pièce, peu importante il est vrai, mais qui donne toujours l'idée d'une maison, de même qu'on juge l'esprit d'un homme sur sa première phrase. Une antichambre est une espèce de préface qui doit tout annoncer, mais ne rien promettre. Le jeune substitut se demanda si sa femme avait pu choisir la rampe à lanterne antique qui se trouvait au milieu de cette salle nue, pavée d'un marbre blanc et noir, décorée d'un papier où étaient simulées des assises de pierres sillonnées çà et là de mousse verte. Un riche mais vieux baromètre était accroché au milieu d'une des parois, comme pour en mieux faire sentir le vide. A cet aspect, le jeune homme regarda sa femme, il la vit si contente des galons rouges qui bordaient les rideaux de percale, si contente du baromètre et de la statue décente, ornement d'un grand poêle gothique, qu'il n'eut pas le barbare courage de détruire de si fortes illusions. Au lieu de condamner sa femme, Granville se condamna lui-même, il s'accusa d'avoir manqué à son premier devoir, qui lui commandait de guider à Paris les premiers pas d'une jeune fille élevée à Bayeux. Sur cet échantillon, qui ne devinerait pas la décoration des autres pièces? Que pouvait-on attendre d'une jeune femme qui prenait l'alarme en voyant les jambes nues d'une cariatide, qui repoussait avec vivacité un candélabre, un flambeau, un meuble, dès qu'elle y apercevait la nudité d'un torse égyptien? A cette époque l'école de David arrivait à l'apogée de sa gloire, tout se ressentait en France de la correction de son dessin et de son amour pour les formes antiques qui fit en quelque sorte de sa peinture une sculpture coloriée. Aucune de toutes les inventions du luxe impérial n'obtint droit de bourgeoisie chez madame de Granville. L'immense salon carré de son hôtel conserva le blanc et l'or fanés qui l'ornaient au temps de Louis XV, et où l'architecte avait prodigué les grilles en losanges et ces insupportables festons dus à la stérile fécondité des crayons de cette époque. Si l'harmonie eût régné du moins, si les meubles eussent fait affecter à l'acajou moderne les formes contournées mises à la mode par le goût corrompu de Boucher, la maison d'Angélique n'aurait offert que le plaisant contraste de jeunes gens vivant au dix-neuvième siècle comme s'ils eussent appartenu au dix-huitième; mais une foule de choses y produisaient des antithèses ridicules. Les consoles, les pendules, les flambeaux représentaient ces attributs guerriers que les triomphes de l'Empire rendirent si chers à Paris. Ces casques grecs, ces épées romaines croisées, les boucliers dus à l'enthousiasme militaire et qui décorèrent alors les meubles les plus pacifiques, ne s'accordaient guère avec les délicates et prolixes arabesques, délices de madame de Pompadour. La dévotion porte à je ne sais quelle humilité fatigante qui n'exclut pas l'orgueil. Soit modestie, soit penchant, madame de Granville semblait avoir horreur des couleurs claires et douces. Peut-être aussi pensa-t-elle que la pourpre et le brun convenaient à la dignité du magistrat. Mais, comment une jeune fille accoutumée à une vie austère aurait-elle pu concevoir ces voluptueux divans qui inspirent de mauvaises pensées, ces boudoirs élégants et perfides où s'ébauchent les péchés ? Le pauvre magistrat fut désolé. Au ton d'approbation par lequel il souscrivit aux éloges que sa femme se donnait elle-même, elle s'aperçut que rien ne plaisait à son mari ; elle manifesta tant de chagrin de n'avoir pas réussi, que l'amoureux Granville vit une preuve d'amour dans cette peine profonde, au lieu d'y voir une blessure faite à l'amour-propre. Une jeune fille subitement arrachée à la médiocrité des idées de province, inhabile aux coquetteries, à l'élégance de la vie parisienne, pouvait-elle donc mieux faire ? Le magistrat préféra croire que les choix de sa femme avaient été dominés par les fournisseurs, plutôt que de s'avouer la vérité. Moins amoureux, il eût senti que les marchands, si prompts à deviner l'esprit de leurs chalands, avaient béni le Ciel de leur avoir envoyé une jeune dévote sans goût, pour les aider à se débarrasser des choses passées de mode. Il consola donc sa jolie Normande.

— Le bonheur, ma chère Angélique, ne nous vient pas d'un meuble plus ou moins élégant, il dépend de la douceur, de la complaisance et de l'amour d'une femme.

— Mais c'est mon devoir de vous aimer, et jamais devoir ne me plaira tant à accomplir, reprit doucement Angélique.

La nature a mis dans le cœur de la femme un tel désir de plaire, un tel besoin d'amour, que, même chez une jeune dévote, les idées d'avenir et de salut doivent succomber sous les premières joies de l'hyménée. Aussi, depuis le mois d'avril, époque à laquelle ils s'étaient mariés, jusqu'au commencement de l'hiver, les deux époux vécurent-ils dans une parfaite union. L'amour et le travail ont la vertu de rendre un homme assez indifférent aux choses extérieures. Obligé de passer au Palais la moitié de la journée, appelé à débattre les graves intérêts de la vie ou de la fortune des hommes, Granville put moins qu'un autre apercevoir certaines choses dans l'intérieur de son ménage. Si, le vendredi, sa table se trouva servie en maigre, si par hasard il demanda sans l'obtenir un plat de viande, sa femme, à qui l'Évangile interdisait tout mensonge, sut néanmoins par de petites ruses permises dans l'intérêt de la religion, rejeter son dessein prémédité sur son étourderie ou sur le dénuement des marchés; elle se justifia souvent aux dépens du cuisinier et alla quelquefois jusqu'à le gronder. A cette époque les jeunes magistrats n'observaient pas comme aujourd'hui les jeûnes, les quatre-temps et les veilles de fêtes ; ainsi Granville ne remarqua point d'abord la périodicité de ces repas maigres que sa femme eut d'ailleurs le soin perfide de rendre très délicats au moyen de sarcelles, de poules d'eau, de pâtés au poisson dont les chairs amphibies ou l'assaisonnement trompaient le goût. Le magistrat vécut donc très orthodoxement sans le savoir et fit son salut incognito. Les jours ordinaires, il ignorait si sa femme allait ou non à la messe ; les dimanches, par une condescendance assez naturelle, il l'accompagnait à l'église, comme pour lui tenir compte de ce qu'elle lui sacrifiait quelquefois les vêpres ; il ne put tout d'abord reconnaître la rigidité des mœurs religieuses de sa femme. Les spectacles étant insupportables en été à cause des chaleurs, Granville n'eut pas même l'occasion d'une pièce à succès pour proposer à sa femme de la mener à la comédie ; ainsi la grave question du théâtre ne fut pas agitée. Enfin, dans les premiers moments d'un mariage auquel un homme a été déterminé par la beauté d'une jeune fille, il lui est difficile de se montrer exigeant dans ses plaisirs. La jeunesse est plus gourmande que friande, et d'ailleurs la possession seule est un charme. Comment reconnaîtrait-on la froideur, la dignité ou la réserve d'une femme quand on lui prête l'exaltation que l'on sent, quand elle se colore du feu dont on est animé ? Il faut arriver à une certaine tranquillité conjugale pour voir qu'une dévote attend l'amour les bras croisés. Granville se crut donc assez heureux jusqu'au moment où un événement funeste vint influer sur les destinées de son mariage. Au mois de novembre 1808, le chanoine de la cathédrale de Bayeux, qui jadis dirigeait les consciences de madame Bontems et de sa fille, vint à Paris, amené par l'ambition de parvenir à l'une des cures de la capitale, poste qu'il envisageait peut-être comme le marchepied d'un évêché. En ressaisissant son ancien empire sur son ouaille, il frémit de la trouver déjà si changée par l'air de Paris et voulut la ramener dans son froid bercail. Effrayée par les remontrances de l'ex-chanoine, homme de trente-huit ans environ, qui apportait au milieu du clergé de Paris, si tolérant et si éclairé, cette âpreté du catholicisme provincial, cette inflexible bigoterie dont les exigences multipliées sont autant de liens pour les âmes timorées, madame de Granville fit pénitence et revint à son jansénisme. Il serait fatigant de peindre avec exactitude les incidents qui amenèrent insensiblement le malheur au sein de ce ménage, il suffira peut-être de raconter les principaux faits sans les ranger scrupuleusement par époque et par ordre. Cependant, la première mésintelligence de ces jeunes époux fut assez frappante. Quand Granville conduisit sa femme dans le monde, elle ne refusa pas d'aller aux réunions graves, aux dîners, aux concerts, aux assemblées des magistrats placés au-dessus de son mari par la hiérarchie judiciaire ; mais elle sut, pendant quelque temps, prétexter des migraines toutes les fois qu'il s'agissait d'un bal. Un jour, Granville, impatienté de ces indispositions de commande, supprima la lettre qui annonçait un bal chez un Conseiller d'État, il trompa sa femme par une invitation verbale, et dans une soirée où sa santé n'avait rien d'équivoque, il la produisit au milieu d'une fête magnifique.

— Ma chère, lui dit-il au retour en lui voyant un air triste qui l'offensa, votre condition de femme, le rang que vous occupez dans le monde et la fortune dont vous jouissez vous imposent des obligations qu'aucune loi divine ne saurait abroger. N'êtes-vous pas la gloire de votre mari ? Vous devez donc venir au bal quand j'y vais, et y paraître convenablement.

— Mais, mon ami, qu'avait donc ma toilette de si malheureux ?

— Il s'agit de votre air, ma chère. Quand un jeune homme vous parle et vous aborde, vous devenez si sérieuse, qu'un plaisant pourrait croire à la fragilité de votre vertu. Vous semblez craindre qu'un sourire ne vous compromette. Vous aviez vraiment l'air de demander à Dieu le pardon des péchés qui pouvaient se commettre autour de vous. Le monde, mon cher ange, n'est pas un couvent. Mais puisque tu parles de toilette, je t'avouerai que c'est aussi un devoir pour toi de suivre les modes et les usages du monde.

— Voudriez-vous que je montrasse mes formes comme ces femmes effrontées qui se décollettent de manière à laisser plonger des regards impudiques sur leurs épaules nues, sur...

— Il y a de la différence, ma chère, dit le substitut en l'interrompant, entre découvrir tout le buste et donner de la grâce à son corsage. Vous avez un triple rang de ruches de tulle qui vous enveloppent le cou jusqu'au menton. Il semble que vous ayez sollicité votre couturière d'ôter toute forme gracieuse à vos épaules et aux contours de votre sein, avec autant de soin qu'une coquette en met à obtenir de la sienne des robes qui dessinent les formes les plus secrètes. Votre buste est enseveli sous des plis si nombreux que tout le monde se moquait de votre réserve affectée. Vous souffririez si je vous répétais les discours saugrenus que l'on a tenus sur vous.

— Ceux à qui ces obscénités plaisent ne seront pas chargés du poids de nos fautes, répondit sèchement la jeune femme.

— Vous n'avez pas dansé? demanda Granville.

— Je ne danserai jamais, répliqua-t-elle.

— Si je vous disais que vous devez danser, reprit vivement le magistrat. Oui, vous devez suivre les modes, porter des fleurs dans vos cheveux, mettre des diamants. Songez donc, ma belle, que les gens riches, et nous le sommes, sont obligés d'entretenir le luxe dans un État! Ne vaut-il pas mieux faire prospérer les manufactures que de répandre son argent en aumônes par les mains du clergé?

— Vous parlez en homme d'État, dit Angélique.

— Et vous en homme d'Église, répondit-il vivement.

La discussion devint très aigre. Madame de Granville mit dans ses réponses, toujours douces et prononcées d'un son de voix aussi clair que celui d'une sonnette d'église, un entêtement qui trahissait une influence sacerdotale. Quand, en réclamant les droits que lui constituait la promesse de Granville, elle dit que son confesseur lui défendait spécialement d'aller au bal, le magistrat essaya de lui prouver que ce prêtre outrepassait les règlements de l'Église. Cette dispute odieuse, théologique, fut renouvelée avec beaucoup plus de violence et d'aigreur de part et d'autre quand Granville voulut mener sa femme au spectacle. Enfin, le magistrat, dans le seul but de battre en brèche la pernicieuse influence exercée sur sa femme par l'ex-chanoine, engagea la querelle de manière à ce que madame de Granville, mise au défi, écrivît en cour de Rome sur la question de savoir si une femme pouvait, sans compromettre son salut, se décolleter, aller au bal et au spectacle pour complaire à son mari. La réponse du vénérable Pie VII ne tarda pas, elle condamnait hautement la résistance de la femme, et blâmait le confesseur. Cette lettre, véritable catéchisme conjugal, semblait avoir été dictée par la voix tendre de Fénelon dont la grâce et la douceur y respiraient. « Une femme est bien partout où la conduit son époux. Si elle commet des péchés par son ordre, ce ne sera pas à elle à en répondre un jour. » Ces deux passages de l'homélie du pape le firent accuser d'irréligion par madame de Granville et par son confesseur. Mais avant que le bref n'arrivât, le substitut s'aperçut de la stricte observance des lois ecclésiastiques que sa femme lui imposait les jours maigres, et il ordonna à ses gens de lui servir du gras pendant toute l'année. Quelque déplaisir que cet ordre causât à sa femme, Granville, qui du gras et du maigre se souciait fort peu, le maintint avec une fermeté virile.

La plus faible créature pensante n'est-elle pas blessée dans ce qu'elle a de plus cher quand elle accomplit, par l'instigation d'une autre volonté que la sienne, une chose qu'elle eût naturellement faite ? De toutes les tyrannies, la plus odieuse est celle qui ôte perpétuellement à l'âme le mérite de ses actions et de ses pensées : on abdique sans avoir régné. La parole la plus douce à prononcer, le sentiment le plus doux à exprimer, expirent quand nous les croyons commandés. Bientôt le jeune magistrat en arriva à renoncer à recevoir ses amis, à donner une fête ou un dîner : sa maison semblait s'être couverte d'un crêpe. Une maison dont la maîtresse est dévote prend un aspect tout particulier. Les domestiques, toujours placés sous la surveillance de la femme, ne sont choisis que parmi ces personnes soi-disant pieuses qui ont des figures à elles. De même que le garçon le plus jovial entré dans la gendarmerie aura le visage gendarme, de même les gens qui s'adonnent aux pratiques de la dévotion contractent un caractère de physionomie uniforme ; l'habitude de baisser les yeux, de garder une attitude de componction, les revêt d'une livrée hypocrite que les fourbes savent prendre à merveille. Puis, les dévotes forment une sorte de république, elles se connaissent toutes ; les domestiques, qu'elles se recommandent les unes aux autres, sont comme une race à part conservée par elles à l'instar de ces amateurs de chevaux qui n'en admettent pas un dans leurs écuries dont l'extrait de naissance ne soit en règle. Plus les prétendus impies viennent à examiner une maison dévote, plus ils reconnaisssent alors que tout y est empreint de je ne sais quelle disgrâce : ils y trouvent tout à la fois une apparence d'avarice ou de mystère comme chez les usuriers, et cette humidité parfumée d'encens qui refroidit l'atmosphère des chapelles. Cette régularité mesquine, cette pauvreté d'idées que tout trahit, ne s'exprime que par un seul mot, et ce mot est *bigoterie.* Dans ces sinistres et implacables maisons, la bigoterie se peint dans les meubles, dans les gravures, dans les tableaux : le parler y est bigot, le silence est bigot et les figures sont bigotes. La transformation des choses et des hommes en bigoterie est un mystère inexplicable, mais le fait est là. Chacun peut avoir observé que les bigots ne marchent pas, ne s'asseyent pas, ne parlent pas comme marchent, s'asseyent et parlent les gens du monde; chez eux l'on est gêné, chez eux l'on ne rit pas, chez eux la raideur, la symétrie règnent en tout, depuis le bonnet de la maîtresse de la maison jusqu'à sa pelote aux épingles ; les regards n'y sont pas francs, les gens y semblent des ombres, et la dame du logis paraît assise sur un trône de glace. Un matin, le pauvre Granville remarqua avec douleur et tristesse tous les symptômes de la bigoterie dans sa maison. Il se rencontre de par le monde certaines sociétés où les mêmes effets existent sans être produits par les mêmes causes. L'ennui trace autour de ces maisons malheureuses un cercle d'airain qui renferme l'horreur du désert et l'infini du vide. Un ménage n'est pas alors un tombeau, mais quelque chose de pire, un couvent. Au sein de cette sphère glaciale, le magistrat considéra sa femme sans passion : il remarqua, non sans une vive peine, l'étroitesse d'idées que trahissait la manière dont les cheveux étaient implantés sur le front bas et légèrement creusé ; il aperçut dans la régularité si parfaite des traits du visage je ne sais quoi d'arrêté, de rigide qui lui rendit bientôt haïssable la feinte douceur par laquelle il fut séduit. Il devina qu'un jour ces lèvres minces pourraient lui dire, un malheur arrivant : « C'est pour ton bien, mon ami. » La figure de madame de Granville prit une teinte blafarde, une expression sérieuse qui tuait la joie chez ceux qui l'approchaient. Ce changement fut-il opéré par les habitudes ascétiques d'une dévotion qui n'est pas plus la piété que l'avarice n'est l'économie, était-il produit par la sécheresse naturelle aux âmes bigotes? Il serait difficile de prononcer : la beauté sans expression est peut-être une imposture. L'imperturbable sourire que la jeune femme fit contracter à son visage en regardant Granville, paraissait être chez elle une formule jésuitique de bonheur par laquelle elle croyait satisfaire à toutes les exigences du mariage ; sa charité blessait, sa beauté sans passion semblait une monstruosité à ceux qui la connaissaient, et la plus douce de ses paroles impatientait ; elle n'obéissait pas à des sentiments mais à des devoirs. Il est des défauts qui, chez une femme, peuvent céder aux leçons fortes données par l'expérience ou par un mari, mais rien ne peut combattre la tyrannie des fausses idées religieuses. Une éternité bienheureuse à conquérir, mise en balance avec un plaisir mondain, triomphe de tout et fait tout supporter. N'est-ce pas l'égoïsme divinisé, le *moi* par-delà le tombeau? Aussi le pape fut-il condamné au tribunal de l'infaillible chanoine et de la jeune dévote. Ne pas avoir tort est un des sentiments qui remplacent tous les autres chez ces âmes despotiques. Depuis quelque temps, il s'était établi un secret combat entre les idées des deux époux, et le jeune magistrat se fatigua bientôt d'une lutte qui ne devait jamais cesser. Quel homme, quel caractère résiste à la vue d'un visage amoureusement hypocrite, et à une remontrance catégorique opposée aux moindres volontés? Quel parti prendre contre une femme qui se sert de votre passion pour protéger son insensibilité, qui semble résolue à rester doucement inexorable, se prépare à jouer le rôle de victime avec délices, et regarde un mari comme un instrument de Dieu, comme un mal dont les flagellations lui évitent celles du purgatoire? Quelles sont les peintures par lesquelles on pourrait donner l'idée de ces femmes qui font haïr la vertu en outrant les plus doux préceptes d'une religion que saint Jean résumait par : « Aimez-vous les uns les autres »? Existait-il dans un magasin de modes un seul chapeau condamné à rester en étalage ou à partir pour les îles, Granville était sûr de voir sa femme s'en parer ; s'il se fabriquait une étoffe d'une couleur ou d'un dessin malheureux, elle s'en affublait. Ces pauvres dévotes sont désespérantes dans leur toilette. Le manque de goût est un des défauts qui sont inséparables de la fausse dévotion. Ainsi, dans cette intime existence qui veut le plus d'expansion, Granville fut sans compagne : il alla seul dans le monde, dans les fêtes, au spectacle. Rien chez lui ne sympathisait avec lui. Un grand crucifix placé entre le lit de sa femme et le sien était là comme le symbole de sa destinée. Ne représente-t-il pas une divinité mise à mort, un homme-dieu tué dans toute la beauté de la vie et de la jeunesse? L'ivoire de cette croix avait moins de froideur qu'Angélique crucifiant son mari au nom de la vertu. Ce fut entre leurs deux lits que naquit le malheur : cette jeune femme ne voyait là que des devoirs dans les plaisirs de l'hyménée. Là, par un Mercredi des Cendres, se leva l'observance des jeûnes, pâle et livide figure qui d'une voix brève ordonna un carême complet, sans que Granville jugeât convenable d'écrire cette fois au pape, afin d'avoir l'avis du consistoire sur la manière d'observer le carême, les quatre-temps et les veilles de grandes fêtes. Le malheur du jeune magistrat fut immense, il ne pouvait même pas se plaindre, qu'avait-il à dire? Il possédait une femme jeune, jolie, attachée à ses devoirs, vertueuse, le modèle de toutes les vertus! Elle accouchait chaque année d'un enfant, les nourrissait tous elle-même et les élevait dans les meilleurs principes. La charitable Angélique fut promue ange. Les vieilles femmes qui composaient la société au sein de laquelle elle vivait (car à cette époque les jeunes femmes ne s'étaient pas encore avisées de se lancer par ton dans la haute dévotion) admirèrent toutes le dévouement de madame de Granville, et la regardèrent, sinon comme une vierge, au moins comme une martyre. Elles accusèrent, non pas les scrupules de la femme, mais la barbarie procréatrice du mari. Insensiblement, Granville, accablé de travail, sevré de plaisirs et fatigué du monde où il errait solitaire, tomba vers trente-deux ans dans le plus affreux marasme. La vie lui fut odieuse. Ayant une trop haute idée des obligations que lui imposait sa place pour donner l'exemple d'une vie irrégulière, il essaya de s'étourdir par le travail, et entreprit alors un grand ouvrage sur le droit. Mais il ne jouit pas longtemps de cette tranquillité monastique sur laquelle il comptait. Lorsque la divine Angélique le vit désertant les fêtes du monde et travaillant chez lui avec une sorte de régularité, elle essaya de le convertir. Un véritable chagrin pour elle était de savoir à son mari des opinions peu chrétiennes, elle pleurait quelquefois en pensant que si son époux venait à périr, il mourrait dans l'impénitence finale, sans que jamais elle pût espérer de l'arracher aux flammes éternelles de l'enfer. Granville fut donc en butte aux petites idées, aux raisonnements vides, aux étroites pensées par lesquels sa femme, qui croyait avoir remporté une première victoire, voulut essayer d'en obtenir une seconde en le ramenant dans le giron de l'Église. Ce fut là le dernier coup. Quoi de plus affligeant que ces luttes sourdes où l'entêtement des dévotes voulait l'emporter sur la dialectique d'un magistrat ? Quoi de plus effrayant à peindre que ces aigres pointilleries auxquelles les gens passionnés préfèrent des coups de poignard ? Granville déserta sa maison, où tout lui devenait insupportable : ses enfants, courbés sous le despotisme froid de leur mère, n'osaient suivre leur père au spectacle, et Granville ne pouvait leur procurer aucun plaisir sans leur attirer des punitions de leur terrible mère. Cet homme si aimant fut amené à une indifférence, à un égoïsme pire que la mort. Il sauva du moins ses fils de cet enfer en les mettant de bonne heure au collège, et se réservant le droit de les diriger. Il intervenait rarement entre la mère et les filles ; mais il résolut de les marier aussitôt qu'elles atteindraient l'âge de nubilité. S'il eût voulu prendre un parti violent, rien ne l'aurait justifié : sa femme, appuyée par un formidable cortège de douairières, l'aurait fait condamner par la terre entière. Granville n'eut donc d'autre ressource que de vivre dans un isolement complet ; mais courbé sous la tyrannie du malheur, ses traits flétris par le chagrin et par les travaux lui déplaisaient à lui-même. Enfin, ses liaisons, son commerce avec les femmes du monde auprès desquelles il désespéra de trouver des consolations, il les redoutait.

L'histoire didactique de ce triste ménage n'offrit, pendant les quinze années qui s'écoulèrent de 1806 à 1821, aucune scène digne d'être rapportée. Madame de Granville resta exactement la même du moment où elle perdit le cœur de son mari que pendant les jours où elle se disait heureuse. Elle fit des neuvaines pour prier Dieu et les saints de l'éclairer sur les défauts qui déplaisaient à son époux et de lui enseigner les moyens de ramener la brebis égarée : mais plus ses prières avaient de ferveur, moins Granville paraissait au logis. Depuis cinq ans environ, l'Avocat général, à qui la Restauration donna de hautes fonctions dans la magistrature, s'était logé à l'entresol de son hôtel, pour éviter de vivre avec la comtesse de Granville. Chaque matin il se passait une scène qui, s'il faut en croire les médisances du monde, se répète au sein de plus d'un ménage où elle est produite par certaines incompatibilités d'humeur, par des maladies morales ou physiques, ou par des travers qui conduisent bien des mariages aux malheurs retracés dans cette histoire. Sur les huit heures du matin, une femme de chambre, assez semblable à une religieuse, venait sonner à l'appartement du comte de Granville. Introduite dans le salon qui précédait le cabinet du magistrat, elle redisait au valet de chambre, et toujours du même ton, le message de la veille. — Madame fait demander à monsieur le comte s'il a bien passé la nuit, et si elle aura le plaisir de déjeuner avec lui. — Monsieur, répondait le valet de chambre après être allé parler à son maître, présente ses hommages à madame la comtesse, et la prie d'agréer ses excuses ; une affaire importante l'oblige à se rendre au Palais. Un instant après, la femme de chambre se présentait de nouveau, et demandait de la part de madame si elle aurait le bonheur de voir monsieur le comte avant son départ. — Il est parti, répondait le valet, tandis que souvent le cabriolet était encore dans la cour. Ce dialogue par ambassadeur devint un cérémonial quotidien. Le valet de chambre de Granville, qui, favori de son maître, causa plus d'une querelle dans le ménage par son irréligion et par le relâchement de ses mœurs, se rendait même quelquefois dans le cabinet où son maître n'était pas, et revenait faire les réponses d'usage. L'épouse affligée guettait toujours le retour de son mari, se mettait sur le perron afin de se trouver sur son passage et arriver devant lui comme un remords. La taquinerie vétilleuse qui anime les caractères monastiques faisait le fond de celui de madame de Granville, qui, alors âgée de trente-cinq ans, paraissait en avoir quarante. Quand, obligé par le décorum, Granville adressait la parole à sa femme ou restait à dîner au logis, heureuse de lui imposer sa présence, ses discours aigres-doux et l'insupportable ennui de sa société bigote, elle essayait alors de le mettre en faute devant ses gens et ses charitables amies. La présidence d'une cour royale fut offerte au comte de Granville, en ce moment très bien en cour : il pria le ministère de le laisser à Paris. Ce refus, dont les raisons ne furent connues que du Garde des sceaux, suggéra les plus bizarres conjectures aux intimes amies et au confesseur de la comtesse. Granville, riche de cent mille livres de rente, appartenait à l'une des meilleures maisons de la Normandie ; sa nomination à une présidence était un échelon pour arriver à la pairie ; d'où venait ce peu d'ambition ? D'où venait l'abandon de son grand ouvrage sur le droit ? D'où venait cette dissipation qui, depuis près de six années, l'avait rendu étranger à sa maison, à sa famille, à ses travaux, à tout ce qui devait lui être cher ? Le confesseur de la comtesse, qui pour parvenir à un évêché comptait autant sur l'appui des maisons où il régnait que sur les services rendus à une congrégation [24] de laquelle il fut l'un des plus ardents propagateurs, se trouva désappointé par le refus de Granville et tâcha de le calomnier par des suppositions : si monsieur le comte avait tant de répugnance pour la province, peut-être s'effrayait-il de la nécessité où il serait d'y mener une conduite régulière ? Forcé de donner l'exemple des bonnes mœurs il vivrait avec la comtesse, de laquelle une passion illicite pouvait seule l'éloigner ? Une femme aussi pure que madame de Granville reconnaîtrait-elle jamais les dérangements survenus dans la conduite de son mari ?... Les bonnes amies transformèrent en vérités ces paroles qui malheureusement n'étaient pas des hypothèses, et madame de Granville fut frappée comme d'un coup de foudre. Sans idées sur les mœurs du grand monde, ignorant l'amour et ses folies, Angélique était si loin de penser que le mariage pût comporter des incidents différents de ceux qui lui aliénèrent le cœur de Granville qu'elle le crut incapable de fautes qui pour toutes les femmes sont des crimes. Quand le comte ne réclama plus rien d'elle, elle avait imaginé que le calme dont il paraissait jouir était dans la nature ; enfin, comme elle lui avait donné tout ce que son cœur pouvait renfermer d'affection pour un homme, et que les conjectures de son confesseur ruinaient complètement les illusions dont elle s'était nourrie jusqu'en ce moment, elle prit la défense de son mari, mais sans pouvoir détruire un soupçon si habilement glissé dans son âme. Ces appréhensions causèrent de tels ravages dans sa faible tête qu'elle en tomba malade, et devint la proie d'une fièvre lente. Ces événements se passaient pendant le carême de l'année 1822, elle ne voulut pas consentir à cesser ses austérités, et arriva lentement à un état de consomption qui fit trembler pour ses jours. Les regards indifférents de Granville la tuaient. Les soins et les attentions du magistrat ressemblaient à ceux qu'un neveu s'efforce de prodiguer à un vieil oncle. Quoique la comtesse eût renoncé à son système de taquinerie et de remontrances et qu'elle essayât d'accueillir son mari par de douces paroles, l'aigreur de la dévote perçait et détruisait souvent par un mot l'ouvrage d'une semaine. Vers la fin du mois de mai, les chaudes haleines du printemps, un régime plus nourrissant que celui du carême rendirent quelques forces à madame de Granville. Un matin, au retour de la messe, elle vint s'asseoir dans son petit jardin sur un banc de pierre où les caresses du soleil lui rappelèrent les premiers jours de son mariage, elle embrassa sa vie d'un coup d'œil afin de voir en quoi elle avait pu manquer à ses devoirs de mère et d'épouse. L'abbé Fontanon apparut alors dans une agitation difficile à décrire.

— Vous serait-il arrivé quelque malheur, mon père? lui demanda-t-elle avec une filiale sollicitude.

— Ah! Je voudrais, répondit le prêtre normand, que

toutes les infortunes dont vous afflige la main de Dieu me fussent départies ; mais, ma respectable amie, c'est des épreuves auxquelles il faut savoir vous soumettre.

— Eh! Peut-il m'arriver des châtiments plus grands que ceux par lesquels sa providence m'accable en se servant de mon mari comme d'un instrument de colère?

— Préparez-vous, ma fille, à plus de mal encore que nous n'en supposions jadis avec vos pieuses amies.

— Je dois alors remercier Dieu, répondit la comtesse, de ce qu'il daigne se servir de vous pour me transmettre ses volontés, plaçant ainsi, comme toujours, les trésors de sa miséricorde auprès des fléaux de sa colère, comme jadis en bannissant Agar il lui découvrait une source dans le désert.

— Il a mesuré vos peines à la force de votre résignation et au poids de vos fautes.

— Parlez, je suis prête à tout entendre. A ces mots la comtesse leva les yeux au ciel, et ajouta : Parlez, monsieur Fontanon.

— Depuis sept ans, monsieur de Granville commet le péché d'adultère avec une concubine de laquelle il a deux enfants, et il a dissipé pour ce ménage adultérin plus de cinq cent mille francs qui devraient appartenir à sa famille légitime.

— Il faudrait que je le visse de mes propres yeux, dit la comtesse.

— Gardez-vous-en bien, s'écria l'abbé. Vous devez pardonner, ma fille, et attendre, dans la prière, que Dieu éclaire votre époux, à moins d'employer contre lui les moyens que vous offrent les lois humaines.

La longue conversation que l'abbé Fontanon eut alors avec sa pénitente produisit un changement violent dans la comtesse ; elle le congédia, se montra la figure presque colorée à ses gens qui furent effrayés de son activité de folle : elle commanda d'atteler ses chevaux, les décommanda, changea d'avis vingt fois dans la même heure ; mais enfin, comme si elle eût pris une grande résolution, elle partit sur les trois heures, laissant sa maison étonnée d'une si subite révolution.

— Monsieur doit-il revenir dîner ? avait-elle demandé au valet de chambre à qui elle ne parlait jamais.

— Non, madame.

— L'avez-vous conduit au Palais ce matin ?

— Oui, madame.

— N'est-ce pas aujourd'hui lundi ?

— Oui, madame.

— On va donc maintenant au Palais le lundi.

— Que le diable t'emporte! s'écria le valet en voyant partir sa maîtresse qui dit au cocher : rue Taitbout.

Mademoiselle de Bellefeuille pleurait ; auprès d'elle, Roger tenait une des mains de son amie entre les siennes, gardait le silence, et regardait tour à tour le petit Charles qui, ne comprenant rien au deuil de sa mère, restait muet en la voyant pleurer, et le berceau où dormait Eugénie, et le visage de Caroline sur lequel la tristesse ressemblait à une pluie tombant à travers les rayons d'un joyeux soleil.

— Eh bien, oui mon ange, dit Roger après un long silence, voilà le grand secret, je suis marié. Mais un jour, je l'espère, nous ne ferons qu'une même famille. Ma femme est depuis le mois de mars dans un état désespéré : je ne souhaite pas sa mort ; mais, s'il plaît à Dieu de l'appeler à lui, je crois qu'elle sera plus heureuse dans le paradis qu'au milieu d'un monde dont les peines ni les plaisirs ne l'affectent.

— Combien je hais cette femme! Comment a-t-elle pu te rendre malheureux ? Cependant c'est à ce malheur que je dois ma félicité.

Ses larmes séchèrent tout à coup.

— Caroline, espérons, s'écria Roger en prenant un baiser. Ne t'effraie pas de ce qu'a pu dire cet abbé. Quoique ce confesseur de ma femme soit un homme redoutable par son influence dans la Congrégation, s'il essayait de troubler notre bonheur, je saurais prendre un parti...

— Que ferais-tu ?

— Nous irions en Italie, je fuirais...

Un cri, jeté dans le salon voisin, fit à la fois frissonner Roger et trembler mademoiselle de Bellefeuille qui se précipitèrent dans le salon et y trouvèrent la comtesse évanouie. Quand madame de Granville reprit ses sens, elle soupira profondément en se voyant entre le comte et sa rivale qu'elle repoussa par un geste involontaire plein de mépris.

Mademoiselle de Bellefeuille se leva pour se retirer.

— Vous êtes chez vous, madame, restez, dit Granville en arrêtant Caroline par le bras.

Le magistrat saisit sa femme mourante, la porta jusqu'à sa voiture, et y monta près d'elle.

— Qui donc a pu vous amener à désirer ma mort, à me fuir ? demanda la comtesse d'une voix faible en contemplant son mari avec autant d'indignation que de douleur. N'étais-je pas jeune, vous m'avez trouvée belle, qu'avez-vous à me reprocher ? Vous ai-je trompé, n'ai-je pas été une épouse vertueuse et sage ? Mon cœur n'a conservé que votre image, mes oreilles n'ont entendu que votre voix. A quel devoir ai-je manqué, que vous ai-je refusé ?

— Le bonheur, répondit le comte d'une voix ferme. Vous le savez, madame, il est deux manières de servir Dieu. Certains chrétiens s'imaginent qu'en entrant à des heures fixes dans une église pour y dire des *Pater noster*, en y entendant régulièrement la messe et s'abstenant de tout péché, ils gagneront le ciel ;

ceux-là, madame, vont en enfer, ils n'ont point aimé Dieu pour lui-même, ils ne l'ont point adoré comme il veut l'être, ils ne lui ont fait aucun sacrifice. Quoique doux en apparence, ils sont durs à leur prochain ; ils voient la règle, la lettre, et non l'esprit. Voilà comme vous avez agi avec votre époux terrestre. Vous avez sacrifié mon bonheur à votre salut, vous étiez en prières quand j'arrivais à vous le cœur joyeux, vous pleuriez quand vous deviez égayer mes travaux, vous n'avez su satisfaire à aucune exigence de mes plaisirs.

— Et s'ils étaient criminels, s'écria la comtesse avec feu, fallait-il donc perdre mon âme pour vous plaire ?

— C'eût été un sacrifice qu'une autre plus aimante a eu le courage de me faire, dit froidement Granville.

— O mon Dieu, s'écria-t-elle en pleurant, tu l'entends! Était-il digne des prières et des austérités au milieu desquelles je me suis consumée pour racheter ses fautes et les miennes ? A quoi sert la vertu ?

— A gagner le ciel, ma chère. On ne peut être à la fois l'épouse d'un homme et celle de Jésus-Christ, il y aurait bigamie : il faut savoir opter entre un mari et un couvent. Vous avez dépouillé votre âme au profit de l'avenir, de tout l'amour, de tout le dévouement que Dieu vous ordonnait d'avoir pour moi, et vous n'avez gardé au monde que des sentiments de haine...

— Ne vous ai-je donc point aimé ? demanda-t-elle.

— Non, madame.

— Qu'est-ce donc que l'amour ? demanda involontairement la comtesse.

— L'amour, ma chère, répondit Granville avec une sorte de surprise ironique, vous n'êtes pas en état de le comprendre. Le ciel froid de la Normandie ne peut pas être celui de l'Espagne. Sans doute la question des climats est le secret de notre malheur. Se plier à nos caprices, les deviner, trouver des plaisirs dans une douleur, nous sacrifier l'opinion du monde, l'amour-propre, la religion même et ne regarder ces offrandes que comme des grains d'encens brûlés en l'honneur de l'idole, voilà l'amour...

— L'amour des filles de l'Opéra, dit la comtesse avec horreur. De tels feux doivent être peu durables, et ne vous laisser bientôt que des cendres ou des charbons, des regrets ou du désespoir. Une épouse, monsieur, doit vous offrir, à mon sens, une amitié vraie, une chaleur égale, et...

— Vous parlez de chaleur comme les nègres parlent de la glace, répondit le comte avec un sourire sardonique. Songez que la plus humble de toutes les pâquerettes est plus séduisante que la plus orgueilleuse et la plus brillante des épines-roses qui nous attirent au printemps par leurs pénétrants parfums et leurs vives couleurs. D'ailleurs, ajouta-t-il, je vous rends justice. Vous vous êtes si bien tenue dans la ligne du devoir apparent prescrit par la loi que, pour vous démontrer en quoi vous avez failli à mon égard, il faudrait entrer dans certains détails que votre dignité ne saurait supporter, et vous instruire de choses qui vous sembleraient le renversement de toute morale.

— Vous osez parler de morale en sortant de la maison où vous avez dissipé la fortune de vos enfants, dans un lieu de débauche, s'écria la comtesse que les réticences de son mari rendirent furieuse.

— Madame, je vous arrête là, dit le comte avec sang-froid en interrompant sa femme. Si mademoiselle de Bellefeuille est riche, elle ne l'est aux dépens de personne. Mon oncle était maître de sa fortune, il avait plusieurs héritiers ; de son vivant et par pure amitié pour celle qu'il considérait comme une nièce, il lui a donné sa terre de Bellefeuille. Quant au reste, je le tiens de ses libéralités...

— Cette conduite est digne d'un jacobin, s'écria la pieuse Angélique.

— Madame, vous oubliez que votre père fut un de ces jacobins que vous, femme, condamnez avec si peu de charité, dit sévèrement le comte. Le citoyen Bontems a signé des arrêts de mort dans le temps où mon oncle n'a rendu que des services à la France.

Madame de Granville se tut. Mais après un moment de silence, le souvenir de ce qu'elle venait de voir réveillant dans son âme une jalousie que rien ne saurait éteindre dans le cœur d'une femme, elle dit à voix basse et comme si elle se parlait à elle-même : — Peut-on perdre ainsi son âme et celle des autres!

— Eh! madame, reprit le comte fatigué de cette conversation, peut-être est-ce vous qui répondrez un jour de tout ceci. Cette parole fit trembler la comtesse. Vous serez sans doute excusée aux yeux du juge indulgent qui appréciera nos fautes, dit-il, par la bonne foi avec laquelle vous avez accompli mon malheur. Je ne vous hais point, je hais les gens qui ont faussé votre cœur et votre raison. Vous avez prié pour moi, comme mademoiselle de Bellefeuille m'a donné son cœur et m'a comblé d'amour. Vous deviez être tour à tour et ma maîtresse et la sainte priant au pied des autels. Rendez-moi cette justice d'avouer que je ne suis ni pervers ni débauché. Mes mœurs sont pures. Hélas! au bout de sept années de douleur, le besoin d'être heureux m'a, par une pente insensible, conduit à aimer une autre femme que vous, à me créer une autre famille que la mienne. Ne croyez pas d'ailleurs que je sois le seul : il existe dans cette ville des milliers de maris amenés tous par des causes diverses à cette double existence.

— Grand Dieu! s'écria la comtesse, combien ma croix est devenue lourde à porter! Si l'époux que tu m'as imposé dans ta colère ne peut trouver ici-bas de félicité que par ma mort, rappelle-moi dans ton sein.

— Si vous aviez eu toujours de si admirables sentiments et ce dévouement, nous serions heureux, dit froidement le comte.

— Eh! bien, reprit Angélique en versant un torrent de larmes, pardonnez-moi si j'ai pu commettre des fautes! Oui, monsieur, je suis prête à vous obéir en tout, certaine que vous ne désirerez rien que de juste et de naturel : je serai désormais tout ce que vous voudrez que soit une épouse.

— Madame, si votre intention est de me faire dire que je ne vous aime plus, j'aurai l'affreux courage de vous éclairer. Puis-je commander à mon cœur, puis-je effacer en un instant les souvenirs de quinze années de douleur? Je n'aime plus. Ces paroles enferment un mystère tout aussi profond que celui contenu dans le mot j'aime. L'estime, la considération, les égards s'obtiennent, disparaissent, reviennent; mais quant à l'amour, je me prêcherais mille ans que je ne le ferais pas renaître, surtout pour une femme qui s'est vieillie à plaisir.

— Ah! monsieur le comte, je désire bien sincèrement que ces paroles ne vous soient pas prononcées un jour par celle que vous aimez, avec le ton et l'accent que vous y mettez...

— Voulez-vous porter ce soir une robe à la grecque et venir à l'Opéra?

Le frisson que cette demande causa soudain à la comtesse fut une muette réponse.

Dans les premiers jours du mois de décembre 1833, un homme dont les cheveux entièrement blanchis et la physionomie semblaient annoncer qu'il était plutôt vieilli par les chagrins que par les années, car il paraissait avoir environ soixante ans, passait à minuit par le rue de Gaillon. Arrivé devant une maison de peu d'apparence et haute de deux étages, il s'arrêta pour y examiner une des fenêtres élevées en mansarde à des distances égales au milieu de la toiture. Une faible lueur colorait à peine cette humble croisée dont quelques-uns des carreaux avaient été remplacés par du papier. Le passant regardait cette clarté vacillante avec l'indéfinissable curiosité des flâneurs parisiens, lorsqu'un jeune homme sortit tout à coup de la maison. Comme les pâles rayons du réverbère frappaient la figure du curieux, il ne paraîtra pas étonnant que, malgré la nuit, le jeune homme s'avançât vers le passant avec ces précautions dont on use à Paris quand on craint de se tromper en rencontrant une personne de connaissance.

— Hé quoi, s'écria-t-il, c'est vous, monsieur le président, seul, à pied, à cette heure, et si loin de la rue Saint-Lazare! Permettez-moi d'avoir l'honneur de vous offrir le bras. Le pavé, ce matin, est si glissant que si nous ne nous soutenions pas l'un l'autre, dit-il afin de ménager l'amour-propre du vieillard, il nous serait bien difficile d'éviter une chute.

— Mais, mon cher monsieur, je n'ai encore que cinquante-cinq ans, malheureusement pour moi, répondit le comte de Granville. Un médecin aussi célèbre que vous l'êtes doit savoir qu'à cet âge un homme est dans toute sa force.

— Vous êtes donc alors en bonne fortune, reprit Horace Bianchon. Vous n'avez pas, je pense, l'habitude d'aller à pied dans Paris. Quand on a d'aussi beaux chevaux que les vôtres...

— Mais la plupart du temps, répondit le comte de Granville, quand je ne vais pas dans le monde, je reviens du Palais-Royal ou du Cercle des Étrangers à pied.

— Et en portant sans doute sur vous de fortes sommes, s'écria le docteur. N'est-ce pas appeler le poignard des assassins?

— Je ne crains pas ceux-là, répliqua le comte de Granville d'un air triste et insouciant.

— Mais du moins l'on ne s'arrête pas, reprit le médecin en entraînant le magistrat vers le boulevard. Encore un peu, je croirais que vous voulez me voler votre dernière maladie et mourir d'une autre main que la mienne.

— Ah! Vous m'avez surpris faisant de l'espionnage, répondit le comte. Soit que je passe à pied ou en voiture et à telle heure[25] que ce puisse être de la nuit, j'aperçois depuis quelque temps à une fenêtre du troisième étage de la maison d'où vous sortez l'ombre d'une personne qui paraît travailler avec un courage héroïque. A ces mots le comte fit une pause, comme s'il eût senti quelque douleur soudaine. J'ai pris pour ce grenier, dit-il en continuant, autant d'intérêt qu'un bourgeois de Paris peut en porter à l'achèvement du Palais-Royal [26].

— Hé bien, s'écria vivement Horace en interrompant le comte, je puis vous...

— Ne me dites rien, répliqua Granville en coupant la parole à son médecin. Je ne donnerais pas un centime pour apprendre si l'ombre qui s'agite sur ces rideaux troués est celle d'un homme ou d'une femme, et si l'habitant de ce grenier est heureux ou malheureux! Si j'ai été surpris de ne plus voir personne travaillant ce soir, si je me suis arrêté, c'était uniquement pour avoir le plaisir de former des conjectures aussi nombreuses et aussi niaises que le sont celles que les flâneurs forment à l'aspect d'une construction subitement abandonnée. Depuis neuf ans, mon jeune... Le comte parut hésiter à employer une expression; mais il fit un geste et s'écria : — Non, je ne vous appellerai pas mon ami, je déteste tout ce qui peut ressembler à un sentiment. Depuis neuf ans donc, je ne m'étonne plus que les vieillards se plaisent tant à cultiver des fleurs, à planter des arbres; les événements de la vie leur ont appris à ne plus croire aux affections humaines; et en peu de jours je suis devenu vieillard. Je ne veux plus m'attacher qu'à des animaux qui ne raisonnent pas, à des plantes, à tout ce qui est extérieur. Je fais plus de cas des mouvements de la Taglioni que de tous les sentiments humains. J'abhorre la vie et un monde où je suis seul. Rien, rien, ajouta le comte avec une expression qui fit tressaillir le jeune homme, non, rien ne m'émeut et rien ne m'intéresse.

— Vous avez des enfants?

— Mes enfants! reprit-il avec un singulier accent d'amertume. Eh! bien, l'aînée de mes deux filles n'est-elle pas comtesse de Vandenesse? Quant à l'autre, le mariage de son aînée lui prépare une belle alliance. Quant à mes deux fils, n'ont-ils pas très bien réussi? Le vicomte, de Procureur général à Limoges, a passé Premier Président à Orléans, et le cadet est ici, procureur du Roi. Mes enfants ont leurs soins, leurs inquiétudes, leurs affaires. Si, parmi ces cœurs, un seul se fût entièrement consacré à moi, s'il eût essayé par son affection de combler le vide que je sens là, dit-il en frappant sur son sein, eh bien, celui-là aurait manqué sa vie, il me l'aurait sacrifiée. Et pourquoi, après tout? Pour embellir quelques années qui me restent, y serait-il parvenu, n'aurais-je pas peut-être regardé ses soins généreux comme une dette? Mais... Ici le vieillard se prit à sourire avec une profonde ironie. Mais, docteur, ce n'est pas en vain que nous leur apprenons l'arithmétique, et ils savent calculer. En ce moment, ils attendent peut-être ma succession.

— Oh! monsieur le comte, comment cette idée peut-elle vous venir, à vous si bon, si obligeant, si humain? En vérité, si je n'étais pas moi-même une preuve vivante de cette bienfaisance que vous concevez si belle et si large...

— Pour mon plaisir, reprit vivement le comte. Je paie une sensation comme je paierais demain d'un monceau d'or la plus puérile des illusions qui me remuaient le cœur. Je secours mes semblables pour moi, par la même raison que je vais au jeu; aussi ne compté-je sur la reconnaissance de personne. Vous-même, je vous verrais mourir sans sourciller, et je vous demande le même sentiment pour moi. Ah! jeune homme, les événements de la vie ont passé sur mon cœur comme les laves du Vésuve sur Herculanum : la ville existe, morte.

— Ceux qui ont amené à ce point d'insensibilité une âme aussi chaleureuse et aussi vivante que l'était la vôtre sont bien coupables.

— N'ajoutez pas un mot, reprit le comte avec un sentiment d'horreur.

— Vous avez une maladie que vous devriez me permettre de guérir, dit Bianchon d'un son de voix plein d'émotion.

— Mais connaissez-vous donc un remède à la mort? s'écria le comte impatienté.

— Hé bien, monsieur le comte, je gage ranimer ce cœur que vous croyez si froid.

— Valez-vous Talma? demanda ironiquement le Premier Président.

— Non, monsieur le comte. Mais la nature est

aussi supérieure à Talma que Talma pouvait m'être supérieur. Écoutez, le grenier qui vous intéresse est habité par une femme d'une trentaine d'années, et, chez elle, l'amour va jusqu'au fanatisme ; l'objet de son culte est un jeune homme d'une jolie figure, mais qu'une mauvaise fée a doué de tous les vices possibles. Ce garçon est joueur, et je ne sais ce qu'il aime le mieux des femmes ou du vin ; il a fait, à ma connaissance, des bassesses dignes de la police correctionnelle. Eh bien, cette malheureuse femme lui a sacrifié une très belle existence, un homme par qui elle était adorée, de qui elle avait des enfants. Mais qu'avez-vous, monsieur le comte ?

— Rien, continuez.

— Elle lui a laissé dévorer une fortune entière, elle lui donnerait, je crois, le monde, si elle le tenait ; elle travaille nuit et jour ; et souvent elle a vu, sans murmurer, ce monstre qu'elle adore lui ravir jusqu'à l'argent destiné à payer les vêtements dont manquent ses enfants, jusqu'à leur nourriture du lendemain. Il y a trois jours, elle a vendu ses cheveux, les plus beaux que j'aie jamais vus : il est venu, elle n'avait pas pu cacher assez promptement la pièce d'or, il l'a demandée ; pour un sourire, pour une caresse, elle a livré le prix de quinze jours de vie et de tranquillité. N'est-ce pas à la fois horrible et sublime ? Mais le travail commence à lui creuser les joues. Les cris de ses enfants lui ont déchiré l'âme, elle est tombée malade, elle gémit en ce moment sur un grabat. Ce soir, elle n'avait rien à manger, et ses enfants n'avaient plus la force de crier, ils se taisaient quand je suis arrivé.

Horace Bianchon s'arrêta. En ce moment le comte de Granville avait, comme malgré lui, plongé la main dans la poche de son gilet.

— Je devine, mon jeune ami, dit le vieillard,

comment elle peut vivre encore, si vous la soignez.

— Ah! La pauvre créature, s'écria le médecin, qui ne la secourrait pas? Je voudrais être plus riche, car j'espère la guérir de son amour.

— Mais, reprit le comte en retirant de sa poche la main qu'il y avait mise sans que le médecin la vît pleine des billets que son protecteur semblait y avoir cherchés, comment voulez-vous que je m'apitoie sur une misère dont les plaisirs ne me sembleraient pas payés trop cher par toute ma fortune! Elle sent, elle vit, cette femme. Louis XV n'aurait-il pas donné tout son royaume pour pouvoir se relever de son cercueil et avoir trois jours de jeunesse et de vie? N'est-ce pas là l'histoire d'un milliard de morts, d'un milliard de malades, d'un milliard de vieillards?

— Pauvre Caroline! s'écria le médecin.

En entendant ce nom, le comte de Granville tressaillit, et saisit le bras du médecin qui crut se sentir serré par les deux lèvres en fer d'un étau.

— Elle se nomme Caroline Crochard? demanda le président d'un son de voix visiblement altérée.

— Vous la connaissez donc? répondit le docteur avec étonnement.

— Et le misérable se nomme Solvet... Ah! Vous m'avez tenu parole, s'écria le Président, vous avez agité mon cœur par la plus terrible sensation qu'il éprouvera jusqu'à ce qu'il devienne poussière. Cette émotion est encore un présent de l'enfer, et je sais toujours comment m'acquitter avec lui.

En ce moment, le comte et le médecin étaient arrivés au coin de la rue de la Chaussée-d'Antin. Un de ces enfants de la nuit, qui, le dos chargé d'une hotte en osier et marchant un crochet à la main, ont été plaisamment nommés, pendant la révolution, membres du comité des recherches, se trouvait auprès de la borne devant laquelle le président venait de s'arrêter. Ce chiffonnier avait une vieille figure digne de celles que Charlet a immortalisées dans ses caricatures de l'école du balayeur.

— Rencontres-tu souvent des billets de mille francs ? lui demanda le comte.

— Quelquefois, notre bourgeois.

— Et les rends-tu ?

— C'est selon la récompense promise...

— Voilà mon homme, s'écria le comte en présentant au chiffonnier un billet de mille francs. Prends ceci, lui dit-il, mais songe que je te le donne à la condition de le dépenser au cabaret, de t'y enivrer, de t'y disputer, de battre ta femme, de crever les yeux à tes amis. Cela fera marcher la garde, les chirurgiens, les pharmaciens ; peut-être les gendarmes, les procureurs du roi, les juges et les geôliers. Ne change rien à ce programme, ou le diable saurait tôt ou tard se venger de toi.

Il faudrait qu'un même homme possédât à la fois les crayons de Charlet et ceux de Callot, les pinceaux de Téniers et de Rembrandt, pour donner une idée vraie de cette scène nocturne.

— Voilà mon compte soldé avec l'enfer, et j'ai eu du plaisir pour mon argent, dit le comte d'un son de voix profond en montrant au médecin stupéfait la figure indescriptible du chiffonnier béant. Quant à Caroline Crochard, reprit-il, elle peut mourir dans les horreurs de la faim et de la soif, en entendant les cris déchirants de ses fils mourants, en reconnaissant la bassesse de celui qu'elle aime : je ne donnerais pas un denier pour l'empêcher de souffrir, et je ne veux plus vous voir par cela seul que vous l'avez secourue...

Le comte laissa Bianchon plus immobile qu'une statue, et disparut en se dirigeant avec la précipitation d'un jeune homme vers la rue Saint-Lazare, où il atteignit promptement le petit hôtel qu'il habitait et à la porte duquel il vit non sans surprise une voiture arrêtée.

— Monsieur le procureur du Roi, dit le valet de chambre à son maître, est arrivé il y a une heure pour parler à monsieur, et l'attend dans sa chambre à coucher.

Granville fit signe à son domestique de se retirer.

— Quel motif assez important vous oblige d'enfreindre l'ordre que j'ai donné à mes enfants de ne pas venir chez moi sans y être appelés? dit le vieillard à son fils en entrant.

— Mon père, répondit le magistrat d'un son de voix tremblant et d'un air respectueux, j'ose espérer que vous me pardonnerez quand vous m'aurez entendu.

— Votre réponse est convenable, dit le comte. Asseyez-vous. Il montra un siège au jeune homme. Mais, reprit-il, que je marche ou que je reste assis, ne vous occupez pas de moi.

— Mon père, reprit le baron, ce soir, à quatre heures, un très jeune homme, arrêté chez un de mes amis au préjudice duquel il a commis un vol assez considérable, s'est réclamé de vous, il se prétend votre fils.

— Il se nomme? demanda le comte en tremblant.

— Charles Crochard.

— Assez, dit le père en faisant un geste impératif. Granville se promena dans la chambre, au milieu d'un profond silence que son fils se garda bien d'interrompre. — Mon fils... Ces paroles furent prononcées d'un ton si doux et si paternel que le jeune magistrat en tressaillit. Charles Crochard vous a dit la vérité. Je suis content que tu sois venu ce soir, mon bon Eugène, ajouta le vieillard. Voici une somme d'argent assez forte, dit-il en lui présentant une masse de billets de banque, tu en feras l'usage que tu jugeras convenable dans cette affaire.

Je me fie à toi, et j'approuve d'avance toutes tes dispositions, soit pour le présent, soit pour l'avenir. Eugène, mon cher enfant, viens m'embrasser, nous nous voyons peut-être pour la dernière fois. Demain je demande au Roi un congé, je pars pour l'Italie. Si un père ne doit pas compte de sa vie à ses enfants, il doit leur léguer l'expérience que lui a vendue le sort, n'est-ce pas une partie de leur héritage ? Quand tu te marieras, reprit le comte en laissant échapper un frissonnement involontaire, n'accomplis pas légèrement cet acte, le plus important de tous ceux auxquels nous oblige la Société. Souviens-toi d'étudier longtemps le caractère de la femme avec laquelle tu dois t'associer ; mais consulte-moi, je veux la juger moi-même. Le défaut d'union entre deux époux, par quelque cause qu'il soit produit, amène d'effroyables malheurs : nous sommes, tôt ou tard, punis de n'avoir pas obéi aux lois sociales. Je t'écrirai de Florence à ce sujet : un père, surtout quand il a l'honneur de présider une cour suprême, ne doit pas rougir devant son fils. Adieu.

Paris, février 1830-janvier 1842 [27].

Le Contrat de mariage

Dédié à G. Rossini [1]

Monsieur de Manerville le père était un bon gentilhomme normand bien connu du maréchal de Richelieu, qui lui fit épouser une des plus riches héritières de Bordeaux dans le temps que le vieux duc y alla trôner en sa qualité de gouverneur de Guyenne [2]. Le Normand vendit les terres qu'il possédait en Bessin et se fit Gascon, séduit par la beauté du château de Lanstrac, délicieux séjour qui appartenait à sa femme. Dans les derniers jours du règne de Louis XV, il acheta la charge de major des Gardes de la Porte, et vécut jusqu'en 1813, après avoir fort heureusement traversé la Révolution. Voici comment. Il alla vers la fin de l'année 1790 à la Martinique, où sa femme avait des intérêts, et confia la gestion de ses biens de Gascogne à un honnête clerc de notaire, appelé Mathias, qui donnait alors dans les idées nouvelles. A son retour, le comte de Manerville trouva ses propriétés intactes et profitablement gérées. Ce savoir-faire était un fruit produit par la greffe du Gascon sur le Normand. Madame de Manerville mourut en 1810. Instruit de l'importance de ses intérêts par les dissipations de sa jeunesse et, comme beaucoup de veillards, leur accordant plus de place qu'ils n'en ont dans la vie, monsieur de Manerville devint progressivement économe, avare et ladre. Sans songer que l'avarice des pères prépare la prodigalité des enfants, il ne donna presque rien à son fils, encore que ce fût un fils unique.

Paul de Manerville, revenu vers la fin de l'année 1810 du collège de Vendôme [8], resta sous la domination paternelle pendant trois années. La tyrannie que fit peser sur son héritier un vieillard de soixante-dix-neuf ans influa nécessairement sur un cœur et sur un caractère qui n'étaient pas formés. Sans manquer de ce courage physique qui semble être dans l'air de la Gascogne, Paul n'osa lutter contre son père, et perdit cette faculté de résistance qui engendre le courage moral. Ses sentiments comprimés allèrent au fond de son cœur, où il les garda longtemps sans les exprimer ; puis plus tard, quand il les sentit en désaccord avec les maximes du monde, il put bien penser et mal agir. Il se serait battu pour un mot, et tremblait à l'idée de renvoyer un domestique ; car sa timidité s'exerçait dans les combats qui demandent une volonté constante. Capable de grandes choses pour fuir la persécution, il ne l'aurait ni prévenue par une opposition systématique ni affrontée par un déploiement continu de ses forces. Lâche en pensée, hardi en actions, il conserva longtemps cette candeur secrète qui rend l'homme la victime et la dupe volontaire de choses contre lesquelles certaines âmes hésitent à s'insurger, aimant mieux les souffrir que de s'en plaindre. Il était emprisonné dans le vieil hôtel de son père, car il n'avait pas assez d'argent pour frayer avec les jeunes gens de la ville, il enviait leurs plaisirs sans pouvoir les partager. Le vieux gentilhomme le menait chaque soir dans une vieille voiture, traînée par de vieux chevaux mal attelés, accompagné de ses vieux laquais mal habillés, dans une société royaliste, composée des débris de la noblesse parlementaire et de la noblesse d'épée. Réunies depuis la Révolution pour résister à l'influence impériale, ces deux noblesses s'étaient transformées en une aristocratie territoriale. Écrasé par les hautes et mouvantes fortunes des villes maritimes, ce faubourg Saint-Germain de Bordeaux répondait par son dédain au faste qu'étalaient alors le commerce, les administrations et les militaires. Trop jeune pour comprendre les distinctions sociales et les nécessités cachées sous l'apparente vanité qu'elles créent, Paul s'ennuyait au milieu de ces antiquités, sans savoir que plus tard ses relations de jeunesse lui assureraient cette prééminence aristocratique que la France aimera toujours. Il trouvait de légères compensations à la maussaderie de ses soirées dans quelques exercices qui plaisent aux jeunes gens, car son père les lui imposait. Pour le vieux gentilhomme, savoir manier les armes, être excellent cavalier, jouer à la paume, acquérir de bonnes manières, enfin la frivole instruction des seigneurs d'autrefois constituait un jeune homme accompli. Paul faisait donc tous les matins des armes, allait au manège et tirait le pistolet. Le reste du temps, il l'employait à lire des romans, car son père n'admettait pas les études transcendantes par lesquelles se terminent aujourd'hui les éducations. Une vie si monotone eût tué ce jeune homme, si la mort de son père ne l'eût délivré de cette tyrannie au moment où elle était devenue insupportable. Paul trouva des capitaux considérables accumulés par l'avarice paternelle, et des propriétés dans le meilleur état du monde ; mais il avait Bordeaux en horreur, et n'aimait pas davantage Lanstrac, où son père allait passer tous les étés et le menait à la chasse du matin au soir.

Dès que les affaires de la succession furent terminées, le jeune héritier avide de jouissances acheta des rentes avec ses capitaux, laissa la gestion de ses domaines au vieux Mathias, le notaire de son père, et passa six années loin de Bordeaux. Attaché d'ambassade à Naples, d'abord, il alla plus tard comme secrétaire à Madrid, à Londres, et fit ainsi le tour de l'Europe. Après avoir connu le monde, après s'être dégrisé de beaucoup d'illusions, après avoir dissipé les capitaux liquides que son père avait amassés, il vint un moment où, pour continuer son train de vie, Paul dut prendre les revenus territoriaux que son notaire lui avait accumulés. En ce moment critique, saisi par une de ces idées prétendues sages, il voulut quitter Paris, revenir à Bordeaux, diriger ses affaires, mener une vie de gentilhomme à Lanstrac, améliorer ses terres, se marier, et arriver un jour à la députation. Paul était comte, la noblesse redevenait une valeur matrimoniale, il pouvait et devait faire un bon mariage. Si beaucoup de femmes désirent épouser un titre, beaucoup plus encore veulent un homme à qui l'entente de la vie soit familière. Or, Paul avait acquis pour une somme de sept cent mille francs, mangée en six ans, cette charge qui ne se vend pas et qui vaut mieux qu'une charge d'agent de change ; qui exige aussi de longues études, un stage, des examens, des connaissances, des amis, des ennemis, une certaine élégance de taille, certaines manières, un nom facile et gracieux à prononcer ; une charge qui d'ailleurs rapporte des bonnes fortunes, des duels, des paris perdus aux courses, des déceptions, des ennuis, des travaux, et force plaisirs indigestes. Il était enfin un homme élégant. Malgré ses folles dépenses, il n'avait pu devenir un homme à la mode. Dans la burlesque armée des gens du monde, l'homme à la mode représente le maréchal de France, l'homme élégant équivaut à un lieutenant-général[4]. Paul jouissait de sa petite réputation d'élégance et savait la soutenir. Ses gens avaient une excellente tenue, ses équipages étaient cités, ses soupers avaient quelque succès, enfin sa *garçonnière* était comptée parmi les sept ou huit dont le faste égalait celui des meilleures maisons de Paris. Mais il n'avait fait le malheur d'aucune femme, mais il jouait sans perdre, mais il avait du bonheur sans éclat, mais il avait trop de probité pour tromper qui que ce fût, même une fille; mais il ne laissait pas traîner ses billets doux, et n'avait pas un coffre aux lettres d'amour dans lequel ses amis pussent puiser en attendant qu'il eût fini de mettre son col ou de se faire la barbe; mais ne voulant point entamer ses terres de Guyenne, il n'avait pas cette témérité qui conseille de grands coups et attire l'attention à tout prix sur un jeune homme; mais il n'empruntait d'argent à personne, et avait le tort d'en prêter à des amis qui l'abandonnaient et ne parlaient plus del ui ni en bien ni en mal. Il semblait avoir chiffré son désordre. Le secret de son caractère était dans la tyrannie paternelle qui avait fait de lui comme un métis social. Donc un matin, il dit à l'un de ses amis nommé de Marsay, qui depuis devint illustre : — Mon cher ami, la vie a un sens.

— Il faut être arrivé à vingt-sept ans pour la comprendre, répondit railleusement de Marsay.

— Oui, j'ai vingt-sept ans, et précisément à cause de mes vingt-sept ans, je veux aller vivre à Lanstrac en gentilhomme. J'habiterai Bordeaux où je transporterai mon mobilier de Paris dans le vieil hôtel de mon père, et viendrai passer trois mois d'hiver ici, dans cette maison que je garderai.

— Et tu te marieras?

— Et je me marierai.

— Je suis ton ami, mon gros Paul, tu le sais, dit de Marsay après un moment de silence, eh bien, sois bon père et bon époux, tu deviendras ridicule pour le reste de tes jours. Si tu pouvais être heureux et ridicule, la chose devrait être prise en considération; mais tu ne seras pas heureux. Tu n'as pas le poignet assez fort pour gouverner un ménage. Je te rends justice : tu es un parfait cavalier ; personne mieux que toi ne sait rendre et ramasser les guides, faire piaffer un cheval, et rester vissé sur sa selle. Mais, mon cher, le mariage est une autre allure. Je te vois d'ici, mené grand train par madame la comtesse de Manerville, allant contre ton gré plus souvent au galop qu'au trot, et bientôt désarçonné!... oh! mais désarçonné de manière à demeurer dans le fossé, les jambes cassées. Écoute. Il te reste quarante et quelques mille livres de rente en propriétés dans le département de la Gironde. Bien. Emmène tes chevaux et tes gens, meuble ton hôtel à Bordeaux, tu seras le roi de Bordeaux, tu y promulgueras les arrêts que nous porterons à Paris, tu seras le correspondant de nos stupidités. Très bien. Fais des folies en province, fais-y même des sottises, encore mieux! peut-être gagneras-tu de la célébrité. Mais... ne te marie pas. Qui se marie aujourd'hui? Des commerçants dans l'intérêt de leur capital ou pour être deux à tirer la charrue, des paysans qui veulent en produisant beaucoup d'enfants se faire des ouvriers, des agents de change ou des notaires obligés de payer leurs charges, de malheureux rois qui continuent de malheureuses dynasties. Nous seuls sommes exempts du bât, et tu vas t'en harnacher? Enfin pourquoi te maries-tu? Tu dois compte de tes raisons à ton meilleur ami! D'abord, quand tu épouserais une héritière aussi riche que toi, quatre-vingt mille livres de rente pour deux ne sont pas la même chose que quarante mille livres de rente pour un, parce qu'on se trouve bientôt trois, et quatre s'il nous arrive un enfant. Aurais-tu par hasard de l'amour pour cette sotte race des Manerville qui ne te donnera que des chagrins? Tu ignores donc le métier de père et de mère? Le mariage, mon gros Paul, est la plus sotte des immolations sociales; nos enfants seuls en profitent et n'en connaissent le prix qu'au moment où leurs chevaux paissent les fleurs nées sur nos tombes. Regrettes-tu ton père, ce tyran qui t'a désolé ta jeunesse ? Comment t'y prendras-tu pour te faire aimer de tes enfants ? Tes prévoyances pour leur éducation, tes soins de leur bonheur, tes sévérités nécessaires les désaffectionneront. Les enfants aiment un père prodigue ou faible qu'ils mépriseront plus tard. Tu seras donc entre la crainte et le mépris. N'est pas bon père de famille qui veut ! Tourne les yeux sur nos amis, et dis-moi ceux de qui tu voudrais pour fils ? Nous en avons connu qui déshonoraient leur nom. Les enfants, mon cher, sont des marchandises très difficiles à soigner. Les tiens seront des anges, soit ! As-tu jamais sondé l'abîme qui sépare la vie du garçon de la vie de l'homme marié ? Écoute. Garçon, tu peux te dire : « Je n'aurai que telle somme de ridicule, le public ne pensera de moi que ce que je lui permettrai de penser. » Marié, tu tombes dans l'infini du ridicule ! Garçon, tu te fais ton bonheur, tu en prends aujourd'hui, tu t'en passes demain ; marié, tu le prends comme il est, et, le jour où tu en veux, tu t'en passes. Marié, tu deviens ganache, tu calcules des dots, tu parles de morale publique et religieuse, tu trouves les jeunes gens immoraux, dangereux ; enfin tu deviendras un académicien social. Tu me fais pitié. Le vieux garçon dont l'héritage est attendu, qui se défend à son dernier soupir contre une vieille garde à laquelle il demande vainement à boire, est un béat en comparaison de l'homme marié. Je ne te parle pas de tout ce qui peut advenir de tracassant, d'ennuyant, d'impatientant, de tyrannisant, de contrariant, de gênant, d'idiotisant, de narcotique et de paralytique dans le combat de deux êtres toujours en présence, liés à jamais, et qui se sont attrapés tous deux en croyant se convenir ; non, ce serait recommencer la satire de Boileau [5], nous la savons par cœur. Je te pardonnerais ta pensée ridicule, si tu me promettais de te marier en grand seigneur, d'instituer un majorat [6] avec ta fortune, de profiter de la lune de miel pour avoir deux enfants légitimes, de donner à ta femme une maison complète distincte de la tienne, de ne vous rencontrer que dans le monde, et de ne jamais revenir de voyage sans te faire annoncer par un courrier. Deux cent mille livres de rente suffisent à cette existence, et tes antécédents te permettent de la créer au moyen d'une riche Anglaise affamée d'un titre. Ah! cette vie aristocratique me semble vraiment française, la seule grande, la seule qui nous obtienne le respect, l'amitié d'une femme, la seule qui nous distingue de la masse actuelle, enfin la seule pour laquelle un jeune homme puisse quitter la vie de garçon. Ainsi posé, le comte de Manerville conseille son époque, se met au-dessus de tout et ne peut plus être que ministre ou ambassadeur. Le ridicule ne l'atteindra jamais, il a conquis les avantages sociaux du mariage et garde les privilèges du garçon.

— Mais, mon bon ami, je ne suis pas de Marsay, je suis tout bonnement, comme tu me fais l'honneur de le dire toi-même, Paul de Manerville, bon père et bon époux, député du Centre, et peut-être pair de France, destinée excessivement médiocre ; mais je suis modeste, je me résigne.

— Et ta femme, dit l'impitoyable de Marsay, se résignera-t-elle ?

— Ma femme, mon cher, fera ce que je voudrai.

— Ha, mon pauvre ami, tu en es encore là ? Adieu, Paul. Dès aujourd'hui je te refuse mon estime. Encore un mot, car je ne saurais souscrire froidement à ton abdication. Vois donc où gît la force de notre position. Un garçon, n'eût-il que six mille livres de rente, ne lui restât-il pour toute fortune que sa réputation d'élégance, que le souvenir de ses succès... Hé bien, cette ombre fantastique comporte d'énormes valeurs. La vie offre encore des chances à ce garçon déteint. Oui, ses prétentions peuvent tout embrasser. Mais le mariage, Paul, c'est le : — *Tu n'iras pas plus loin* social. Marié, tu ne pourras plus être que ce que tu seras, à moins que ta femme ne daigne s'occuper de toi.

— Mais, dit Paul, tu m'écrases toujours sous des théories exceptionnelles! Je suis las de vivre pour les autres, d'avoir des chevaux pour les montrer, de tout faire en vue du qu'en-dira-t-on, de me ruiner pour éviter que des niais s'écrient : — Tiens, Paul a toujours la même voiture. Où en est-il de sa fortune? Il la mange? Il joue à la Bourse? Non, il est millionnaire. Madame une telle est folle de lui. Il a fait venir d'Angleterre un attelage qui, certes, est le plus beau de Paris. On a remarqué à Longchamp les calèches à quatre chevaux de messieurs de Marsay et de Manerville, elles étaient parfaitement attelées. Enfin, mille niaiseries avec lesquelles une masse d'imbéciles nous conduit. Je commence à voir que cette vie où l'on roule au lieu de marcher nous use et nous vieillit. Crois-moi, mon cher Henry, j'admire ta puissance, mais sans l'envier. Tu sais tout juger, tu peux agir et penser en homme d'État, te placer au-dessus des lois générales, des idées reçues, des préjugés admis, des convenances adoptées ; enfin, tu perçois les bénéfices d'une situation dans laquelle je n'aurais, moi, que des malheurs. Tes déductions froides, systématiques, réelles peut-être, sont aux yeux de la masse d'épouvantables immoralités. Moi, j'appartiens à la masse. Je dois jouer le jeu selon les règles de la société dans laquelle je suis forcé de vivre. En te mettant au sommet des choses humaines, sur ces pics de glace, tu trouves encore des sentiments ; mais moi j'y gèlerais. La vie de ce plus grand nombre auquel j'appartiens bourgeoisement se compose d'émotions dont j'ai maintenant besoin. Souvent un homme à bonnes fortunes coquette avec dix femmes, et n'en a pas une seule ;

puis, quels que soient sa force, son habileté, son usage du monde, il survient des crises où il se trouve comme écrasé entre deux portes. Moi, j'aime l'échange constant et doux de la vie, je veux cette bonne existence où vous trouvez toujours une femme près de vous.

— C'est un peu leste, le mariage, s'écria de Marsay.

Paul ne se décontenança pas et dit en continuant :

— Ris, si tu veux ; moi, je me sentirai l'homme le plus heureux du monde quand mon valet de chambre entrera me disant : — Madame attend monsieur pour déjeuner. Quand je pourrai, le soir en rentrant, trouver un cœur...

— Toujours trop leste, Paul! Tu n'es pas encore assez moral pour te marier.

— ... Un cœur à qui confier mes affaires et dire mes secrets. Je veux vivre assez intimement avec une créature pour que notre affection ne dépende pas d'un oui ou d'un non, d'une situation où le plus joli homme cause des désillusionnements à l'amour. Enfin, j'ai le courage nécessaire pour devenir, comme tu le dis, bon père et bon époux! Je me sens propre aux joies de la famille, et veux me mettre dans les conditions exigées par la société pour avoir une femme, des enfants...

— Tu me fais l'effet d'un panier de mouches à miel. Marche! Tu seras une dupe toute ta vie. Ah! tu veux te marier pour avoir une femme. En d'autres termes, tu veux résoudre heureusement à ton profit le plus difficile des problèmes que présentent aujourd'hui les mœurs bourgeoises créées par la Révolution française, et tu commenceras par une vie d'isolement! Crois-tu que ta femme ne voudra pas de cette vie que tu méprises? En aura-t-elle comme toi le dégoût? Si tu ne veux pas de la belle conjugalité dont le programme vient d'être formulé par ton ami de Marsay, écoute un dernier conseil. Reste encore garçon pendant treize ans, amuse-toi comme un damné; puis, à quarante ans, à ton premier accès de goutte, épouse une veuve de trente-six ans : tu pourras être heureux. Si tu prends une jeune fille pour femme, tu mourras enragé!

— Ah! çà, dis-moi pourquoi? s'écria Paul un peu piqué.

— Mon cher, répondit de Marsay, la satire de Boileau contre les femmes[7] est une suite de banalités poétisées. Pourquoi les femmes n'auraient-elles pas des défauts? Pourquoi les déshériter de l'Avoir le plus clair de la nature humaine? Aussi, selon moi, le problème du mariage n'est-il plus là où ce critique l'a mis. Crois-tu donc qu'il en soit du mariage comme de l'amour, et qu'il suffise à un mari d'être homme pour être aimé? Tu vas donc dans les boudoirs pour n'en rapporter que d'heureux souvenirs? Tout, dans notre vie de garçon, prépare une fatale erreur à l'homme marié qui n'est pas un profond observateur du cœur humain. Dans les heureux jours de sa jeunesse, un homme, par la bizarrerie de nos mœurs, donne toujours le bonheur, il triomphe de femmes toutes séduites qui obéissent à des désirs. De part et d'autre, les obstacles que créent les lois, les sentiments et la défense naturelle à la femme engendrent une mutualité de sensations qui trompe les gens superficiels sur leurs relations futures en état de mariage où les obstacles n'existent plus, où la femme souffre l'amour au lieu de le permettre, repousse souvent le plaisir au lieu de le désirer. Là, pour nous, la vie change d'aspect. Le garçon libre et sans soins, toujours agresseur, n'a rien à craindre d'un insuccès. En état de mariage, un échec est irréparable. S'il est possible à un amant de faire revenir une femme d'un arrêt défavorable, ce retour, mon cher, est le Waterloo des maris. Comme Napoléon, le mari est condamné à des victoires qui, malgré leur nombre, n'empêchent pas la première défaite de le renverser. La femme, si flattée de la persévérance, si heureuse de la colère d'un amant, les nomme brutalité chez un mari. Si le garçon choisit son terrain, si tout lui est permis, tout est défendu à un maître, et son champ de bataille est invariable. Puis, la lutte est inverse. Une femme est disposée à refuser ce qu'elle doit ; tandis que, maîtresse, elle accorde ce qu'elle ne doit point. Toi qui veux te marier et qui te marieras, as-tu jamais médité sur le Code civil ? Je ne me suis point sali les pieds dans ce bouge à commentaires, dans ce grenier à bavardages appelé l'École de Droit, je n'ai jamais ouvert le Code, mais j'en vois les applications sur le vif du monde. Je suis légiste comme un chef de clinique est médecin. La maladie n'est pas dans les livres, elle est dans le malade. Le Code, mon cher, a mis la femme en tutelle, il l'a considérée comme un mineur, comme un enfant. Or, comment gouverne-t-on les enfants ? Par la crainte. Dans ce mot, Paul, est le mors de la bête. Tâte-toi le pouls ! Vois si tu peux te déguiser en tyran, toi, si doux, si bon ami, si confiant ; toi, de qui j'ai ri d'abord et que j'aime assez aujourd'hui pour te livrer ma science. Oui, ceci procède d'une science que déjà les Allemands ont nommée Anthropologie. Ah ! si je n'avais pas résolu la vie par le plaisir, si je n'avais pas une profonde antipathie pour ceux qui pensent au lieu d'agir, si je ne méprisais pas les niais assez stupides pour croire à la vie d'un livre, quand les sables des déserts africains sont composés des cendres de je ne sais combien de Londres, de Venise, de Paris, de Rome inconnues, pulvérisées, j'écrirais un livre sur les mariages modernes [8], sur l'influence du système chrétien ; enfin, je mettrais un lampion sur ces tas de pierres aiguës parmi lesquelles se couchent les sectateurs du *multiplicamini* social. Mais l'Humanité vaut-elle un quart d'heure de mon temps? Puis, le seul emploi raisonnable de l'encre n'est-il pas de piper les cœurs par des lettres d'amour? Eh! nous amèneras-tu la comtesse de Manerville?

— Peut-être, dit Paul.

— Nous resterons amis, dit de Marsay.

— Si?... répondit Paul.

— Sois tranquille, nous serons polis avec toi, comme la Maison Rouge [9] avec les Anglais à Fontenoy.

Quoique cette conversation l'eût ébranlé, le comte de Manerville se mit en devoir d'exécuter son dessein, et revint à Bordeaux pendant l'hiver de l'année 1821. Les dépenses qu'il fit pour restaurer et meubler son hôtel soutinrent dignement la réputation d'élégance qui le précédait. Introduit d'avance par ses anciennes relations dans la société royaliste de Bordeaux, à laquelle il appartenait par ses opinions autant que par son nom et par sa fortune, il y obtint la royauté fashionable. Son savoir-vivre, ses manières, son éducation parisienne enchantèrent le faubourg Saint-Germain bordelais. Une vieille marquise se servit d'une expression jadis en usage à la Cour pour désigner la florissante jeunesse des Beaux, des Petits-Maîtres d'autrefois, et dont le langage, les façons faisaient loi : elle dit de lui qu'il était *la fleur des pois* [10]. La société libérale ramassa le mot, en fit un surnom pris par elle en moquerie, et par les royalistes en bonne part. Paul de Manerville acquitta glorieusement les obligations que lui imposait son surnom. Il lui advint ce qui arrive aux acteurs médiocres : le jour où le public leur accorde son attention, ils deviennent presque bons. En se sentant à son aise, Paul déploya les qualités que comportaient ses défauts. Sa raillerie n'avait rien d'âpre ni d'amer, ses manières n'étaient point hautaines, sa conversation avec les femmes exprimait le respect qu'elles aiment, ni trop de déférence ni trop de familiarité ; sa fatuité n'était qu'un soin de sa personne qui le rendait agréable, il avait égard au rang, il permettait aux jeunes gens un laisser-aller auquel son expérience parisienne posait des bornes ; quoique très fort au pistolet et à l'épée, il avait une douceur féminine dont on lui savait gré. Sa taille moyenne et son embonpoint qui n'arrivait pas encore à l'obésité, deux obstacles à l'élégance personnelle, n'empêchaient point son extérieur d'aller à son rôle de Brummell bordelais. Un teint blanc rehaussé par la coloration de la santé, de belles mains, un joli pied, des yeux bleus à longs cils, des cheveux noirs, des mouvements gracieux, une voix de poitrine qui se tenait toujours au médium et vibrait dans le cœur, tout en lui s'harmoniait [11] avec son surnom. Paul était bien cette fleur délicate qui veut une soigneuse culture, dont les qualités ne se déploient que dans un terrain humide et complaisant, que les façons dures empêchent de s'élever, que brûle un trop vif rayon de soleil, et que la gelée abat. Il était un de ces hommes faits pour recevoir le bonheur plus que pour le donner, qui tiennent beaucoup de la femme, qui veulent être devinés, encouragés, enfin pour lesquels l'amour conjugal doit avoir quelque chose de providentiel. Si ce caractère crée des difficultés dans la vie intime, il est gracieux et plein d'attraits pour le monde. Aussi Paul eut-il de grands succès dans le cercle étroit de la province, où son esprit, tout en demi-teintes, devait être mieux apprécié qu'à Paris. L'arrangement de son hôtel et la restauration du château de Lanstrac, où il introduisit le luxe et le confort [12] anglais, absorbèrent les capitaux que depuis six ans lui plaçait son notaire. Strictement réduit à ses quarante et quelques mille livres de rente, il crut être sage en ordonnant sa maison de manière à ne rien dépenser au-delà.

Quand il eut officiellement promené ses équipages, traité les jeunes gens les plus distingués de la ville, fait des parties de chasse avec eux dans son château restauré, Paul comprit que la vie de province n'allait pas sans le mariage. Trop jeune encore pour employer son temps aux occupations avaricieuses ou s'intéresser aux améliorations spéculatrices dans lesquelles les gens de province finissent par s'engager, et que nécessite l'établissement de leurs enfants, il éprouva bientôt le besoin des changeantes distractions dont l'habitude devient la vie d'un Parisien. Un nom à conserver, des héritiers auxquels il transmettrait ses biens, les relations que lui créerait une maison où pourraient se réunir les principales familles du pays, l'ennui des liaisons irrégulières ne furent pas cependant des raisons déterminantes. Dès son arrivée à Bordeaux, il s'était secrètement épris de la reine de Bordeaux, la célèbre mademoiselle Évangélista.

Vers le commencement du siècle, un riche Espagnol, ayant nom Évangélista, vint s'établir à Bordeaux, où ses recommandations autant que sa fortune l'avaient fait recevoir dans les salons nobles. Sa femme contribua beaucoup à le maintenir en bonne odeur au milieu de cette aristocratie qui ne l'avait peut-être aussi facilement adopté que pour piquer la société du second ordre. Créole [13] et semblable aux femmes servies par des esclaves, madame Évangélista, qui d'ailleurs appartenait aux Casa-Réal, illustre famille de la monarchie espagnole, vivait en grande dame, ignorait la valeur de l'argent, et ne réprimait aucune de ses fantaisies, même les plus dispendieuses, en les trouvant toujours satisfaites par un homme amoureux qui lui cachait généreusement les rouages de la finance. Heureux de la voir se plaire à Bordeaux où ses affaires l'obligeaient de séjourner, l'Espagnol y fit l'acquisition d'un hôtel, tint maison, reçut avec grandeur et donna des preuves du meilleur goût en toutes choses. Aussi, de 1800 à 1812, ne fut-il question dans Bordeaux que de monsieur et madame Évangélista. L'Espagnol mourut en 1813, laissant sa femme veuve à trente-deux ans, avec une immense fortune et la plus jolie fille du monde, une enfant de onze ans, qui promettait d'être et qui fut une personne accomplie. Quelque habile que fût madame Évangélista, la Restauration altéra sa position ; le parti royaliste s'épura, quelques familles quittèrent Bordeaux. Quoique la tête et la main de son mari manquassent à la direction de ses affaires, pour lesquelles elle eut l'insouciance de la créole et l'inaptitude de la petite-maîtresse, elle ne voulut rien changer à sa manière de vivre. Au moment où Paul prenait la résolution de revenir dans sa patrie, mademoiselle Natalie Évangélista était une personne remarquablement belle et en apparence le plus riche parti de Bordeaux, où l'on ignorait la progressive diminution des capitaux de sa mère, qui, pour prolonger son règne, avait dissipé des sommes énormes. Des fêtes brillantes et la continuation d'un train royal entretenaient le public dans la croyance où il était des richesses de la maison Évangélista. Natalie atteignit à sa dix-neuvième année, et nulle proposition de mariage n'était parvenue à l'oreille de sa mère. Habituée à satisfaire ses caprices de jeune fille, mademoiselle Évangélista portait des cachemires, avait des bijoux et vivait au milieu d'un luxe qui effrayait les spéculateurs, dans un pays et à une époque où les enfants calculent aussi bien que leurs parents. Ce mot fatal : « Il n'y a qu'un prince qui puisse épouser mademoiselle Évangélista ! » circulait dans les salons et dans les coteries. Les mères de famille, les douairières qui avaient des petites-filles à établir, les jeunes personnes jalouses de Natalie, dont la constante élégance et la tyrannique beauté les importunaient, envenimaient soigneusement cette opinion par des propos perfides. Quand elles entendaient un épouseur disant avec une admiration extatique, à l'arrivée de Natalie dans un bal : Mon Dieu, comme elle est belle! — Oui, répondaient les mamans, mais elle est chère. Si quelque nouveau venu trouvait mademoiselle Évangélista charmante et disait qu'un homme à marier ne pouvait faire un meilleur choix : — Qui donc serait assez hardi, répondait-on, pour épouser une jeune fille à laquelle sa mère donne mille francs par mois pour sa toilette, qui a ses chevaux, sa femme de chambre, et porte des dentelles? Elle a des malines à ses peignoirs. Le prix de son blanchissage de fin entretiendrait le ménage d'un commis. Elle a pour le matin des pèlerines qui coûtent six francs à monter.

Ces propos et mille autres répétés souvent en manière d'éloge éteignaient le plus vif désir qu'un homme pouvait avoir d'épouser mademoiselle Évangélista. Reine de tous les bals, blasée sur les propos flatteurs, sur les sourires et les admirations qu'elle recueillait partout à son passage, Natalie ne connaissait rien de l'existence. Elle vivait comme l'oiseau qui vole, comme la fleur qui pousse, en trouvant autour d'elle chacun prêt à combler ses désirs. Elle ignorait le prix des choses, elle ne savait comment viennent, s'entretiennent et se conservent les revenus. Peut-être croyait-elle que chaque maison avait ses cuisiniers, ses cochers, ses femmes de chambre et ses gens, comme les prés ont leurs foins et les arbres leurs fruits. Pour elle, des mendiants et des pauvres, des arbres tombés et des terrains ingrats étaient même chose. Choyée comme une espérance par sa mère, la fatigue n'altérait jamais son plaisir. Aussi bondissait-elle dans le monde comme un coursier dans son steppe [14], un coursier sans bride et sans fers.

Six mois après l'arrivée de Paul, la haute société de la ville avait mis en présence la Fleur des pois et la reine des bals. Ces deux fleurs se regardèrent en apparence avec froideur et se trouvèrent réciproquement charmantes. Intéressée à épier les effets de cette rencontre prévue, madame Évangélista devina dans les regards de Paul les sentiments qui l'animaient, et se dit : « Il sera mon gendre! » De même que Paul se disait en voyant Natalie : « Elle sera ma femme. » La fortune des Évangélista, devenue proverbiale à Bordeaux, était restée dans la mémoire de Paul comme un préjugé d'enfance, de tous les préjugés le plus indélébile. Ainsi les convenances pécuniaires se rencontraient tout d'abord sans nécessiter ces débats et ces enquêtes qui causent autant d'horreur aux âmes timides qu'aux âmes fières. Quand quelques personnes essayèrent de dire à Paul quelques phrases louangeuses qu'il était impossible de refuser aux manières, au langage, à la beauté de Natalie, mais qui se terminaient par des observations si cruellement calculatrices de l'avenir et auxquelles donnait lieu le train de la maison Évangélista, la Fleur des pois y répondit par le dédain que méritaient ces petites idées de province. Cette façon de penser, bientôt connue, fit taire les propos ; car il donnait le ton aux idées, au langage, aussi bien qu'aux manières et aux choses. Il avait importé le développement de la personnalité britannique et ses barrières glaciales, la raillerie byronienne, les accusations contre la vie, le mépris des liens sacrés, l'argenterie et la plaisanterie anglaises, la dépréciation des usages et des vieilles choses de la province, le cigare, le vernis, le poney, les gants jaunes et le galop [15]. Il arriva donc pour Paul le contraire de ce qui s'était fait jusqu'alors :

ni jeune fille ni douairière ne tenta de le décourager. Madame Évangélista commença par lui donner plusieurs fois à dîner en cérémonie. La Fleur des pois pouvait-elle manquer à des fêtes où venaient les jeunes gens les plus distingués de la ville ? Malgré la froideur que Paul affectait, et qui ne trompait ni la mère ni la fille, il s'engageait à petits pas dans la voie du mariage. Quand Manerville passait en tilbury ou monté sur son beau cheval à la promenade, quelques jeunes gens s'arrêtaient, et il les entendait se disant : « Voilà un homme heureux : il est riche, il est joli garçon, et il va, dit-on, épouser mademoiselle Évangélista. Il y a des gens pour qui le monde semble avoir été fait. » Quand il se rencontrait avec la calèche de madame Évangélista, il était fier de la distinction particulière que la mère et la fille mettaient dans le salut qui lui était adressé. Si Paul n'avait pas été secrètement épris de mademoiselle Évangélista, certes le monde l'aurait marié malgré lui. Le monde, qui n'est cause d'aucun bien, est complice de beaucoup de malheurs ; puis, quand il voit éclore le mal qu'il a couvé maternellement, il le renie et s'en venge. La haute société de Bordeaux, attribuant un million de dot à mademoiselle Évangélista, la donnait à Paul sans attendre le consentement des parties comme cela se fait souvent. Leurs fortunes se convenaient aussi bien que leurs personnes. Paul avait l'habitude du luxe et de l'élégance au milieu de laquelle vivait Natalie. Il venait de disposer pour lui-même son hôtel comme personne à Bordeaux n'aurait disposé de maison pour loger Natalie. Un homme habitué aux dépenses de Paris et aux fantaisies des Parisiennes pouvait seul éviter les malheurs pécuniaires qu'entraînait un mariage avec cette créature déjà aussi créole, aussi grande dame que l'était sa mère. Là où des Bordelais amoureux de mademoiselle Évangélista se seraient ruinés, le comte de Manerville saurait, disait-on, éviter tout désastre. C'était donc un mariage fait. Les personnes de la haute société royaliste, quand la question de ce mariage se traitait devant elles, disaient à Paul des phrases engageantes qui flattaient sa vanité.

— Chacun vous donne ici mademoiselle Évangélista. Si vous l'épousez, vous ferez bien ; vous ne trouveriez jamais nulle part, même à Paris, une si belle personne : elle est élégante, gracieuse, et tient aux Casa-Réal par sa mère. Vous ferez le plus charmant couple du monde : vous avez les mêmes goûts, la même entente de la vie, vous aurez la plus agréable maison de Bordeaux. Votre femme n'a que son bonnet de nuit à apporter chez vous. Dans une semblable affaire, une maison montée vaut une dot. Vous êtes bien heureux aussi de rencontrer une belle-mère comme madame Évangélista. Femme d'esprit, insinuante, cette femme-là vous sera d'un grand secours au milieu de la vie politique à laquelle vous devez aspirer. Elle a d'ailleurs sacrifié tout à sa fille, qu'elle adore, et Natalie sera sans doute une bonne femme, car elle aime bien sa mère. Puis il faut faire une fin.

— Tout cela est bel et bon, répondait Paul qui malgré son amour voulait garder son libre arbitre, mais il faut faire une fin heureuse.

Paul vint bientôt chez madame Évangélista, conduit par son besoin d'employer les heures vides, plus difficiles à passer pour lui que pour tout autre. Là seulement respirait cette grandeur, ce luxe dont il avait l'habitude. A quarante ans, madame Évangélista était belle d'une beauté semblable à celle de ces magnifiques couchers de soleil qui couronnent en été les journées sans nuages. Sa réputation inattaquée offrait aux coteries bordelaises un éternel aliment de causerie, et la curiosité des femmes était d'autant plus vive que la veuve offrait les indices de la constitution qui rend les Espagnols et les créoles particulièrement célèbres. Elle avait les cheveux et les yeux noirs, le pied et la taille de l'Espagnole, cette taille cambrée dont les mouvements ont un nom en Espagne. Son visage toujours beau séduisait par ce teint créole dont l'animation ne peut être dépeinte qu'en le comparant à une mousseline jetée sur de la pourpre, tant la blancheur en est également colorée. Elle avait des formes pleines, attrayantes par cette grâce qui sait unir la nonchalance et la vivacité, la force et le laisser-aller. Elle attirait et imposait, elle séduisait sans rien promettre. Elle était grande, ce qui lui donnait à volonté l'air et le port d'une reine. Les hommes se prenaient à sa conversation comme des oiseaux à la glu, car elle avait naturellement dans le caractère ce génie que la nécessité donne aux intrigants ; elle allait de concession en concession, s'armait de ce qu'on lui accordait pour vouloir davantage, et savait se reculer à mille pas quand on lui demandait quelque chose en retour. Ignorante en fait, elle avait connu les cours d'Espagne et de Naples, les gens célèbres des deux Amériques, plusieurs familles illustres de l'Angleterre et du continent ; ce qui lui prêtait une instruction si étendue en superficie qu'elle semblait immense. Elle recevait avec ce goût, cette grandeur qui ne s'apprennent pas, mais dont certaines âmes nativement belles peuvent se faire une seconde nature en s'assimilant les bonnes choses partout où elles les rencontrent. Si sa réputation de vertu demeurait inexpliquée, elle ne lui servait pas moins à donner une grande autorité à ses actions, à ses discours, à son caractère. La fille et la mère avaient l'une pour l'autre une amitié vraie, en dehors du sentiment filial et maternel. Toutes deux se convenaient, leur contact perpétuel n'avait jamais amené de choc. Aussi beaucoup de gens expliquaient-ils les sacrifices de madame Évangélista par son amour maternel. Mais si Natalie consola sa mère d'un veuvage obstiné, peut-être n'en fut-elle pas toujours le motif unique. Madame Évangélista s'était, dit-on, éprise d'un homme auquel la seconde Restauration avait rendu ses titres et la pairie. Cet homme, heureux d'épouser madame Évangélista en 1814, avait fort décemment rompu ses relations avec elle en 1816. Madame Évangélista, la meilleure femme du monde en apparence, avait dans le caractère une épouvantable qualité qui ne peut s'expliquer que par la devise de Catherine de Médicis : *Odiate e aspettate, Haïssez et attendez*. Habituée à primer, ayant toujours été obéie, elle ressemblait à toutes les royautés : aimable, douce, parfaite, facile dans la vie, elle devenait terrible, implacable quand son orgueil de femme, d'Espagnole et de Casa-Réal était froissé. Elle ne pardonnait jamais. Cette femme croyait à la puissance de sa haine, elle en faisait un mauvais sort qui devait planer sur son ennemi. Elle avait déployé ce fatal pouvoir sur l'homme qui s'était joué d'elle. Les événements, qui semblaient accuser l'influence de sa *jettatura* [16], la confirmèrent dans sa foi superstitieuse en elle-même. Quoique ministre et pair de France, cet homme commençait à se ruiner, et se ruina complètement. Ses biens, sa considération politique et personnelle, tout devait périr. Un jour madame Évangélista put passer fière dans son brillant équipage en le voyant à pied dans les Champs-Élysées, et l'accabler d'un regard d'où ruisselèrent les étincelles du triomphe. Cette mésaventure l'avait empêchée de se remarier, en l'occupant durant deux années. Plus tard, sa fierté lui avait toujours suggéré des comparaisons entre ceux qui s'offrirent et le mari qui l'avait si sincèrement et si bien aimée. Elle avait donc atteint, de mécomptes en calculs, d'espérances en déceptions, l'époque où les femmes n'ont plus d'autre rôle à prendre dans la vie que celui de mère, en se sacrifiant à leurs filles, en transportant tous leurs intérêts, en dehors d'elles-mêmes, sur les têtes d'un ménage, dernier placement des affections humaines. Madame Évangélista devina promptement le caractère de Paul et lui cacha le sien. Paul était bien l'homme qu'elle voulait pour gendre, un éditeur responsable de son futur pouvoir. Il appartenait par sa mère aux Maulincour, et la vieille baronne de Maulincour, amie du vidame de Pamiers, vivait au cœur du faubourg Saint-Germain. Le petit-fils de la baronne, Auguste de Maulincour, avait une belle position. Paul devait donc être un excellent introducteur des Évangélista dans le monde parisien. La veuve n'avait connu qu'à de rares intervalles le Paris de l'Empire, elle voulait aller briller au milieu du Paris de la Restauration. Là seulement étaient les éléments d'une fortune politique, la seule à laquelle les femmes du monde puissent décemment coopérer. Madame Évangélista, forcée par les affaires de son mari d'habiter Bordeaux, s'y était déplu ; elle y tenait maison ; chacun sait par combien d'obligations la vie d'une femme est alors embarrassée ; mais elle ne se souciait plus de Bordeaux, elle en avait épuisé les jouissances. Elle désirait un plus grand théâtre, comme les joueurs courent au plus gros jeu. Dans son propre intérêt, elle fit donc à Paul une grande destinée. Elle se proposa d'employer les ressources de son talent et sa science de la vie au profit de son gendre, afin de pouvoir goûter sous son nom les plaisirs de la puissance. Beaucoup d'hommes sont ainsi les paravents d'ambitions féminines inconnues. Madame Évangélista avait d'ailleurs plus d'un intérêt à s'emparer du mari de sa fille. Paul fut nécessairement captivé par cette femme, qui le captiva d'autant mieux qu'elle parut ne pas vouloir exercer le moindre empire sur lui. Elle usa donc de tout son ascendant pour se grandir, pour grandir sa fille et donner du prix à tout chez elle, afin de dominer par avance l'homme en qui elle vit le moyen de continuer sa vie aristocratique. Paul s'estima davantage quand il fut apprécié par la mère et la fille. Il se crut beaucoup plus spirituel qu'il ne l'était en voyant ses réflexions et ses moindres mots sentis par mademoiselle Évangélista qui souriait ou relevait finement la tête, par la mère chez qui la flatterie semblait toujours involontaire. Ces deux femmes eurent avec lui tant de bonhomie, il fut tellement sûr de leur plaire, elles le gouvernèrent si bien en le tenant par le fil de l'amour-propre, qu'il passa bientôt tout son temps à l'hôtel Évangélista.

Un an après son installation, sans s'être déclaré, le comte Paul fut si attentif auprès de Natalie que le monde le considéra comme lui faisant la cour. Ni la mère ni la fille ne paraissaient songer au mariage. Mademoiselle Evangélista gardait avec lui la réserve de la grande dame qui sait être charmante et cause agréablement sans laisser faire un pas dans son intimité. Ce silence, si peu habituel aux gens de province, plut beaucoup à Paul. Les gens timides sont ombrageux, les propositions brusques les effraient. Ils se sauvent devant le bonheur s'il arrive à grand bruit, et se donnent au malheur s'il se présente avec modestie, accompagné d'ombres douces. Paul s'engagea donc de lui-même en voyant que madame Évangélista ne faisait aucun effort pour l'engager. L'Espagnole le séduisit en lui disant un soir que, chez une femme supérieure comme chez les hommes, il se rencontrait une époque où l'ambition remplaçait les premiers sentiments de la vie.

— Cette femme est capable, pensa Paul en sortant, de me faire donner une belle ambassade avant même que je sois nommé député.

Si dans toute circonstance un homme ne tourne pas autour des choses ou des idées pour les examiner sous leurs différentes faces, cet homme est incomplet et faible, partant en danger de périr. En ce moment Paul était optimiste : il voyait un avantage à tout, et ne se disait pas qu'une belle-mère ambitieuse pouvait devenir un tyran. Aussi tous les soirs, en sortant, s'apparaissait-il marié, se séduisait-il lui-même, et chaussait-il tout doucement la pantoufle du mariage. D'abord, il avait trop longtemps joui de sa liberté pour en rien regretter ; il était fatigué de la vie de garçon, qui ne lui offrait rien de neuf, il n'en connaissait plus que les inconvénients ; tandis que si parfois il songeait aux difficultés du mariage, il en voyait beaucoup plus souvent les plaisirs ; tout en était nouveau pour lui. — Le mariage, se disait-il, n'est désagréable que pour les petites gens ; pour les riches, la moitié de ses malheurs disparaît. Chaque jour donc une pensée favorable grossissait l'énumération des avantages qui se rencontraient pour lui dans ce mariage. — A quelque haute position que je puisse arriver, Natalie sera toujours à la hauteur de son rôle, se disait-il encore, et ce n'est pas un petit mérite chez une femme. Combien d'hommes de l'Empire n'ai-je pas vus souffrant horriblement de leurs épouses! N'est-ce pas une grande condition de bonheur que de ne jamais sentir sa vanité, son orgueil froissé par la compagne que l'on s'est choisie? Jamais un homme ne peut être tout à fait malheureux avec une femme bien élevée ; elle ne le ridiculise point, elle sait lui être utile. Natalie recevrait à merveille. Il mettait alors à contribution ses souvenirs sur les femmes les plus distinguées du faubourg Saint-Germain, pour se convaincre que Natalie pouvait, sinon les éclipser, au moins se trouver près d'elles sur un pied d'égalité parfaite. Tout parallèle servait Natalie. Les termes de comparaison tirés de l'imagination de Paul se pliaient à ses désirs. Paris lui aurait offert chaque jour de nouveaux caractères, des jeunes filles de beautés différentes, et la multiplicité des impressions aurait laissé sa raison en équilibre ; tandis qu'à Bordeaux, Natalie n'avait point de rivales, elle était la fleur unique, et se produisait habilement dans un moment où Paul se trouvait sous la tyrannie d'une idée à laquelle succombent la plupart des hommes. Aussi, ces raisons de juxtaposition, jointes aux raisons d'amour-propre et à une passion réelle qui n'avait d'autre issue que le mariage pour se satisfaire, amenèrent-elles Paul à un amour déraisonnable sur lequel il eut le bon sens de se garder le secret à lui-même, il le fit passer pour une envie de se marier. Il s'efforça même d'étudier mademoiselle Évangélista en homme qui ne voulait pas compromettre son avenir, car les terribles paroles de son ami de Marsay ronflaient parfois dans ses oreilles. Mais d'abord les personnes habituées au luxe ont une apparente simplicité qui trompe : elles le dédaignent, elles s'en servent, il est un instrument et non le travail de leur existence. Paul n'imagina pas, en trouvant les mœurs de ces dames si conformes aux siennes, qu'elles cachassent une seule cause de ruine. Puis, s'il est quelques règles générales pour tempérer les soucis du mariage, il n'en existe aucune ni pour les deviner, ni pour les prévenir. Quand le malheur se dresse entre deux êtres qui ont entrepris de se rendre l'un à l'autre la vie agréable et facile à porter, il naît du contact produit par une intimité continuelle qui n'existe point entre deux jeunes gens à marier, et ne saurait exister tant que les mœurs et les lois ne seront pas changées en France. Tout est tromperie entre deux êtres près de s'associer ; mais leur tromperie est innocente, involontaire. Chacun se montre nécessairement sous un jour favorable ; tous deux luttent à qui se posera le mieux, et prennent alors d'eux-mêmes une idée favorable à laquelle plus tard ils ne peuvent répondre. La vie véritable, comme les jours atmosphériques, se compose beaucoup plus de ces moments ternes et gris qui embrument la Nature que des périodes où le soleil brille et réjouit les champs. Les jeunes gens ne voient que les beaux jours. Plus tard, ils attribuent au mariage les malheurs de la vie elle-même, car il est en l'homme une disposition qui le porte à chercher la cause de ses misères dans les choses ou les êtres qui lui sont immédiats.

Pour découvrir dans l'attitude ou dans la physionomie, dans les paroles ou dans les gestes de mademoiselle Évangélista les indices qui eussent révélé le tribut d'imperfections que comportait son caractère, comme celui de toute créature humaine, Paul aurait dû posséder non seulement les sciences de Lavater et de Gall [17], mais encore une science de laquelle il n'existe aucun corps de doctrine, la science individuelle de l'observateur et qui exige des connaissances presque universelles. Comme toutes les jeunes personnes, Natalie avait une figure impénétrable. La paix profonde et sereine imprimée par les sculpteurs aux visages des figures vierges destinées à représenter la Justice, l'Innocence, toutes les divinités qui ne savent rien des agitations terrestres, ce calme est le plus grand charme d'une fille, il est le signe de sa pureté ; rien encore ne l'a émue ; aucune passion brisée, aucun intérêt trahi n'a nuancé la placide expression de son visage ; est-il joué, la jeune fille n'est plus. Sans cesse au cœur de sa mère, Natalie n'avait reçu, comme toute femme espagnole, qu'une instruction purement religieuse et quelques enseignements de mère à fille, utiles au rôle qu'elle devait jouer. Le calme de son visage était donc naturel. Mais il formait un voile dans lequel la femme était enveloppée, comme le papillon l'est dans sa larve. Néanmoins un homme habile à manier le scalpel de l'analyse eût surpris chez Natalie quelque révélation des difficultés que son caractère devait offrir quand elle serait aux prises avec la vie conjugale ou sociale. Sa beauté vraiment merveilleuse venait d'une excessive régularité de traits en harmonie avec les proportions de la tête et du corps. Cette perfection est de mauvais augure pour l'esprit. On trouve peu d'exceptions à cette règle. Toute nature supérieure a dans la forme de légères imperfections qui deviennent d'irrésistibles attraits, des points lumineux où brillent les sentiments opposés, où s'arrêtent les regards. Une parfaite harmonie annonce la froideur des organisations mixtes. Natalie avait la taille ronde, signe de force, mais indice immanquable d'une volonté qui souvent arrive à l'entêtement chez les personnes dont l'esprit n'est ni vif ni étendu. Ses mains de statue grecque confirmaient les prédictions du visage et de la taille en annonçant un esprit de domination illogique, le vouloir pour le vouloir. Ses sourcils se rejoignaient, et, selon les observateurs, ce trait indique une pente à la jalousie. La jalousie des personnes supérieures devient émulation, elle engendre de grandes choses ; celle des petits esprits devient de la haine. L'*Odiate e aspettate* de sa mère était chez elle sans feintise. Ses yeux noirs en apparence, mais en réalité d'un brun orangé, contrastaient avec ses cheveux dont le blond fauve, si prisé des Romains, se nomme *auburn* en Angleterre, et qui sont presque toujours ceux de l'enfant né de deux personnes à chevelure noire comme l'était celle de monsieur et de madame Évangélista. La blancheur et la délicatesse du teint de Natalie donnaient à cette opposition de couleur entre ses cheveux et ses yeux des attraits inexprimables, mais d'une finesse purement extérieure ; car, toutes les fois que les lignes d'un visage manquent d'une certaine rondeur molle, quels que soient le fini, la grâce des détails, n'en transportez point les heureux présages à l'âme. Ces roses d'une jeunesse trompeuse s'effeuillent, et vous êtes surpris, après quelques années, de voir la sécheresse, la dureté, là où vous admiriez l'élégance des qualités nobles. Quoique les contours de son visage eussent quelque chose d'auguste, le menton de Natalie était légèrement empâté, expression de peintre qui peut servir à expliquer la préexistence de sentiments dont la violence ne devait se déclarer qu'au milieu de sa vie. Sa bouche, un peu rentrée, exprimait une fierté rouge en harmonie avec sa main, son menton, ses sourcils et sa belle taille. Enfin, dernier diagnostic qui seul aurait déterminé le jugement d'un connaisseur, la voix pure de Natalie, cette voix si séduisante avait des tons métalliques. Quelque doucement manié que fût ce cuivre, malgré la grâce avec laquelle les sons couraient dans les spirales du cor, cet organe annonçait le caractère du duc d'Albe de qui descendaient collatéralement les Casa-Réal. Ces indices supposaient des passions violentes sans tendresse, des dévouements brusques, des haines irréconciliables, de l'esprit sans intelligence, et l'envie de dominer, naturelle aux personnes qui se sentent inférieures à leurs prétentions. Ces défauts, nés du tempérament et de la constitution, compensés peut-être par les qualités d'un sang généreux, étaient ensevelis chez Natalie comme l'or dans la mine, et ne devaient en sortir que sous les durs traitements et par les chocs auxquels les caractères sont soumis dans le monde. En ce moment la grâce et la fraîcheur de la jeunesse, la distinction de ses manières, sa sainte ignorance, la gentillesse de la jeune fille coloraient ses traits d'un vernis délicat qui trompait nécessairement les gens superficiels. Puis sa mère lui avait de bonne heure communiqué ce babil agréable qui joue la supériorité, qui répond aux objections par la plaisanterie, et séduit par une gracieuse volubilité sous laquelle une femme cache le tuf de son esprit comme la nature déguise les terrains ingrats sous le luxe des plantes éphémères. Enfin, Natalie avait le charme des enfants gâtés qui n'ont point connu la souffrance : elle entraînait par sa franchise, et n'avait point cet air solennel que les mères imposent à leurs filles en leur traçant un programme de façons et de langage ridicules au moment de les marier. Elle était rieuse et vraie comme la jeune fille qui ne sait rien du mariage, n'en attend que des plaisirs, n'y prévoit aucun malheur, et croit y acquérir le droit de toujours faire ses volontés. Comment Paul, qui aimait comme on aime quand le désir augmente l'amour, aurait-il reconnu dans une fille de ce caractère et dont la beauté l'éblouissait, la femme telle qu'elle devait être à trente ans, alors que certains observateurs eussent pu se tromper aux apparences? Si le bonheur était difficile à trouver dans un mariage avec cette jeune fille, il n'était pas impossible. A travers ces défauts en germe brillaient quelques belles qualités. Sous la main d'un maître habile, il n'est pas de qualité qui, bien développée, n'étouffe les défauts, surtout chez une jeune fille qui aime. Mais pour rendre ductile une femme si peu malléable, ce poignet de fer dont parlait de Marsay à Paul était nécessaire. Le dandy parisien avait raison. La crainte, inspirée par l'amour, est un instrument infaillible pour manier l'esprit d'une femme. Qui aime, craint ; et qui craint, est plus près de l'affection que de la haine. Paul aurait-il le sang-froid, le jugement, la fermeté qu'exigeait cette lutte qu'un mari habile ne doit pas laisser soupçonner à sa femme? Puis, Natalie aimait-elle Paul? Semblable à la plupart des jeunes personnes, Natalie prenait pour de l'amour les premiers mouvements de l'instinct et le plaisir que lui causait l'extérieur de Paul, sans rien savoir ni des choses du mariage, ni des choses du ménage. Pour elle, le comte de Manerville, l'apprenti diplomate auquel les cours de l'Europe étaient connues, l'un des jeunes gens élégants de Paris, ne pouvait pas être un homme ordinaire, sans force morale, à la fois timide et courageux, énergique peut-être au milieu de l'adversité, mais sans défense contre les ennuis qui gâtent le bonheur. Aurait-elle plus tard assez de tact pour distinguer les belles qualités de Paul au milieu de ses légers défauts? Ne grossirait-elle pas les uns, et n'oublierait-elle pas les autres, selon la coutume des jeunes femmes qui ne savent rien de la vie? Il est un âge où la femme pardonne des vices à qui lui évite des contrariétés, et où elle prend les contrariétés pour des malheurs. Quelle force conciliatrice, quelle expérience maintiendrait, éclairerait ce jeune ménage? Paul et sa femme ne croiraient-ils pas s'aimer quand ils n'en seraient encore qu'à ces petites simagrées caressantes que les jeunes femmes se permettent au commencement d'une vie à deux, à ces compliments que les maris font au retour du bal, quand ils ont encore les grâces du désir? Dans cette situation, Paul ne se prêterait-il pas à la tyrannie de sa femme au lieu d'établir son empire? Paul saurait-il dire : Non? Tout était péril pour un homme faible, là où l'homme le plus fort aurait peut-être encore couru des risques.

Le sujet de cette étude n'est pas dans la transition du garçon à l'état d'homme marié, peinture qui, largement composée, ne manquerait point de l'attrait que prête l'orage intérieur de nos sentiments aux choses les plus vulgaires de la vie. Les événements et les idées qui amenèrent le mariage de Paul avec mademoiselle Évangélista sont une introduction à l'œuvre, uniquement destinée à retracer la grande comédie qui précède toute vie conjugale. Jusqu'ici cette scène a été négligée par les auteurs dramatiques, quoiqu'elle offre des ressources neuves à leur verve. Cette scène, qui domina l'avenir de Paul, et que madame Évangélista voyait venir avec terreur, est la discussion à laquelle donnent lieu les contrats de mariage dans toutes les familles, nobles ou bourgeoises : car les passions humaines sont aussi vigoureusement agitées par de petits que par de grands intérêts. Ces comédies jouées par-devant notaire [18] ressemblent toutes plus ou moins à celle-ci, dont l'intérêt sera donc moins dans les pages de ce livre que dans le souvenir des gens mariés.

Au commencement de l'hiver, en 1822, Paul de Manerville fit demander la main de mademoiselle Évangélista par sa grand-tante, la baronne de Maulincour. Quoique la baronne ne passât jamais plus de deux mois en Médoc, elle y resta jusqu'à la fin d'octobre pour assister son petit-neveu dans cette circonstance et jouer le rôle d'une mère. Après avoir porté les premières paroles à madame Évangélista, la tante, vieille femme expérimentée, vint apprendre à Paul le résultat de sa démarche.

— Mon enfant, lui dit-elle, votre affaire est faite. En causant des choses d'intérêt, j'ai su que madame Évangélista ne donnait rien de son chef à sa fille. Mademoiselle Natalie se marie avec ses droits. Épousez, mon ami ! Les gens qui ont un nom et des terres à transmettre, une famille à conserver, doivent tôt ou tard finir par là. Je voudrais voir mon cher Auguste prendre le même chemin. Vous vous marierez bien sans moi, je n'ai que ma bénédiction à vous donner, et les femmes aussi vieilles que je le suis n'ont rien à faire au milieu d'une noce. Je partirai donc demain pour Paris. Quand vous présenterez votre femme au monde, je la verrai chez moi beaucoup plus commodément qu'ici. Si vous n'aviez point eu d'hôtel à Paris, vous auriez trouvé un gîte chez moi, j'aurais volontiers fait arranger pour vous le second de ma maison.

— Chère tante, dit Paul, je vous remercie. Mais qu'entendez-vous par ces paroles : sa mère ne lui donne rien de son chef, elle se marie avec ses droits ?

— La mère, mon enfant, est une fine mouche qui profite de la beauté de sa fille pour imposer des conditions et ne vous laisser que ce qu'elle ne peut pas vous ôter, la fortune du père. Nous autres vieilles gens, nous tenons fort au : Qu'a-t-il ? Qu'a-t-elle ? Je vous engage à donner de bonnes instructions à votre notaire. Le contrat, mon enfant, est le plus saint des devoirs. Si votre père et votre mère n'avaient pas bien fait leur lit, vous seriez peut-être aujourd'hui sans draps. Vous aurez des enfants, ce sont les suites les plus communes du mariage, il y faut donc penser. Voyez maître Mathias, notre vieux notaire.

Madame de Maulincour partit après avoir plongé Paul en d'étranges perplexités. Sa belle-mère était une fine mouche ! Il fallait débattre ses intérêts au contrat et nécessairement les défendre : qui donc allait les attaquer ? Il suivit le conseil de sa tante, et confia le soin de rédiger son contrat à maître Mathias. Mais ces débats pressentis le préoccupèrent. Aussi n'entra-t-il pas sans une émotion vive chez madame Évangélista, à laquelle il venait annoncer ses intentions. Comme tous les gens timides, il tremblait de laisser deviner les défiances que sa tante lui avait suggérées et qui lui semblaient insultantes. Pour éviter le plus léger froissement avec une personne aussi imposante que l'était pour lui sa future belle-mère, il inventa de ces circonlocutions naturelles aux personnes qui n'osent pas aborder de front les difficultés.

— Madame, dit-il en prenant un moment où Natalie

s'absenta, vous savez ce qu'est un notaire de famille : le mien est un bon vieillard pour qui ce serait un véritable chagrin que de ne pas être chargé de mon contrat de...

— Comment donc, mon cher! lui répondit en l'interrompant madame Évangélista ; mais nos contrats de mariage ne se font-ils pas toujours par l'intervention du notaire de chaque famille ?

Le temps pendant lequel Paul était resté sans entamer cette question, madame Évangélista l'avait employé à se demander : « A quoi pense-t-il ? » car les femmes possèdent à un haut degré la connaissance des pensées intimes par le jeu des physionomies. Elle devina les observations de la grand-tante dans le regard embarrassé, dans le son de la voix émue qui trahissaient en Paul un combat intérieur.

— Enfin, se dit-elle en elle-même, le jour fatal est arrivé, la crise commence, quel en sera le résultat ? — Mon notaire est monsieur Solonet, dit-elle après une pause, le vôtre est monsieur Mathias, je les inviterai à venir dîner demain, et ils s'entendront sur cette affaire. Leur métier n'est-il pas de concilier les intérêts sans que nous nous en mêlions, comme les cuisiniers sont chargés de nous faire faire bonne chère ?

— Mais vous avez raison, répondit-il en laissant échapper un imperceptible soupir de contentement.

Par une singulière interposition [19] des deux rôles, Paul, innocent de tout blâme, tremblait, et madame Évangélista paraissait calme en éprouvant d'horribles anxiétés. Cette veuve devait à sa fille le tiers de la fortune laissée par monsieur Évangélista, douze cent mille francs, et se trouvait hors d'état de s'acquitter, même en se dépouillant de tous ses biens. Elle allait donc être à la merci de son gendre. Si elle était maîtresse de Paul tout seul, Paul, éclairé par son notaire, transigeraitil sur la reddition des comptes de tutelle ? S'il se retirait, tout Bordeaux en saurait les motifs, et le mariage de Natalie y devenait impossible. Cette mère qui voulait le bonheur de sa fille, cette femme qui depuis sa naissance avait noblement vécu, songea que le lendemain il fallait devenir improbe. Comme ces grands capitaines qui voudraient effacer de leur vie le moment où ils ont été secrètement lâches, elle aurait voulu pouvoir retrancher cette journée du nombre de ses jours. Certes, quelques-uns de ses cheveux blanchirent pendant la nuit où, face à face avec les faits, elle se reprocha son insouciance en sentant les dures nécessités de sa situation. D'abord elle était obligée de se confier à son notaire, qu'elle avait mandé pour l'heure de son lever. Il fallait avouer une détresse intérieure qu'elle n'avait jamais voulu s'avouer à elle-même, car elle avait toujours marché vers l'abîme en comptant sur un de ces hasards qui n'arrivent jamais. Il s'éleva dans son âme, contre Paul, un léger mouvement où il n'y avait ni haine, ni aversion, ni rien de mauvais encore ; mais n'était-il pas la partie adverse de ce procès secret ? Mais ne devenait-il pas, sans le savoir, un innocent ennemi qu'il fallait vaincre ? Quel être a pu jamais aimer sa dupe ? Contrainte à ruser, l'Espagnole résolut, comme toutes les femmes, de déployer sa supériorité dans ce combat, dont la honte ne pouvait s'absoudre que par une complète victoire. Dans le calme de la nuit, elle s'excusa par une suite de raisonnements que sa fierté domina. Natalie n'avait-elle pas profité de ses dissipations ? Y avait-il dans sa conduite un seul de ces motifs bas et ignobles qui salissent l'âme ? Elle ne savait pas compter, était-ce un crime, un délit ? Un homme n'était-il pas trop heureux d'avoir une fille comme Natalie ? Le trésor qu'elle avait conservé ne valait-il pas une quittance ? Beaucoup d'hommes n'achètent-ils pas une femme aimée par mille sacrifices ? Pourquoi feraitou moins pour une femme légitime que pour une courtisane? D'ailleurs Paul était un homme nul, incapable; elle déploierait pour lui les ressources de son esprit, elle lui ferait faire un beau chemin dans le monde; il lui serait redevable du pouvoir; n'acquitterait-elle pas bien un jour sa dette? Ce serait un sot d'hésiter! Hésiter pour quelques écus de plus ou de moins?... Il serait infâme.

— Si le succès ne se décide pas tout d'abord, se dit-elle, je quitterai Bordeaux, et pourrai toujours faire un beau sort à Natalie en capitalisant ce qui me reste, hôtel, diamants, mobilier, en lui donnant tout et ne me réservant qu'une pension.

Quand un esprit fortement trempé se construit une retraite comme Richelieu à Brouage [20], et se dessine une fin grandiose, il s'en fait comme un point d'appui qui l'aide à triompher. Ce dénouement, en cas de malheur, rassura madame Évangélista, qui s'endormit d'ailleurs pleine de confiance en son parrain dans ce duel. Elle comptait beaucoup sur le concours du plus habile notaire de Bordeaux, monsieur Solonet, jeune homme de vingt-sept ans, décoré de la Légion d'honneur pour avoir contribué fort activement à la seconde rentrée des Bourbons. Heureux et fier d'être reçu dans la maison de madame Évangélista, moins comme notaire que comme appartenant à la société royaliste de Bordeaux, Solonet avait conçu pour ce beau coucher de soleil une de ces passions que les femmes comme madame Évangélista repoussent, mais dont elles sont flattées, et que les plus prudes d'entre elles laissent à fleur d'eau. Solonet demeurait dans une vaniteuse attitude pleine de respect et d'espérance très convenable. Ce notaire vint le lendemain avec l'empressement de l'esclave, et fut reçu dans la chambre à coucher par la coquette veuve, qui se montra dans le désordre d'un savant déshabillé.

— Puis-je, lui dit-elle, compter sur votre discrétion et votre entier dévouement dans la discussion qui aura lieu ce soir? Vous devinez qu'il s'agit du contrat de mariage de ma fille.

Le jeune homme se perdit en protestations galantes.

— Au fait, dit-elle.

— J'écoute, répondit-il en paraissant se recueillir.

Madame Évangélista lui exposa crûment sa situation.

— Ma belle dame, ceci n'est rien, dit maître Solonet en prenant un air avantageux quand madame Évangélista lui eut donné des chiffres exacts. Comment vous êtes-vous tenue avec monsieur de Manerville? Ici les questions morales dominent les questions de droit et de finance.

Madame Évangélista se drapa dans sa supériorité. Le jeune notaire apprit avec un vif plaisir que jusqu'à ce jour sa cliente avait gardé dans ses relations avec Paul la plus haute dignité ; que, moitié fierté sérieuse, moitié calcul involontaire, elle avait agi constamment comme si le comte de Manerville lui était inférieur, comme s'il y avait pour lui de l'honneur à épouser mademoiselle Évangélista ; ni elle ni sa fille ne pouvaient être soupçonnées d'avoir des vues intéressées ; leurs sentiments paraissaient purs de toute mesquinerie ; à la moindre difficulté financière soulevée par Paul, elles avaient le droit de s'envoler à une distance incommensurable ; enfin, elle avait sur son futur gendre un ascendant insurmontable.

— Cela étant ainsi, dit Solonet, quelles sont les dernières concessions que vous vouliez faire?

— J'en veux faire le moins possible, dit-elle en riant.

— Réponse de femme, s'écria Solonet. Madame, tenez-vous à marier mademoiselle Natalie?

— Oui.

— Vous voulez quittance des onze cent cinquante-six mille francs desquels vous serez reliquataire d'après le compte de tutelle à présenter au susdit gendre ?

— Oui.

— Que voulez-vous garder ?

— Trente mille livres de rente au moins, répondit-elle.

— Il faut vaincre ou périr ?

— Oui.

— Eh bien, je vais réfléchir aux moyens nécessaires pour atteindre à ce but, car il nous faut beaucoup d'adresse et ménager nos forces. Je vous donnerai quelques instructions en arrivant ; exécutez-les ponctuellement, et je puis déjà vous prédire un succès complet. — Le comte Paul aime-t-il mademoiselle Natalie ? demanda-t-il en se levant.

— Il l'adore.

— Ce n'est pas assez. La désire-t-il en tant que femme au point de passer par-dessus quelques difficultés pécuniaires ?

— Oui.

— Voilà ce que je regarde comme un Avoir dans les Propres d'une fille ! s'écria le notaire. Faites-la donc bien belle ce soir, ajouta-t-il d'un air fin.

— Nous avons la plus jolie toilette du monde.

— La robe du contrat contient, selon moi, la moitié des donations, dit Solonet.

Ce dernier argument parut si nécessaire à madame Évangélista qu'elle voulut assister à la toilette de Natalie, autant pour la surveiller que pour en faire une innocente complice de sa conspiration financière. Coiffée à la Sévigné, vêtue d'une robe de cachemire blanc ornée de nœuds roses, sa fille lui parut si belle qu'elle pressentit la victoire. Quand la femme de chambre fut sortie, et que madame Évangélista fut certaine que personne ne pouvait être à portée d'entendre, elle arrangea quelques boucles dans la coiffure de sa fille, en manière d'exorde.

— Chère enfant, aimes-tu bien sincèrement monsieur de Manerville? lui dit-elle d'une voix ferme en apparence.

La mère et la fille se jetèrent, l'une à l'autre, un étrange regard.

— Pourquoi, ma petite mère, me faites-vous cette question aujourd'hui plutôt qu'hier? Pourquoi me l'avez-vous laissé voir?

— S'il fallait nous quitter pour toujours, persisterais-tu dans ce mariage?

— J'y renoncerais et n'en mourrais pas de chagrin.

— Tu n'aimes pas, ma chère, dit la mère en baisant sa fille au front.

— Mais pourquoi, bonne mère, fais-tu le Grand Inquisiteur?

— Je voulais savoir si tu tenais au mariage sans être folle du mari.

— Je l'aime.

— Tu as raison, il est comte, nous en ferons un pair de France à nous deux; mais il va se rencontrer des difficultés.

— Des difficultés entre gens qui s'aiment? Non. La Fleur des pois, chère mère, s'est trop bien plantée là, dit-elle en montrant son cœur par un geste mignon, pour faire la plus légère objection. J'en suis sûre.

— S'il en était autrement? dit madame Évangélista.

— Il serait profondément oublié, répondit Natalie.

— Bien. Tu es une Casa-Réal! Mais, quoique t'aimant comme un fou, s'il survenait des discussions auxquelles il serait étranger, et par-dessus lesquelles il faudrait qu'il passât, pour toi comme pour moi, Natalie, hein? Si, sans blesser aucunement les convenances, un peu de gentillesse dans les manières le décidait? Allons, un rien, un mot ? Les hommes sont ainsi faits, ils résistent à une discussion sérieuse et tombent sous un regard.

— J'entends ! Un petit coup pour que Favori saute la barrière, dit Natalie en faisant le geste de donner un coup de cravache à son cheval.

— Mon ange, je ne te demande rien qui ressemble à de la séduction. Nous avons des sentiments de vieil honneur castillan qui ne nous permettent pas de passer les bornes. Le comte Paul connaîtra ma situation.

— Quelle situation ?

— Tu n'y comprendrais rien. Hé bien, si, après t'avoir vue dans toute ta gloire, son regard trahissait la moindre hésitation, et je l'observerai ! certes, à l'instant je romprais tout, je saurais liquider ma fortune, quitter Bordeaux et aller à Douai chez les Claës, qui, malgré tout, sont nos parents par leur alliance avec les Temninck. Puis je te marierais à un pair de France, dussé-je me réfugier dans un couvent afin de te donner toute ma fortune.

— Ma mère, que faut-il donc faire pour empêcher de tels malheurs ? dit Natalie.

— Je ne t'ai jamais vue si belle, mon enfant ! Sois un peu coquette, et tout ira bien.

Madame Évangélista laissa Natalie pensive, et alla faire une toilette qui lui permît de soutenir le parallèle avec sa fille. Si Natalie devait être attrayante pour Paul, ne devait-elle pas enflammer Solonet, son champion ? La mère et la fille se trouvèrent sous les armes quand Paul vint apporter le bouquet que depuis quelques mois il avait l'habitude de donner chaque jour à Natalie. Puis tous trois se mirent à causer en attendant les deux notaires.

Cette journée fut pour Paul la première escarmouche de cette longue et fatigante guerre nommée le mariage. Il est donc nécessaire d'établir les forces de chaque parti, la position des corps belligérants et le terrain sur lequel ils devaient manœuvrer. Pour soutenir une lutte dont l'importance lui échappait entièrement, Paul avait pour tout défenseur son vieux notaire, Mathias. L'un et l'autre allaient être surpris sans défense par un événement inattendu, pressés par un ennemi dont le thème était fait, et forcés de prendre un parti sans avoir le temps d'y réfléchir. Assisté par Cujas et Barthole eux-mêmes, quel homme n'eût pas succombé ? Comment croire à la perfidie, là où tout semble facile et naturel ? Que pouvait Mathias seul contre madame Évangélista, contre Solonet et contre Natalie, surtout quand son amoureux client passerait à l'ennemi dès que les difficultés menaceraient son bonheur ? Déjà Paul s'enferrait en débitant les jolis propos d'usage entre amants, mais auxquels sa passion prêtait en ce moment une valeur énorme aux yeux de madame Évangélista, qui le poussait à se compromettre.

Ces *condottieri* matrimoniaux qui s'allaient battre pour leurs clients, et dont les forces personnelles devenaient si décisives en cette solennelle rencontre, les deux notaires représentaient les anciennes et les nouvelles mœurs, l'ancien et le nouveau notariat.

Maître Mathias était un vieux bonhomme âgé de soixante-neuf ans, et qui se faisait gloire de ses vingt années d'exercice en sa charge. Ses gros pieds de goutteux étaient chaussés de souliers ornés d'agrafes en argent, et terminaient ridiculement des jambes si menues, à rotules si saillantes que, quand il les croisait, vous eussiez dit les deux os gravés au-dessus des *ci-gît*. Ses petites cuisses maigres, perdues dans de larges culottes noires à boucles, semblaient plier sous le poids d'un ventre rond et d'un torse développé comme l'est le buste des gens de cabinet, une grosse boule toujours empaquetée dans un habit vert à basques carrées, que personne ne se souvenait d'avoir vu neuf. Ses cheveux, bien tirés et poudrés, se réunissaient en une petite queue de rat, toujours logée entre le collet de l'habit et celui de son gilet blanc à fleurs. Avec sa tête ronde, sa figure colorée comme une feuille de vigne, ses yeux bleus, le nez en trompette, une bouche à grosses lèvres, un menton doublé, ce cher petit homme excitait partout où il se montrait sans être connu le rire généreusement octroyé par le Français aux créations falotes que se permet la nature, que l'art s'amuse à charger, et que nous nommons des caricatures. Mais chez maître Mathias l'esprit avait triomphé de la forme, les qualités de l'âme avaient vaincu les bizarreries du corps. La plupart des Bordelais lui témoignaient un respect amical, une déférence pleine d'estime. La voix du notaire gagnait le cœur en y faisant résonner l'éloquence de la probité. Pour toute ruse, il allait droit au fait en culbutant les mauvaises pensées par des interrogations précises. Son coup d'œil prompt, sa grande habitude des affaires lui donnaient ce sens divinatoire qui permet d'aller au fond des consciences et d'y lire les pensées secrètes. Quoique grave et posé dans les affaires, ce patriarche avait la gaieté de nos ancêtres. Il devait risquer la chanson de table, admettre et conserver les solennités de famille, célébrer les anniversaires, les fêtes des grand-mères et des enfants, enterrer avec cérémonie la bûche de Noël ; il devait aimer à donner des étrennes, à faire des surprises et offrir des œufs de Pâques ; il devait croire aux obligations du parrainage et ne déserter aucune des coutumes qui coloraient la vie d'autrefois. Maître Mathias était un noble et respectable débris de ces notaires, grands hommes obscurs, qui ne donnaient pas de reçu en acceptant des millions, mais les rendaient dans les mêmes sacs, ficelés de la même ficelle ; qui exécutaient à la lettre les fidéicommis, dressaient décemment les inventaires, s'intéressaient comme de seconds pères aux intérêts de leurs clients, barraient quelquefois le chemin devant les dissipateurs, et à qui les familles confiaient leurs secrets ; enfin l'un de ces notaires qui se croyaient responsables de leurs erreurs dans les actes et les méditaient longuement. Jamais, durant sa vie notariale, un de ses clients n'eut à se plaindre d'un placement perdu, d'une hypothèque ou mal prise ou mal assise. Sa fortune, lentement mais loyalement acquise, ne lui était venue qu'après trente années d'exercice et d'économie [21]. Il avait établi quatorze de ses clercs. Religieux et généreux incognito, Mathias se trouvait partout où le bien s'opérait sans salaire. Membre actif du comité des hospices et du comité de bienfaisance, il s'inscrivait pour la plus forte somme dans les impositions volontaires destinées à secourir les infortunes subies, à créer quelques établissements utiles. Aussi ni lui ni sa femme n'avaient-ils de voiture, aussi sa parole était-elle sacrée, aussi ses caves gardaient-elles autant de capitaux qu'en avait la Banque, aussi le nommait-on *le bon monsieur Mathias*, et quand il mourut y eut-il trois mille personnes à son convoi.

Solonet était ce jeune notaire qui arrive en fredonnant, affecte un air léger, prétend que les affaires se font aussi bien en riant qu'en gardant son sérieux ; le notaire capitaine dans la garde nationale, qui se fâche d'être pris pour un notaire, et postule la croix de la Légion d'honneur, qui a sa voiture et laisse vérifier les pièces à ses clercs ; le notaire qui va au bal, au spectacle, achète des tableaux et joue à l'écarté, qui a une caisse où se versent les dépôts et rend en billets de banque ce qu'il a reçu en or ; le notaire qui marche avec son époque et risque les capitaux en placements douteux, spécule et veut se retirer riche de trente mille livres de rente après dix ans de notariat ; le notaire dont la science vient de sa duplicité, mais que beaucoup de gens craignent comme un complice qui possède leurs secrets ; enfin, le notaire qui voit dans sa charge un moyen de se marier à quelque héritière en bas bleus.

Quand le mince et blond Solonet, frisé, parfumé, botté comme un jeune premier du Vaudeville, vêtu comme un dandy dont l'affaire la plus importante est un duel, entra précédant son vieux confrère, retardé par un ressentiment de goutte, ces deux hommes représentèrent au naturel une de ces caricatures intitulées JADIS et AUJOURD'HUI, qui eurent tant de succès sous l'Empire. Si madame et mademoiselle Évangélista, auxquelles *le bon monsieur Mathias* était inconnu, eurent d'abord une légère envie de rire, elles furent aussitôt touchées de la grâce avec laquelle il les complimenta. La parole du bonhomme respira cette aménité que les vieillards aimables savent répandre autant dans les idées que dans la manière dont ils les expriment. Le jeune notaire, au ton sémillant, eut alors le dessous. Mathias témoigna de la supériorité de son savoir-vivre par la façon mesurée avec laquelle il aborda Paul. Sans compromettre ses cheveux blancs, il respecta la noblesse dans un jeune homme en sachant qu'il appartient quelques honneurs à la vieillesse et que tous les droits sociaux sont solidaires. Au contraire, le salut et le bonjour de Solonet avaient été l'expression d'une égalité parfaite qui devait blesser les prétentions des gens du monde et le ridiculiser aux yeux des personnes vraiment nobles. Le jeune notaire fit un geste assez familier à madame Évangélista pour l'inviter à venir causer dans une embrasure de fenêtre. Durant quelques moments l'un et l'autre se parlèrent à l'oreille en laissant échapper quelques rires, sans doute pour donner le change sur l'importance de cette conversation, par laquelle maître Solonet communiqua le plan de la bataille à sa souveraine.

— Mais, lui dit-il en terminant, aurez-vous le courage de vendre votre hôtel ?

— Parfaitement, lui dit-elle.

Madame Évangélista ne voulut pas dire à son notaire la raison de cet héroïsme qui le frappa, le zèle de Solonet aurait pu se refroidir s'il avait su que sa cliente allait quitter Bordeaux. Elle n'en avait même encore rien dit à Paul, afin de ne pas l'effrayer par l'étendue des circonvallations qu'exigeaient les premiers travaux d'une vie politique.

Après le dîner, les deux plénipotentiaires laissèrent les amants près de la mère, et se rendirent dans un salon voisin destiné à leur conférence. Il se passa donc une double scène : au coin de la cheminée du grand salon, une scène d'amour où la vie apparaissait riante et joyeuse ; dans l'autre pièce, une scène grave et sombre, où l'intérêt mis à nu jouait par avance le rôle qu'il joue sous les apparences fleuries de la vie.

— Mon cher maître, dit Solonet à Mathias, l'acte restera dans votre étude, je sais tout ce que je dois à mon ancien. Mathias salua gravement. — Mais, reprit Solonet en dépliant un projet d'acte inutile qu'il avait fait brouillonner par un clerc, comme nous sommes la partie opprimée, que nous sommes la fille, j'ai rédigé le contrat pour vous en éviter la peine. Nous nous marions avec nos droits sous le régime de la communauté ; donation générale de nos biens l'un à l'autre en cas de mort sans héritier, sinon donation d'un quart en usufruit et d'un quart en nue propriété ; la somme mise dans la communauté sera du quart des apports respectifs ; le survivant garde le mobilier sans être tenu de faire inventaire. Tout est simple comme bonjour.

— Ta, ta, ta, ta, dit Mathias, je ne fais pas les affaires comme on chante une ariette. Quels sont vos droits ?

— Quels sont les vôtres ? dit Solonet.

— Notre dot à nous, dit Mathias, est la terre de Lanstrac, du produit de vingt-trois mille livres de rente en sac, sans compter les redevances en nature. *Item*, les fermes du Grassol et du Guadet, valant chacune trois mille six cents livres de rente. *Item*, le clos de Belle-Rose, rapportant année commune seize mille livres : total, quarante-six mille deux cents francs de rente. *Item*, un hôtel patrimonial à Bordeaux, imposé à neuf cents francs. *Item*, une belle maison entre cour et jardin, sise à Paris, rue de la Pépinière, imposée à quinze cents francs. Ces propriétés, dont les titres sont chez moi, proviennent de la succession de nos père et mère, excepté la maison de Paris, laquelle est un de nos acquêts. Nous avons également à compter le mobilier de nos deux maisons et celui du château de Lanstrac, estimés quatre cent cinquante mille francs. Voilà la table, la nappe et le premier service. Qu'apportez-vous pour le second service et pour le dessert ?

— Nos droits, dit Solonet.

— Spécifiez-les, mon cher maître, reprit Mathias. Que m'apportez-vous ? Où est l'inventaire fait après le décès de monsieur Évangélista ? Montrez-moi la liquidation, l'emploi de vos fonds. Où sont vos capitaux, s'il y a capital ? Où sont vos propriétés, s'il y a propriétés ? Bref, montrez-nous un compte de tutelle, et dites-nous ce que vous donne ou vous assure votre mère.

— Monsieur le comte de Manerville aime-t-il mademoiselle Évangélista ?

— Il en veut faire sa femme, si toutes les convenances se rencontrent, dit le vieux notaire. Je ne suis pas un enfant, il s'agit ici de nos affaires, et non de nos sentiments.

— L'affaire est manquée si vous n'avez pas les sentiments généreux. Voici pourquoi, reprit Solonet. Nous n'avons pas fait inventaire après la mort de notre mari, nous étions Espagnole, créole, et nous ne connaissions pas les lois françaises. D'ailleurs, nous étions trop douloureusement affectée pour songer à de misérables formalités que remplissent les cœurs froids. Il est de notoriété publique que nous étions adorée par le défunt et que nous l'avons énormément pleuré. Si nous avons une liquidation précédée d'un bout d'inventaire fait par commune renommée, remerciez-en notre subrogé tuteur qui nous a forcée d'établir une situation et de reconnaître à notre fille une fortune telle quelle, au moment où il nous a fallu retirer de Londres des rentes anglaises dont le capital était immense, et que nous voulions replacer à Paris, où nous en doublions les intérêts.

— Ne me dites donc pas de niaiseries. Il existe des moyens de contrôle. Quels droits de succession avez-vous payés au Domaine ? Le chiffre nous suffira pour établir les comptes. Allez donc droit au fait. Dites-nous franchement ce qu'il vous revenait et ce qui vous reste. Hé bien, si nous sommes trop amoureux, nous verrons.

— Si vous nous épousez pour de l'argent, allez vous promener. Nous avons droit à plus d'un million. Mais il ne reste à notre mère que cet hôtel, son mobilier et quatre cents et quelques mille francs employés vers 1817 en cinq pour cent, donnant quarante mille francs de revenus.

— Comment menez-vous un train qui exige cent mille livres de rente ? s'écria Mathias atterré.

— Notre fille nous a coûté les yeux de la tête. D'ailleurs, nous aimons la dépense. Enfin, vos jérémiades ne nous feront pas retrouver deux liards.

— Avec les cinquante mille francs de rente qui appartenaient à mademoiselle Natalie, vous pouviez l'élever richement sans vous ruiner. Mais si vous avez mangé de si bon appétit quand vous étiez fille, vous dévorerez donc quand vous serez femme.

— Laissez-nous alors, dit Solonet, la plus belle fille du monde doit toujours manger plus qu'elle n'a.

— Je vais dire deux mots à mon client, reprit le vieux notaire.

— Va, va, mon vieux père Cassandre [22], va dire à ton client que nous n'avons pas un liard, pensa maître Solonet qui dans le silence du cabinet avait stratégiquement disposé ses masses, échelonné ses propositions, élevé les tournants de la discussion, et préparé le point où les parties, croyant tout perdu, se trouveraient devant une heureuse transaction où triompherait sa cliente.

La robe blanche à nœuds roses, les tire-bouchons à la Sévigné, le petit pied de Natalie, ses fins regards, sa jolie main sans cesse occupée à réparer le désordre de boucles qui ne se dérangeaient pas, ce manège d'une jeune fille faisant la roue comme un paon au soleil avaient amené Paul au point où le voulait voir sa future belle-mère : il était ivre de désirs, et souhaitait sa prétendue comme un lycéen peut désirer une courtisane ; ses regards, sûr thermomètre de l'âme, annonçaient ce degré de passion auquel un homme fait mille sottises.

— Natalie est si belle, dit-il à l'oreille de sa belle-mère, que je conçois la frénésie qui nous pousse à payer un plaisir par notre mort.

Madame Évangélista répondit en hochant la tête : — Paroles d'amoureux! Mon mari ne me disait aucune de ces belles phrases ; mais il m'épousa sans fortune, et pendant treize ans il ne m'a jamais causé de chagrins.

— Est-ce une leçon que vous me donnez? dit Paul en riant.

— Vous savez comme je vous aime, cher enfant! dit-elle en lui serrant la main. D'ailleurs, ne faut-il pas vous bien aimer pour vous donner ma Natalie!

— Me donner, me donner, dit la jeune fille en riant

et agitant un écran fait en plumes d'oiseaux indiens. Que dites-vous tout bas ?

— Je disais, reprit Paul, combien je vous aime, puisque les convenances me défendent de vous exprimer mes désirs.

— Pourquoi ?

— Je me crains !

— Oh ! vous avez trop d'esprit pour ne pas savoir bien monter les joyaux de la flatterie. Voulez-vous que je vous dise mon opinion sur vous ?... Eh ! bien, je vous trouve plus d'esprit qu'un homme amoureux n'en doit avoir. Être la Fleur des pois et rester très spirituel, dit-elle en baissant les yeux, c'est avoir trop d'avantages : un homme devrait opter. Je crains aussi, moi !

— Quoi ?

— Ne parlons pas ainsi. Ne trouvez-vous pas, ma mère, que cette conversation est dangereuse quand notre contrat n'est pas encore signé ?

— Il va l'être, dit Paul.

— Je voudrais bien savoir ce que se disent Achille et Nestor [23], dit Natalie en indiquant par un regard d'enfantine curiosité la porte d'un petit salon.

— Ils parlent de nos enfants, de notre mort et de je ne sais quelles autres frivolités semblables ; ils comptent nos écus pour nous dire si nous pourrons toujours avoir cinq chevaux à l'écurie. Ils s'occupent aussi de donations, mais je les ai prévenus.

— Comment ? dit Natalie.

— Ne me suis-je pas déjà donné tout entier ? dit-il en regardant la jeune fille dont la beauté redoubla quand le plaisir causé par cette réponse eut coloré son visage.

— Ma mère, comment puis-je reconnaître tant de générosité ?

— Ma chère enfant, n'as-tu pas toute la vie pour y

répondre ? Savoir faire le bonheur de chaque jour, n'est-ce pas apporter d'inépuisables trésors ? Moi, je n'en avais pas d'autres en dot.

— Aimez-vous Lanstrac ? dit Paul à Natalie.

— Comment n'aimerais-je pas une chose à vous ? dit-elle. Aussi voudrais-je bien voir votre maison.

— Notre maison, dit Paul. Vous voulez savoir si j'ai bien prévu vos goûts, si vous vous y plairez. Madame votre mère a rendu la tâche d'un mari difficile, vous avez toujours été bien heureuse ; mais quand l'amour est infini, rien ne lui est impossible.

— Chers enfants, dit madame Évangélista, pourrez-vous rester à Bordeaux pendant les premiers jours de votre mariage ? Si vous vous sentez le courage d'affronter le monde qui vous connaît, vous épie, vous gêne, soit ! Mais si vous éprouvez tous deux cette pudeur de sentiment qui enserre l'âme et ne s'exprime pas, nous irons à Paris où la vie d'un jeune ménage se perd dans le torrent. Là seulement vous pourrez être comme deux amants, sans avoir à craindre le ridicule.

— Vous avez raison, ma mère, je n'y pensais point. Mais à peine aurai-je le temps de préparer ma maison. J'écrirai ce soir à de Marsay, celui de mes amis sur lequel je puis compter pour faire marcher les ouvriers.

Au moment où, semblable aux jeunes gens habitués à satisfaire leurs plaisirs sans calcul préalable, Paul s'engageait inconsidérément dans les dépenses d'un séjour à Paris, maître Mathias entra dans le salon et fit signe à son client de venir lui parler.

— Qu'y a-t-il, mon ami ? dit Paul en se laissant mener dans une embrasure de fenêtre.

— Monsieur le comte, dit le bonhomme, il n'y a pas un sou de dot. Mon avis est de remettre la conférence à un autre jour, afin que vous puissiez prendre un parti convenable.

— Monsieur Paul, dit Natalie, je veux vous dire aussi mon mot à part.

Quoique la contenance de madame Évangélista fût calme, jamais juif du Moyen Age ne souffrit dans sa chaudière pleine d'huile bouillante le martyre qu'elle souffrait dans sa robe de velours violet. Solonet lui avait garanti le mariage, mais elle ignorait les moyens, les conditions du succès, et subissait l'horrible angoisse des alternatives. Elle dut peut-être son triomphe à la désobéissance de sa fille. Natalie avait commenté les paroles de sa mère dont l'inquiétude était visible pour elle. Quand elle vit le succès de sa coquetterie, elle se sentit atteinte au cœur par mille pensées contradictoires. Sans blâmer sa mère, elle fut honteuse à demi de ce manège dont le prix était un gain quelconque. Puis, elle fut prise d'une curiosité jalouse assez concevable. Elle voulut savoir si Paul l'aimait assez pour surmonter les difficultés prévues par sa mère, et que lui dénonçait la figure un peu nuageuse de maître Mathias. Ces sentiments la poussèrent à un mouvement de loyauté qui d'ailleurs la posait bien. La plus noire perfidie n'eût pas été aussi dangereuse que le fut son innocence.

— Paul, lui dit-elle à voix basse, et elle le nomma ainsi pour la première fois, si quelques difficultés d'intérêts pouvaient nous séparer, songez que je vous relève de vos engagements, et vous permets de jeter sur moi la défaveur qui résulterait d'une rupture.

Elle mit une si profonde dignité dans l'expression de sa générosité que Paul crut au désintéressement de Natalie, à son ignorance du fait que son notaire venait de lui révéler : il pressa la main de la jeune fille et la baisa comme un homme à qui l'amour était plus cher que l'intérêt. Natalie sortit.

— Sac à papier, monsieur le comte, vous faites des

sottises, reprit le vieux notaire en rejoignant son client.

Paul demeura songeur : il comptait avoir environ cent mille livres de rente, en réunissant sa fortune à celle de Natalie ; et quelque passionné que soit un homme, il ne passe pas sans émotion de cent à quarante-six mille livres de rente en acceptant une femme habituée au luxe.

— Ma fille n'est pas là, reprit madame Évangélista qui s'avança royalement vers son gendre et le notaire, pouvez-vous me dire ce qui nous arrive ?

— Madame, répondit Mathias épouvanté du silence de Paul, et qui rompit la glace, il survient un empêchement dilatoire...

A ce mot, maître Solonet sortit du petit salon et coupa la parole à son vieux confrère par une phrase qui rendit la vie à Paul. Accablé par le souvenir de ses phrases galantes, par son attitude amoureuse, Paul ne savait ni comment les démentir ni comment en changer ; il aurait voulu pouvoir se jeter dans un gouffre.

— Il est un moyen d'acquitter madame envers sa fille, dit le jeune notaire d'un ton dégagé. Madame Évangélista possède quarante mille livres de rente en inscriptions cinq pour cent, dont le capital sera bientôt au pair, s'il ne le dépasse ; ainsi nous pouvons le compter pour huit cent mille francs. Cet hôtel et son jardin valent bien deux cent mille francs. Cela posé, madame peut transporter par le contrat la nue propriété de ces valeurs à sa fille, car je ne pense pas que les intentions de monsieur soient de laisser sa belle-mère sans ressources. Si madame a mangé sa fortune, elle rend celle de sa fille, à une bagatelle près.

— Les femmes sont bien malheureuses de ne rien entendre aux affaires, dit madame Évangélista. J'ai des nues propriétés ? Qu'est-ce que cela, mon Dieu !

Paul était dans une sorte d'extase en entendant cette transaction. Le vieux notaire, voyant le piège tendu, son client un pied déjà pris, resta pétrifié, se disant : — Je crois que l'on se joue de nous!

— Si madame suit mon conseil, elle assurera sa tranquillité, dit le jeune notaire en continuant. En se sacrifiant, au moins ne faut-il pas que des mineurs la tracassent. On ne sait ni qui vit ni qui meurt! Monsieur le comte reconnaîtra donc par le contrat avoir reçu la somme totale revenant à mademoiselle Évangélista sur la succession de son père.

Mathias ne put comprimer l'indignation qui brilla dans ses yeux et lui colora la face.

— Et cette somme, dit-il en tremblant, est de...?

— Un million cent cinquante-six mille francs, suivant l'acte...

— Pourquoi ne demandez-vous pas à monsieur le comte de faire *hic et nunc* [24] le délaissement de sa fortune à sa future épouse? dit Mathias, ce serait plus franc que ce que vous me demandez. La ruine du comte de Manerville ne s'accomplira pas sous mes yeux, je me retire.

Il fit un pas vers la porte afin d'instruire son client de la gravité des circonstances ; mais il revint, et s'adressant à madame Évangélista : — Ne croyez pas, madame, que je vous fasse solidaire des idées de mon confrère, je vous tiens pour une honnête femme, une grande dame qui ne savez rien des affaires.

— Merci, mon cher confrère, dit Solonet.

— Vous savez bien qu'entre nous il n'y a jamais d'injure, lui répondit Mathias. Madame, sachez au moins le résultat de ces stipulations. Vous êtes encore assez jeune, assez belle pour vous remarier. — Oh! mon Dieu, madame, dit le vieillard à un geste de madame Évangélista, qui peut répondre de soi!

— Je ne croyais pas, monsieur, dit madame Évangélista, qu'après être restée veuve pendant sept belles années et avoir refusé de brillants partis par amour de ma fille, je serais soupçonnée à trente-neuf ans d'une semblable folie! Si nous n'étions pas en affaire, je prendrais cette supposition pour une impertinence.

— Ne serait-il pas plus impertinent de croire que vous ne pouvez plus vous marier?

— Vouloir et pouvoir sont deux termes bien différents, dit galamment Solonet.

— Hé! bien, dit maître Mathias, ne parlons pas de votre mariage. Vous pouvez, et nous le désirons tous, vivre encore quarante-cinq ans. Or, comme vous gardez pour vous l'usufruit de la fortune de monsieur Évangélista, durant votre existence, vos enfants pendront-ils leurs dents au croc?

— Qu'est-ce que signifie cette phrase? dit la veuve. Que veulent dire ce *croc* et cet *usufruit*?

Solonet, homme de goût et d'élégance, se mit à rire.

— Je vais la traduire, répondit le bonhomme. Si vos enfants veulent être sages, ils penseront à l'avenir. Penser à l'avenir, c'est économiser la moitié de ses revenus en supposant qu'il ne vous vienne que deux enfants, auxquels il faudra donner d'abord une belle éducation, puis une grosse dot. Votre fille et votre gendre seront donc réduits à vingt mille livres de rente, quand l'un et l'autre en dépensaient cinquante sans être mariés. Ceci n'est rien. Mon client devra compter un jour à ses enfants onze cent mille francs du bien de leur mère, et ne les aura peut-être pas encore reçus si sa femme est morte et que madame vive encore, ce qui peut arriver. En conscience, signer un pareil contrat, n'est-ce pas se jeter pieds et poings liés dans la Gironde? Vous voulez faire le bonheur de mademoiselle votre fille ? Si elle aime son mari, sentiment dont ne doutent jamais les notaires, elle épousera ses chagrins. Madame, j'en vois assez pour la faire mourir de douleur, car elle sera dans la misère. Oui, madame, la misère, pour des gens auxquels il faut cent mille livres de rente, est de n'en avoir plus que vingt mille. Si, par amour, monsieur le comte faisait des folies, sa femme le ruinerait par ses reprises le jour ou quelque malheur adviendrait. Je plaide ici pour vous, pour eux, pour leurs enfants, pour tout le monde.

— Le bonhomme a bien fait feu de tous ses canons, pensa maître Solonet en jetant un regard à sa cliente comme pour lui dire : — Allons!

— Il est un moyen d'accorder ces intérêts, répondit avec calme madame Évangélista. Je puis me réserver seulement une pension nécessaire pour entrer dans un couvent, et vous aurez mes biens dès à présent. Je puis renoncer au monde, si ma mort anticipée assure le bonheur de ma fille.

— Madame, dit le vieux notaire, prenons le temps de peser mûrement le parti qui conciliera toutes les difficultés.

— Hé! mon Dieu, monsieur, dit madame Évangélista qui voyait sa perte dans un retard, tout est pesé. J'ignorais ce qu'était un mariage en France, je suis Espagnole et créole. J'ignorais qu'avant de marier ma fille il fallût savoir le nombre de jours que Dieu m'accorderait encore, que ma fille souffrirait de ma vie, que j'ai tort de vivre et tort d'avoir vécu. Quand mon mari m'épousa, je n'avais que mon nom et ma personne. Mon nom seul valait pour lui des trésors auprès desquels pâlissaient les siens. Quelle fortune égale un grand nom ? Ma dot était la beauté, la vertu, le bonheur, la naissance, l'éducation. L'argent donne-t-il ces trésors ? Si le père de Natalie entendait notre conversation, son âme généreuse en serait affectée pour toujours et lui gâterait son bonheur en paradis. J'ai dissipé, follement peut-être! quelques millions sans que jamais ses sourcils aient fait un mouvement. Depuis sa mort, je suis devenue économe et rangée en comparaison de la vie qu'il voulait que je menasse. Brisons donc! Monsieur de Manerville est tellement abattu que je...

Aucune onomatopée ne peut rendre la confusion et le désordre que le mot *Brisons* introduisit dans la conversation, il suffira de dire que ces quatre personnes si bien élevées parlèrent toutes ensemble!

— On se marie en Espagne à l'espagnole et comme on veut; mais on se marie en France à la française, raisonnablement et comme on peut! disait Mathias.

— Ah! madame, s'écria Paul en sortant de sa stupeur, vous vous méprenez sur mes sentiments.

— Il ne s'agit pas ici de sentiments, dit le vieux notaire en voulant arrêter son client, nous faisons les affaires de trois générations. Est-ce nous qui avons mangé les millions absents, nous qui ne demandons qu'à résoudre des difficultés dont nous sommes innocents?

— Épousez-vous et ne chipotez pas, disait Solonet.

— Chipoter! chipoter! Vous appelez chipoter défendre les intérêts des enfants, du père et de la mère, disait Mathias.

— Oui, disait Paul à sa belle-mère en continuant, je déplore les dissipations de ma jeunesse, qui ne me permettent pas de clore cette discussion par un mot, comme vous déplorez votre ignorance des affaires et votre désordre involontaire. Dieu m'est témoin que je ne pense pas en ce moment à moi, une vie simple à Lanstrac ne m'effraie point; mais ne faut-il pas que mademoiselle Natalie renonce à ses goûts, à ses habitudes? Voici notre existence modifiée.

— Où donc Évangélista puisait-il ses millions ? dit la veuve.

— Monsieur Évangélista faisait des affaires, il jouait le grand jeu des commerçants, il expédiait des navires et gagnait des sommes considérables ; nous sommes un propriétaire dont le capital est placé, dont les revenus sont inflexibles, répondit vivement le vieux notaire.

— Il est encore un moyen de tout concilier, dit Solonet, qui par cette phrase proférée d'un ton de fausset imposa silence aux trois autres en attirant leurs regards et leur attention.

Ce jeune homme ressemblait à un habile cocher qui tient les rênes d'un attelage à quatre chevaux et s'amuse à les animer, à les retenir. Il déchaînait les passions, il les calmait tour à tour en faisant suer dans son harnais Paul dont la vie et le bonheur étaient à tout moment en question, et sa cliente qui ne voyait pas clair à travers les tournoiements de la discussion.

— Madame Évangélista, dit-il après une pause, peut délaisser dès aujourd'hui les inscriptions cinq pour cent et vendre son hôtel. Je lui en ferai trouver trois cent mille francs en l'exploitant par lots. Sur ce prix, elle vous remettra cent cinquante mille francs. Ainsi madame vous donnera neuf cent cinquante mille francs immédiatement. Si ce n'est pas ce qu'elle doit à sa fille, trouvez beaucoup de dots semblables en France ?

— Bien, dit maître Mathias, mais que deviendra madame ?

A cette question, qui supposait un assentiment, Solonet se dit en lui-même : — Allons donc, mon vieux loup, te voilà pris !

— Madame ! répondit à haute voix le jeune notaire, madame gardera les cinquante mille écus restant sur le prix de son hôtel. Cette somme jointe au produit de son mobilier peut se placer en rentes viagères, et lui procurera vingt mille livres de rente. Monsieur le comte lui arrangera une demeure chez lui. Lanstrac est grand. Vous avez un hôtel à Paris, dit-il en s'adressant directement à Paul, madame votre belle-mère peut donc vivre partout avec vous. Une veuve qui, sans avoir à supporter les charges d'une maison, possède vingt mille livres de rente, est plus riche que ne l'était madame quand elle jouissait de toute sa fortune. Madame Évangélista n'a que sa fille, monsieur le comte est également seul, vos héritiers sont éloignés, aucune collision d'intérêts n'est à craindre. La belle-mère et le gendre qui se trouvent dans les conditions où vous êtes forment toujours une même famille. Madame Évangélista compensera le déficit actuel par les bénéfices d'une pension qu'elle vous donnera sur ses vingt mille livres de rentes viagères, ce qui aidera d'autant votre existence. Nous connaissons madame trop généreuse, trop grande pour supposer qu'elle veuille être à charge à ses enfants. Ainsi vous vivrez unis, heureux, en pouvant disposer de cent mille francs par an, somme suffisante, n'est-ce pas, monsieur le comte ? pour jouir en tout pays des agréments de l'existence et satisfaire ses caprices. Et croyez-moi, les jeunes mariés sentent souvent la nécessité d'un tiers dans leur ménage. Or, je le demande, quel tiers plus affectueux qu'une bonne mère ?...

Paul croyait entendre un ange en entendant parler Solonet. Il regarda Mathias pour savoir s'il ne partageait pas son admiration pour la chaleureuse éloquence de Solonet, car il ignorait que sous les feints emportements de leurs paroles passionnées, les notaires comme les avoués cachent la froideur et l'attention continue des diplomates.

— Un petit paradis, s'écria le vieillard.

Stupéfait par la joie de son client, Mathias alla s'asseoir sur une ottomane, la tête dans une de ses mains, plongé dans une méditation évidemment douloureuse. La lourde phraséologie dans laquelle les gens d'affaires enveloppent à dessein leurs malices, il la connaissait, et n'était pas homme à s'y laisser prendre. Il se mit à regarder à la dérobée son confrère et madame Évangélista qui continuèrent à converser avec Paul, et il essaya de surprendre quelques indices du complot dont la trame si savamment ourdie commençait à se laisser voir.

— Monsieur, dit Paul à Solonet, je vous remercie du soin que vous prenez à concilier nos intérêts. Cette transaction résout toutes les difficultés plus heureusement que je ne l'espérais ; si toutefois elle vous convient, madame, dit-il en se tournant vers madame Évangélista, car je ne voudrais rien de ce qui ne vous arrangerait pas également.

— Moi, reprit-elle, tout ce qui fera le bonheur de mes enfants me comblera de joie. Ne me comptez pour rien.

— Il n'en doit pas être ainsi, dit vivement Paul. Si votre existence n'était pas honorablement assurée, Natalie et moi nous en souffririons plus que vous n'en souffririez vous-même.

— Soyez sans inquiétude, monsieur le comte, reprit Solonet.

— Ah! pensa maître Mathias, ils vont lui faire baiser les verges avant de lui donner le fouet.

— Rassurez-vous, disait Solonet, il se fait en ce moment tant de spéculations à Bordeaux, que les placements en viager s'y négocient à des taux avantageux. Après avoir prélevé sur le prix de l'hôtel et du mobilier les cinquante mille écus que nous vous devrons, je crois pouvoir garantir à madame qu'il lui restera deux cent cinquante mille francs. Je me charge de mettre cette somme en rentes viagères par première hypothèque sur des biens valant un million, et d'en obtenir dix pour cent, vingt-cinq mille livres de rente. Ainsi nous marions, à peu de chose près, des fortunes égales. En effet, contre vos quarante-six mille livres de rente, mademoiselle Natalie apporte quarante mille livres de rente en cinq pour cent, et cent cinquante mille francs en écus, susceptibles de donner sept mille livres de rente : total, quarante-sept.

— Mais cela est évident, dit Paul.

En achevant sa phrase, maître Solonet avait jeté sur sa cliente un regard oblique, saisi par Mathias, et qui voulait dire : — Lancez la réserve.

— Mais! s'écria madame Évangélista dans un accès de joie qui ne parut pas jouée, je puis donner à Natalie mes diamants, ils doivent valoir au moins cent mille francs.

— Nous pouvons les faire estimer, dit le notaire, et ceci change tout à fait la thèse. Rien ne s'oppose alors à ce que monsieur le comte reconnaisse avoir reçu l'intégralité des sommes revenant à mademoiselle Natalie de la succession de son père, et que les futurs époux n'entendent au contrat le compte de tutelle. Si madame, en se dépouillant avec une loyauté tout espagnole, remplit à cent mille francs près ses obligations, il est juste de lui donner quittance.

— Rien n'est plus juste, dit Paul, je suis seulement confus de ces procédés généreux.

— Ma fille n'est-elle pas une autre moi? dit madame Évangélista.

Maître Mathias aperçut une expression de joie sur la figure de madame Évangélista, quand elle vit les difficultés à peu près levées : cette joie et l'oubli des diamants qui arrivaient là comme des troupes fraîches lui confirmèrent tous ses soupçons.

— La scène était préparée entre eux, comme les joueurs préparent les cartes pour une partie où l'on ruinera quelque pigeon, se dit le vieux notaire. Ce pauvre enfant que j'ai vu naître sera-t-il donc plumé vif par sa belle-mère, rôti par l'amour et dévoré par sa femme? Moi qui ai si bien soigné ces belles terres, les verrai-je fricassées en une seule soirée? Trois millions et demi qui seront hypothéqués pour onze cent mille francs de dot que ces deux femmes lui feront manger.

En découvrant dans l'âme de cette femme des intentions qui, sans tenir à la scélératesse, au crime, au vol, à la supercherie, à l'escroquerie, à aucun sentiment mauvais ni à rien de blâmable, comportaient néanmoins toutes les criminalités en germe, maître Mathias n'éprouva ni douleur, ni généreuse indignation. Il n'était pas le Misanthrope[25], il était un vieux notaire, habitué par son métier aux adroits calculs des gens du monde, à ces habiles traîtrises plus funestes que ne l'est un franc assassinat commis sur la grande route par un pauvre diable, guillotiné en grand appareil. Pour la haute société, ces passages de la vie, ces congrès diplomatiques sont comme de petits coins honteux où chacun jette ses ordures. Plein de pitié pour son client, maître Mathias jetait un long regard sur l'avenir, et n'y voyait rien de bon.

— Entrons donc en campagne avec les mêmes armes, se dit-il, et battons-les.

En ce moment, Paul, Solonet et madame Évangélista, gênés par le silence du vieillard, sentirent combien l'approbation de ce censeur leur était nécessaire pour sanctionner cette transaction, et tous trois ils le regardèrent simultanément.

— Eh! bien, mon cher monsieur Mathias, que pensez-vous de ceci? lui dit Paul.

— Voici ce que je pense, répondit l'intraitable et

consciencieux notaire. Vous n'êtes pas assez riche pour faire de ces royales folies. La terre de Lanstrac, estimée à trois pour cent, représente plus d'un million, y compris son mobilier ; les fermes du Grassol et du Guadet, votre clos de Belle-Rose valent un autre million ; vos deux hôtels et leur mobilier, un troisième million. Contre ces trois millions donnant quarante-sept mille deux cents francs de rente, mademoiselle Natalie apporte huit cent mille francs sur le Grand-Livre, et supposons cent mille francs de diamants qui me semblent une valeur hypothétique! plus, cent cinquante mille francs d'argent, en tout un million cinquante mille francs! En présence de ces faits, mon confrère vous dit glorieusement que nous marions des fortunes égales! Il veut que nous restions grevés de cent mille francs envers nos enfants, puisque nous reconnaîtrions à notre femme, par le compte de tutelle entendu, un apport de onze cent cinquante-six mille francs, en n'en recevant que un million cinquante mille! Vous écoutez de pareilles sornettes avec le ravissement d'un amoureux, et vous croyez que maître Mathias, qui n'est pas amoureux, peut oublier l'arithmétique et ne signalera pas la différence qui existe entre les placements territoriaux dont le capital est énorme, qui va croissant, et les revenus de la dot dont le capital est sujet à des chances et à des diminutions d'intérêt. Je suis assez vieux pour avoir vu l'argent décroître et les terres augmenter. Vous m'avez appelé, monsieur le comte, pour stipuler vos intérêts : laissez-moi les défendre, ou renvoyez-moi.

— Si monsieur cherche une fortune égale en capital à la sienne, dit Solonet, nous n'avons pas trois millions et demi, rien n'est plus évident. Si vous possédez trois accablants millions, nous ne pouvons offrir que notre pauvre petit million, presque rien! trois fois la dot d'une archiduchesse de la maison d'Autriche. Bonaparte a reçu deux cent cinquante mille francs en épousant Marie-Louise[26].

— Marie-Louise a perdu Bonaparte, dit maître Mathias en grommelant.

La mère de Natalie saisit le sens de cette phrase.

— Si mes sacrifices ne servent à rien, s'écria-t-elle, je n'entends pas pousser plus loin une discussion semblable, je compte sur la discrétion de monsieur, et renonce à l'honneur de sa main pour ma fille.

Après les évolutions que le jeune notaire avait prescrites, cette bataille d'intérêts était arrivée au terme où la victoire devait appartenir à madame Évangélista. La belle-mère s'ouvrait le cœur, livrait ses biens, était quasi libérée. Sous peine de manquer aux lois de la générosité, de mentir à l'amour, le futur époux devait accepter ces conditions, résolues par avance entre maître Solonet et madame Évangélista. Comme une aiguille d'horloge mue par ses rouages, Paul arriva fidèlement au but.

— Comment, madame, s'écria Paul, en un moment vous pourriez briser...

— Mais, monsieur, répondit-elle, à qui dois-je? A ma fille. Quand elle aura vingt et un ans, elle recevra mes comptes et me donnera quittance. Elle possédera un million, et pourra, si elle veut, choisir parmi les fils de tous les pairs de France. N'est-elle pas une Casa-Réal?

— Madame a raison. Pourquoi serait-elle plus maltraitée aujourd'hui qu'elle ne le sera dans quatorze mois? Ne la privez pas des bénéfices de sa maternité, dit Solonet.

— Mathias, s'écria Paul avec une profonde douleur, il est deux sortes de ruine, et vous me perdez en ce moment!

Il fit un pas vers lui, sans doute pour lui dire qu'il

voulait que le contrat fût rédigé sur l'heure. Le vieux notaire prévint ce malheur par un regard qui voulait dire : — Attendez! Puis il vit des larmes dans les yeux de Paul, larmes arrachées par la honte que lui causait ce débat, par la phrase péremptoire de madame Évangélista qui annonçait une rupture, et il les sécha par un geste, celui d'Archimède criant : — *Euréka!* Le mot PAIR DE FRANCE avait été, pour lui, comme une torche dans un souterrain.

Natalie apparut en ce moment ravissante comme une aurore, et dit d'un air enfantin : — Suis-je de trop?

— Singulièrement de trop, ma fille, lui répondit sa mère avec une cruelle amertume.

— Venez, ma chère Natalie, dit Paul en la prenant par la main et l'amenant à un fauteuil près de la cheminée, tout est arrangé! Car il lui fut impossible de supporter le renversement de ses espérances.

Mathias reprit vivement : — Oui, tout peut encore s'arranger.

Semblable au général qui, dans un moment, renverse les combinaisons préparées par l'ennemi, le vieux notaire avait vu le génie qui préside au Notariat lui déroulant en caractères légaux une conception capable de sauver l'avenir de Paul et celui de ses enfants. Maître Solonet ne connaissait pas d'autre dénouement à ces difficultés inconciliables que la résolution inspirée au jeune homme par l'amour, et à laquelle l'avait conduit cette tempête de sentiments et d'intérêts contrariés ; aussi fut-il étrangement surpris de l'exclamation de son confrère. Curieux de connaître le remède que maître Mathias pouvait trouver à un état de choses qui pouvait lui paraître perdu sans ressources, il lui dit : — Que proposez-vous?

— Natalie, ma chère enfant, laissez-nous, dit madame Évangélista.

— Mademoiselle n'est pas de trop, répondit maître

Mathias en souriant, je vais parler pour elle aussi bien que pour monsieur le comte.

Il se fit un silence profond pendant lequel chacun, plein d'agitation, attendit l'improvisation du vieillard avec une indicible curiosité.

— Aujourd'hui, reprit monsieur Mathias après une pause, la profession de notaire a changé de face. Aujourd'hui, les révolutions politiques influent sur l'avenir des familles, ce qui n'arrivait pas autrefois. Autrefois les existences étaient définies et les rangs étaient déterminés...

— Nous n'avons pas un cours d'économie politique à faire, mais un contrat de mariage, dit Solonet en laissant échapper un geste d'impatience et en interrompant le vieillard.

— Je vous prie de me laisser parler à mon tour, dit le bonhomme.

Solonet alla s'asseoir sur l'ottomane en disant à voix basse à madame Évangélista : — Vous allez connaître ce que nous nommons le *galimatias*.

— Les notaires sont donc obligés de suivre la marche des affaires politiques, qui maintenant sont intimement liées aux affaires des particuliers. En voici un exemple. Autrefois les familles nobles avaient des fortunes inébranlables que les lois de la Révolution ont brisées et que le système actuel tend à reconstituer, reprit le vieux notaire en se livrant aussi à la faconde du *tabellionaris boa constrictor* (le Boa-Notaire). Par son nom, par ses talents, par sa fortune, monsieur le comte est appelé à siéger un jour à la chambre élective. Peut-être ses destinées le mèneront-elles à la chambre héréditaire, et nous lui connaissons assez de moyens pour justifier nos prévisions. Ne partagez-vous pas mon opinion, madame ? dit-il à la veuve.

— Vous avez pressenti mon plus cher espoir, dit-elle.

Manerville sera pair de France, ou je mourrais de chagrin.

— Tout ce qui peut nous acheminer vers ce but...? dit maître Mathias en interrogeant l'astucieuse belle-mère par un geste de bonhomie.

— Est, répondit-elle, mon plus cher désir.

— Eh! bien, reprit Mathias, ce mariage n'est-il pas une occasion naturelle de fonder un majorat [27]? fondation qui, certes, militera dans l'esprit du gouvernement actuel pour la nomination de mon client, au moment d'une fournée. Monsieur le comte y consacrera nécessairement la terre de Lanstrac qui vaut un million. Je ne demande pas à mademoiselle de contribuer à cet établissement par une somme égale, ce ne serait pas juste; mais nous pouvons y affecter huit cent mille francs de son apport. Je connais à vendre en ce moment deux domaines qui jouxtent la terre de Lanstrac, et où les huit cent mille francs à employer en acquisitions territoriales seront placés un jour à quatre et demi pour cent. L'hôtel à Paris doit être également compris dans l'institution du majorat. Le surplus des deux fortunes, sagement administré, suffira grandement à l'établissement des autres enfants. Si les parties contractantes s'accordent sur ces dispositions, monsieur le comte peut accepter votre compte de tutelle et rester chargé du reliquat. Je consens!

— *Questa coda non è di questo gatto* (cette queue n'est pas de ce chat), s'écria madame Évangélista en regardant son parrain Solonet et lui montrant Mathias.

— Il y a quelque anguille sous roche, lui dit à mi-voix Solonet en répondant par un proverbe français au proverbe italien.

— Pourquoi tout ce gâchis-là? demanda Paul à Mathias en l'emmenant dans le petit salon.

— Pour empêcher votre ruine, lui répondit à voix

basse le vieux notaire. Vous voulez absolument épouser une fille et une mère qui ont mangé environ deux millions en sept ans, vous acceptez un débet de plus de cent mille francs envers vos enfants auxquels vous devrez compter un jour les onze cent cinquante-six mille francs de leur mère, quand vous en recevez aujourd'hui à peine un million. Vous risquez de voir votre fortune dévorée en cinq ans, et de rester nu comme un Saint-Jean, en restant débiteur de sommes énormes envers votre femme ou ses hoirs. Si vous voulez vous embarquer dans cette galère, allez-y, monsieur le comte ; mais laissez au moins votre vieil ami sauver la maison de Manerville.

— Comment la sauvez-vous ainsi ? demanda Paul.

— Écoutez, monsieur le comte, vous êtes amoureux ?

— Oui.

— Un amoureux est discret à peu près comme un coup de canon, je ne veux vous rien dire. Si vous parliez, peut-être votre mariage serait-il rompu. Je mets votre amour sous la protection de mon silence. Avez-vous confiance en mon dévouement ?

— Belle question !

— Eh bien, sachez que madame Évangélista, son notaire et sa fille nous jouaient par-dessous la jambe, et sont plus qu'adroits. Tudieu, quel jeu serré !

— Natalie ? s'écria Paul.

— Je n'en mettrais pas ma main au feu, dit le vieillard. Vous la voulez, prenez-la ! Mais je désirerais voir manquer ce mariage sans qu'il y eût le moindre tort de votre côté.

— Pourquoi ?

— Cette fille dépenserait le Pérou. Puis elle monte à cheval comme un écuyer du cirque, elle est quasiment émancipée : ces sortes de filles font de mauvaises femmes.

Paul serra la main de maître Mathias, et lui dit en prenant un petit air fat : — Soyez tranquille ! Mais, pour le moment, que dois-je faire ?

— Tenez ferme à ces conditions ; ils y consentiront, car elles ne blessent aucun intérêt. D'ailleurs madame Évangélista ne veut que marier sa fille, j'ai vu dans son jeu, défiez-vous d'elle.

Paul rentra dans le salon, où il vit sa belle-mère causant à voix basse avec Solonet, comme il venait de causer avec Mathias. Mise en dehors de ces deux conférences mystérieuses, Natalie jouait avec son écran. Assez embarrassée d'elle-même, elle se demandait : — Par quelle bizarrerie ne me dit-on rien de mes affaires ?

Le jeune notaire saisissait en gros l'effet lointain d'une stipulation basée sur l'amour-propre des parties, et dans laquelle sa cliente avait donné tête baissée. Mais si Mathias n'était plus que notaire, Solonet était encore un peu homme, et portait dans les affaires un amour-propre juvénile. Il arrive souvent ainsi que la vanité personnelle fait oublier à un jeune homme l'intérêt de son client. En cette circonstance, maître Solonet, qui ne voulut pas laisser croire à la veuve que Nestor battait Achille, lui conseillait d'en finir promptement sur ces bases. Peu lui importait la future liquidation de ce contrat ; pour lui, les conditions de la victoire étaient madame Évangélista libérée, son existence assurée, Natalie mariée.

— Bordeaux saura que vous donnez environ onze cent mille francs à Natalie, et qu'il vous reste vingt-cinq mille livres de rente, dit Solonet à l'oreille de madame Évangélista. Je ne croyais pas obtenir un si beau résultat.

— Mais, dit-elle, expliquez-moi donc pourquoi la création de ce majorat apaise si promptement l'orage ?

— Défiance de vous et de votre fille. Un majorat

est inaliénable : aucun des époux n'y peut toucher.

— Ceci est positivement injurieux.

— Non. Nous appelons cela de la prévoyance. Le bonhomme vous a prise dans un piège. Refusez de constituer ce majorat? Il nous dira : Vous voulez donc dissiper la fortune de mon client, qui par la création du majorat est mise hors de toute atteinte, comme si les époux se mariaient sous le régime dotal?

Solonet calma ses propres scrupules en se disant :
— Ces stipulations n'ont d'effets que dans l'avenir, et alors madame Évangélista sera morte et enterrée.

En ce moment madame Évangélista se contenta des explications de Solonet, en qui elle avait toute confiance. D'ailleurs elle ignorait les lois ; elle voyait sa fille mariée, elle n'en demandait pas davantage, le matin ; elle fut toute à la joie du succès. Ainsi, comme le pensait Mathias, ni Solonet ni madame Évangélista ne comprenaient encore dans toute son étendue sa conception appuyée sur des raisons inattaquables.

— Hé! bien, monsieur Mathias, dit la veuve, tout est pour le mieux.

— Madame, si vous et monsieur le comte consentez à ces dispositions, vous devez échanger vos paroles. — Il est bien entendu, n'est-ce pas, dit-il en les regardant l'un et l'autre, que le mariage n'aura lieu que sous la condition de la constitution d'un majorat composé de la terre de Lanstrac et de l'hôtel situé rue de la Pépinière, appartenant au futur époux, *item* de huit cent mille francs pris en argent dans l'apport de la future épouse, et dont l'emploi se fera en terres? Pardonnez-moi, madame, cette répétition : un engagement positif et solennel est ici nécessaire. L'érection d'un majorat exige des formalités, des démarches à la chancellerie, une ordonnance royale, et nous devons conclure immédiatement l'acquisition des terres, afin de les comprendre dans la désignation des biens que l'ordonnance royale a la vertu de rendre inaliénables. Dans beaucoup de familles on ferait un compromis, mais entre vous un simple consentement doit suffire. Consentez-vous ?

— Oui, dit madame Évangélista.

— Oui, dit Paul.

— Et moi ? dit Natalie en riant.

— Vous êtes mineure, mademoiselle, lui répondit Solonet, ne vous en plaignez pas.

Il fut alors convenu que maître Mathias rédigerait le contrat, que maître Solonet minuterait le compte de tutelle, et que ces actes se signeraient, suivant la loi, quelques jours avant la célébration du mariage. Après quelques salutations, les deux notaires se levèrent.

— Il pleut. Mathias, voulez-vous que je vous reconduise ? dit Solonet. J'ai mon cabriolet.

— Ma voiture est à vos ordres, dit Paul en manifestant l'intention d'accompagner le bonhomme.

— Je ne veux pas vous voler un instant, dit le vieillard : j'accepte la proposition de mon confrère.

— Hé bien, dit Achille à Nestor quand le cabriolet roula dans les rues, vous avez été vraiment patriarcal. En vérité, ces jeunes gens se seraient ruinés.

— J'étais effrayé de leur avenir, dit Mathias en gardant le secret sur les motifs de sa proposition.

En ce moment les deux notaires ressemblaient à deux acteurs qui se donnent la main dans la coulisse après avoir joué sur le théâtre une scène de provocations haineuses.

— Mais, dit Solonet, qui pensait alors aux choses du métier, n'est-ce pas à moi d'acquérir les terres dont vous parlez ? N'est-ce pas l'emploi de notre dot ?

— Comment pourrez-vous faire comprendre dans un majorat établi par le comte de Manerville les biens de mademoiselle Évangélista ? répondit Mathias.

— La chancellerie nous répondra sur cette difficulté, dit Solonet.

— Mais je suis le notaire du vendeur aussi bien que de l'acquéreur, répondit Mathias. D'ailleurs monsieur de Manerville peut acheter en son nom. Lors du paiement nous ferons mention de l'emploi des fonds dotaux.

— Vous avez réponse à tout, mon ancien, dit Solonet en riant. Vous avez été surprenant ce soir, vous nous avez battus.

— Pour un vieux qui ne s'attendait pas à vos batteries chargées à mitraille, ce n'était pas mal, hein?

— Ha! ha! fit Solonet.

La lutte odieuse où le bonheur matériel d'une famille avait été si périlleusement risqué n'était plus pour eux qu'une question de polémique notariale.

— Nous n'avons pas pour rien quarante ans de bricole [28]! dit Mathias. Écoutez, Solonet, reprit-il, je suis bonhomme, vous pourrez assister au contrat de vente des terres à joindre au majorat.

— Merci, mon bon Mathias. A la première occasion vous me trouverez tout à vous.

Pendant que les deux notaires s'en allaient ainsi paisiblement, sans autre émotion qu'un peu de chaleur à la gorge, Paul et madame Évangélista se trouvaient en proie à cette trépidation de nerfs, à cette agitation précordiale, à ces tressaillements de moelle et de cervelle que ressentent les gens passionnés après une scène où leurs intérêts et leurs sentiments ont été violemment secoués. Chez madame Évangélista ces derniers grondements de l'orage étaient dominés par une terrible réflexion, par une lueur rouge qu'elle voulait éclaircir.

— Maître Mathias n'aurait-il pas détruit en quelques minutes mon ouvrage de six mois? se dit-elle. N'aurait-il pas soustrait Paul à mon influence en lui inspirant de mauvais soupçons pendant leur conférence secrète dans le petit salon ?

Elle était debout devant sa cheminée, le coude appuyé sur le coin du manteau de marbre, toute songeuse. Quand la porte cochère se ferma sur la voiture des deux notaires, elle se retourna vers son gendre, impatientée [29] de résoudre ses doutes.

— Voilà la plus terrible journée de ma vie, s'écria Paul vraiment joyeux de voir ces difficultés terminées. Je ne sais rien de plus rude que ce vieux père Mathias. Que Dieu l'entende, et que je devienne *pair de France* ! Chère Natalie, je le désire maintenant plus pour vous que pour moi. Vous êtes toute mon ambition, je ne vis qu'en vous.

En entendant cette phrase accentuée par le cœur, en voyant surtout le limpide azur des yeux de Paul dont le regard, aussi bien que le front, n'accusait aucune arrière-pensée, la joie de madame Évangélista fut entière. Elle se reprocha les paroles un peu vives par lesquelles elle avait éperonné son gendre ; et dans l'ivresse du succès, elle se résolut à rasséréner l'avenir. Elle reprit sa contenance calme, fit exprimer à ses yeux cette douce amitié qui la rendait si séduisante, et répondit à Paul : — Je puis vous en dire autant. Aussi, cher enfant, peut-être ma nature espagnole m'a-t-elle emportée plus loin que mon cœur ne le voulait. Soyez ce que vous êtes, bon comme Dieu ; ne me gardez point rancune de quelques paroles inconsidérées. Donnez-moi la main !

Paul était confus, il se trouvait mille torts, il embrassa madame Évangélista.

— Cher Paul, dit-elle tout émue, pourquoi ces deux escogriffes n'ont-ils pas arrangé cela sans nous, puisque tout devait si bien s'arranger ?

— Je n'aurais pas su, dit Paul, combien vous étiez grande et généreuse.

— Bien cela, Paul! dit Natalie en lui serrant la main.

— Nous avons, dit madame Évangélista, plusieurs petites choses à régler, mon cher enfant. Ma fille et moi, nous sommes au-dessus de niaiseries auxquelles certaines gens tiennent beaucoup. Ainsi Natalie n'a nul besoin de diamants, je lui donne les miens.

— Ah! chère mère, croyez-vous que je puisse les accepter? s'écria Natalie.

— Oui, mon enfant, ils sont une condition du contrat.

— Je ne le veux pas, je ne me marierai pas, répondit vivement Natalie. Gardez ces pierreries que mon père prenait tant de plaisir à vous offrir. Comment monsieur Paul peut-il exiger...?

— Tais-toi, chère fille, dit la mère dont les yeux se remplirent de larmes. Mon ignorance des affaires exige bien davantage!

— Quoi donc?

— Je vais vendre mon hôtel pour m'acquitter de ce que je te dois.

— Que pouvez-vous me devoir, dit-elle, à moi qui vous dois la vie? Puis-je m'acquitter jamais envers vous, moi? Si mon mariage vous coûte le plus léger sacrifice, je ne veux pas me marier.

— Enfant!

— Chère Natalie, dit Paul, comprenez donc que ce n'est ni moi, ni votre mère, ni vous qui exigeons ces sacrifices, mais les enfants...

— Et si je ne me marie pas? dit-elle en l'interrompant.

— Vous ne m'aimez donc point? dit Paul.

— Allons, petite folle, crois-tu qu'un contrat soit un château de cartes sur lequel tu puisses souffler à plaisir? Chère ignorante, tu ne sais pas combien nous avons eu de peine à bâtir un majorat à l'aîné de tes enfants! Ne nous rejette pas dans les ennuis d'où nous sommes sortis.

— Pourquoi ruiner ma mère? dit Natalie en regardant Paul.

— Pourquoi êtes-vous si riche? répondit-il en souriant.

— Ne vous disputez pas trop, mes enfants, vous n'êtes pas encore mariés, dit madame Évangélista. Paul, reprit-elle, il ne faut donc ni corbeille, ni joyaux, ni trousseau. Natalie a tout à profusion. Réservez plutôt l'argent que vous auriez mis à des cadeaux de noces, pour vous assurer à jamais un petit luxe intérieur. Je ne sais rien de plus sottement bourgeois que de dépenser cent mille francs à une corbeille de laquelle il ne subsiste rien un jour qu'un vieux coffre en satin blanc. Au contraire, cinq mille francs par an attribués à la toilette évitent mille soucis à une jeune femme, et lui restent pendant toute la vie. D'ailleurs l'argent d'une corbeille sera nécessaire à l'arrangement de votre hôtel à Paris. Nous reviendrons à Lanstrac au printemps, car pendant l'hiver Solonet aura liquidé mes affaires.

— Tout est pour le mieux, dit Paul au comble du bonheur.

— Je verrai donc Paris, s'écria Natalie avec un accent qui aurait justement effrayé un de Marsay.

— Si nous nous arrangeons ainsi, dit Paul, je vais écrire à de Marsay de me prendre une loge aux Italiens et à l'Opéra pour l'hiver.

— Vous êtes bien aimable, je n'osais pas vous le demander, dit Natalie. Le mariage est une institution fort agréable, si elle donne aux maris le talent de deviner les désirs de leurs femmes.

— Ce n'est pas autre chose, dit Paul; mais il est minuit, il faut partir.

— Pourquoi si tôt aujourd'hui? dit madame Évangélista qui déploya les câlineries auxquelles les hommes sont si sensibles.

Quoique tout se fût passé dans les meilleurs termes, et selon les lois de la plus exquise politesse, l'effet de la discussion de ces intérêts avait néanmoins jeté chez le gendre et chez la belle-mère un germe de défiance et d'inimitié prêt à lever au premier feu d'une colère ou sous la chaleur d'un sentiment trop violemment heurté. Dans la plupart des familles, la constitution des dots et les donations à faire au contrat de mariage engendrent ainsi des hostilités primitives, soulevées par l'amour-propre, par la lésion de quelques sentiments, par le regret des sacrifices et par l'envie de les diminuer. Ne faut-il pas un vainqueur et un vaincu, lorsqu'il s'élève une difficulté ? Les parents des futurs essaient de conclure avantageusement cette affaire à leurs yeux purement commerciale, et qui comporte les ruses, les profits, les déceptions du négoce. La plupart du temps le mari seul est initié dans les secrets de ces débats, et la jeune épouse reste, comme le fut Natalie, étrangère aux stipulations qui la font ou riche ou pauvre. En s'en allant, Paul pensait que, grâce à l'habileté de son notaire, sa fortune était presque entièrement garantie de toute ruine. Si madame Évangélista ne se séparait point de sa fille, leur maison aurait au-delà de cent mille francs à dépenser par an ; ainsi toutes ses prévisions d'existence heureuse se réalisaient.

— Ma belle-mère me paraît être une excellente femme, se dit-il encore sous le charme des patelineries par lesquelles madame Évangélista s'était efforcée de dissiper les nuages élevés par la discussion. Mathias se trompe. Ces notaires sont singuliers, ils enveniment tout. Le mal est venu de ce petit ergoteur de Solonet, qui a voulu faire l'habile.

Pendant que Paul se couchait en récapitulant les

avantages qu'il avait remportés dans cette soirée, madame Évangélista s'attribuait également la victoire.

— Eh! bien, mère chérie, es-tu contente? dit Natalie en suivant sa mère dans sa chambre à coucher.

— Oui, mon amour, répondit la mère, tout a réussi selon mes désirs, et je me sens un poids de moins sur les épaules qui ce matin m'écrasait. Paul est une excellente pâte d'homme. Ce cher enfant, oui, certes! nous lui ferons une belle existence. Tu le rendras heureux, et moi je me charge de sa fortune politique. L'ambassadeur d'Espagne est un de mes amis, je vais renouer avec lui, comme avec toutes mes connaissances. Oh! nous serons bientôt au cœur des affaires, tout sera joie pour nous. A vous les plaisirs, chers enfants ; à moi les dernières occupations de la vie, le jeu de l'ambition. Ne t'effraie pas de me voir vendre mon hôtel, crois-tu que nous revenions jamais à Bordeaux? A Lanstrac, oui. Mais nous irons passer tous les hivers à Paris, où sont maintenant nos véritables intérêts. Eh bien, Natalie, était-il si difficile de faire ce que je te demandais?

— Ma petite mère, par moments, j'avais honte.

— Solonet me conseille de mettre mon hôtel en rente viagère, se dit madame Évangélista, mais il faut faire autrement, je ne veux pas t'enlever un liard de ma fortune.

— Je vous ai vus tous bien en colère, dit Natalie. Comment cette tempête s'est-elle donc apaisée?

— Par l'offre de mes diamants, répondit madame Évangélista. Solonet avait raison. Avec quel talent il a conduit l'affaire. Mais, dit-elle, prends donc mon écrin, Natalie! Je ne me suis jamais sérieusement demandé ce que valent ces diamants. Quand je disais cent mille francs, j'étais folle. Madame de Gyas ne prétendait-elle pas que le collier et les boucles d'oreilles que m'a donnés ton père, le jour de notre mariage, valaient au moins cette somme ? Mon pauvre mari était d'une prodigalité ! Puis mon diamant de famille, celui que Philippe II a donné au duc d'Albe et que m'a légué ma tante, le *Discreto*, fut, je crois, estimé jadis quatre mille quadruples [30].

Natalie apporta sur la toilette de sa mère ses colliers de perles, ses parures, ses bracelets d'or, ses pierreries de toute nature, et les y entassa complaisamment en manifestant l'inexprimable sentiment qui réjouit certaines femmes à l'aspect de ces trésors avec lesquels, suivant les commentateurs du Talmud, les anges maudits séduisirent les filles de l'homme en allant chercher au fond de la terre ces fleurs du feu céleste.

— Certes, dit madame Évangélista, quoique, en fait de joyaux, je ne sois bonne qu'à les recevoir et à les porter, il me semble qu'en voici pour beaucoup d'argent. Puis, si nous ne faisons plus qu'une seule maison, je peux vendre mon argenterie, qui seulement au poids vaut trente mille francs. Quand nous l'avons apportée de Lima, je me souviens qu'ici la douane lui attribuait cette valeur. Solonet a raison ! J'enverrai chercher Élie Magus. Le juif m'estimera ces écrins. Peut-être serais-je dispensée de mettre le reste de ma fortune à fonds perdu.

— Le beau collier de perles ! dit Natalie.

— J'espère qu'il te le laissera, s'il t'aime. Ne devrait-il pas faire remonter tout ce que je lui remettrai de pierreries et te les offrir ? D'après le contrat les diamants t'appartiennent. Allons, adieu, mon ange. Après une si fatigante journée, nous avons toutes deux besoin de repos.

La petite-maîtresse, la créole, la grande dame incapable d'analyser les dispositions d'un contrat qui n'était pas encore formulé, s'endormit donc dans la joie en voyant sa fille mariée à un homme facile à conduire, qui les laisserait toutes les deux également maîtresses au logis, et dont la fortune, réunie aux leurs, permettrait de ne rien changer à leur manière de vivre. Après avoir rendu ses comptes à sa fille, dont toute la fortune était reconnue, madame Évangélista se trouvait encore à son aise.

— Étais-je folle de tant m'inquiéter, se dit-elle, je voudrais que le mariage fût fini.

Ainsi madame Évangélista, Paul, Natalie et les deux notaires étaient tous enchantés de cette première rencontre. Le *Te Deum* se chantait dans les deux camps, situation dangereuse! Il vient un moment où cesse l'erreur du vaincu. Pour la veuve, son gendre était le vaincu.

Le lendemain matin, Élie Magus vint chez madame Évangélista, croyant, d'après les bruits qui couraient sur le mariage prochain de mademoiselle Natalie et du comte Paul, qu'il s'agissait de parures à leur vendre. Le juif fut donc étonné en apprenant qu'il s'agissait au contraire d'une prisée quasi légale des diamants de la belle-mère. L'instinct des juifs, autant que certaines questions captieuses, lui fit comprendre que cette valeur allait sans doute être comptée dans le contrat de mariage. Les diamants n'étant pas à vendre, il les prisa comme s'ils devaient être achetés par un particulier chez un marchand. Les joailliers seuls savent reconnaître les diamants de l'Asie de ceux du Brésil. Les pierres de Golconde et de Visapour se distinguent par une blancheur, par une netteté de brillant que n'ont pas les autres dont l'eau comporte une teinte jaune qui les fait, à poids égal, déprécier lors de la vente. Les boucles d'oreilles et le collier de madame Évangélista, entièrement composés de diamants asiatiques, furent estimés deux cent cinquante mille francs par Élie Magus. Quant au *Discreto*, c'était, selon lui, l'un des plus beaux diamants possédés par des particuliers, il était connu dans le commerce et valait cent mille francs. En apprenant un prix qui lui révélait les prodigalités de son mari, madame Évangélista demanda si elle pouvait avoir cette somme immédiatement.

— Madame, répondit le juif, si vous voulez vendre, je ne donnerais que soixante-quinze mille du brillant et cent soixante mille du collier et des boucles d'oreilles.

— Et pourquoi ce rabais ? demanda madame Évangélista surprise.

— Madame, répondit le juif, plus les diamants sont beaux, plus longtemps nous les gardons. La rareté des occasions de placement est en raison de la haute valeur des pierres. Comme le marchand ne doit pas perdre les intérêts de son argent, les intérêts à recouvrer, joints aux chances de la baisse et de la hausse auxquelles sont exposées ces marchandises, expliquent la différence entre le prix d'achat et le prix de vente. Vous avez perdu depuis vingt ans les intérêts de trois cent mille francs. Si vous portiez dix fois par an vos diamants, ils vous coûtaient chaque soirée mille écus. Combien de belles toilettes n'a-t-on pas pour mille écus ! Ceux qui conservent des diamants sont donc des fous ; mais, heureusement pour nous, les femmes ne veulent pas comprendre ces calculs.

— Je vous remercie de me les avoir exposés, j'en profiterai !

— Vous voulez vendre ? reprit avidement le juif.

— Que vaut le reste ? dit madame Évangélista.

Le juif considéra l'or des montures, mit les perles au jour, examina curieusement les rubis, les diadèmes, les agrafes, les bracelets, les fermoirs, les chaînes, et dit en marmottant : — Il s'y trouve beaucoup de diamants portugais venus du Brésil ! Cela ne vaut pour moi que cent mille francs. Mais, de marchand à chaland, ajouta-t-il, ces bijoux se vendraient plus de cinquante mille écus.

— Nous les gardons, dit madame Évangélista.

— Vous avez tort, répondit Élie Magus. Avec les revenus de la somme qu'ils représentent, en cinq ans vous auriez d'aussi beaux diamants et vous conserveriez le capital.

Cette conférence assez singulière fut connue et corrobora certaines rumeurs excitées par la discussion du contrat. En province tout se sait. Les gens de la maison ayant entendu quelques éclats de voix supposèrent une discussion beaucoup plus vive qu'elle ne l'était, leurs commérages avec les autres valets s'étendirent insensiblement ; et, de cette basse région, remontèrent aux maîtres. L'attention du beau monde et de la ville était si bien fixée sur le mariage de deux personnes également riches ; petit ou grand, chacun s'en occupait tant, que, huit jours après, il circulait dans Bordeaux les bruits les plus étranges : — Madame Évangélista vendait son hôtel, elle était donc ruinée. Elle avait proposé ses diamants à Élie Magus. Rien n'était conclu entre elle et le comte de Manerville. Ce mariage se ferait-il ? Les uns disaient *oui*, les autres *non*. Les deux notaires questionnés démentirent ces calomnies et parlèrent des difficultés purement réglementaires suscitées par la constitution d'un majorat. Mais, quand l'opinion publique a pris une pente, il est bien difficile de la lui faire remonter. Quoique Paul allât tous les jours chez madame Évangélista, malgré l'assertion des deux notaires, les doucereuses calomnies continuèrent. Plusieurs jeunes filles, leurs mères ou leurs tantes, chagrines d'un mariage rêvé pour elles-mêmes ou pour leurs familles, ne pardonnaient pas plus à madame Évangélista son bonheur qu'un auteur ne pardonne un succès à son voisin. Quelques personnes se vengeaient de vingt ans de luxe et de grandeur que la maison espagnole avait fait peser sur leur amour-propre. Un grand homme de préfecture disait que les deux notaires et les deux familles ne pouvaient pas tenir un autre langage ni une autre conduite dans le cas d'une rupture. Le temps que demandait l'érection du majorat confirmait les soupçons des politiques bordelais.

— Ils amuseront le tapis pendant tout l'hiver ; puis, au printemps, ils iront aux eaux, et nous apprendrons dans un an que le mariage est manqué.

— Vous comprenez, disaient les uns, que, pour ménager l'honneur de deux familles, les difficultés ne seront venues d'aucun côté, ce sera la chancellerie qui refusera ; ce sera quelque chicane élevée sur le majorat qui fera naître la rupture.

— Madame Évangélista, disaient les autres, menait un train auquel les mines de Valenciana [31] n'auraient pas suffi. Quand il a fallu fondre la cloche [32], il ne se sera plus rien trouvé!

Excellente occasion pour chacun de supputer les dépenses de la belle veuve, afin d'établir catégoriquement sa ruine! Les rumeurs furent telles qu'il se fit des paris pour ou contre le mariage. Suivant la jurisprudence mondaine, ces caquetages couraient à l'insu des parties intéressées. Personne n'était ni assez ennemi ni assez ami de Paul ou de madame Évangélista pour les en instruire. Paul eut quelques affaires à Lanstrac, et profita de la circonstance pour y faire une partie de chasse avec plusieurs jeunes gens de la ville, espèce d'adieu à la vie de garçon. Cette partie de chasse fut acceptée par la société comme une éclatante confirmation des soupçons publics. Dans ces conjonctures, madame de Gyas, qui avait une fille à marier, jugea convenable de sonder le terrain et d'aller s'attrister joyeusement de l'échec reçu par les Évangélista. Natalie et sa mère furent assez surprises en voyant la figure mal grimée de la marquise, et lui demandèrent s'il ne lui était rien arrivé de fâcheux.

— Mais, dit-elle, vous ignorez donc les bruits qui circulent dans Bordeaux ? Quoique je les croie faux, je venais savoir la vérité pour les faire cesser sinon partout, au moins dans mon cercle d'amis. Être les dupes ou les complices d'une semblable erreur est une position trop fausse pour que de vrais amis veuillent y rester.

— Mais que se passe-t-il donc ? dirent la mère et la fille.

Madame de Gyas se donna le plaisir de raconter les dires de chacun, sans épargner un seul coup de poignard à ses deux amies intimes. Natalie et madame Évangélista se regardèrent en riant, mais elles avaient bien compris le sens de la narration et les motifs de leur amie. L'Espagnole prit sa revanche à peu près comme Célimène avec Arsinoé [33].

— Ma chère, ignorez-vous donc, vous qui connaissez la province, ignorez-vous ce dont est capable une mère quand elle a sur les bras une fille qui ne se marie pas faute de dot et d'amoureux, faute de beauté, faute d'esprit, quelquefois faute de tout ? Elle arrêterait une diligence, elle assassinerait, elle attendrait un homme au coin d'une rue, elle se donnerait cent fois elle-même si elle valait quelque chose. Il y en a beaucoup dans cette situation à Bordeaux qui nous prêtent sans doute leurs pensées et leurs actions. Les naturalistes nous ont dépeint les mœurs de beaucoup d'animaux féroces ; mais ils ont oublié la mère et la fille en quête d'un mari. Ce sont des hyènes qui, selon le Psalmiste, cherchent une proie à dévorer, et qui joignent au naturel de la bête l'intelligence de l'homme et le génie de la femme. Que ces petites araignées bordelaises, mademoiselle de Belor, mademoiselle de Trans, etc., occupées depuis si longtemps à travailler leurs toiles sans y voir de mouche, sans entendre le moindre battement d'aile à l'entour, soient furieuses, je le conçois, je leur pardonne leurs propos envenimés. Mais que vous, qui marierez votre fille quand vous le voudrez, vous riche et titrée, vous qui n'avez rien de provincial ; vous dont la fille est spirituelle, pleine de qualités, jolie, en position de choisir ; que vous, si distinguée des autres par vos grâces parisiennes, ayez pris le moindre souci, voilà pour nous un sujet d'étonnement ! Dois-je compte au public des stipulations matrimoniales que les gens d'affaires ont trouvées utiles dans les circonstances politiques qui domineront l'existence de mon gendre ? La manie des délibérations publiques va-t-elle atteindre l'intérieur des familles ? Fallait-il convoquer par lettres closes les pères et les mères de *votre* province pour les faire assister au vote des articles de notre contrat de mariage ?

Un torrent d'épigrammes roula sur Bordeaux. Madame Évangélista quittait la ville : elle pouvait passer en revue ses amis, ses ennemis, les caricaturer, les fouetter à son gré [34] sans avoir rien à craindre. Aussi donna-t-elle passage à ses observations gardées, à ses vengeances ajournées, en cherchant quel intérêt avait telle ou telle personne à nier le soleil en plein midi.

— Mais, ma chère, dit la marquise de Gyas, le séjour de monsieur de Manerville à Lanstrac, ces fêtes aux jeunes gens en semblables circonstances...

— Hé! ma chère, dit la grande dame en l'interrompant, croyez-vous que nous adoptions les petitesses du cérémonial bourgeois ? Le comte Paul est-il tenu en laisse comme un homme qui peut s'enfuir ? Croyez-vous que nous ayons besoin de le faire garder par la gendarmerie ? Craignons-nous de nous le voir enlever par quelque conspiration bordelaise ?

— Soyez persuadée, chère amie, que vous me faites un plaisir extrême...

La parole fut coupée à la marquise par le valet de chambre, qui annonça Paul. Comme tous les amoureux, Paul avait trouvé charmant de faire quatre lieues pour venir passer une heure avec Natalie. Il avait laissé ses amis à la chasse, et il arrivait éperonné, botté, cravache en main.

— Cher Paul, dit Natalie, vous ne savez pas quelle réponse vous donnez en ce moment à madame.

Quand Paul apprit les calomnies qui couraient dans Bordeaux, il se mit à rire au lieu de se mettre en colère.

— Ces braves gens savent peut-être qu'il n'y aura pas de ces noces et festins en usage dans les provinces, ni mariage à midi dans l'église ; ils sont furieux. Eh bien, chère mère, dit-il en baisant la main de madame Évangélista, nous leur jetterons à la tête un bal, le jour de la signature du contrat, comme on jette au peuple sa fête dans le grand carré des Champs-Élysées, et nous procurerons à nos bons amis le douloureux plaisir de signer un contrat comme il s'en fait rarement en province.

Cet incident fut d'une haute importance. Madame Évangélista pria tout Bordeaux pour le jour de la signature du contrat, et manifesta l'intention de déployer dans sa dernière fête un luxe qui donnât d'éclatants démentis aux sots mensonges de la société. Ce fut un engagement solennel pris à la face du public de marier Paul et Natalie. Les préparatifs de cette fête durèrent quarante jours, elle fut nommée la nuit des camélias. Il y eut une immense quantité de ces fleurs dans l'escalier, dans l'antichambre et dans la salle où l'on servit le souper. Ce délai coïncida naturellement avec ceux qu'exigeaient les formalités préliminaires du mariage, et les démarches faites à Paris pour l'érection du majorat. L'achat des terres qui jouxtaient Lanstrac eut lieu, les bans se publièrent, les doutes se dissipèrent. Amis et ennemis ne pensèrent plus qu'à préparer leurs toilettes pour la fête indiquée. Le temps pris par ces événements passa donc sur les difficultés soulevées par la première conférence, en emportant dans l'oubli les paroles et les débats de l'orageuse discussion à laquelle avait donné lieu le contrat de mariage. Ni Paul ni sa belle-mère n'y songeaient plus. N'était-ce pas, comme l'avait dit madame Évangélista, l'affaire des deux notaires ? Mais à qui n'est-il pas arrivé, quand la vie est d'un cours si rapide, d'être soudainement interpellé par la voix d'un souvenir qui se dresse souvent trop tard, et vous rappelle un fait important, un danger prochain ? Dans la matinée du jour où devait se signer le contrat de Paul et de Natalie, un de ces feux follets de l'âme brilla chez madame Évangélista pendant les somnolescences de son réveil. Cette phrase : *Questa coda non è di questo gatto* [35] ! dite par elle à l'instant où Mathias accédait aux conditions de Solonet, lui fut criée par une voix. Malgré son inaptitude aux affaires, madame Évangélista se dit en elle-même : — Si l'habile maître Mathias s'est apaisé, sans doute il trouvait satisfaction aux dépens de l'un des deux époux. L'intérêt lésé ne devait pas être celui de Paul, comme elle l'avait espéré. Serait-ce donc la fortune de sa fille qui payait les frais de la guerre ? Elle se proposa de demander des explications sur la teneur du contrat, sans penser à ce qu'elle devait faire au cas où ses intérêts seraient trop gravement compromis. Cette journée influa tellement sur la vie conjugale de Paul, qu'il est nécessaire d'expliquer quelques-unes de ces circonstances extérieures qui déterminent tous les esprits. L'hôtel Évangélista devant être vendu, la belle-mère du comte de Manerville n'avait reculé devant aucune dépense pour la fête. La cour était sablée, couverte d'une tente à la turque et parée d'arbustes malgré l'hiver. Ces camélias, dont il était parlé depuis Angoulême jusqu'à Dax, tapissaient les escaliers et les vestibules. Des pans de murs avaient disparu pour agrandir la salle du festin et celle où l'on dansait. Bordeaux, où brille le luxe de tant de fortunes coloniales, était dans l'attente des féeries annoncées. Vers huit heures, au moment de la dernière discussion, les gens curieux de voir les femmes en toilette descendant de voiture se rassemblèrent en deux haies de chaque côté de la porte cochère. Ainsi la somptueuse atmosphère d'une fête agissait sur les esprits au moment de signer le contrat. Lors de la crise, les lampions allumés flambaient sur leurs ifs, et le roulement des premières voitures retentissait dans la cour. Les deux notaires dînèrent avec les deux fiancés et la belle-mère. Le premier clerc de Mathias, chargé de recevoir les signatures pendant la soirée en veillant à ce que le contrat ne fût pas indiscrètement lu, fut également un des convives.

Chacun peut feuilleter ses souvenirs : aucune toilette, aucune femme, rien ne serait comparable à la beauté de Natalie, qui, parée de dentelles et de satin, coquettement coiffée de ses cheveux retombant en mille boucles sur son cou, ressemblait à une fleur enveloppée de son feuillage. Vêtue d'une robe en velours cerise, couleur habilement choisie pour rehausser l'éclat de son teint, ses yeux et ses cheveux noirs, madame Évangélista, dans toute la beauté de la femme à quarante ans [36], portait son collier de perles agrafé par le *Discreto*, afin de démentir les calomnies.

Pour l'intelligence de la scène, il est nécessaire de dire que Paul et Natalie demeurèrent assis au coin du feu, sur une causeuse, et n'écoutèrent aucun article du compte de tutelle. Aussi enfants l'un que l'autre, également heureux, l'un par ses désirs, l'autre par sa curieuse attente, voyant la vie comme un ciel tout bleu, riches, jeunes, amoureux, ils ne cessèrent de s'entretenir à voix basse en se parlant à l'oreille. Armant déjà son amour de la légalité, Paul se plut à baiser le bout des doigts de Natalie, à effleurer son dos de neige, à frôler ses cheveux en dérobant à tous les regards les joies de cette émancipation illégale. Natalie jouait avec l'écran en plumes indiennes que lui avait offert Paul, cadeau qui, d'après les croyances superstitieuses de quelques pays, est pour l'amour en présage aussi sinistre que celui des ciseaux ou de tout autre instrument tranchant donné, qui sans doute rappelle les Parques de la mythologie. Assise près des deux notaires, madame Évangélista prêtait la plus scrupuleuse attention à la lecture des pièces. Après avoir entendu le compte de la tutelle, savamment rédigé par Solonet, et qui, de trois millions et quelques cent mille francs laissés par monsieur Évangélista, réduisait la part de Natalie aux fameux onze cent cinquante-six mille francs, elle dit au jeune couple : — Mais écoutez donc, mes enfants, voici votre contrat! Le clerc but un verre d'eau sucrée, Solonet et Mathias se mouchèrent. Paul et Natalie regardèrent ces quatre personnages, écoutèrent le préambule et se remirent à causer. L'établissement des apports, la donation générale en cas de mort sans enfants, la donation du quart en usufruit et du quart en nue propriété permise par le Code, quel que soit le nombre des enfants, la constitution du fonds de la communauté, le don des diamants à la femme, des bibliothèques et des chevaux au mari, tout passa sans observations. Vint la constitution du majorat. Là, quant tout fut lu et qu'il n'y eut plus qu'à signer, madame Évangélista demanda quel serait l'effet de ce majorat.

— Le majorat, madame, dit maître Solonet, est une fortune inaliénable, prélevée sur celle des deux époux et constituée au profit de l'aîné de la maison, à chaque génération, sans qu'il soit privé de ses droits au partage général des autres biens[37].

— Qu'en résultera-t-il pour ma fille? demanda-t-elle.

Maître Mathias, incapable de déguiser la vérité, prit la parole : — Madame, le majorat étant un apanage distrait des deux fortunes, si la future épouse meurt la première en laissant un ou plusieurs enfants, dont un mâle, monsieur le comte de Manerville leur tiendra compte de trois cent cinquante-six mille francs seulement, sur lesquels il exercera sa donation du quart en usufruit, du quart en nue propriété. Ainsi sa dette envers eux est réduite à cent soixante mille francs environ, sauf ses bénéfices dans la communauté, ses reprises, etc. Au cas contraire, s'il décédait le premier, laissant également des enfants mâles, madame de Manerville aurait droit à trois cent cinquante-six mille frncs seulement, à ses donations sur les biens de monsieur de Manerville qui ne font point partie du majorat, à ses reprises en diamants, et à sa part dans la communauté.

Les effets de la profonde politique de maître Mathias apparurent alors dans tout leur jour.

— Ma fille est ruinée, dit à voix basse madame Évangélista.

Le vieux et le jeune notaire entendirent cette phrase.

— Est-ce se ruiner, lui répondit à mi-voix maître Mathias, que de constituer à sa famille une fortune indestructible?

En voyant l'expression que prit la figure de sa cliente, le jeune notaire ne crut pas pouvoir se dispenser de chiffrer le désastre.

— Nous voulions leur attraper trois cent mille francs, ils nous en reprennent évidemment huit cent mille, le contrat se balance par une perte de quatre cent mille francs à notre charge et au profit des enfants. Il faut rompre ou poursuivre, dit Solonet à madame Évangélista.

Le moment de silence que gardèrent alors ces personnages ne saurait se décrire. Maître Mathias attendait en triomphateur la signature des deux personnes qui avaient cru dépouiller son client. Natalie, hors d'état de comprendre qu'elle perdait la moitié de sa fortune, Paul ignorant que la maison de Manerville la gagnait, riaient et causaient toujours. Solonet et madame Évangélista se regardaient en contenant l'un son indifférence, l'autre une foule de sentiments irrités. Après s'être livrée à des remords inouïs, après avoir regardé Paul comme la cause de son improbité, la veuve s'était décidée à pratiquer de honteuses manœuvres pour rejeter sur lui les fautes de sa tutelle, en le considérant comme sa victime[38]. En un moment, elle s'apercevait que là où elle croyait triompher elle périssait, et la victime était sa propre fille! Coupable sans profit, elle se trouvait la dupe d'un vieillard probe de qui elle perdait sans doute l'estime. Sa conduite secrète n'avait-elle pas inspiré les stipulations de maître Mathias? Réflexion horrible! Mathias avait éclairé Paul. S'il n'avait pas encore parlé, certes, le contrat une fois signé, ce vieux loup préviendrait son client des dangers courus, et maintenant évités, ne fût-ce que pour en recevoir ces éloges auxquels tous les esprits sont accessibles. Ne le mettrait-il pas en garde contre une femme assez astucieuse pour avoir trempé dans cette ignoble conspiration? Ne détruirait-il pas l'empire qu'elle avait conquis sur son gendre? Les natures faibles, une fois prévenues, se jettent dans l'entêtement, et n'en reviennent jamais. Tout était donc perdu! Le jour où commença la discussion, elle avait compté sur la faiblesse de Paul, sur l'impossibilité où il serait de rompre une union si avancée. En ce moment, elle s'était bien autrement liée. Trois mois auparavant, Paul n'avait que peu d'obstacles à vaincre pour rompre son mariage ; mais aujourd'hui tout Bordeaux savait que depuis deux mois les notaires avaient aplani les difficultés. Les bans étaient publiés. Le mariage devait être célébré dans deux jours. Les amis des deux familles, toute la société parée pour la fête arrivaient. Comment déclarer que tout était ajourné ? La cause de cette rupture se saurait, la probité sévère de maître Mathias aurait créance, il serait préférablement écouté. Les rieurs seraient contre les Évangélista qui ne manquaient pas de jaloux. Il fallait donc céder ! Ces réflexions si cruellement justes tombèrent sur madame Évangélista comme une trombe, et lui fendirent la cervelle. Si elle garda le sérieux des diplomates, son menton éprouva ce mouvement apoplectique par lequel Catherine II manifesta sa colère le jour où, sur son trône, devant sa cour et dans des circonstances presque semblables, elle fut bravée par le jeune roi de Suède. Solonet remarqua ce jeu de muscles qui annonçait la contraction d'une haine mortelle, orage sourd et sans éclair ! En ce moment, madame Évangélista vouait effectivement à son gendre une de ces haines insatiables dont le germe a été laissé par les Arabes dans l'atmosphère des deux Espagnes.

— Monsieur, dit-elle en se penchant à l'oreille de son notaire, vous nommiez ceci du galimatias, il me semble que rien n'était plus clair.

— Madame, permettez...

— Monsieur, dit la veuve en continuant sans écouter Solonet, si vous n'avez pas aperçu l'effet de ces stipulations lors de la conférence que nous avons eue, il est bien extraordinaire que vous n'y ayez point songé dans le silence du cabinet. Ce ne saurait être par incapacité.

Le jeune notaire entraîna sa cliente dans le petit

salon en se disant à lui-même : — J'ai plus de mille écus d'honoraires pour le compte de tutelle, mille écus pour le contrat, six mille francs à gagner par la vente de l'hôtel, en tout quinze mille francs à sauver : ne nous fâchons pas. Il ferma la porte, jeta sur madame Évangélista le froid regard des gens d'affaires, devina les sentiments qui l'agitaient et lui dit : — Madame, quand j'ai peut-être dépassé pour vous les bornes de la finesse, comptez-vous payer mon dévouement par un semblable mot ?

— Mais, monsieur...

— Madame, je n'ai pas calculé l'effet des donations, il est vrai ; mais si vous ne voulez pas du comte Paul pour votre gendre, êtes-vous forcée de l'accepter ? Le contrat est-il signé ? Donnez votre fête, et remettons la signature. Il vaut mieux attraper tout Bordeaux que de s'attraper soi-même.

— Comment justifier à toute la société déjà prévenue contre nous la non-conclusion de l'affaire ?

— Une erreur commise à Paris, un manque de pièces, dit Solonet.

— Mais les acquisitions ?

— Monsieur de Manerville ne manquera ni de dots ni de partis.

— Oui, lui ne perdra rien, mais nous perdons tout, nous !

— Vous, reprit Solonet, vous pourrez avoir un comte à meilleur marché, si, pour vous, le titre est la raison suprême de ce mariage.

— Non, non, nous ne pouvons ainsi jouer notre honneur ! Je suis prise au piège, monsieur. Tout Bordeaux demain retentira de ceci. Nous avons échangé des paroles solennelles.

— Vous voulez que mademoiselle Natalie soit heureuse, reprit Solonet.

— Avant tout.

— Être heureuse en France, dit le notaire, n'est-ce pas être la maîtresse au logis ? Elle mènera par le bout du nez ce sot de Manerville, il est si nul qu'il ne s'est aperçu de rien. S'il se défiait maintenant de vous, il croira toujours en sa femme. Sa femme, n'est-ce pas vous ? Le sort du comte Paul est encore entre vos mains.

— Si vous disiez vrai, monsieur, je ne sais pas ce que je pourrais vous refuser, dit-elle dans un transport qui colora son regard.

— Rentrons, madame, dit maître Solonet en comprenant sa cliente ; mais, sur toute chose, écoutez-moi bien ! Vous me trouverez après inhabile, si vous voulez.

— Mon cher confrère, dit en rentrant le jeune notaire à maître Mathias, *malgré votre habileté* vous n'avez prévu ni le cas où monsieur de Manerville décéderait sans enfants, ni celui où il mourrait ne laissant que des filles. Dans ces deux cas, le majorat donnerait lieu à des procès avec les Manerville, car alors

Il s'en présentera, gardez-vous d'en douter [39] !

Je crois donc nécessaire de stipuler que dans le premier cas le majorat sera soumis à la donation générale des biens faite entre les époux, et que dans le second l'institution du majorat sera caduque. La convention concerne uniquement la future épouse.

— Cette clause me semble parfaitement juste, dit maître Mathias. Quant à sa ratification, monsieur le comte s'entendra sans doute avec la chancellerie, s'il est besoin.

Le jeune notaire prit une plume et libella sur la marge de l'acte cette terrible clause, à laquelle Paul et Natalie ne firent aucune attention. Madame Évangélista baissa les yeux pendant que maître Mathias la lut.

— Signons, dit la mère.

Le volume de voix que réprima madame Évangélista trahissait une violente émotion. Elle venait de se dire : — Non, ma fille ne sera pas ruinée ; mais lui ! Ma fille aura le nom, le titre et la fortune. S'il arrive à Natalie de s'apercevoir qu'elle n'aime pas son mari, si elle en aimait un jour irrésistiblement un autre, Paul sera banni de France ! et ma fille sera libre, heureuse et riche.

Si maître Mathias se connaissait à l'analyse des intérêts, il connaissait peu l'analyse des passions humaines ; il accepta ce mot comme une amende honorable, au lieu d'y voir une déclaration de guerre. Pendant que Solonet et son clerc veillaient à ce que Natalie signât et paraphât tous les actes, opération qui voulait du temps, Mathias prit Paul à part dans l'embrasure d'une croisée, et lui donna le secret des stipulations qu'il avait inventées pour le sauver d'une ruine certaine.

— Vous avez une hypothèque de cent cinquante mille francs sur cet hôtel, lui dit-il en terminant, et demain elle sera prise. J'ai chez moi les inscriptions au Grand-Livre, immatriculées par mes soins au nom de votre femme. Tout est en règle. Mais le contrat contient quittance de la somme représentée par les diamants, demandez-les : les affaires sont les affaires. Le diamant gagne en ce moment, il peut perdre. L'achat des domaines d'Auzac et de Saint-Froult vous permet de faire argent de tout, afin de ne pas toucher aux rentes de votre femme. Ainsi, monsieur le comte, point de fausse honte. Le premier paiement est exigible après les formalités, il est de deux cent mille francs, affectez-y les diamants. Vous aurez l'hypothèque sur l'hôtel Évangélista pour le second terme, et les revenus du majorat vous aideront à solder le reste. Si vous avez le courage de ne dépenser que cinquante mille francs pendant trois ans, vous récupérerez les deux cent mille francs desquels vous êtes maintenant débiteur. Si vous plantez de la vigne dans les parties montagneuses de Saint-Froult, vous pourrez en porter le revenu à vingt-six mille francs. Votre majorat, sans compter votre hôtel à Paris, vaudra donc quelque jour cinquante mille livres de rente, ce sera l'un des plus beaux que je connaisse. Ainsi vous aurez fait un excellent mariage.

Paul serra très affectueusement les mains de son vieux ami. Ce geste ne put échapper à madame Évangélista qui vint présenter la plume à Paul. Pour elle, ses soupçons devinrent des réalités, elle crut alors que Paul et Mathias s'étaient entendus. Des vagues de sang pleines de rage et de haine lui arrivèrent au cœur. Tout fut dit.

Après avoir vérifié si tous les renvois étaient paraphés, si les trois contractants avaient bien mis leurs initiales et leurs paraphes au bas des rectos, maître Mathias regarda tour à tour Paul et sa belle-mère, et ne voyant pas son client demander les diamants, il dit : — Je ne pense pas que la remise des diamants fasse une question, vous êtes maintenant une même famille.

— Il serait plus régulier que madame les donnât, monsieur de Manerville est chargé du reliquat du compte de tutelle, et l'on ne sait qui vit ni qui meurt, dit maître Solonet qui crut apercevoir dans cette circonstance un moyen d'animer la belle-mère contre le gendre.

— Ha, ma mère, dit Paul, ce serait nous faire injure à tous que d'agir ainsi. — *Summum jus, summa injuria*[40], monsieur, dit-il à Solonet.

— Et moi, dit madame Évangélista qui dans les dispositions haineuses où elle était vit une insulte dans la demande indirecte de Mathias, je déchire l contrat si vous ne les acceptez pas!

Elle sortit en proie à l'une de ces rages sanguinaires qui font souhaiter le pouvoir de tout abîmer, et que l'impuissance porte jusqu'à la folie.

— Au nom du ciel, prenez-les, Paul, lui dit Natalie à l'oreille. Ma mère est fâchée, je saurai ce soir pourquoi, je vous le dirai, nous l'apaiserons.

Heureuse de cette première malice, madame Évangélista garda les boucles d'oreilles et son collier. Elle fit apporter les bijoux, évalués à cent cinquante mille francs par Élie Magus. Habitués à voir les diamants de famille dans les successions, maître Mathias et Solonet examinèrent les écrins et se récrièrent sur leur beauté.

— Vous ne perdez rien sur la dot, monsieur le comte, dit Solonet en faisant rougir Paul.

— Oui, dit Mathias, ces bijoux peuvent bien payer le premier terme du prix des domaines acquis.

— Et les frais du contrat, dit Solonet.

La haine, comme l'amour, se nourrit des plus petites choses, tout lui va. De même que la personne aimée ne fait rien de mal, de même la personne haïe ne fait rien de bien. Madame Évangélista taxa de simagrées les façons qu'une pudeur assez compréhensible fit faire à Paul, qui voulait laisser les diamants et qui ne savait où mettre les écrins, il aurait voulu pouvoir les jeter par la fenêtre. Madame Évangélista, voyant son embarras, le pressait du regard et semblait lui dire : — Emportez-les d'ici.

— Chère Natalie, dit Paul à sa future femme, serrez vous-même ces bijoux, ils sont à vous, je vous les donne.

Natalie les mit dans le tiroir d'une console. En ce moment le fracas des voitures était si grand et le murmure des conversations que tenaient dans les salons voisins les personnes arrivées forcèrent Natalie et sa mère à paraître. Les salons furent pleins en un moment, et la fête commença.

— Profitez de la lune de miel pour vendre vos diamants, dit le vieux notaire à Paul en s'en allant.

En attendant le signal de la danse, chacun se parlait à l'oreille du mariage, et quelques personnes exprimaient des doutes sur l'avenir des deux prétendus.

— Est-ce bien fini? demanda l'un des personnages les plus importants de la ville à madame Évangélista.

— Nous avons eu tant de pièces à lire et à écouter, que nous nous trouvons en retard; mais nous sommes assez excusables, répondit-elle.

— Quant à moi, je n'ai rien entendu, dit Natalie en prenant la main de Paul pour ouvrir le bal.

— Ces jeunes gens-là aiment tous deux la dépense, et ce ne sera pas la mère qui les retiendra, disait une douairière.

— Mais ils ont fondé, dit-on, un majorat de cinquante mille livres de rente.

— Bah!

— Je vois que le bon monsieur Mathias a passé par là, dit un magistrat. Certes, s'il en est ainsi, le bonhomme aura voulu sauver l'avenir de cette famille.

— Natalie est trop belle pour ne pas être horriblement coquette. Une fois qu'elle aura deux ans de mariage, disait une jeune femme, je ne répondrais pas que Manerville ne fût pas un homme malheureux dans son intérieur.

— La Fleur des pois serait donc ramée? lui répondit maître Solonet.

— Il ne lui fallait pas autre chose que cette grande perche, dit une jeune fille.

— Ne trouvez-vous pas un air mécontent à madame Évangélista?

— Mais, ma chère, quelqu'un vient de me dire qu'elle

garde à peine vingt-cinq mille livres de rente, et qu'est-ce que cela pour elle!

— La misère, ma chère.

— Oui, elle s'est dépouillée pour sa fille. Monsieur de Manerville a été d'une exigence...

— Excessive! dit maître Solonet. Mais il sera pair de France. Les Maulincour, le vidame de Pamiers le protégeront ; il appartient au faubourg Saint-Germain.

— Oh! il y est reçu, voilà tout, dit une dame qui l'avait voulu pour gendre. Mademoiselle Évangélista, la fille d'un commerçant, ne lui ouvrira certes pas les portes du chapitre de Cologne.

— Elle est petite-nièce du duc de Casa-Réal.

— Par les femmes!

Tous les propos furent bientôt épuisés. Les joueurs se mirent au jeu, les jeunes filles et les jeunes gens dansèrent, le souper se servit, et le bruit de la fête s'apaisa vers le matin, au moment où les premières lueurs du jour blanchirent les croisées. Après avoir dit adieu à Paul, qui s'en alla le dernier, madame Évangélista monta chez sa fille, car sa chambre avait été prise par l'architecte pour agrandir le théâtre de la fête. Quoique Natalie et sa mère fussent accablées de sommeil, quand elles furent seules, elles se dirent quelques paroles.

— Voyons, ma mère chérie, qu'avez-vous?

— Mon ange, j'ai su ce soir jusqu'où pouvait aller la tendresse d'une mère. Tu ne connais rien aux affaires et tu ignores à quels soupçons ma probité vient d'être exposée. Enfin j'ai foulé mon orgueil à mes pieds : il s'agissait de ton bonheur et de notre réputation.

— Vous voulez parler de ces diamants? Il en a pleuré le pauvre garçon. Il n'en a pas voulu, je les ai.

— Dors, chère enfant. Nous causerons d'affaires à notre réveil, car, dit-elle en soupirant, nous avons des affaires, et maintenant il existe un tiers entre nous.

— Ah! chère mère, Paul ne sera jamais un obstacle à notre bonheur, dit Natalie en s'endormant.

— Pauvre fillette, elle ne sait pas que cet homme vient de la ruiner!

Madame Évangélista fut alors saisie par la première pensée de cette avarice à laquelle les gens âgés finissent par être en proie. Elle voulut reconstituer au profit de sa fille toute la fortune laissée par Évangélista. Elle y trouva son honneur engagé. Son amour pour Natalie la fit en un moment aussi habile calculatrice qu'elle avait été jusqu'alors insouciante en fait d'argent et gaspilleuse. Elle pensait à faire valoir ses capitaux après en avoir placé une partie dans les fonds qui à cette époque valaient environ quatre-vingts francs. Une passion change souvent en un moment le caractère : l'indiscret devient diplomate, le poltron est tout à coup brave. La haine rendit avare la prodigue madame Évangélista. La fortune pouvait servir les projets de vengeance encore mal dessinés et confus qu'elle allait mûrir. Elle s'endormit en se disant : — A demain! Par un phénomène inexpliqué, mais dont les effets sont familiers aux penseurs, son esprit devait, pendant le sommeil, travailler ses idées, les éclaircir, les coordonner, lui préparer un moyen de dominer la vie de Paul, et lui fournir un plan qu'elle mit en œuvre le lendemain même.

Si l'entraînement de la fête avait chassé les pensées soucieuses qui, par moments, avaient assailli Paul, quand il fut seul avec lui-même et dans son lit, elles revinrent le tourmenter. — Il paraît, se dit-il, que, sans le bon Mathias, j'étais roué par ma belle-mère. Est-ce croyable? Quel intérêt l'aurait poussée à me tromper? Ne devons-nous pas confondre nos fortunes et vivre ensemble? D'ailleurs, à quoi bon prendre du souci? Dans quelques jours, Natalie sera ma femme, nos intérêts sont bien définis, rien ne peut nous désunir. Vogue la galère! Néanmoins je serai sur mes gardes. Si Mathias avait raison, eh bien, après tout, je ne suis pas obligé d'épouser ma belle-mère!

Dans cette deuxième bataille, l'avenir de Paul avait complètement changé de face sans qu'il le sût. Des deux êtres avec lesquels il se mariait, le plus habile était devenu son ennemi capital et méditait de séparer ses intérêts des siens. Incapable d'observer la différence que le caractère créole mettait entre sa belle-mère et les autres femmes, il pouvait encore moins en soupçonner la profonde habileté. La créole est une nature à part, qui tient à l'Europe par l'intelligence, aux Tropiques par la violence illogique de ses passions, à l'Inde par l'apathique insouciance avec laquelle elle fait ou souffre également le bien et le mal; nature gracieuse d'ailleurs, mais dangereuse comme un enfant est dangereux s'il n'est pas surveillé. Comme l'enfant, cette femme veut tout avoir immédiatement; comme un enfant elle mettrait le feu à la maison pour cuire un œuf. Dans sa vie molle elle ne songe à rien ; elle songe à tout quand elle est passionnée. Elle a quelque chose de la perfidie des nègres qui l'ont entourée dès le berceau, mais elle est aussi naïve qu'ils sont naïfs. Comme eux et comme les enfants, elle sait toujours vouloir la même chose avec une croissante intensité de désir et peut couver son idée pour la faire éclore. Étrange assemblage de qualités et de défauts, que le génie espagnol avait corroboré chez madame Évangélista, et sur lequel la politesse française avait jeté la glace de son vernis. Ce caractère endormi par le bonheur pendant seize ans, occupé depuis par les minuties du monde, et à qui la première de ses haines avait révélé sa force, se réveillait comme un incendie, il éclatait à un moment de la vie où la femme perd ses plus chères affections et veut un nouvel élément pour nourrir l'activité qui la dévore. Natalie restait encore pendant trois jours sous l'influence de sa mère! Madame Évangélista vaincue avait donc à elle une journée, la dernière de celles qu'une fille passe avec sa mère. Par un seul mot, la créole pouvait influencer la vie de ces deux êtres destinés à marcher ensemble à travers les halliers et les grandes routes de la société parisienne, car Natalie avait en sa mère une croyance aveugle. Quelle portée acquérait un conseil dans un esprit ainsi prévenu! Tout un avenir pouvait être déterminé par une phrase. Aucun code, aucune institution humaine ne peut prévenir le crime moral qui tue par un mot. Là est le défaut des justices sociales ; là est la différence qui se trouve entre les mœurs du grand monde et les mœurs du peuple : l'un est franc, l'autre est hypocrite; à l'un le couteau, à l'autre le venin du langage ou des idées ; à l'un la mort, à l'autre l'impunité.

Le lendemain, vers midi, madame Évangélista se trouvait à demi couchée sur le bord du lit de Natalie. Pendant l'heure du réveil, toutes deux luttaient de câlineries et de caresses en reprenant les heureux souvenirs de leur vie à deux, durant laquelle aucun discord[41] n'avait troublé ni l'harmonie de leurs sentiments, ni la convenance de leurs idées, ni la mutualité de leurs plaisirs.

— Pauvre chère petite, disait la mère en pleurant de véritables larmes, il m'est impossible de ne pas être émue en pensant qu'après avoir toujours fait tes volontés, demain soir tu seras à un homme auquel il faudra obéir!

— Oh, chère mère, quant à lui obéir! dit Natalie en laissant échapper un geste de tête qui exprimait une gracieuse mutinerie. Vous riez? reprit-elle. Mon père n'a-t-il pas toujours satisfait vos caprices? Pourquoi? Il vous aimait. Ne serais-je donc pas aimée, moi?

— Oui, Paul a pour toi de l'amour ; mais si une femme mariée n'y prend garde, rien ne se dissipe plus promptement que l'amour conjugal. L'influence que doit avoir une femme sur son mari dépend de son début dans le mariage, il te faudra d'excellents conseils.

— Mais vous serez avec nous...

— Peut-être, chère enfant! Hier, pendant le bal, j'ai beaucoup réfléchi aux dangers de notre réunion. Si ma présence te nuisait, si les petits actes par lesquels tu dois lentement établir ton autorité de femme étaient attribués à mon influence, ton ménage ne deviendrait-il pas un enfer? Au premier froncement de sourcils que se permettrait ton mari, fière comme je le suis, ne quitterais-je pas à l'instant la maison? Si je la dois quitter un jour, mon avis est de n'y pas entrer. Je ne pardonnerais pas à ton mari la désunion qu'il mettrait entre nous. Au contraire, quand tu seras la maîtresse, lorsque ton mari sera pour toi ce que ton père était pour moi, ce malheur ne sera plus à craindre. Quoique cette politique doive coûter à un cœur jeune et tendre comme est le tien, ton bonheur exige que tu sois chez toi souveraine absolue.

— Pourquoi, ma mère, me disiez-vous alors que je dois lui obéir?

— Chère fillette, pour qu'une femme commande, elle doit avoir l'air de toujours faire ce que veut son mari. Si tu ne le savais pas, tu pourrais par une révolte intempestive gâter ton avenir. Paul est un jeune homme faible, il pourrait se laisser dominer par un ami, peut-être même pourrait-il tomber sous l'empire d'une femme, qui te feraient subir leurs influences. Préviens ces chagrins en te rendant maîtresse de lui. Ne vaut-il pas mieux qu'il soit gouverné par toi que de l'être par un autre?

— Certes, dit Natalie. Moi, je ne puis vouloir que son bonheur.

— Il m'est bien permis, ma chère enfant, de penser

exclusivement au tien, et de vouloir que, dans une affaire si grave, tu ne te trouves pas sans boussole au milieu des écueils que tu vas rencontrer.

— Mais, ma mère chérie, ne sommes-nous donc pas assez fortes toutes les deux pour rester ensemble près de lui, sans avoir à redouter ce froncement de sourcils que vous paraissez redouter ? Paul t'aime, maman.

— Oh ! oh ! il me craint plus qu'il ne m'aime. Observe-le bien aujourd'hui quand je lui dirai que je vous laisse aller à Paris sans moi, tu verras sur sa figure, quelle que soit la peine qu'il prendra pour la dissimuler, une joie intérieure.

— Pourquoi ? demanda Natalie.

— Pourquoi ? Chère enfant ! Je suis comme saint Jean Bouche-d'Or [42], je le lui dirai à lui-même, et devant toi.

— Mais si je me marie à la seule condition de ne te pas quitter ? dit Natalie.

— Notre séparation est devenue nécessaire, reprit madame Évangélista, car plusieurs considérations modifient mon avenir. Je suis ruinée. Vous aurez la plus brillante existence à Paris, je ne saurais y être convenablement sans manger le peu qui me reste ; tandis qu'en vivant à Lanstrac, j'aurai soin de vos intérêts et referai ma fortune à force d'économies.

— Toi, maman, faire des économies ? s'écria railleusement Natalie. Ne deviens donc pas déjà grand-mère. Comment, tu me quitterais pour de semblables motifs ? Chère mère, Paul peut te sembler un petit peu bête, mais il n'est pas le moins du monde intéressé...

— Ah ! répondit madame Évangélista d'un son de voix gros d'observations et qui fit palpiter Natalie, la discussion du contrat m'a rendu défiante et m'inspire quelques doutes. Mais sois sans inquiétudes, chère enfant, dit-elle en prenant sa fille par le cou et l'amenant à elle pour l'embrasser, je ne te laisserai pas longtemps seule.

Quand mon retour parmi vous ne causera plus d'ombrage, quand Paul m'aura jugée, nous reprendrons notre bonne petite vie, nos causeries du soir...

— Comment, ma mère, tu pourras vivre sans ta Ninie ?

— Oui, cher ange, parce que je vivrai pour toi. Mon cœur de mère ne sera-t-il pas sans cesse satisfait par l'idée que je contribue, comme je le dois, à votre double fortune ?

— Mais, chère adorable mère, vais-je donc être seule avec Paul, là, tout de suite ? Que deviendrai-je ? Comment cela se passera-t-il ? Que dois-je faire, que dois-je ne pas faire ?

— Pauvre petite, crois-tu que je veuille ainsi t'abandonner à la première bataille ? Nous nous écrirons trois fois par semaine comme deux amoureux, et nous serons ainsi sans cesse au cœur l'une de l'autre. Il ne t'arrivera rien que je ne le sache, et je te garantirai de tout malheur. Puis il serait trop ridicule que je ne vinsse pas vous voir, ce serait jeter de la déconsidération sur ton mari, je passerai toujours un mois ou deux chez vous à Paris.

— Seule, déjà seule et avec lui ? dit Natalie avec terreur en interrompant sa mère.

— Ne faut-il pas que tu sois sa femme ?

— Je le veux bien, mais au moins dis-moi comment je dois me conduire, toi qui faisais tout ce que tu voulais de mon père, tu t'y connais, je t'obéirai aveuglément.

Madame Évangélista baisa Natalie au front, elle voulait et attendait cette prière.

— Enfant, mes conseils doivent s'adapter aux circonstances. Les hommes ne se ressemblent pas entre eux. Le lion et la grenouille sont moins dissemblables que ne l'est un homme comparé à un autre, moralement parlant. Sais-je aujourd'hui ce qui t'adviendra demain ?

Je ne puis maintenant te donner que des avis généraux sur l'ensemble de ta conduite.

— Chère mère, dis-moi donc bien vite tout ce que tu sais.

— D'abord, ma chère enfant, la cause de la perte des femmes mariées qui tiennent à conserver le cœur de leurs maris... et, dit-elle en faisant une parenthèse, conserver leur cœur ou les gouverner est une seule et même chose, eh bien, la cause principale des désunions conjugales se trouve dans une cohésion constante qui n'existait pas autrefois, et qui s'est produite dans ce pays-ci avec la manie de la famille. Depuis la révolution qui s'est faite en France, les mœurs bourgeoises ont envahi les maisons aristocratiques. Ce malheur est dû à l'un de leurs écrivains, à Rousseau, hérétique infâme qui n'a eu que des pensées antisociales et qui, je ne sais comment, a justifié les choses les plus déraisonnables. Il a prétendu que toutes les femmes avaient les mêmes droits, les mêmes facultés ; que, dans l'état de société, on devait obéir à la nature ; comme si la femme d'un grand d'Espagne, comme si toi et moi nous avions quelque chose de commun avec une femme du peuple. Et, depuis, les femmes comme il faut ont nourri leurs enfants, ont élevé leurs filles et sont restées à la maison. Ainsi la vie s'est compliquée de telle sorte que le bonheur est devenu presque impossible, car une convenance entre deux caractères semblable à celle qui nous a fait vivre comme deux amies est une exception. Le contact perpétuel n'est pas moins dangereux entre les enfants et les parents qu'il l'est entre les époux. Il est peu d'âmes chez lesquelles l'amour résiste à l'omniprésence, ce miracle n'appartient qu'à Dieu. Mets donc entre Paul et toi les barrières du monde, va au bal, à l'Opéra ; promène-toi le matin, dîne en ville le soir, rends beaucoup de visites, accorde peu de moments à Paul. Par ce système tu ne perdras rien de ton prix. Quand, pour aller jusqu'au bout de l'existence, deux êtres n'ont que le sentiment, ils en ont bientôt épuisé les ressources ; et bientôt l'indifférence, la satiété, le dégoût arrivent. Une fois le sentiment flétri, que devenir ? Sache bien que l'affection éteinte ne se remplace que par l'indifférence ou par le mépris. Sois donc toujours jeune et toujours neuve pour lui. Qu'il t'ennuie, cela peut arriver, mais toi ne l'ennuie jamais. Savoir s'ennuyer à propos est une des conditions de toute espèce de pouvoir. Vous ne pourrez diversifier le bonheur ni par les soins de fortune, ni par les occupations du ménage ; si donc tu ne faisais partager à ton mari tes occupations mondaines, si tu ne l'amusais pas, vous arriveriez à la plus horrible atonie. Là commence le *spleen* de l'amour. Mais on aime toujours qui nous amuse ou qui nous rend heureux. Donner le bonheur ou le recevoir sont deux systèmes de conduite féminine séparés par un abîme.

— Chère mère, je vous écoute, mais je ne comprends pas.

— Si tu aimes Paul au point de faire tout ce qu'il voudra, s'il te donne vraiment le bonheur, tout sera dit, tu ne seras pas la maîtresse, et les meilleurs préceptes du monde ne serviront à rien.

— Ceci est plus clair, mais j'apprends la règle sans pouvoir l'appliquer, dit Natalie en riant. J'ai la théorie, la pratique viendra.

— Ma pauvre Ninie, reprit la mère qui laissa tomber une larme sincère en pensant au mariage de sa fille et qui la pressa sur son cœur, il t'arrivera des choses qui te donneront de la mémoire. Enfin, reprit-elle après une pause pendant laquelle la mère et la fille restèrent unies dans un embrassement plein de sympathie, sache-le bien, ma Natalie, nous avons toutes une destinée en tant que femmes comme les hommes ont leur vocation.

Ainsi, une femme est née pour être une femme à la mode, une charmante maîtresse de maison, comme un homme est né général ou poète. Ta vocation est de plaire. Ton éducation t'a d'ailleurs formée pour le monde. Aujourd'hui les femmes doivent être élevées pour le salon comme autrefois elles l'étaient pour le gynécée. Tu n'es faite ni pour être mère de famille, ni pour devenir un intendant. Si tu as des enfants, j'espère qu'ils n'arriveront pas de manière à te gâter la taille le lendemain de ton mariage ; rien n'est plus bourgeois que d'être grosse un mois après la cérémonie, et d'abord cela prouve qu'un mari ne nous aime pas bien. Si donc tu as des enfants, deux ou trois ans après ton mariage, eh bien, les gouvernantes et les précepteurs les élèveront. Toi, sois la grande dame qui représente le luxe et le plaisir de la maison ; mais sois une supériorité visible seulement dans les choses qui flattent l'amour-propre des hommes, et cache la supériorité que tu pourras acquérir dans les grandes.

— Mais vous m'effrayez, chère maman, s'écria Natalie. Comment me souviendrai-je de ces préceptes ? Comment vais-je faire, moi si étourdie, si enfant, pour tout calculer, pour réfléchir avant d'agir ?

— Mais, ma chère petite, je ne te dis aujourd'hui que ce que tu apprendrais plus tard, mais en achetant ton expérience par des fautes cruelles, par des erreurs de conduite qui te causeraient des regrets et embarrasseraient ta vie.

— Mais par quoi commencer ? dit naïvement Natalie.

— L'instinct te guidera, reprit la mère. En ce moment, Paul te désire beaucoup plus qu'il ne t'aime ; car l'amour enfanté par les désirs est une espérance, et celui qui succède à leur satisfaction est la réalité. Là, ma chère, sera ton pouvoir, là est toute la question. Quelle femme n'est pas aimée la veille ? Sois-le le lendemain, tu le seras toujours. Paul est un homme faible, qui se façonne facilement à l'habitude ; s'il te cède une première fois, il cédera toujours. Une femme ardemment désirée peut tout demander : ne fais pas la folie que j'ai vu faire à beaucoup de femmes qui, ne connaissant pas l'importance des premières heures où nous régnons, les emploient à des niaiseries, à des sottises sans portée. Sers-toi de l'empire que te donnera la première passion de ton mari pour l'habituer à t'obéir. Mais pour le faire céder, choisis la chose la plus déraisonnable, afin de bien mesurer l'étendue de ta puissance par l'étendue de la concession. Quel mérite aurais-tu en lui faisant vouloir une chose raisonnable ? Serait-ce à toi qu'il obéirait ? Il faut toujours attaquer le taureau par les cornes, dit un proverbe castillan ; une fois qu'il a vu l'inutilité de ses défenses et de sa force, il est dompté. Si ton mari fait une sottise pour toi, tu le gouverneras.

— Mon Dieu ! Pourquoi tout cela ?

— Parce que, mon enfant, le mariage dure toute la vie et qu'un mari n'est pas un homme comme un autre. Aussi, ne fais jamais la folie de te livrer en quoi que ce soit. Garde une constante réserve dans tes discours et dans tes actions ; tu peux même aller sans danger jusqu'à la froideur, car on peut la modifier à son gré, tandis qu'il n'y a rien au-delà des expressions extrêmes de l'amour. Un mari, ma chère, est le seul homme avec lequel une femme ne peut rien se permettre. Rien n'est d'ailleurs plus facile que de garder sa dignité. Ces mots : « Votre femme ne doit pas, votre femme ne peut pas faire ou dire telle et telle chose ! » sont le grand talisman. Toute la vie d'une femme est dans : — Je ne veux pas ! — Je ne peux pas ! *Je ne peux pas* est l'irrésistible argument de la faiblesse qui se couche, qui pleure et séduit. *Je ne veux pas* est le dernier argument. La force féminine se montre alors tout entière ; aussi doit-on ne l'employer que dans les occasions graves. Le succès est tout entier dans les manières dont une femme se sert de ces deux mots, les commente et les varie. Mais il est un moyen de domination meilleur que ceux-ci qui semblent comporter des débats. Moi, ma chère, j'ai régné par la Foi. Si ton mari croit en toi, tu peux tout. Pour lui inspirer cette religion, il faut lui persuader que tu le comprends. Et ne pense pas que ce soit chose facile : une femme peut toujours prouver à un homme qu'il est aimé, mais il est plus difficile de lui faire avouer qu'il est compris. Je dois te dire tout à toi, mon enfant, car pour toi la vie avec ses complications, la vie où deux volontés doivent s'accorder, va commencer demain! Songes-tu bien à cette difficulté? Le meilleur moyen d'accorder vos deux volontés est de t'arranger à [43] ce qu'il n'y en ait qu'une seule au logis. Beaucoup de gens prétendent qu'une femme se crée des malheurs en changeant ainsi le rôle ; mais, ma chère, une femme est ainsi maîtresse de commander aux événements au lieu de les subir, et ce seul avantage compense tous les inconvénients possibles.

Natalie baisa les mains de sa mère en y laissant des larmes de reconnaissance. Comme les femmes chez lesquelles la passion physique n'échauffe point la passion morale, elle comprit tout à coup la portée de cette haute politique de femme ; mais semblable aux enfants gâtés qui ne se tiennent pas pour battus par les raisons les plus solides, et qui reproduisent obstinément leur désir, elle revint à la charge avec un de ces arguments personnels que suggère la logique droite des enfants.

— Chère mère, dit-elle, il y a quelques jours, vous parliez tant des préparations nécessaires à la fortune de Paul que vous seule pouviez diriger, pourquoi changez-vous d'avis en nous abandonnant ainsi à nous-mêmes?

— Je ne connaissais ni l'étendue de mes obligations,

ni le chiffre de mes dettes, répondit la mère qui ne voulait pas dire son secret. D'ailleurs, dans un an ou deux d'ici, je te répondrai là-dessus. Paul va venir, habillons-nous! Sois chatte et gentille comme tu l'as été, tu sais? dans la soirée où nous avons discuté ce fatal contrat, car il s'agit aujourd'hui de sauver un débris de notre maison, et de te donner une chose à laquelle je suis superstitieusement attachée.

— Quoi?

— Le *Discreto*.

Paul vint vers quatre heures. Quoiqu'il s'efforçât en abordant sa belle-mère de donner un air gracieux à son visage, madame Évangélista vit sur son front les nuages que les conseils de la nuit et les réflexions du réveil y avaient amassés.

— Mathias a parlé! se dit-elle en se promettant à elle-même de détruire l'ouvrage du vieux notaire. — Cher enfant, lui dit-elle, vous avez laissé vos diamants dans la console, et je vous avoue que je ne voudrais plus voir des choses qui ont failli élever des nuages entre nous. D'ailleurs, comme l'a fait observer Mathias, il faut les vendre pour subvenir au premier paiement des terres que vous avez acquises.

— Ils ne sont plus à moi, dit-il, je les ai donnés à Natalie, afin qu'en les voyant sur elle vous ne vous souveniez plus de la peine qu'ils vous ont causée.

Madame Évangélista prit la main de Paul et la serra cordialement en réprimant une larme d'attendrissement.

— Écoutez, mes bons enfants, dit-elle en regardant Natalie et Paul; s'il en est ainsi, je vais vous proposer une affaire. Je suis forcée de vendre mon collier de perles et mes boucles d'oreilles. Oui, Paul, je ne veux pas mettre un sou de ma fortune en rentes viagères, je n'oublie pas ce que je vous dois. Eh! bien, j'avoue ma faiblesse, vendre le *Discreto* me semble un désastre. Vendre un diamant qui porte le surnom de Philippe II, et dont fut ornée sa royale main, une pierre historique que pendant dix ans le duc d'Albe a caressée sur le pommeau de son épée, non, ce ne sera pas. Élie Magus a estimé mes boucles d'oreilles et mon collier à cent et quelques mille francs, échangeons-les contre les joyaux que je vous livre pour accomplir mes engagements envers ma fille ; vous y gagnerez, mais qu'est-ce que cela me fait! Je ne suis pas intéressée. Ainsi, Paul, avec vos économies vous vous amuserez à composer pour Natalie un diadème ou des épis, diamant à diamant. Au lieu d'avoir ces parures de fantaisie, ces brimborions qui ne sont à la mode que parmi les petites gens, votre femme aura de magnifiques diamants avec lesquels elle aura de véritables jouissances. Vendre pour vendre, ne vaut-il pas mieux se défaire de ces antiquailles, et garder dans la famille ces belles pierreries?

— Mais, ma mère, et vous? dit Paul.

— Moi, répondit madame Évangélista, je n'ai plus besoin de rien. Oui, je vais être votre fermière à Lanstrac. Ne serait-ce pas une folie que d'aller à Paris au moment où je dois liquider ici le reste de ma fortune? Je deviens avare pour mes petits-enfants.

— Chère mère, dit Paul tout ému, dois-je accepter cet échange sans soulte?

— Mon Dieu! n'êtes-vous pas mes plus chers intérêts? Croyez-vous qu'il n'y aura pas pour moi du bonheur à me dire au coin de mon feu: — Natalie arrive ce soir brillante au bal chez la duchesse de Berry! en se voyant mon diamant au cou, mes boucles d'oreilles, elle a ces petites jouissances d'amour-propre qui contribuent tant au bonheur d'une femme et la rendent gaie, avenante! Rien n'attriste plus une femme que le froissement de ses vanités, je n'ai jamais vu nulle part une femme mal mise être aimable et de bonne humeur. Allons, soyez juste, Paul! nous jouissons beaucoup plus en l'objet aimé qu'en nous-même.

— Mon Dieu! Que voulait donc dire Mathias? pensait Paul. Allons, maman, dit-il à demi-voix, j'accepte.

— Moi, je suis confuse, dit Natalie.

Solonet vint en ce moment pour annoncer une bonne nouvelle à sa cliente ; il avait trouvé, parmi les spéculateurs de sa connaissance, deux entrepreneurs affriolés par l'hôtel, où l'étendue des jardins permettait de faire des constructions.

— Ils offrent deux cent cinquante mille francs, dit-il ; mais si vous y consentez je pourrais les amener à trois cent mille. Vous avez deux arpents de jardin.

— Mon mari a payé le tout deux cent mille francs, ainsi je consens, dit-elle ; mais vous me réserverez le mobilier, les glaces...

— Ah! dit en riant Solonet, vous entendez les affaires.

— Hélas! il faut bien, dit-elle en soupirant.

— J'ai su que beaucoup de personnes viendront à votre messe de minuit, dit Solonet en s'apercevant qu'il était de trop et se retirant.

Madame Évangélista le reconduisit jusqu'à la porte du dernier salon, et lui dit à l'oreille : — J'ai maintenant pour deux cent cinquante mille francs de valeurs ; si j'ai deux cent mille francs à moi sur le prix de la maison, je puis réunir quatre cent cinquante mille francs de capitaux. Je veux en tirer le meilleur parti possible, et je compte sur vous pour cela. Je resterai probablement à Lanstrac.

Le jeune notaire baisa la main de sa cliente avec un geste de reconnaissance ; car l'accent de la veuve fit croire à Solonet que cette alliance, conseillée par les intérêts, allait s'étendre un peu plus loin.

— Vous pouvez compter sur moi, dit-il, je vous trouverai des placements sur marchandises où vous ne risquerez rien et où vous aurez des gains considérables...

— A demain, dit-elle, car vous êtes notre témoin avec monsieur le marquis de Gyas.

— Pourquoi, chère mère, dit Paul, refusez-vous de venir à Paris? Natalie me boude, comme si j'étais la cause de votre résolution.

— J'ai bien pensé à cela, mes enfants, je vous gênerais. Vous vous croiriez obligés de me mettre en tiers dans tout ce que vous feriez, et les jeunes gens ont des idées à eux que je pourrais involontairement contrarier. Allez seuls à Paris. Je ne veux pas continuer sur la comtesse de Manerville la douce domination que j'exerçais sur Natalie, il faut vous la laisser tout entière. Voyez-vous, il existe entre nous deux, Paul, des habitudes qu'il faut briser. Mon influence doit céder à la vôtre. Je veux que vous m'aimiez, et croyez que je prends ici vos intérêts plus que vous ne l'imaginez. Les jeunes maris sont, tôt ou tard, jaloux de l'affection qu'une fille porte à sa mère. Ils ont raison peut-être. Quand vous serez bien unis, quand l'amour aura fondu vos âmes en une seule, eh bien, alors, mon cher enfant, vous ne craindrez plus en me voyant chez vous d'y voir une influence contrariante. Je connais le monde, les hommes et les choses ; j'ai vu bien des ménages brouillés par l'amour aveugle de mères qui se rendaient insupportables à leurs filles autant qu'à leurs gendres. L'affection des vieilles gens est souvent minutieuse et tracassière. Peut-être ne saurais-je pas bien m'éclipser. J'ai la faiblesse de me croire encore belle, il y a des flatteurs qui veulent me prouver que je suis aimable, j'aurais des prétentions gênantes. Laissez-moi faire un sacrifice de plus à votre bonheur : je vous ai donné ma fortune, eh! bien, je vous livre encore mes dernières vanités de femme. Votre père Mathias est vieux, il ne pourrait pas veiller sur vos propriétés ; moi je me ferai votre intendant, je me créerai des occupations que, tôt ou tard, doivent avoir les vieilles gens ; puis, quand il le faudra, je viendrai vous seconder à Paris dans vos projets d'ambition. Allons, Paul, soyez franc, ma résolution vous arrange, dites ?

Paul ne voulut jamais en convenir, mais il était très heureux d'avoir sa liberté. Les soupçons que le vieux notaire lui avait inspirés sur le caractère de sa belle-mère furent en un moment dissipés par cette conversation, que madame Évangélista reprit et continua sur ce ton.

— Ma mère avait raison, se dit Natalie qui observa la physionomie de Paul. Il est fort content de me savoir séparée d'elle, pourquoi ?

Ce *pourquoi* n'était-il pas la première interrogation de la défiance, et ne donnait-il pas une autorité considérable aux enseignements maternels ?

Il est certains caractères qui, sur la foi d'une seule preuve, croient à l'amitié. Chez les gens ainsi faits, le vent du nord chasse aussi vite les nuages que le vent d'ouest les amène ; ils s'arrêtent aux effets sans remonter aux causes. Paul était une de ces natures essentiellement confiantes, sans mauvais sentiments, mais aussi sans prévisions. Sa faiblesse procédait beaucoup plus de sa bonté, de sa croyance au bien, que d'une débilité d'âme.

Natalie était songeuse et triste, car elle ne savait pas se passer de sa mère. Paul, avec cette espèce de fatuité que donne l'amour, se riait de la mélancolie de sa future femme, en se disant que les plaisirs du mariage et l'entraînement de Paris la dissiperaient. Madame Évangélista voyait avec un sensible plaisir la confiance de Paul, car la première condition de la vengeance est la dissimulation. Une haine avouée est impuissante. La créole avait déjà fait deux grands pas. Sa fille se trouvait déjà riche d'une belle parure qui coûtait deux cent mille francs à Paul et que Paul compléterait sans doute. Puis elle laissait ces deux enfants à eux-mêmes, sans autre conseil que leur amour illogique. Elle préparait ainsi sa vengeance à l'insu de sa fille qui, tôt ou tard, serait sa complice. Natalie aimerait-elle Paul? Là était une question encore indécise dont la solution pouvait modifier ses projets, car elle aimait trop sincèrement sa fille pour ne pas respecter son bonheur. L'avenir de Paul dépendait donc encore de lui-même. S'il se faisait aimer, il était sauvé.

Enfin, le lendemain soir à minuit, après une soirée passée en famille avec les quatre témoins auxquels madame Évangélista donna le long repas qui suit le mariage légal, les époux et les amis vinrent entendre une messe aux flambeaux, à laquelle assistèrent une centaine de personnes curieuses. Un mariage célébré nuitamment apporte toujours à l'âme de sinistres présages, la lumière est un symbole de vie et de plaisir dont les prophéties lui manquent. Demandez à l'âme la plus intrépide pourquoi elle est glacée? Pourquoi le froid noir des voûtes l'énerve? pourquoi le bruit des pas effraie? pourquoi l'on remarque le cri des chats-huants et la clameur des chouettes? Quoiqu'il n'existe aucune raison de trembler, chacun tremble, et les ténèbres, image de mort, attristent. Natalie, séparée de sa mère, pleurait. La jeune fille était en proie à tous les doutes qui saisissent le cœur à l'entrée d'une vie nouvelle, où, malgré les plus fortes assurances de bonheur, il existe mille pièges dans lesquels tombe la femme. Elle eut froid, il lui fallut un manteau. L'attitude de madame Évangélista, celle des époux, excitèrent quelques remarques parmi la foule élégante qui environnait l'autel.

— Solonet vient de me dire que les mariés partent demain matin, seuls, pour Paris.

— Madame Évangélista devait aller vivre avec eux.

— Le comte Paul s'en est déjà débarrassé.

— Quelle faute! dit la marquise de Gyas. Fermer sa porte à la mère de sa femme, n'est-ce pas l'ouvrir à un amant? Il ne sait donc pas tout ce qu'est une mère?

— Il a été très dur pour madame Évangélista, la pauvre femme a vendu son hôtel et va vivre à Lanstrac.

— Natalie est bien triste.

— Aimeriez-vous, pour un lendemain de noces, de vous trouver sur une grande route?

— C'est bien gênant.

— Je suis bien aise d'être venue ici, dit une dame, pour me convaincre de la nécessité d'entourer le mariage de ses pompes, de ses fêtes d'usage; car je trouve ceci bien nu, bien triste. Et si vous voulez que je vous dise toute ma pensée, ajouta-t-elle en se penchant à l'oreille de son voisin, ce mariage me semble indécent.

Madame Évangélista prit Natalie dans sa voiture, et la conduisit elle-même chez le comte Paul.

— Hé! bien, ma mère, tout est dit...

— Songe, ma chère enfant, à mes dernières recommandations, et tu seras heureuse. Sois toujours sa femme et non sa maîtresse.

Quand Natalie fut couchée, la mère joua la petite comédie de se jeter dans les bras de son gendre en pleurant. Ce fut la seule chose provinciale que madame Évangélista se permit, mais elle avait ses raisons. À travers ses larmes et ses paroles en apparence folles ou désespérées, elle obtint de Paul de ces concessions que font tous les maris. Le lendemain, elle mit les mariés en voiture, et les accompagna jusqu'au-delà du bac où l'on passe la Gironde. Par un mot Natalie avait appris à madame Évangélista que si Paul avait gagné la partie au jeu du contrat, sa revanche à elle commençait. Natalie avait obtenu déjà de son mari la plus parfaite obéissance.

CONCLUSION

Cinq ans après, au mois de novembre, dans l'après-midi, le comte Paul de Manerville, enveloppé dans un manteau, la tête inclinée, entra mystérieusement chez monsieur Mathias à Bordeaux. Trop vieux pour continuer les affaires, le bonhomme avait vendu son étude et achevait paisiblement sa vie dans une de ses maisons où il s'était retiré. Une affaire urgente l'avait contraint de s'absenter quand arriva son hôte ; mais sa vieille gouvernante, prévenue de l'arrivée de Paul, le conduisit à la chambre de madame Mathias, morte depuis un an. Fatigué par un rapide voyage, Paul dormit jusqu'au soir. A son retour, le vieillard vint voir son ancien client, et se contenta de le regarder endormi, comme une mère regarde son enfant. Josette, la gouvernante, accompagnait son maître, et demeura debout devant le lit, les poings sur les hanches.

— Il y a aujourd'hui un an, Josette, quand je recevais ici le dernier soupir de ma chère femme, je ne savais pas que j'y reviendrais pour y voir monsieur le comte quasi mort.

— Pauvre monsieur! Il geint en dormant, dit Josette.

L'ancien notaire ne répondit que par un : — Sac à papier! innocent juron qui annonçait toujours en lui la désespérance de l'homme d'affaires rencontrant d'infranchissables difficultés. — Enfin, se dit-il, je lui ai sauvé la nue propriété de Lanstrac, de d'Auzac, de Saint-Froult et de son hôtel! Mathias compta sur ses doigts, et s'écria : — Cinq ans! Voici cinq ans, dans ce mois-ci précisément, sa vieille tante, aujourd'hui défunte, la respectable madame de Maulincour, demandait pour lui la main de ce petit crocodile habillé en femme qui définitivement l'a ruiné, comme je le pensais.

Après avoir longtemps contemplé le jeune homme, le bon vieux goutteux, appuyé sur sa canne, s'alla promener à pas lents dans son petit jardin. A neuf heures le souper était servi, car Mathias soupait. Le vieillard ne fut pas médiocrement étonné de voir à Paul un front calme, une figure sereine quoique sensiblement altérée. Si à trente-trois ans le comte de Manerville paraissait en avoir quarante, ce changement de physionomie était dû seulement à des secousses morales ; physiquement il se portait bien. Il alla prendre les mains du bonhomme pour le forcer à rester assis, et les lui serra fort affectueusement en lui disant : — Bon cher maître Mathias! vous avez eu vos douleurs, vous!

— Les miennes étaient dans la nature, monsieur le comte ; mais les vôtres...

— Nous parlerons de moi tout à l'heure en soupant.

— Si je n'avais pas un fils dans la magistrature et une fille mariée, dit le bonhomme, croyez, monsieur le comte, que vous auriez trouvé chez le vieux Mathias autre chose que l'hospitalité. Comment venez-vous à Bordeaux au moment où sur tous les murs les passants lisent les affiches de la saisie immobilière des fermes du Grassol, du Guadet, du clos de Belle-Rose et de votre hôtel! Il m'est impossible de dire le chagrin que j'éprouve en voyant ces grands placards, moi qui, pendant quarante ans [44], ai soigné ces immeubles comme s'ils m'appartenaient ; moi qui, troisième clerc du digne monsieur Chesneau, mon prédécesseur, les ai achetés pour madame votre mère, et qui, de ma main de troisième clerc, ai si bien écrit l'acte de vente sur parchemin en belle ronde! Moi qui ai les titres de propriété dans l'étude de mon successeur, moi qui ai fait les liquidations! Moi qui vous ai vu grand comme ça! dit le notaire en mettant la main à deux pieds de terre. Il faut avoir été notaire pendant quarante et un ans et demi pour connaître l'espèce de douleur que me cause la vue de mon nom imprimé tout vif à la face d'Israël dans les verbaux de la saisie et dans l'établissement de la propriété. Quand je passe dans la rue et que je vois des gens occupés à lire ces horribles affiches jaunes, je suis honteux comme s'il s'agissait de ma propre ruine et de mon honneur. Il y a des imbéciles qui vous épellent cela tout haut exprès pour attirer les curieux, et ils se mettent tous à faire les plus sots commentaires. N'est-on pas maître de son bien? Votre père avait mangé deux fortunes avant de refaire celle qu'il vous a laissée, vous ne seriez point un Manerville si vous ne l'imitiez pas. D'ailleurs les saisies immobilières ont donné lieu à tout un titre dans le Code, elles ont été prévues, vous êtes dans un cas admis par la loi. Si je n'étais pas un vieillard à cheveux blancs et qui n'attend qu'un coup de coude pour tomber dans sa fosse, je rosserais ceux qui s'arrêtent devant ces abominations : *A la requête de dame Natalie Évangélista, épouse de Paul-François-Joseph, comte de Manerville, séparée quant aux biens par jugement du tribunal de première instance du département de la Seine*, etc.

— Oui, dit Paul, et maintenant séparée de corps...

— Ah! fit le vieillard.

— Oh! contre le gré de Natalie, dit vivement le comte, il m'a fallu la tromper, elle ignore mon départ.

— Vous partez?

— Mon passage est payé, je m'embarque sur *La Belle-Amélie* et vais à Calcutta [45].

— Dans deux jours ! dit le vieillard. Ainsi nous ne nous verrons plus, monsieur le comte.

— Vous n'avez que soixante-treize ans, mon cher Mathias, et vous avez la goutte, un vrai brevet de vieillesse. Quand je serai de retour, je vous retrouverai sur vos pieds. Votre bonne tête et votre cœur seront encore sains, vous m'aiderez à reconstruire l'édifice ébranlé. Je veux gagner une belle fortune en sept ans. A mon retour je n'aurai que quarante ans. Tout est encore possible à cet âge.

— Vous? dit Mathias en laissant échapper un geste de surprise, vous, monsieur le comte, aller faire le commerce, y pensez-vous?

— Je ne suis plus monsieur le comte, cher Mathias. Mon passage est arrêté sous le nom de Camille, un des noms de baptême de ma mère. Puis j'ai des connaissances qui me permettent de faire fortune autrement. Le commerce sera ma dernière chance. Enfin je pars avec une somme assez considérable pour qu'il me soit permis de tenter la fortune sur une grande échelle.

— Où est cette somme?

— Un ami doit me l'envoyer.

Le vieillard laissa tomber sa fourchette en entendant le mot d'*ami*, non par raillerie ni surprise ; son air exprima la douleur qu'il éprouvait en voyant Paul sous l'influence d'une illusion trompeuse ; car son œil plongeait dans un gouffre là où le comte apercevait un plancher solide.

— J'ai pendant cinquante ans environ exercé le notariat, je n'ai jamais vu les gens ruinés avoir des amis qui leur prêtassent de l'argent!

— Vous ne connaissez pas de Marsay! A l'heure où je vous parle, je suis sûr qu'il a vendu des rentes, s'il le faut, et demain vous recevrez une lettre de change de cinquante mille écus.

— Je le souhaite. Cet ami ne pouvait-il donc pas arranger vos affaires? Vous auriez vécu tranquillement à Lanstrac avec les revenus de madame la comtesse pendant six ou sept ans.

— Une délégation aurait-elle payé quinze cent mille francs de dettes dans lesquelles ma femme entrait pour cinq cent cinquante mille francs?

— Comment, en quatre ans, avez-vous fait quatorze cent cinquante mille francs de dettes [46]?

— Rien de plus clair, Mathias. N'ai-je pas laissé les diamants à ma femme? N'ai-je pas dépensé les cent cinquante mille francs qui nous revenaient sur le prix de l'hôtel Évangélista dans l'arrangement de ma maison à Paris? N'a-t-il pas fallu payer ici les frais de nos acquisitions et ceux auxquels a donné lieu mon contrat de mariage? Enfin n'a-t-il pas fallu vendre les quarante mille livres de rente de Natalie pour payer d'Auzac et Saint-Froult? Nous avons vendu à quatre-vingt-sept, je me suis donc endetté de près de deux cent mille francs dès le premier mois de mon mariage. Il nous est resté soixante-sept mille livres de rente. Nous en avons constamment dépensé deux cent mille en sus. Joignez à ces neuf cent mille francs quelques intérêts usuraires, vous trouverez facilement un million.

— Bouffre! fit le vieux notaire. Après?

— Hé bien, j'ai d'abord voulu compléter à ma femme la parure qui se trouvait commencée avec le collier de perles agrafé par le *Discreto*, un diamant de famille, et par les boucles d'oreilles de sa mère. J'ai payé cent mille francs une couronne d'épis. Nous voici à onze cent mille francs. Je me trouve devoir la fortune de ma femme, qui s'élève aux trois cent cinquante-six mille francs de sa dot.

— Mais, dit Mathias, si madame la comtesse avait engagé ses diamants et vous vos revenus, vous auriez à mon compte trois cent mille francs avec lesquels vous pourriez apaiser vos créanciers...

— Quand un homme est tombé, Mathias, quand ses propriétés sont grevées d'hypothèques, quand sa femme prime les créanciers par ses reprises, quand enfin cet homme est sous le coup de cent mille francs de lettres de change qui s'acquitteront, je l'espère, par le haut prix auquel monteront mes biens, rien n'est possible. Et les frais d'expropriation donc?

— Effroyable! dit le notaire.

— Les saisies ont été converties heureusement en ventes volontaires, afin de couper le feu.

— Vendre Belle-Rose, s'écria Mathias, quand la récolte de 1825 est dans les caves!

— Je n'y puis rien.

— Belle-Rose vaut six cent mille francs.

— Natalie le rachètera, je le lui ai conseillé.

— Seize mille francs année commune, et des éventualités telles que 1825! Je pousserai moi-même Belle-Rose à sept cent mille francs, et chacune des fermes à cent vingt mille francs.

— Tant mieux, je serai quitte, si mon hôtel de Bordeaux peut se vendre deux cent mille francs.

— Solonet le paiera bien quelque chose de plus, il en a envie. Il se retire avec cent et quelques mille livres de rente gagnées à jouer sur les trois-six [47]. Il a vendu son étude trois cent mille francs et il épouse une mulâtresse riche, Dieu sait à quoi elle a gagné son argent, mais riche, comme on dit, à millions. Un notaire jouer sur les trois-six? Un notaire épouser une mulâtresse? Quel siècle! il faisait valoir, dit-on, les fonds de votre belle-mère.

— Elle a bien embelli Lanstrac et bien soigné les terres, elle m'a bien payé son loyer.

— Je ne l'aurais jamais crue capable de se conduire ainsi.

— Elle est si bonne et si dévouée, elle payait toujours

les dettes de Natalie pendant les trois mois qu'elle venait passer à Paris.

— Elle le pouvait bien, elle vit sur Lanstrac, dit Mathias. Elle! Devenir économe? Quel miracle! Elle vient d'acheter entre Lanstrac et Grassol le domaine de Grainrouge, en sorte que si elle continue l'avenue de Lanstrac jusqu'à la grande route, vous pourriez faire une lieue et demie sur vos terres. Elle a payé cent mille francs comptant Grainrouge, qui vaut mille écus de rente en sac.

— Elle est toujours belle, dit Paul. La vie de la campagne la conserve bien ; je n'irai pas lui dire adieu, elle se saignerait pour moi.

— Vous iriez vainement, elle est à Paris. Elle y arrivait peut-être au moment où vous en partiez.

— Elle a sans doute appris la vente de mes propriétés et vient à mon secours. Je n'ai pas à me plaindre de la vie. Je suis aimé, certes, autant qu'un homme peut l'être en ce bas monde, aimé par deux femmes qui luttaient ensemble de dévouement ; elles étaient jalouses l'une de l'autre, la fille reprochait à la mère de m'aimer trop, la mère reprochait à la fille ses dissipations. Cette affection m'a perdu. Comment ne pas satisfaire aux moindres caprices d'une femme que l'on aime? Le moyen de s'en défendre! Mais aussi comment accepter ces sacrifices? Oui, certes, nous pouvions liquider ma fortune et venir vivre à Lanstrac; mais j'aime mieux aller aux Indes et en rapporter une fortune que d'arracher Natalie à la vie qu'elle aime. Aussi est-ce moi qui lui ai proposé la séparation de biens. Les femmes sont des anges qu'il ne faut jamais mêler aux intérêts de la vie.

Le vieux Mathias écoutait Paul d'un air de doute et d'étonnement.

— Vous n'avez pas d'enfants? lui dit-il.

— Heureusement, répondit Paul.

— Je comprends autrement le mariage, répondit naïvement le vieux notaire. Une femme doit, selon moi, partager le sort bon ou mauvais de son mari. J'ai entendu dire que les jeunes mariés qui s'aimaient comme des amants n'avaient pas d'enfants. Le plaisir est-il donc le seul but du mariage? N'est-ce pas plutôt le bonheur et la famille? Mais vous aviez à peine vingt-huit ans, et madame la comtesse en avait vingt ; vous étiez excusable de ne songer qu'à l'amour. Cependant, la nature de votre contrat et votre nom, vous allez me trouver bien notaire? tout vous obligeait à commencer par faire un bon gros garçon. Oui, monsieur le comte, et si vous aviez eu des filles, il n'aurait pas fallu s'arrêter que vous n'ayez eu l'enfant mâle qui consolidait le majorat. Mademoiselle Évangélista n'était-elle pas forte, avait-elle à craindre quelque chose de la maternité? Vous me direz que ceci est une vieille méthode de nos ancêtres ; mais, dans les familles nobles, monsieur le comte, une femme légitime doit faire les enfants et les bien élever : comme le disait la duchesse de Sully, la femme du grand Sully, une femme n'est pas un instrument de plaisir, mais l'honneur et la vertu de la maison.

— Vous ne connaissez pas les femmes, mon bon Mathias, dit Paul. Pour être heureux, il faut les aimer comme elles veulent être aimées. N'y a-t-il pas quelque chose de brutal à sitôt priver une femme de ses avantages, à lui gâter sa beauté sans qu'elle en ait joui?

— Si vous aviez eu des enfants, la mère aurait empêché les dissipations de la femme, elle serait restée au logis...

— Si vous aviez raison, mon cher, dit Paul en fronçant le sourcil, je serais encore plus malheureux. N'aggravez pas mes douleurs par une morale après la chute, laissez-moi partir sans arrière-pensée.

Le lendemain Mathias reçut une lettre de change de cent cinquante mille francs payable à vue, envoyée par Henri de Marsay.

— Vous voyez, dit Paul, il ne m'écrit pas un mot, il commence par obliger. Henri est la nature la plus parfaitement imparfaite, la plus illégalement belle que je connaisse. Si vous saviez avec quelle supériorité cet homme encore jeune plane sur les sentiments, sur les intérêts, et quel grand politique il est, vous vous étonneriez comme moi de lui savoir tant de cœur.

Mathias essaya de combattre la détermination de Paul, mais elle était irrévocable, et justifiée par tant de raisons valables que le vieux notaire ne tenta plus de retenir son client. Il est rare que le départ des navires en charge [48] se fasse avec exactitude ; mais, par une circonstance fatale à Paul, le vent fut propice, et *La Belle-Amélie* dut mettre à la voile le lendemain. Au moment où part un navire, l'embarcadère est encombré de parents, d'amis, de curieux. Parmi les personnes qui se trouvaient là, quelques-unes connaissaient personnellement Manerville. Son désastre le rendait aussi célèbre en ce moment qu'il l'avait été jadis par sa fortune, il y eut donc un mouvement de curiosité. Chacun disait son mot. Le vieillard avait accompagné Paul sur le port, et ses souffrances durent être vives en entendant quelques-uns de ces propos.

— Qui reconnaîtrait dans cet homme que vous voyez là, près du vieux Mathias, ce dandy que l'on avait nommé la *Fleur des pois*, et qui faisait, il y a cinq ans à Bordeaux, la pluie et le beau temps ?

— Quoi ! Ce gros petit homme en redingote d'alpaga, qui a l'air d'un cocher, serait le comte Paul de Manerville ?

— Oui, ma chère, celui qui a épousé mademoiselle Évangélista. Le voici ruiné, sans sou ni maille, allant aux Indes pour y chercher la pie au nid [49].

— Mais comment s'est-il ruiné ? Il était si riche !

— Paris, les femmes, la Bourse, le jeu, le luxe...

— Puis, dit un autre, Manerville est un pauvre sire, sans esprit, mou comme du papier mâché, se laissant manger la laine sur le dos, incapable de quoi que ce soit. Il était né ruiné.

Paul serra la main du vieillard et se réfugia sur le navire. Mathias resta sur le quai, regardant son ancien client qui s'appuya sur le bastingage en défiant la foule par un coup d'œil plein de mépris. Au moment où les matelots levaient l'ancre, Paul aperçut Mathias qui lui faisait des signaux à l'aide de son mouchoir. La vieille gouvernante était arrivée en toute hâte près de son maître, qu'un événement de haute importance semblait agiter. Paul pria le capitaine d'attendre encore un moment et d'envoyer un canot, afin de savoir ce que lui voulait le vieux notaire qui lui faisait énergiquement signe de débarquer. Trop impotent pour pouvoir aller à bord, Mathias remit deux lettres à l'un des matelots qui amenèrent le canot.

— Mon cher ami, ce paquet, dit l'ancien notaire au matelot en lui montrant une des lettres qu'il lui donnait, tu vois bien, ne te trompe pas, ce paquet vient d'être apporté par un courrier qui a fait la route de Paris en trente-cinq heures. Dis bien cette circonstance à monsieur le comte, n'oublie pas ! Elle pourrait le faire changer de résolution.

— Et il faudrait le débarquer ? demanda le matelot.

— Oui, mon ami, répondit imprudemment le notaire.

Le matelot est généralement en tout pays un être à part, qui presque toujours professe le plus profond mépris pour les gens de terre. Quant aux bourgeois, il n'en comprend rien, il ne se les explique pas, il s'en moque, il les vole s'il le peut, sans croire manquer aux lois de la probité. Celui-là par hasard était un bas Breton qui vit une seule chose dans les recommandations du bonhomme Mathias.

— C'est ça, se dit-il en ramant. Le débarquer! Faire perdre un passager au capitaine! Si l'on écoutait ces marsouins-là, il faudrait passer sa vie à les embarquer et à les débarquer. A-t-il peur que son fils n'attrape des rhumes?

Le matelot remit donc à Paul les lettres sans lui rien dire. En reconnaissant l'écriture de sa femme et celle de de Marsay, Paul présuma tout ce que ces deux personnes pouvaient lui dire, et ne voulut pas se laisser influencer par les offres que leur inspirait le dévouement. Il mit avec une apparente insouciance leurs lettres dans sa poche.

— Voilà pourquoi ils nous dérangent! Des bêtises, dit le matelot en bas-breton au capitaine. Si c'était important, comme le disait ce vieux lampion, monsieur le comte jetterait-il son paquet dans ses écoutilles?

Absorbé par les pensées tristes qui saisissent les hommes les plus forts en semblables circonstances, Paul s'abandonnait à la mélancolie en saluant de la main son vieil ami, en disant adieu à la France, en regardant les édifices de Bordeaux qui fuyaient avec rapidité. Il s'assit sur un paquet de cordages. La nuit le surprit là perdu dans ses rêveries. Avec les demi-ténèbres du couchant vinrent les doutes : il plongeait dans l'avenir un œil inquiet, en le sondant, il n'y trouvait que périls et incertitudes, il se demandait s'il ne manquerait pas de courage. Il avait des craintes vagues en sachant Natalie livrée à elle-même : il se repentait de sa résolution, il regrettait Paris et sa vie passée. Le mal de mer le prit. Chacun connaît les effets de cette maladie : la plus horrible de ses souffrances sans danger est une dissolution complète de la volonté. Un trouble inexpliqué relâche dans les centres les liens de la vitalité, l'âme ne fait plus ses fonctions, et tout devient indifférent au malade : une mère oublie son enfant, l'amant ne pense plus à sa maîtresse, l'homme le plus fort gît comme une masse inerte. Paul fut porté dans sa cabine, où il demeura pendant trois jours, étendu, tour à tour vomissant et gorgé de grog par les matelots, ne songeant à rien et dormant ; puis il eut une espèce de convalescence et revint à son état ordinaire. Le matin où, se trouvant mieux, il alla se promener sur le tillac pour y respirer les brises marines d'un nouveau climat, il sentit ses lettres en mettant les mains dans ses poches ; il les saisit aussitôt pour les lire, et commença par celle de Natalie. Pour que la lettre de la comtesse de Manerville puisse être bien comprise, il est nécessaire de rapporter celle que Paul avait écrite à sa femme et que voici :

LETTRE DE PAUL DE MANERVILLE À SA FEMME

« Ma bien-aimée, quand tu liras cette lettre je serai « loin de toi ; peut-être serai-je déjà sur le vaisseau qui « m'emmène aux Indes, où je vais refaire ma fortune « abattue. Je ne me suis pas senti la force de t'annoncer « mon départ. Je t'ai trompée ; mais ne le fallait-il pas ? « Tu te serais inutilement gênée, tu m'aurais voulu « sacrifier ta fortune. Chère Natalie, n'aie pas un re- « mords, je n'ai pas un regret. Quand je rapporterais des « millions, j'imiterais ton père, je les mettrais à tes pieds, « comme il mettait les siens aux pieds de ta mère, en te « disant : — Tout est à toi. Je t'aime follement, Nata- « lie ; je te le dis sans avoir à craindre que cet aveu te « serve à étendre un pouvoir qui n'est redouté que par « les gens faibles, le tien fut sans bornes le jour où je « t'ai connue. Mon amour est le seul complice de mon

« désastre. Ma ruine progressive m'a fait éprouver les « délirants plaisirs du joueur. A mesure que mon argent « diminuait, mon bonheur grandissait. Chaque frag« ment de ma fortune converti pour toi en une petite « jouissance me causait des ravissements célestes. Je « t'aurais voulu plus de caprices que tu n'en avais. Je « savais que j'allais vers un abîme, mais j'y allais le « front couronné par la joie. C'est des sentiments que « ne connaissent pas les gens vulgaires. J'ai agi comme « ces amants qui s'enferment dans une petite maison au « bord d'un lac pour un an ou deux et qui se promettent « de se tuer après s'être plongés dans un océan de plai« sirs, mourant ainsi dans toute la gloire de leurs illu« sions et de leur amour. J'ai toujours trouvé ces gens« là prodigieusement raisonnables. Tu ne savais rien ni « de mes plaisirs ni de mes sacrifices. Ne trouve-t-on « pas de grandes voluptés à cacher à la personne aimée « le prix de ce qu'elle souhaite ? Je puis t'avouer ces « secrets. Je serai loin de toi quand tu tiendras ce papier « chargé d'amour. Si je perds les trésors de ta reconnais« sance, je n'éprouve pas cette contraction au cœur qui « me prendrait en te parlant de ces choses. Puis, ma « bien-aimée, n'y a-t-il pas quelque savant calcul à te « révéler ainsi le passé ? N'est-ce pas étendre notre « amour dans l'avenir ? Aurions-nous donc besoin de « fortifiants ? Ne nous aimons-nous donc pas d'un « amour pur, auquel les preuves sont indifférentes, « qui méconnaît le temps, les distances et vit de lui« même ! Ah ! Natalie, je viens de quitter la table où « j'écris près du feu, je viens de te voir endormie, con« fiante, posée comme une enfant naïve, la main tendue « vers moi. J'ai laissé une larme sur l'oreiller confident « de nos joies. Je pars sans crainte sur la foi de cette « attitude, je pars afin de conquérir le repos en conqué« rant une fortune assez considérable pour que nulle

« inquiétude ne trouble nos voluptés, pour que tu puisses « satisfaire tes goûts. Ni toi ni moi, nous ne saurions « nous passer des jouissances de la vie que nous menons. « Je suis homme, j'ai du courage : à moi seul la tâche « d'amasser la fortune qui nous est nécessaire. Peut-« être m'aurais-tu suivi! Je te cacherai le nom du vais-« seau, le lieu de mon départ et le jour. Un ami te dira « tout quand il ne sera plus temps. Natalie, mon affec-« tion est sans bornes, je t'aime comme une mère aime « son enfant, comme un amant aime sa maîtresse, avec « le plus grand désintéressement. A moi les travaux, « à toi les plaisirs ; à moi les souffrances, à toi la vie heu-« reuse. Amuse-toi, conserve toutes tes habitudes de luxe, « va aux Italiens, à l'Opéra, dans le monde, au bal, je « t'absous de tout. Chère ange, lorsque tu reviendras à « ce nid où nous avons savouré les fruits éclos durant « nos cinq années d'amour, pense à ton ami, pense à moi « pendant un moment, endors-toi dans mon cœur. Voilà « tout ce que je te demande. Moi, chère éternelle pensée, « lorsque, perdu sous des cieux brûlants, travaillant « pour nous deux, je rencontrerai des obstacles à vaincre, « ou que, fatigué, je me reposerai dans les espérances du « retour, moi, je songerai à toi, qui es ma belle vie. Oui, « je tâcherai d'être en toi, je me dirai que tu n'as ni « peines ni soucis, que tu es heureuse. De même que « nous avons l'existence du jour et de la nuit, la veille « et le sommeil, ainsi j'aurai mon existence fleurie à « Paris, mon existence de travail aux Indes ; un rêve « pénible, une réalité délicieuse : je vivrai si bien dans ta « réalité que mes jours seront des rêves. J'aurai mes « souvenirs, je reprendrai chant par chant ce beau « poème de cinq ans, je me rappellerai les jours où tu « te plaisais à briller, où par une toilette aussi bien que « par un déshabillé tu te faisais nouvelle à mes yeux. « Je reprendrai sur mes lèvres le goût de nos festins.

« Oui, chère ange, je pars comme un homme voué à une « entreprise dont la réussite lui donnera sa belle maî- « tresse. Le passé sera pour moi comme ces rêves du « désir qui précèdent la possession, et que souvent la « possession détrompe, mais que tu as toujours agran- « dis. Je reviendrai pour trouver une femme nouvelle, « l'absence ne te donnera-t-elle pas des charmes nou- « veaux? O mon bel amour, ma Natalie, que je sois « une religion pour toi! Sois bien l'enfant que je vois « endormie! Si tu trahissais une confiance aveugle, « Natalie, tu n'aurais pas à craindre ma colère, tu dois « en être sûre ; je mourrais silencieusement. Mais la « femme ne trompe pas l'homme qui la laisse libre, car la « femme n'est jamais lâche. Elle se joue d'un tyran ; « mais une trahison facile et qui donnerait la mort, elle « y renonce. Non, je n'y pense pas. Grâce pour ce cri si « naturel à un homme. Chère ange, tu verras de Marsay, « il sera le locataire de notre hôtel et te le laissera. Ce « bail simulé était nécessaire pour éviter des pertes « inutiles. Les créanciers, ignorant que leur paiement « est une question de temps, auraient pu saisir le mobi- « lier et l'usufruit de notre hôtel. Sois bonne pour de « Marsay : j'ai la plus entière confiance dans sa capacité, « dans sa loyauté. Prends-le pour défenseur et pour « conseil, fais-en ton menin. Quelles que soient ses occu- « pations, il sera toujours à toi. Je le charge de veiller à « ma liquidation. S'il avançait quelque somme de laquelle « il eût besoin plus tard, je compte sur toi pour la lui « remettre. Songe que je ne te laisse pas à de Marsay, « mais à toi-même ; en te l'indiquant, je ne te l'impose « pas. Hélas! il m'est impossible de te parler d'affaires, « je n'ai plus qu'une heure à rester là près de toi. Je « compte tes aspirations, je tâche de retrouver tes « pensées dans les rares accidents de ton sommeil, ton « souffle ranime les heures fleuries de notre amour. A

« chaque battement de ton cœur, le mien te verse ses « trésors ; j'effeuille sur toi toutes les roses de mon âme « comme les enfants les sèment devant l'autel au jour « de la fête de Dieu. Je te recommande aux souvenirs « dont je t'accable, je voudrais t'infuser mon sang pour « que tu fusses bien à moi, pour que ta pensée fût ma « pensée, pour que ton cœur fût mon cœur, pour être « tout en toi. Tu as laissé échapper un petit murmure « comme une douce réponse. Sois toujours calme et « belle comme tu es calme et belle en ce moment. Ah! « je voudrais posséder ce fabuleux pouvoir dont parlent « les contes de fées, je voudrais te laisser endormie ainsi « pendant mon absence et te réveiller à mon retour par « un baiser. Combien ne faut-il pas d'énergie et combien « ne faut-il pas t'aimer pour te quitter en te voyant « ainsi! Tu es une Espagnole religieuse, tu respecteras « un serment fait pendant le sommeil, et où l'on ne dou- « tait pas de ta parole inexprimée. Adieu, chère, voici « ta pauvre Fleur des pois emportée par un vent d'orage ; « mais elle te reviendra pour toujours sur les ailes de la « fortune. Non, chère Ninie, je ne te dis pas adieu, je ne « te quitterai jamais. Ne seras-tu pas l'âme de mes « actions ? L'espoir de t'apporter un bonheur indestruc- « tible n'animera-t-il pas mon entreprise, ne dirigera- « t-il point tous mes pas ? Ne seras-tu pas toujours là ? « Non, ce ne sera pas le soleil de l'Inde, mais le feu de « ton regard qui m'éclairera. Sois aussi heureuse qu'une « femme peut l'être sans son amant. J'aurais bien voulu « ne pas prendre pour dernier baiser un baiser où tu « n'était que passive ; mais, mon ange adorée, ma Ninie, « je n'ai pas voulu t'éveiller. A ton réveil, tu trouveras « une larme sur ton front, fais-en un talisman! Songe, « songe à qui mourra peut-être pour toi, loin de toi ; « songe moins au mari qu'à l'amant dévoué qui te « confie à Dieu. »

RÉPONSE DE LA COMTESSE DE MANERVILLE À SON MARI

« Cher bien-aimé, dans quelle affliction me plonge ta « lettre! Avais-tu le droit de prendre sans me consulter « une résolution qui nous frappe également? Es-tu « libre? Ne m'appartiens-tu pas? Ne suis-je pas à moitié « créole? Ne pouvais-je donc te suivre? Tu m'apprends « que je ne te suis pas indispensable. Que t'ai-je fait, « Paul, pour me priver de mes droits? Que veux-tu que « je devienne seule dans Paris? Pauvre ange, tu prends « sur toi tous mes torts. Ne suis-je pas pour quelque « chose dans cette ruine? Mes chiffons n'ont-ils pas bien « pesé dans la balance? Tu m'as fait maudire la vie « heureuse, insouciante, que nous avons menée pendant « quatre ans. Te savoir banni pour six ans, n'y a-t-il pas « de quoi mourir? Fait-on fortune en six ans? Revien- « dras-tu? J'étais bien inspirée, quand je me refusais « avec une obstination instinctive à cette séparation de « biens que ma mère et toi vous avez voulue à toute « force. Que vous disais-je alors? N'était-ce pas jeter « sur toi de la déconsidération? N'était-ce pas ruiner « ton crédit? Il a fallu que tu te sois fâché pour que j'aie « cédé. Mon cher Paul, jamais tu n'as été si grand à « mes yeux que tu l'es en ce moment. Ne désespérer de « rien, aller chercher une fortune?... Il faut ton caractère « et ta force pour se conduire ainsi. Je suis à tes pieds. « Un homme qui avoue sa faiblesse avec ta bonne foi, « qui refait sa fortune par la même cause qui la lui a fait « dissiper, par amour, par une irrésistible passion, oh! « Paul, cet homme est sublime. Va sans crainte, marche « à travers les obstacles, sans douter de ta Natalie, car ce « serait douter de toi-même. Pauvre cher, tu veux vivre « en moi? Et moi, ne serai-je pas toujours en toi? Je ne

« serai pas ici, mais partout où tu seras, toi. Si ta lettre « m'a causé de vives douleurs, elle m'a comblée de joie ; « tu m'as fait en un moment connaître les deux extrêmes, « car, en voyant combien tu m'aimes, j'ai été fière « d'apprendre que mon amour était bien senti. Parfois, « je croyais t'aimer plus que tu ne m'aimais, mainte- « nant je me reconnais vaincue, tu peux joindre cette « supériorité délicieuse à toutes celles que tu as ; mais « n'ai-je pas plus de raisons de t'aimer, moi! Ta lettre, « cette précieuse lettre où ton âme se révèle et qui m'a « si bien dit que rien n'était perdu entre nous, restera « sur mon cœur pendant ton absence, car toute ton « âme gît là, cette lettre est ma gloire! J'irai demeurer « à Lanstrac avec ma mère, j'y serai comme morte au « monde, j'économiserai nos revenus pour payer tes « dettes intégralement. De ce matin, Paul, je suis une « autre femme, je dis adieu sans retour au monde, je ne « veux pas d'un plaisir que tu ne partagerais pas. D'ail- « leurs, Paul, je dois quitter Paris et aller dans la soli- « tude. Cher enfant, apprends que tu as une double « raison de faire fortune. Si ton courage avait besoin « d'aiguillon, ce serait un autre cœur que tu trouverais « maintenant en toi-même. Mon bon ami, ne devines-tu « pas ? Nous aurons un enfant. Vos plus chers désirs sont « comblés, monsieur. Je ne voulais pas te causer de ces « fausses joies qui tuent, nous avons eu déjà trop de « chagrin à ce sujet, je ne voulais pas être forcée de « démentir la bonne nouvelle. Aujourd'hui, je suis « certaine de ce que je t'annonce, heureuse ainsi de « jeter une joie à travers tes douleurs. Ce matin, ne me « doutant de rien, te croyant sorti dans Paris, j'étais « allée à l'Assomption y remercier Dieu. Pouvais-je « prévoir un malheur ? Tout me souriait pendant cette « matinée. En sortant de l'église, j'ai rencontré ma « mère ; elle avait appris ta détresse, et arrivait en poste

« avec ses économies, avec trente mille francs, espérant « pouvoir arranger tes affaires. Quel cœur, Paul! J'étais « joyeuse, je revenais pour t'annoncer ces deux bonnes « nouvelles en déjeunant sous la tente de notre serre où « je t'avais préparé les gourmandises que tu aimes. Augus- « tine me remet ta lettre. Une lettre de toi, quand nous « avions dormi ensemble, n'était-ce pas tout un drame? « Il m'a pris un frisson mortel, et puis j'ai lu!... J'ai lu en « pleurant, et ma mère fondait en larmes aussi! Ne faut-il « pas bien aimer un homme pour pleurer, car les pleurs « enlaidissent une femme. J'étais à demi morte. Tant « d'amour et tant de courage! Tant de bonheur et tant de « misères! Les plus riches fortunes du cœur et la ruine « momentanée des intérêts! Ne pas pouvoir presser le « bien-aimé dans le moment où l'admiration de sa gran- « deur vous étreint, quelle femme eût résisté à cette « tempête de sentiments? Te savoir loin de moi quand « ta main sur mon cœur m'aurait fait tant de bien! Tu « n'étais pas là pour me donner ce regard que j'aime « tant, pour te réjouir avec moi de la réalisation de tes « espérances; et je n'étais pas près de toi pour adoucir « tes peines par ces caresses qui te rendent ta Natalie « si chère, et qui te font tout oublier. J'ai voulu partir, « voler à tes pieds; mais ma mère m'a fait observer que « le départ de *La Belle-Amélie* devait avoir lieu le lende- « main; que la poste seule pouvait aller assez vite, et « que, dans l'état où j'étais, ce serait une insigne folie « que de risquer tout un avenir dans un cahot. Quoique « déjà mère, j'ai demandé des chevaux, ma mère m'a « trompée en me laissant croire qu'on les amènerait. Et « elle a sagement agi, les premiers malaises de la grossesse « ont commencé. Je n'ai pu soutenir tant d'émotions « violentes, et je me suis trouvée mal. Je t'écris au lit, « les médecins ont exigé du repos pendant les premiers « mois. Jusqu'alors j'étais une femme frivole, mainte-

« nant je vais être une mère de famille. La Providence
« est bien bonne pour moi, car un enfant à nourrir, à
« soigner, à élever peut seul amoindrir les douleurs que
« me causera ton absence. J'aurai en lui un autre toi
« que je fêterai. J'avouerai hautement mon amour que
« nous avons si soigneusement caché. Je dirai la vérité.
« Ma mère a déjà trouvé l'occasion de démentir quelques
« calomnies qui courent sur ton compte. Les deux Van-
« denesse, Charles et Félix, t'ont bien noblement dé-
« fendu ; mais ton ami de Marsay prend tout en raille-
« rie : il se moque de tes accusateurs, au lieu de leur
« répondre ; je n'aime pas cette manière de repousser
« légèrement les attaques sérieuses. Ne te trompes-tu
« pas sur lui ? Néanmoins je t'obéirai, j'en ferai mon
« ami. Sois bien tranquille, mon adoré, relativement
« aux choses qui touchent à ton honneur. N'est-il pas
« le mien ? Mes diamants seront engagés. Nous allons,
« ma mère et moi, employer toutes nos ressources pour
« acquitter intégralement tes dettes, et tâcher de rache-
« ter ton clos de Belle-Rose. Ma mère, qui s'entend aux
« affaires comme un vrai procureur, t'a bien blâmé de
« ne pas t'être ouvert à elle. Elle n'aurait pas acheté,
« croyant te faire plaisir, le domaine de Grainrouge, qui
« se trouvait enclavé dans tes terres, et t'aurait pu prêter
« cent trente mille francs. Elle est au désespoir du parti
« que tu as pris. Elle craint pour toi le séjour des Indes.
« Elle te supplie d'être sobre, de ne pas te laisser séduire
« par les femmes... Je me suis mise à rire. Je suis sûre
« de toi comme de moi-même. Tu me reviendras riche
« et fidèle. Moi seule au monde connais ta délicatesse
« de femme et tes sentiments secrets qui font de toi
« comme une délicieuse fleur humaine digne du ciel.
« Les Bordelais avaient bien raison de te donner ton
« joli surnom. Qui donc soignera ma fleur délicate ?
« J'ai le cœur percé par d'horribles idées. Moi sa femme,

« sa Natalie, être ici, quand déjà peut-être il souffre! Et « moi, si bien unie à toi, ne pas partager tes peines, tes « traverses, tes périls! A qui te confieras-tu! Comment « as-tu pu te passer de l'oreille à qui tu disais tout? Chère « sensitive emportée par un orage, pourquoi t'es-tu « déplantée du seul terrain où tu pourrais développer « tes parfums? Il me semble que je suis seule depuis « deux siècles, j'ai froid aussi dans Paris. J'ai déjà bien « pleuré. Être la cause de ta ruine! Quel texte aux pen- « sées d'une femme aimante! Tu m'as traitée en enfant « à qui on donne tout ce qu'il demande, en courtisane « pour laquelle un étourdi mange toute sa fortune. Ah! « ta prétendue délicatesse a été une insulte. Crois-tu que « je ne pouvais me passer de toilette, de bals, d'Opéra, « de succès? Suis-je une femme légère? Crois-tu que je « ne puisse concevoir des pensées graves, servir à ta for- « tune aussi bien que je servais à tes plaisirs? Si tu « n'étais pas loin de moi, souffrant et malheureux, vous « seriez bien grondé, monsieur, de tant d'impertinence. « Ravaler votre femme à ce point! Mon Dieu! Pour- « quoi donc allais-je dans le monde? Pour flatter ta « vanité; je me parais pour toi, tu le sais bien. Si j'avais « des torts, je serais bien cruellement punie; ton absence « est une bien dure expiation de notre vie intime. Cette « joie était trop complète : elle devait se payer par quel- « que grande douleur, et la voici venue! Après ces bon- « heurs si soigneusement voilés aux regards curieux du « monde, après ces fêtes continuelles entremêlées des « folies secrètes de notre amour, il n'y a plus rien de « possible que la solitude. La solitude, cher ami, nour- « rit les grandes passions, et j'y aspire. Que ferai-je « dans le monde? A qui reporter mes triomphes? Ah! « vivre à Lanstrac, cette terre arrangée par ton père, « dans un château que tu as renouvelé si luxueusement, « y vivre avec ton enfant en t'attendant, en t'envoyant

« tous les soirs, tous les matins, la prière de la mère et de
« l'enfant, de la femme et de l'ange, ne sera-ce pas un
« demi-bonheur ? Vois-tu ces petites mains jointes dans
« les miennes ? Te souviendras-tu, comme je vais m'en
« souvenir tous les soirs, de ces félicités que tu m'as
« rappelées dans ta chère lettre ? Oh ! oui, nous nous
« aimons autant l'un que l'autre. Cette bonne certitude
« est un talisman contre le malheur. Je ne doute pas
« plus de toi que tu ne doutes de moi. Quelles consola-
« tions puis-je te mettre ici, moi désolée, moi brisée,
« moi qui vois ces six années comme un désert à traver-
« ser ? Allons, je ne suis pas la plus malheureuse ; ce
« désert ne sera-t-il pas animé par notre petit ? Oui, je
« veux te donner un fils, il le faut, n'est-ce pas ? Allons,
« adieu, cher bien-aimé, nos vœux et notre amour te
« suivront partout. Les larmes qui sont sur ce papier
« te diront-elles bien les choses que je ne puis exprimer ?
« Reprends les baisers que te met, là au bas, dans ce carré,

« Ta Natalie. »

Cette lettre engagea Paul dans une rêverie autant causée par l'ivresse où le plongeaient ces témoignages d'amour que par ces plaisirs évoqués à dessein ; et il les reprenait un à un, afin de s'expliquer la grossesse de sa femme. Plus un homme est heureux, plus il tremble. Chez les âmes exclusivement tendres, et la tendresse comporte un peu de faiblesse, la jalousie et l'inquiétude sont en raison directe du bonheur et de son étendue. Les âmes fortes ne sont ni jalouses ni craintives : la jalousie est un doute, la crainte est une petitesse. La croyance sans bornes est le principal attribut du grand homme : s'il est trompé, la force aussi bien que la faiblesse peuvent rendre l'homme également dupe, son mépris lui sert alors de hache, il tranche tout. Cette grandeur est une exception. A qui n'arrive-t-il pas d'être abandonné de l'esprit qui soutient notre frêle machine et d'écouter la puissance inconnue qui nie tout ? Paul, accroché par quelques faits irrécusables, croyait et doutait tout à la fois. Perdu dans ses pensées, en proie à une terrible incertitude involontaire, mais combattue par les gages d'un amour pur et par sa croyance en Natalie, il relut deux fois cette lettre diffuse, sans pouvoir en rien conclure ni pour ni contre sa femme. L'amour est aussi grand par le bavardage que par la concision.

Pour bien comprendre la situation dans laquelle allait entrer Paul, il faut se le représenter flottant sur l'Océan comme il flottait sur l'immense étendue de son passé, revoyant sa vie entière ainsi qu'un ciel sans nuages, et finissant par revenir, après les tourbillons du doute, à la foi pure, entière, sans mélange, du fidèle, du chrétien, de l'amoureux que rassurait la voix du cœur. Et d'abord il est également nécessaire de rapporter ici la lettre à laquelle répondait Henri de Marsay.

LETTRE DU COMTE PAUL DE MANERVILLE A M. LE MARQUIS HENRI DE MARSAY

« Henri, je vais te dire un des plus grands mots
« qu'un homme puisse dire à son ami : je suis ruiné.
« Quand tu me liras, je serai prêt à partir de Bordeaux
« pour Calcutta, sur le navire *La Belle-Amélie*. Tu trou-
« veras chez ton notaire un acte qui n'attend que ta
« signature pour être complet et dans lequel je te loue
« pour six ans mon hôtel par un bail simulé, tu remettras

« une contre-lettre à ma femme. Je suis forcé de prendre « cette précaution pour que Natalie puisse rester chez « elle sans avoir à craindre d'en être chassée. Je te « transporte également les revenus de mon majorat « pendant quatre années, le tout contre une somme de « cent cinquante mille francs que je te prie d'envoyer « en une lettre de change sur une maison de Bordeaux, à l'ordre de Mathias. Ma femme te donnera sa garantie « en surérogation de mes revenus. Si l'usufruit de mon « majorat te payait plus promptement que je ne le « suppose, nous compterons à mon retour. La somme « que je te demande est indispensable pour aller tenter « la fortune ; et, si je t'ai bien connu, je dois la recevoir « sans phrase à Bordeaux, la veille de mon départ. « Je me suis conduit comme tu te serais conduit à « ma place. J'ai tenu bon jusqu'au dernier moment « sans laisser soupçonner ma ruine. Puis quand le « bruit de la saisie immobilière de mes biens disponi- « bles est venu à Paris, j'avais fait de l'argent avec « cent mille francs de lettres de change pour essayer « du jeu. Quelque coup du hasard pouvait me rétablir. « J'ai perdu. Comment me suis-je ruiné ? Volontairement, « mon cher Henri. Dès le premier jour, j'ai vu que je « ne pouvais tenir au train que je prenais, je savais le « résultat, j'ai voulu fermer les yeux, car il m'était « impossible de dire à ma femme : — Quittons Paris, « allons vivre à Lanstrac. Je me suis ruiné pour elle « comme on se ruine pour une maîtresse, mais avec « certitude. Entre nous, je ne suis ni un niais ni un « homme faible. Un niais ne se laisse pas dominer, les « yeux ouverts, par une passion ; puis un homme qui « va reconstruire sa fortune aux Indes au lieu de se « brûler la cervelle, cet homme a du courage. Je re- « reviendrai riche ou ne reviendrai pas. Seulement, « cher ami, comme je ne veux de fortune que pour elle,

« que je ne veux être la dupe de rien, que je serai « six ans absent, je te confie ma femme. Tu as assez de « bonnes fortunes pour respecter Natalie et m'accorder « toute la probité du sentiment qui nous lie. Je ne sais « pas de meilleur gardien que toi. Je laisse ma fem-« me sans enfant, un amant serait bien dangereux « pour elle. Sache-le, mon bon Marsay, j'aime éperdu-« ment Natalie, bassement, sans vergogne. Je lui « pardonnerais, je crois, une infidélité, non parce que « je suis certain de pouvoir me venger, dussé-je en « mourir! mais parce que je me tuerais pour la laisser « heureuse, si je ne pouvais faire son bonheur moi-même. « Que puis-je craindre? Natalie a pour moi cette « amitié véritable indépendante de l'amour, mais qui « conserve l'amour. Elle a été traitée par moi comme « un enfant gâté. J'éprouvais tant de bonheur dans mes « sacrifices, l'un amenait si naturellement l'autre qu'elle « serait un monstre si elle me trompait. L'amour vaut « l'amour... Hélas! Veux-tu tout savoir, mon cher « Henri? Je viens de lui écrire une lettre où je lui laisse « croire que je pars l'espoir au cœur, le front serein, « que je n'ai ni doute, ni jalousie, ni crainte, une lettre « comme en écrivent les fils qui veulent cacher à leurs « mères qu'ils vont à la mort. Mon Dieu, de Marsay, « j'avais l'enfer en moi, je suis l'homme le plus mal-« heureux du monde! A toi les cris, à toi les grincements « de dents! Je t'avoue les pleurs de l'amant désespéré; « j'aimerais mieux rester six ans balayeur sous ses « fenêtres que de revenir millionnaire après six ans « d'absence, si cela était possible. J'ai d'horribles « angoisses, je marcherai de douleur en douleur jus-« qu'à ce que tu m'aies écrit un mot par lequel tu ac-« cepteras un mandat que toi seul au monde peux « remplir et accomplir. O mon cher de Marsay, cette « femme est indispensable à ma vie, elle est mon air

« et mon soleil. Prends-la sous ton égide, garde-la-moi « fidèle, quand même ce serait contre son gré. Oui, « je serais encore heureux d'un demi-bonheur. Sois « son chaperon, je n'aurai nulle défiance de toi. Prouve-« lui qu'en me trahissant, elle serait vulgaire ; qu'elle « ressemblerait à toutes les femmes, et qu'il y aurait « de l'esprit à me rester fidèle. Elle doit avoir encore « assez de fortune pour continuer sa vie molle et sans « soucis ; mais si elle manquait de quelque chose, si « elle avait des caprices, fais-toi son banquier, ne crains « rien, je reviendrai riche. Après tout, mes terreurs « sont sans doute vaines, Natalie est un ange de vertu. « Quand Félix de Vandenesse, épris de belle passion « pour elle, s'est permis quelques assiduités, je n'ai eu « qu'à faire apercevoir le danger à Natalie, elle m'a « tout aussitôt remercié si affectueusement que j'en « étais ému aux larmes. Elle m'a dit qu'il ne convenait « pas à sa réputation qu'un homme quittât brusquement « sa maison, mais qu'elle saurait le congédier : elle l'a « en effet reçu très froidement et tout s'est terminé « pour le mieux. Nous n'avons pas eu d'autre sujet de « discussion en quatre ans, si toutefois on peut appeler « discussion la causerie de deux amis. Allons, mon cher « Henri, je te dis adieu en homme. Le malheur est « venu. Par quelque cause que ce soit, il est là ; j'ai « mis habit bas. La misère et Natalie sont deux termes « inconciliables. La balance sera d'ailleurs très exacte « entre mon passif et mon actif, ainsi personne ne pourra « se plaindre de moi ; mais si quelque chose d'imprévu « mettait mon honneur en péril, je compte sur toi. « Enfin, si quelque événement grave arrivait, tu peux « m'envoyer tes lettres sous l'enveloppe du gouverneur « des Indes, à Calcutta, j'ai quelques relations d'amitié « dans sa maison, et quelqu'un m'y gardera les lettres « qui me viendront d'Europe. Cher ami, je désire te

« retrouver le même à mon retour : l'homme qui sait « se moquer de tout et qui néanmoins est accessible « aux sentiments d'autrui quand ils s'accordent avec « le grandiose que tu sens en toi-même. Tu restes à « Paris, toi! Au moment où tu liras ceci, je crierai : « — A Carthage! »

RÉPONSE DU MARQUIS HENRI DE MARSAY AU COMTE PAUL DE MANERVILLE

« Ainsi, monsieur le comte, tu t'es enfoncé, monsieur « l'ambassadeur a sombré. Voilà donc les belles choses « que tu faisais? Pourquoi, Paul, t'es-tu caché de moi? « Si tu m'avais dit un seul mot, mon pauvre bonhomme, « je t'aurais éclairé sur ta position. Ta femme m'a « refusé sa garantie. Puisse ce seul mot te dessiller les « yeux! S'il ne suffisait pas, apprends que tes lettres « de change ont été protestées à la requête d'un sieur « Lécuyer, ancien premier clerc d'un sieur Solonet, « notaire à Bordeaux. Cet usurier en herbe, arrivé de « Gascogne pour faire ici des tripotages, est le prête- « nom de ta très honorée belle-mère, créancière réelle « des cent mille francs pour lesquels la bonne femme « t'a compté, dit-on, soixante-dix mille francs. Com- « paré à madame Évangélista, le papa Gobseck est « une flanelle, un velours, une potion calmante, une « meringue à la vanille, un oncle à dénouement. Ton « clos de Belle-Rose sera la proie de ta femme, à laquelle « sa mère donnera la différence entre le prix et l'adju- « dication et le montant de ses reprises. Madame « Évangélista aura le Guadet et Grassol, et les hypothè- « ques qui grèvent ton hôtel à Bordeaux lui appartien- « nent sous le nom des hommes de paille que lui a trouvés « ce Solonet. Ainsi, ces deux excellentes créatures

« réuniront cent vingt mille livres de rente, somme à « laquelle s'élève le revenu de tes biens, joint à trente « et quelques mille francs en inscriptions sur le Grand-« Livre que les petites chattes possèdent. La garantie « de ta femme était inutile. Ce susdit sieur Lécuyer « est venu ce matin m'offrir le remboursement de la « somme que je t'ai prêtée contre un transport en bonne « forme de mes droits. La récolte de 1825, que ta belle-« mère a dans les caves de Lanstrac, lui suffit pour me « payer. Ainsi, ces deux femmes ont déjà calculé que « tu devais être en mer ; mais je t'envoie ma lettre par « un courrier, afin que tu sois encore à temps de suivre « les conseils que je vais te donner. J'ai fait causer ce « Lécuyer. J'ai saisi dans ses mensonges, dans ses « paroles et dans ses réticences, les fils qui me man-« quaient pour faire reparaître la trame entière de la « conspiration domestique ourdie contre toi. Ce soir, « à l'ambassade d'Espagne, j'offrirai mes compliments « d'admiration à ta belle-mère et à ta femme. Je ferai « la cour à madame Évangélista, je t'abandonnerai « lâchement, je te dirai d'adroites injures, quelque chose « de grossier serait trop tôt découvert par ce sublime « Mascarille en jupons. Comment l'as-tu mise contre « toi ? Voilà ce que je veux savoir. Si tu avais eu l'esprit « d'être amoureux de cette femme avant d'épouser « sa fille, tu serais aujourd'hui pair de France, duc « de Manerville et ambassadeur à Madrid. Si tu m'avais « appelé près de toi lors de ton mariage, je t'aurais « aidé à connaître, analyser les deux femmes avec « lesquelles tu t'engageais ; et, de ces observations « faites en commun, il serait sorti quelques conseils « utiles. N'étais-je pas le seul de tes amis en position « de respecter ta femme ? Étais-je à craindre ? Après « m'avoir jugé, ces deux femmes ont eu peur de moi « et nous ont séparés. Si tu ne m'avais pas bêtement

« fait la moue, elles ne t'auraient pas dévoré. Ta femme « a bien aidé à notre refroidissement ; elle était serinée « par sa mère, à qui elle écrivait deux lettres dans la « semaine, et tu n'y as jamais pris garde. J'ai bien « reconnu mon Paul quand j'ai su ce détail. Dans un « mois, je serai assez près de ta belle-mère pour ap- « prendre d'elle la raison de la haine hispano-italienne « qu'elle t'a vouée, à toi, le meilleur homme du monde. « Te haïssait-elle avant que sa fille n'aimât Félix de « Vandenesse, ou te chasse-t-elle jusque dans les Indes « pour rendre sa fille aussi libre que l'est en France une « femme séparée de corps et de biens ? Là est le pro- « blème. Je te vois bondissant et hurlant en apprenant « que ta femme aime à la folie Félix de Vandenesse. Si je « n'avais pas eu la fantaisie de faire un tour en Orient « avec Montriveau, Ronquerolles et quelques autres « bons vivants de ta connaissance[50], j'aurais pu te « dire quelque chose de cette intrigue qui commençait « quand je suis parti ; je voyais poindre alors les germes « de ton malheur. Mais quel gentilhomme assez dépravé « pourrait entamer de semblables questions sans une « première ouverture ? Qui oserait nuire à une femme ? « Qui briserait le miroir aux illusions où l'un de nos « amis se complaît à regarder les féeries d'un heureux « mariage ? Les illusions ne sont-elles pas la fortune « du cœur ? Ta femme, cher ami, n'était-elle pas, dans « la plus large acception du mot, une femme à la mode ? « Elle ne pensait qu'à ses succès, à sa toilette ; elle « allait aux Bouffons, à l'Opéra, au bal, se levait tard, « se promenait au Bois ; dînait en ville ou donnait elle- « même à dîner. Cette vie me semble être pour les « femmes ce qu'est la guerre pour les hommes ; le public « ne voit que les vainqueurs, il oublie les morts. Si les « femmes délicates périssent à ce métier, celles qui « résistent doivent avoir des organisations de fer,

« conséquemment peu de cœur, et des estomacs excel« lents. Là est la raison de l'insensibilité, du froid des « salons. Les belles âmes restent dans la solitude, les « natures faibles et tendres succombent, il ne reste « que des galets qui maintiennent l'Océan social dans « ses bornes en se laissant frotter, arrondir par le flot, « sans s'user. Ta femme résistait admirablement à « cette vie, elle y semblait habituée, elle apparaissait « toujours fraîche et belle ; pour moi, la conclusion « était facile à tirer : elle ne t'aimait pas, et tu l'aimais « comme un fou. Pour faire jaillir l'amour dans cette « nature siliceuse, il fallait un homme de fer. Après « avoir subi sans y rester le choc de Lady Dudley, la « femme de mon vrai père, Félix devait être le fait « de Natalie. Il n'y avait pas grand mérite à deviner « que tu lui étais indifférent, à ta femme. De cette « indifférence au déplaisir, il n'y avait qu'un pas ; « et, tôt ou tard, un rien, une discussion, un mot, un « acte d'autorité pouvait le faire sauter à ta femme. « J'aurais pu te raconter à toi-même la scène qui se « passait tous les soirs dans sa chambre à coucher « entre vous deux. Tu n'as pas d'enfant, mon cher. « Ce mot n'explique-t-il pas bien des choses à un obser« vateur ? Amoureux, tu ne pouvais guère t'apercevoir « de la froideur naturelle à une jeune femme que tu as « formée à point pour Félix de Vandenesse. Eusses« tu trouvé ta femme froide, la stupide jurisprudence « des gens mariés te poussait à faire honneur de sa « réserve à son innocence. Comme tous les maris, tu « croyais pouvoir la maintenir vertueuse dans un « monde où les femmes s'expliquent d'oreille à oreille « ce que les hommes n'osent dire, où tout ce qu'un « mari n'apprend pas à sa femme est spécifié, commenté « sous l'éventail en riant, en badinant, à propos d'un « procès ou d'une aventure. Si ta femme aimait les

« bénéfices sociaux du mariage, elle en trouvait les « charges un peu lourdes. La charge, l'impôt, c'était « toi! Ne voyant rien de ces choses, tu allais creusant « des abîmes et les couvrant de fleurs, suivant l'éter- « nelle phrase de la rhétorique ; tu obéissais tout « doucement à la loi qui régit le commun des hommes, « et de laquelle j'avais voulu te garantir. Cher enfant, « il ne te manquait plus, pour être aussi bête que le « bourgeois trompé par son épouse et qui s'en étonne, « ou s'en épouvante, ou s'en fâche, que de me parler « de tes sacrifices, de ton amour pour Natalie, de venir « me chanter : — Elle serait bien ingrate si elle me « trahissait ; j'ai fait cela, j'ai fait ceci, je ferai mieux, « j'irai pour elle aux Indes, je, etc. Mon cher Paul, « as-tu donc vécu dans Paris, as-tu donc l'honneur « d'appartenir par les liens de l'amitié à Henri de « Marsay, pour ignorer les choses les plus vulgaires, « les premiers principes qui meuvent le mécanisme « féminin, l'alphabet de leur cœur? Exterminez-vous ; « allez pour une femme à Sainte-Pélagie[51], tuez vingt- « deux hommes, abandonnez sept filles, servez Laban, « traversez le désert, côtoyez le bagne, couvrez-vous « de gloire, couvrez-vous de honte, refusez comme « Nelson de livrer bataille pour aller baiser l'épaule de « lady Hamilton, comme Bonaparte battez le vieux « Wurmser, fendez-vous sur le pont d'Arcole, délirez « comme Roland, cassez-vous une jambe éclissée pour « valser six minutes avec une femme!... Mon cher, « qu'est-ce que ces choses ont à faire avec l'amour? « Si l'amour se déterminait sur de tels échantillons, « l'homme serait trop heureux : quelques prouesses « faites dans le moment du désir lui donneraient la « femme aimée. L'amour, mon gros Paul, mais c'est « une croyance comme celle de l'immaculée conception « de la Sainte Vierge : cela vient ou cela ne vient pas.

« A quoi servent des flots de sang versés, les mines du « Potose[52], ou la gloire pour faire naître un sentiment « involontaire, inexplicable ? Les jeunes gens comme « toi, qui veulent être aimés par balance de compte, « me semblent être d'ignobles usuriers. Nos femmes « légitimes nous doivent des enfants et de la vertu, « mais elles ne nous doivent pas l'amour. L'amour, « Paul! est la conscience du plaisir donné et reçu, la « certitude de le donner et de le recevoir ; l'amour « est un désir incessamment mouvant, incessamment « satisfait et insatiable. Le jour où Vandenesse a remué « dans le cœur de ta femme la corde du désir que tu y « laissais vierge, tes fanfaronnades amoureuses, tes « torrents de cervelle et d'argent n'ont pas même été « des souvenirs. Tes nuits conjugales semées de roses, « fumée! Ton dévouement, un remords à offrir! Ta « personne, une victime à égorger sur l'autel! Ta vie « antérieure, ténèbres! Une émotion d'amour effaçait « tes trésors de passion qui n'étaient plus que de la « vieille ferraille. Il a eu, lui Félix, toutes les beautés, « tous les dévouements, gratis peut-être, mais en amour « la croyance équivaut à la réalité. Ta belle-mère a donc « été naturellement du parti de l'amant contre le mari, « secrètement ou patemment[53], elle a fermé les yeux, « ou elle les a ouverts, je ne sais ce qu'elle a fait, mais « elle a été pour sa fille, contre toi. Depuis quinze ans « que j'observe la société, je ne connais pas une mère « qui, dans cette circonstance, ait abandonné sa fille. « Cette indulgence est un héritage transmis de femme « en femme. Quel homme peut la leur reprocher? « Quelque rédacteur du Code civil, qui a vu des for« mules là où il n'existe que des sentiments! La dissi« pation dans laquelle te jetait la vie d'une femme à « la mode, la pente d'un caractère facile et ta vanité « peut-être ont fourni les moyens de se débarrasser

« de toi par une ruine habilement concertée. De tout « ceci, tu concluras, mon bon ami, que le mandat dont « tu me chargeais et dont je me serais d'autant plus « glorieusement acquitté qu'il m'aurait amusé, se « trouve comme nul et non avenu. Le mal à prévenir « est accompli, *consummatum est*. Pardonne-moi, mon « ami, de t'écrire à la de Marsay, comme tu disais, sur « des choses qui doivent te paraître graves. Loin de moi « l'idée de pirouetter sur la tombe d'un ami, comme « les héritiers sur celle d'un parent. Mais tu m'as écrit « que tu devenais homme, je te crois, je te traite en « politique et non en amoureux. Pour toi, cet accident « n'est-il pas comme la marque à l'épaule qui décide « un forçat à se jeter dans une vie d'opposition systéma-« tique et à combattre la société? Te voilà dégagé « d'un souci : le mariage te possédait, tu possèdes main-« tenant le mariage. Paul, je suis ton ami dans toute « l'acception du mot. Si tu avais eu la cervelle cerclée « dans un crâne d'airain, si tu avais eu l'énergie qui « t'est venue trop tard, je t'aurais prouvé mon amitié « par des confidences qui t'auraient fait marcher sur « l'humanité comme sur un tapis. Mais quand nous « causions des combinaisons auxquelles j'ai dû la « faculté de m'amuser avec quelques amis au sein de la « civilisation parisienne, comme un bœuf dans la « boutique d'un faïencier; quand je te racontais sous « des formes romanesques les véritables aventures de « ma jeunesse, tu les prenais en effet pour des romans, « sans en voir la portée [54]. Aussi n'ai-je pu te considérer « que comme une passion malheureuse. Hé bien, foi « d'homme, dans les circonstances actuelles tu joues le « beau rôle, et tu n'as rien perdu de ton crédit auprès « de moi, comme tu pourrais le croire. Si j'admire les « grands fourbes, j'estime et j'aime les gens trompés. « A propos de ce médecin qui a si mal fini, conduit à

« l'échafaud par son amour pour une maîtresse, je t'ai « raconté l'histoire bien autrement belle de ce pauvre « avocat qui vit dans je ne sais quel bagne, marqué « pour un faux, et qui voulait donner à sa femme, une « femme adorée aussi! trente mille livres de rente; « mais que sa femme a dénoncé pour se débarrasser « de lui et vivre avec un monsieur. Tu t'es récrié, toi « et quelques niais qui soupaient avec nous. Eh bien, « mon cher, tu es l'avocat, moins le bagne. Tes amis ne « te font pas grâce de la considération qui, dans notre « société, vaut un jugement de cour d'assises. La sœur « des deux Vandenesse, la marquise de Listomère, « et toute sa coterie où s'est enrégimenté le petit Ras- « tignac, un drôle qui commence à percer; madame d'Ai- « glemont et son salon où règne Charles de Vandenesse, « les Lenoncourt, la comtesse Féraud, madame d'Es- « pard, les Nucingen, l'ambassade d'Espagne, enfin « tout un monde soufflé fort habilement te couvre « d'accusations boueuses. Tu es un mauvais sujet, « un joueur, un débauché qui as mangé stupidement « ta fortune. Après avoir payé tes dettes plusieurs fois, « ta femme, un ange de vertu! vient d'acquitter cent « mille francs de lettres de change, quoique séparée « de biens. Heureusement tu t'es rendu justice en dis- « paraissant. Si tu avais continué, tu l'aurais mise sur « la paille, elle eût été victime de son dévouement « conjugal. Quand un homme arrive au pouvoir, il a « toutes les vertus d'une épitaphe; qu'il tombe dans « la misère, il a plus de vices que n'en avait l'enfant « prodigue : tu ne saurais imaginer combien le monde « te prête de péchés à la Don Juan. Tu jouais à la Bourse, « tu avais des goûts licencieux dont la satisfaction « te coûtait des sommes énormes et dont l'explication « exige des commentaires et des plaisanteries qui font « rêver les femmes. Tu payais des intérêts horribles

« aux usuriers. Les deux Vandenesse racontent en riant « comme quoi Gigonnet te donnait pour six mille francs « une frégate en ivoire et la faisait racheter pour cent « écus à ton valet de chambre, afin de te la revendre ; « comme quoi tu l'as démolie solennellement en t'aper- « cevant que tu pouvais avoir un véritable brick avec « l'argent qu'elle te coûtait. L'histoire est arrivée à « Maxime de Trailles, il y a neuf ans ; mais elle te va « si bien que Maxime a pour toujours perdu le comman- « dement de sa frégate. Enfin je ne puis te dire tout, « car tu fournis à une encyclopédie de cancans que les « femmes ont intérêt à grossir. Dans cet état de choses, « les plus prudes ne légitiment-elles pas les consola- « tions du comte Félix de Vandenesse (leur père est « enfin mort, hier!) ? Ta femme a le plus prodigieux « succès. Hier, madame de Camps me répétait ces « belles choses aux Italiens. — Ne m'en parlez pas, « lui ai-je répondu, vous ne savez rien, vous autres! « Paul a volé la Banque et abusé le Trésor royal. Il « a assassiné Ezzelin[55], fait mourir trois Médora de la « rue Saint-Denis, et je le crois associé (je vous le dis « entre nous) avec la bande des Dix Mille. Son inter- « médiaire est le fameux Jacques Collin, sur qui la « police n'a pu remettre la main depuis qu'il s'est « encore une fois évadé du bagne, Paul le logeait dans « son hôtel. Vous voyez, il est capable de tout : il « trompe le gouvernement. Ils sont partis tous deux « pour aller travailler dans les Indes et voler le Grand « Mogol. La de Camps a compris qu'une femme dis- « tinguée comme elle ne doit pas convertir ses belles « lèvres en gueule de bronze vénitienne[56]. En apprenant « ces tragi-comédies, beaucoup de gens refusent d'y « croire ; ils prennent le parti de la nature humaine « et de ses beaux sentiments, ils soutiennent que c'est « des fictions. Mon cher, Talleyrand a dit ce magni-

« fique mot : — *Tout arrive!* Certes il se passe sous nos
« yeux des choses encore plus étonnantes que ne l'est
« ce complot domestique ; mais le monde a tant d'in-
« térêt à les démentir, à se dire calomnié, puis ces ma-
« gnifiques drames se jouent si naturellement, avec un
« vernis de si bon goût, que souvent j'ai besoin d'éclair-
« cir le verre de ma lorgnette pour voir le fond des
« choses. Mais, je te le répète, quand un homme est
« de mes amis, quand nous avons reçu ensemble le
« baptême du vin de Champagne, communié ensemble
« à l'autel de la Vénus Commode, quand nous nous
« sommes fait confirmer par les doigts crochus du Jeu,
« et que mon ami se trouve dans une position fausse,
« je briserai vingt familles pour le remettre droit.
« Tu dois bien voir ici que je t'aime ; ai-je jamais, à ta
« connaissance, écrit des lettres aussi longues que l'est
« celle-ci ? Lis donc avec attention ce qu'il me reste
« à te dire.

« Hélas! Paul, il faut bien se livrer à l'écriture, je dois
« m'habituer à minuter des dépêches. J'aborde la poli-
« tique. Je veux avoir dans cinq ans un portefeuille de
« ministre ou quelque ambassade d'où je puisse remuer
« les affaires publiques à ma fantaisie. Il vient un âge
« où la plus belle maîtresse que puisse servir un homme
« est sa nation. Je me mets dans les rangs de ceux qui
« renversent le système aussi bien que le ministère
« actuel. Enfin je vogue dans les eaux d'un certain prince
« qui n'est manchot que du pied [57] et que je regarde
« comme un politique de génie dont le nom grandira
« dans l'histoire ; un prince complet comme peut l'être
« un grand artiste. Nous sommes Ronquerolles, Mont-
« riveau, les Grandlieu, La Roche-Hugon, Serisy,
« Féraud et Granville, tous alliés contre le parti-prêtre,
« comme dit ingénieusement le parti-niais représenté
« par *Le Constitutionnel*. Nous voulons renverser les deux

« Vandenesse, les ducs de Lenoncourt, de Navarreins,
« de Langeais et la Grande-Aumônerie. Pour triompher,
« nous irons jusqu'à nous réunir à La Fayette, aux
« Orléanistes, à la Gauche, gens à égorger le lendemain
« de la victoire, car tout gouvernement est impossible
« avec leurs principes. Nous sommes capables de tout
« pour le bonheur du pays et pour le nôtre. Les questions
« personnelles en fait de roi sont aujourd'hui des sottises
« sentimentales, il faut en déblayer la politique [58]. Sous
« ce rapport, les Anglais avec leur façon de doge sont
« plus avancés que nous ne le sommes. La politique n'est
« plus là, mon cher. Elle est dans l'impulsion à donner
« à la nation en créant une oligarchie où demeure une
« pensée fixe de gouvernement et qui dirige les affaires
« publiques dans une voie droite, au lieu de laisser
« tirailler le pays en mille sens différents, comme nous
« l'avons été depuis quarante ans dans cette belle
« France, si intelligente et si niaise, si folle et si sage,
« à laquelle il faudrait un système plutôt que des
« hommes. Que sont les personnes dans cette belle ques-
« tion? Si le but est grand, si elle vit plus heureuse et
« sans troubles, qu'importe à la masse les profits de
« notre gérance, notre fortune, nos privilèges et nos
« plaisirs? Je suis maintenant carré par ma base. J'ai
« aujourd'hui cent cinquante mille livres de rente dans
« le trois pour cent, et une réserve de deux cent mille
« francs pour parer à des pertes. Ceci me semble encore
« peu de chose dans la poche d'un homme qui part du
« pied gauche pour escalader le pouvoir. Un événement
« heureux a décidé mon entrée dans cette carrière qui
« me souriait peu ; car tu sais combien j'aime la vie
« orientale. Après trente-cinq ans de sommeil, ma très
« honorée mère s'est réveillée en se souvenant qu'elle
« avait un fils qui lui faisait honneur. Souvent, quand
« on arrache un plant de vignes, à quelques années de là

« certains ceps reparaissent à fleur de terre ; eh bien,
« mon cher, quoique ma mère m'eût presque arraché
« de son cœur, j'ai repoussé dans sa tête. A cinquante-
« huit ans, elle se trouve assez vieillie pour ne plus pou-
« voir penser à un autre homme qu'à son fils. En ces
« circonstances, elle a rencontré, dans je ne sais quelle
« bouilloire d'eau thermale, une délicieuse vieille fille
« anglaise, riche de deux cent quarante mille livres de
« rente, à laquelle, en bonne mère, elle a inspiré l'auda-
« cieuse ambition de devenir ma femme [59]. Une fille de
« trente-six ans, ma foi! élevée dans les meilleurs prin-
« cipes puritains, une vraie couveuse qui soutient que
« les femmes adultères devraient être brûlées publique-
« ment. — Où prendrait-on du bois? lui ai-je dit. Je
« l'aurais bien envoyée à tous les diables, attendu que
« deux cent quarante mille livres de rente ne sont pas
« l'équivalent de ma liberté, de ma valeur physique
« ou morale ni de mon avenir. Mais elle est seule et
« unique héritière d'un vieux podagre, quelque brasseur
« de Londres qui, dans un délai calculable, doit lui lais-
« ser une fortune au moins égale à celle dont est déjà
« douée la mignonne. Outre ces avantages, elle a le nez
« rouge, des yeux de chèvre morte, une taille qui me
« fait craindre qu'elle ne se casse en trois morceaux si
« elle tombe ; elle a l'air d'une poupée mal coloriée ;
« mais elle est d'une économie ravissante ; mais elle
« adorera son mari quand même ; mais elle a le génie
« anglais ; elle me tiendra mon hôtel, mes écuries, ma
« maison, mes terres, mieux que ne le ferait un inten-
« dant. Elle a toute la dignité de la vertu ; elle se tient
« droite comme une confidente du Théâtre-Français ;
« rien ne m'ôterait l'idée qu'elle a été empalée et que le
« pal s'est brisé dans son corps. Miss Stevens est d'ail-
« leurs assez blanche pour n'être pas trop désagréable
« à épouser quand il le faudra absolument. Mais, et ceci

« m'affecte ! elle a les mains d'une fille vertueuse comme
« l'arche sainte ; elles sont si rougeaudes que je n'ai pas
« encore imaginé le moyen de les lui blanchir sans trop
« de frais, et je ne sais comment lui en effiler les doigts
« qui ressemblent à des boudins. Oh ! elle tient évidem-
« ment au brasseur par ses mains et à l'aristocratie
« par son argent ; mais elle affecte un peu trop les
« grandes manières comme les riches Anglaises qui
« veulent se faire prendre pour des ladies, et ne cache
« pas assez ses pattes de homard. Elle a d'ailleurs aussi
« peu d'intelligence que j'en veux chez une femme. S'il
« en existait une plus bête, je me mettrais en route
« pour l'aller chercher. Jamais cette fille, qui se nomme
« Dinah, ne me jugera ; jamais elle ne me contrariera ;
« je serai sa chambre haute, son lord, ses communes.
« Enfin, Paul, cette fille est une preuve irrécusable du
« génie anglais ; elle offre un produit de la mécanique
« anglaise arrivée à son dernier degré de perfectionne-
« ment ; elle a certainement été fabriquée à Manchester
« entre l'atelier des plumes Perry et celui des machines
« à vapeur. Ça mange, ça marche, ça boit, ça pourra
« faire des enfants, les soigner, les élever admirable-
« ment, et ça joue la femme à croire que c'en est une.
« Quand ma mère nous a présentés l'un à l'autre, elle
« avait si bien monté la machine, elle en avait si bien
« repassé les chevilles, tant mis d'huile dans les rouages,
« que rien n'a crié ; puis, quand elle a vu que je ne fai-
« sais pas trop la grimace, elle a lâché les derniers res-
« sorts, cette fille a parlé ! Enfin ma mère a lâché aussi
« le dernier mot. Miss Dinah Stevens ne dépense que
« trente mille francs par an, et voyage par économie
« depuis sept ans. Il existe donc un second magot, et
« en argent. Les affaires sont tellement avancées que
« les publications sont à terme. Nous en sommes à *my*
« *dear love*. Miss me fait des yeux à renverser un porte-

« faix. Les arrangements sont pris : il n'est point « question de ma fortune, miss Stevens consacre une « partie de la sienne à un majorat en fonds de terre, « d'un revenu de deux cent quarante mille francs, et à « l'achat d'un hôtel qui en dépendra ; la dot avérée dont « je serai responsable est d'un million. Elle n'a pas à se « plaindre, je lui laisse intégralement son oncle. Le bon « brasseur, qui a contribué d'ailleurs au majorat, a « failli crever de joie en apprenant que sa nièce devenait « marquise. Il est capable de faire un sacrifice pour mon « aîné. Je retirerai ma fortune des fonds publics aussitôt « qu'ils atteindront quatre-vingts, et je placerai tout « en terres. Dans deux ans, je puis avoir quatre cent « mille livres en revenus territoriaux. Une fois le « brasseur en bière, je puis compter sur six cent mille « livres de rente. Tu le vois, Paul, je ne donne à mes « amis que les conseils dont je fais usage pour moi- « même. Si tu m'avais écouté, tu aurais une Anglaise, « quelque fille de nabab qui te laisserait l'indépendance « du garçon et la liberté nécessaire pour jouer le whist de « l'ambition. Je te céderais ma future femme si tu « n'étais pas marié. Mais il n'en est pas ainsi. Je ne suis « pas homme à te faire remâcher ton passé. Ce préam- « bule était nécessaire pour t'expliquer que je vais avoir « l'existence nécessaire à ceux qui veulent jouer le « grand jeu d'onchets [60]. Je ne te faudrai point, mon ami. « Au lieu d'aller te mariner dans les Indes, il est beau- « coup plus simple de naviguer de conserve avec moi « dans les eaux de la Seine. Crois-moi ! Paris est encore « le pays d'où sourd le plus abondamment la fortune. « Le Potose [61] est situé rue Vivienne ou rue de la Paix, « à la place Vendôme ou de Rivoli. En toute autre « contrée, des œuvres matérielles, des sueurs de com- « missionnaire, des marches et des contremarches sont « nécessaires à l'édification d'une fortune ; mais ici les

« pensées suffisent. Ici tout homme, même médiocre-
« ment spirituel, aperçoit une mine d'or en mettant ses
« pantoufles, en se curant les dents après dîner, en se
« couchant, en se levant. Trouve un lieu du monde où
« une bonne idée, bien bête, rapporte plus et soit plus
« tôt comprise qu'ici! Si j'arrive en haut de l'échelle,
« crois-tu que je sois homme à te refuser une poignée
« de main, un mot, une signature? Ne nous faut-il pas,
« à nous autres jeunes roués, un ami sur lequel nous
« puissions compter, quand ce ne serait que pour le
« compromettre en notre lieu et place, pour l'envoyer
« mourir comme simple soldat afin de sauver le général?
« La politique est impossible sans un homme d'honneur
« avec qui l'on puisse tout dire et tout faire. Voici donc
« ce que je te conseille. Laisse partir *La Belle-Amélie*[62],
« reviens ici comme la foudre, je te ménagerai un duel
« avec Félix de Vandenesse où tu tireras le premier,
« et tu me l'abattras comme un pigeon. En France,
« le mari insulté qui tue son rival devient un homme res-
« pectable et respecté. Personne ne s'en moque. La peur,
« mon cher, est un élément social, un moyen de succès
« pour ceux qui ne baissent les yeux sous le regard de
« personne. Moi qui me soucie de vivre comme de boire
« une tasse de lait d'ânesse et qui n'ai jamais senti
« l'émotion de la peur, j'ai remarqué, mon cher, les
« étranges effets produits par ce sentiment dans nos
« mœurs modernes. Les uns tremblent de perdre les
« jouissances auxquelles ils se sont acoquinés ; les autres
« tremblent de quitter une femme. Les mœurs aventu-
« reuses d'autrefois, où l'on jetait la vie comme un chaus-
« son, n'existent plus! La bravoure de beaucoup de
« gens est un calcul habilement fait sur la peur qui
« saisit leur adversaire. Les Polonais se battent seuls en
« Europe pour le plaisir de se battre, ils cultivent encore
« l'art pour l'art et non par spéculation. Tue Vandenesse,

« et ta femme tremble, et ta belle-mère tremble, et le « public tremble, et tu te réhabilites, et tu publies ta « passion insensée pour ta femme, et l'on te croit, et tu « deviens un héros. Telle est la France. Je ne suis pas à « cent mille francs près avec toi ; tu paieras tes princi- « pales dettes ; tu arrêteras ta ruine en vendant tes pro- « priétés à réméré, car tu auras promptement une posi- « tion qui te permettra de rembourser avant terme tes « créanciers. Puis, une fois éclairé sur le caractère de ta « femme, tu la domineras par une seule parole. En « l'aimant tu ne pouvais pas lutter avec elle ; mais, en « ne l'aimant plus, tu auras une force indomptable. Je « t'aurai rendu ta belle-mère souple comme un gant ; « car il s'agit de te retrouver avec les cent cinquante « mille livres de rente que ces deux femmes se sont « ménagées. Ainsi renonce à l'expatriation qui me « paraît le réchaud de charbon des gens de tête. T'en « aller n'est-ce pas donner gain de cause aux calom- « nies? Le joueur qui va chercher son argent pour « revenir au jeu perd tout. Il faut avoir son or en poche. « Tu me fais l'effet d'aller chercher des troupes fraîches « aux Indes. Mauvais! Nous sommes deux joueurs au « grand tapis vert de la politique ; entre nous le prêt « est de rigueur. Ainsi, prends des chevaux de poste, « arrive à Paris et recommence la partie ; tu la gagneras « avec Henri de Marsay pour partner [63], car Henri de « Marsay sait vouloir et sait frapper. Vois où nous en « sommes. Mon vrai père fait partie du ministère anglais. « Nous aurons des intelligences en Espagne par les « Évangélista ; car une fois que nous aurons mesuré « nos griffes, ta belle-mère et moi, nous verrons qu'il n'y « a rien à gagner quand on se trouve diable contre « diable. Montriveau, mon cher, est lieutenant-général ; « il sera certes un jour ministre de la Guerre, car son « éloquence lui donne un grand ascendant sur la

« Chambre. Voici Ronquerolles ministre d'État et du « conseil privé. Martial de La Roche-Hugon est nommé « ministre en Allemagne et pair de France, il nous « apporte en dot le maréchal duc de Carigliano et tout « le croupion de l'Empire qui s'est soudé si bêtement à « l'échine de la Restauration. Serisy mène le Conseil « d'État où il est indispensable. Granville tient la magis-« trature à laquelle appartiennent ses deux fils ; les « Grandlieu sont admirablement bien en cour ; Fer-« raud est l'âme de la coterie Gondreville, bas intri-« gants qui sont toujours en haut, je ne sais pourquoi. « Appuyés ainsi, qu'avons-nous à craindre ? Nous avons « un pied dans toutes les capitales, un œil dans tous les « cabinets, et nous enveloppons l'administration sans « qu'elle s'en doute. La question argent n'est-elle pas « une misère, un rien dans ces grands rouages prépa-« rés ? Qu'est surtout une femme ? resteras-tu donc « toujours lycéen ? Qu'est la vie, mon cher, quand une « femme est toute la vie ? Une galère dont on n'a pas le « commandement, qui obéit à une boussole folle, mais « non sans aimant, que régissent des vents contraires « et où l'homme est un vrai galérien qui exécute non « seulement la loi, mais encore celle qu'improvise « l'argousin [64], sans vengeance possible. Pouah ! Je « comprends que par passion, ou pour le plaisir que l'on « éprouve à transmettre sa force à des mains blanches, « on obéisse à une femme ; mais obéir à Médor [65] ?... « dans ce cas, je brise Angélique. Le grand secret de « l'alchimie sociale, mon cher, est de tirer tout le parti « possible de chacun des âges par lesquels nous passons, « d'avoir toutes ses feuilles au printemps, toutes ses « fleurs en été, tous les fruits en automne. Nous nous « sommes amusés, quelques bons vivants et moi, comme « des mousquetaires noir, gris et rouges, pendant douze « années, ne nous refusant rien, pas même une entreprise

« de flibustier par-ci par-là ; maintenant nous allons
« nous mettre à secouer les prunes mûres dans l'âge où
« l'expérience a doré les moissons. Viens avec nous, tu
« auras ta part dans le *pudding* que nous allons cuisiner.
« Arrive, et tu trouveras un ami tout à toi dans la
« peau de

« Henri de M. »

Au moment où Paul de Manerville achevait cette lettre dont chaque phrase était comme un coup de marteau donné sur l'édifice de ses espérances, de ses illusions, de son amour, il se trouvait au-delà des Açores. Au milieu de ces décombres, il fut saisi par une rage froide, une rage impuissante.

— Que leur ai-je fait ? se demandait-il.

Cette demande est le mot des niais, le mot des gens faibles qui, ne sachant rien voir, ne peuvent rien prévoir. Il cria : — Henri, Henri ! à l'ami fidèle. Bien des gens seraient devenus fous, Paul alla se coucher, il dormit de ce profond sommeil qui suit les immenses désastres, et qui saisit Napoléon après la bataille de Waterloo.

Paris, septembre-octobre 1835 [66].

L'Interdiction

Dédié à monsieur le contre-amiral Bazoche [1], *gouverneur de l'île Bourbon,*

par l'auteur reconnaissant,

De Balzac.

En 1828, vers une heure du matin, deux personnes sortaient d'un hôtel situé dans la rue du Faubourg-Saint-Honoré, près de l'Élysée-Bourbon [2] : l'une était un médecin célèbre, Horace Bianchon ; l'autre un des hommes les plus élégants de Paris, le baron de Rastignac, tous deux amis depuis longtemps. Chacun d'eux avait renvoyé sa voiture, il ne s'en trouva point dans le faubourg ; mais la nuit était belle et le pavé sec.

— Allons à pied jusqu'au boulevard, dit Eugène de Rastignac à Bianchon, tu prendras une voiture au Cercle ; il y en a là jusqu'au matin. Tu m'accompagneras jusque chez moi.

— Volontiers.

— Hé! bien, mon cher, qu'en dis-tu?

— De cette femme? répondit froidement le docteur.

— Je reconnais mon Bianchon, s'écria Rastignac.

— Hé bien, quoi?

— Mais tu parles, mon cher, de la marquise d'Espard comme d'une malade à placer dans ton hôpital.

— Veux-tu savoir ce que je pense, Eugène? Si tu quittes madame de Nucingen pour cette marquise, tu changeras ton cheval borgne contre un aveugle.

— Madame de Nucingen a trente-six ans, Bianchon.

— Et celle-ci en a trente-trois, répliqua vivement le docteur [3].

— Ses plus cruelles ennemies ne lui en donnent que vingt-six.

— Mon cher, quand tu auras intérêt à connaître l'âge d'une femme, regarde ses tempes et le bout de son nez. Quoi que fassent les femmes avec leurs cosmétiques, elles ne peuvent rien sur ces incorruptibles témoins de leurs agitations. Là chacune de leurs années a laissé ses stigmates. Quand les tempes d'une femme sont attendries, rayées, fanées d'une certaine façon ; quand au bout de son nez il se trouve de ces petits points qui ressemblent aux imperceptibles parcelles noires que font pleuvoir à Londres les cheminées où l'on brûle du charbon de terre, votre serviteur! La femme a passé trente ans. Elle sera belle, elle sera spirituelle, elle sera aimante, elle sera tout ce que tu voudras ; mais elle aura passé trente ans, mais elle arrive à sa maturité[4]. Je ne blâme pas ceux qui s'attachent à ces sortes de femmes ; seulement, un homme aussi distingué que tu l'es ne doit pas prendre une reinette de février pour une petite pomme d'api qui sourit sur sa branche et demande un coup de dent. L'amour ne va jamais consulter les registres de l'état civil ; personne n'aime une femme parce qu'elle a tel ou tel âge, parce qu'elle est belle ou laide, bête ou spirituelle : on aime parce qu'on aime.

— Eh bien, moi, je l'aime par bien d'autres raisons. Elle est marquise d'Espard, elle est née Blamont-Chauvry, elle est à la mode, elle a de l'âme, elle a un pied aussi joli que celui de la duchesse de Berry, elle a peut-être cent mille livres de rente, et je l'épouserai peut-être un jour! Enfin elle me mettra dans une position où je pourrai payer mes dettes.

— Je te croyais riche, dit Bianchon en interrompant Rastignac.

— Bah! J'ai vingt mille livres de rente, précisément ce qu'il faut pour tenir une écurie. J'ai été roué, mon cher, dans l'affaire de monsieur de Nucingen, je te raconterai cette histoire-là [5]. J'ai marié mes sœurs, voilà le plus clair de ce que j'ai gagné depuis que nous nous sommes vus, et j'aime mieux les avoir établies que de posséder cent mille écus de rente. Maintenant que veux-tu que je devienne ? J'ai de l'ambition. Où peut me mener madame de Nucingen ? Encore un an, je serai chiffré, casé, comme l'est un homme marié. J'ai tous les désagréments du mariage et ceux du célibat sans avoir les avantages ni de l'un ni de l'autre, situation fausse, à laquelle arrivent tous ceux qui restent trop longtemps attachés à une même jupe.

— Eh! Crois-tu donc trouver ici la pie au nid [6] ? dit Bianchon. Ta marquise, mon cher, ne me revient pas du tout.

— Tes opinions libérales te troublent l'œil. Si madame d'Espard était une madame Rabourdin...

— Écoute, mon cher, noble ou bourgeoise, elle serait toujours sans âme, elle serait toujours le type le plus achevé de l'égoïsme. Crois-moi, les médecins sont habitués à juger les hommes et les choses ; les plus habiles d'entre nous confessent l'âme en confessant le corps. Malgré ce joli boudoir où nous avons passé la soirée, malgré le luxe de cet hôtel, il serait possible que madame la marquise fût endettée.

— Qui te le fait croire ?

— Je n'affirme pas, je suppose. Elle a parlé de son âme comme feu Louis XVIII parlait de son cœur. Écoute-moi! Cette femme frêle, blanche, aux cheveux châtains, et qui se plaint pour se faire plaindre, jouit d'une santé de fer, possède un appétit de loup, une force et une lâcheté de tigre. Jamais ni la gaze, ni la soie, ni la mousseline, n'ont été plus habilement entortillées autour d'un mensonge! *Ecco* [7].

— Tu m'effraies, Bianchon! Tu as donc appris bien

des choses depuis notre séjour à la Maison Vauquer [8] ?

— Oui, depuis ce temps-là, mon cher, j'en ai vu, des marionnettes, des poupées et des pantins! Je connais un peu les mœurs de ces belles dames de qui vous soignez le corps et ce qu'elles ont de plus précieux, leur enfant, quand elles l'aiment, ou leur visage qu'elles adorent toujours. Vous passez les nuits à leur chevet, vous vous exterminez pour leur sauver la plus légère altération de beauté, n'importe où; vous avez réussi, vous leur gardez le secret comme si vous étiez mort, elles vous envoient demander votre mémoire et le trouvent horriblement cher. Qui les a sauvées? La nature! Loin de vous prôner, elles médisent de vous, en craignant de vous donner pour médecin à leurs bonnes amies. Mon cher, ces femmes de qui vous dites : « C'est des anges! », moi je les ai vues déshabillées des petites mines sous lesquelles elles couvrent leur âme, aussi bien que des chiffons sous lesquels elles déguisent leurs imperfections, sans manières et sans corset : elles ne sont pas belles. Nous avons commencé par voir bien des graviers, bien des saletés sous le flot du monde, quand nous étions échoués sur le roc de la Maison-Vauquer; ce que nous y avons vu n'était rien. Depuis que je vais dans la haute société, j'ai rencontré des monstruosités habillées de satin, des Michonneau en gants blancs, des Poiret chamarrés de cordons, des grands seigneurs faisant mieux l'usure que le papa Gobseck! A la honte des hommes, quand j'ai voulu donner une poignée de main à la Vertu, je l'ai trouvée grelottant dans un grenier, poursuivie de calomnies, vivotant avec quinze cents francs de rente ou d'appointements, et passant pour une folle, pour une originale ou une bête. Enfin, mon cher, la marquise est une femme à la mode, et j'ai précisément ces sortes de femmes en horreur. Veux-tu savoir pourquoi? Une femme qui a l'âme élevée, le goût pur, un esprit doux, le cœur richement étoffé, qui mène une vie simple, n'a pas une seule chance d'être à la mode. Conclus! Une femme à la mode et un homme au pouvoir sont deux analogies ; mais à cette différence près, que les qualités par lesquelles un homme s'élève au-dessus des autres le grandissent et font sa gloire, tandis que les qualités par lesquelles une femme arrive à son empire d'un jour sont d'effroyables vices : elle se dénature pour cacher son caractère, elle doit, pour mener la vie militante du monde, avoir une santé de fer sous une apparence frêle. En qualité de médecin, je sais que la bonté de l'estomac exclut la bonté du cœur. Ta femme à la mode ne sent rien, sa fureur de plaisir a sa cause dans une envie de réchauffer sa nature froide, elle veut des émotions et des jouissances, comme un vieillard se met en espalier à la rampe de l'Opéra. Comme elle a plus de tête que de cœur, elle sacrifie à son triomphe les passions vraies et les amis, comme un général envoie au feu ses plus dévoués lieutenants pour gagner une bataille. La femme à la mode n'est plus une femme : elle n'est ni mère, ni épouse, ni amante ; elle est un sexe dans le cerveau, médicalement parlant. Aussi ta marquise a-t-elle tous les symptômes de sa monstruosité, elle a le bec de l'oiseau de proie, l'œil clair et froid, la parole douce ; elle est polie comme l'acier d'une mécanique, elle émeut tout, moins le cœur.

— Il y a du vrai dans ce que tu dis, Bianchon.

— Du vrai! reprit Bianchon, tout est vrai. Crois-tu donc que je n'aie pas été atteint jusqu'au fond du cœur par l'insultante politesse avec laquelle elle me faisait mesurer la distance idéale que la noblesse met entre nous? que je n'aie pas été pris d'une profonde pitié pour ses caresses de chatte en pensant à son but. Dans un an d'ici, elle n'écrirait pas un mot pour me rendre le plus léger service, et ce soir elle m'a criblé de sourires, en croyant que je puis influencer mon oncle Popinot, de qui dépend le gain de son procès...

— Mon cher, aurais-tu mieux aimé qu'elle te fît des sottises? J'admets ta catilinaire contre les femmes à la mode ; mais tu n'es pas dans la question. Je préférerai toujours pour femme une marquise d'Espard à la plus chaste, à la plus recueillie, à la plus aimante créature de la terre. Épousez un ange! Il faut aller s'enterrer dans son bonheur au fond d'une campagne. La femme d'un homme politique est une machine à gouvernement, une mécanique à beaux compliments, à révérences ; elle est le premier, le plus fidèle des instruments dont se sert un ambitieux ; enfin c'est un ami qui peut se compromettre sans danger, et que l'on désavoue sans conséquence. Suppose Mahomet à Paris, au dix-neuvième siècle! Sa femme serait une Rohan, fine et flatteuse comme une ambassadrice, rusée comme Figaro. Ta femme aimante ne mène à rien, une femme du monde mène à tout, elle est le diamant avec lequel un homme coupe toutes les vitres, quand il n'a pas la clef d'or avec laquelle s'ouvrent toutes les portes. Aux bourgeois les vertus bourgeoises, aux ambitieux les vices de l'ambition. D'ailleurs, mon cher, crois-tu que l'amour d'une duchesse de Langeais ou de Maufrigneuse, d'une lady Dudley n'apporte pas d'immenses plaisirs? Si tu savais combien le maintien froid et sévère de ces femmes donne du prix à la moindre preuve de leur affection! Quelle joie de voir une pervenche poindant [9] sous la neige! Un sourire jeté sous l'éventail dément la réserve d'une attitude imposée, et qui vaut toutes les tendresses débridées de tes bourgeoises à dévouement hypothétique; car en amour le dévouement est bien près de la spéculation. Puis, une femme à la mode, une Blamont-Chauvry a ses vertus aussi! Ses vertus sont la fortune, le pouvoir, l'éclat, un certain mépris pour tout ce qui est au-dessous d'elle...

— Merci, dit Bianchon.

— Vieux boniface [10] ! répondit en riant Rastignac. Allons, ne sois pas vulgaire, fais comme ton ami Desplein : sois baron, sois chevalier de l'ordre de Saint-Michel, deviens pair de France, et marie tes filles à des ducs.

— Moi, je veux que les cinq cent mille diables...

— Là, là, tu n'as donc de supériorité qu'en médecine ; vraiment tu me fais beaucoup de peine.

— Je hais ces sortes de gens, je souhaite une révolution qui nous en délivre à jamais.

— Ainsi, cher Robespierre à lancette, tu n'iras pas demain chez ton oncle Popinot ?

— Si, dit Bianchon, quand il s'agit de toi, j'irais chercher de l'eau en enfer...

— Cher ami, tu m'attendris ; j'ai juré que le marquis serait interdit ! Tiens, je me trouve encore une vieille larme pour te remercier.

— Mais, dit Horace en continuant, je ne te promets pas de réussir à vos souhaits près de Jean-Jules Popinot, tu ne le connais pas ; mais je l'amènerai après-demain chez ta marquise, elle l'entortillera si elle peut. J'en doute. Toutes les truffes, toutes les duchesses, toutes les poulardes et tous les couteaux de guillotine seraient là dans la grâce de leurs séductions ; le Roi lui promettrait la pairie, le bon Dieu lui donnerait l'investiture du Paradis et les revenus du Purgatoire ; aucun de ces pouvoirs n'obtiendrait de lui de faire passer un fétu d'un plateau dans l'autre de sa balance. Il est juge comme la mort est la mort.

Les deux amis étaient arrivés devant le ministère des Affaires étrangères, au coin du boulevard des Capucines.

— Te voilà chez toi, dit en riant Bianchon qui lui montra l'hôtel du ministre. Et voici ma voiture, ajouta-t-il en montrant un fiacre. Ainsi se résume pour chacun de nous l'avenir.

— Tu seras heureux au fond de l'eau, tandis que je lutterai toujours à la surface avec les tempêtes, jusqu'à ce qu'en sombrant, j'aille te demander place dans ta grotte, mon vieux!

— A samedi, répliqua Bianchon.

— Convenu, dit Rastignac. Tu me promets le Popinot?

— Oui, je ferai tout ce que ma conscience me permettra de faire. Peut-être cette demande en interdiction cache-t-elle quelque petit *dramorama*, pour nous rappeler par un mot notre mauvais bon temps [11].

— Pauvre Bianchon! Ce ne sera jamais qu'un honnête homme, se dit Rastignac en voyant le fiacre s'éloigner.

— Rastignac m'a chargé de la plus difficile de toutes les négociations, se dit Bianchon en se souvenant à son lever de la commission délicate qui lui était confiée. Mais je n'ai jamais demandé à mon oncle le moindre petit service au Palais, et j'ai fait pour lui plus de mille visites *gratis*. D'ailleurs, entre nous, nous ne nous gênons point. Il me dira oui ou non, et tout sera fini.

Après ce petit monologue, le célèbre docteur se dirigea, dès sept heures du matin, vers la rue du Fouarre où demeurait monsieur Jean-Jules Popinot, juge au Tribunal de première instance du département de la Seine. La rue du Fouarre, mot qui signifiait autrefois rue de la Paille, fut au treizième siècle la plus illustre rue de Paris. Là furent les écoles de l'Université, quand la voix d'Abélard et celle de Gerson retentissaient dans le monde savant. Elle est aujourd'hui l'une des plus sales rues du douzième arrondissement [12], le plus pauvre quartier de Paris, celui dans lequel les deux tiers de la population manquent de bois en hiver, celui qui jette le plus de marmots au tour des Enfants-Trouvés, le plus de malades à l'Hôtel-Dieu, le plus de mendiants dans les rues, qui envoie le plus de chiffonniers au coin des bornes, le plus de vieillards souffrants le long des murs où rayonne le soleil, le plus d'ouvriers sans travail sur les places, le plus de prévenus à la police correctionnelle. Au milieu de cette rue toujours humide et dont le ruisseau roule vers la Seine les eaux noires de quelques teintureries, est une vieille maison, sans doute restaurée sous François Ier, et construite en briques maintenues par des chaînes en pierre de taille. Sa solidité semble attestée par une configuration extérieure qu'il n'est pas rare de voir à quelques maisons de Paris. S'il est permis de hasarder ce mot, elle a comme un ventre produit par le renflement que décrit son premier étage affaissé sous le poids du second et du troisième, mais que soutient la forte muraille du rez-de-chaussée. Au premier coup d'œil, il semble que les entre-deux des croisées, quoique renforcés par leurs bordures en pierre de taille, vont éclater ; mais l'observateur ne tarde pas à s'apercevoir qu'il en est de cette maison comme de la tour de Bologne : les vieilles briques et les vieilles pierres rongées conservent invinciblement leur centre de gravité. Par toutes les saisons, les solides assises du rez-de-chaussée offrent la teinte jaunâtre et l'imperceptible suintement que l'humidité donne à la pierre. Le passant a froid en longeant ce mur où des bornes échancrées le protègent mal contre la roue des cabriolets. Comme dans toutes les maisons bâties avant l'invention des voitures, la baie de la porte forme une arcade extrêmement basse, assez semblable au porche d'une prison. A droite de cette porte sont trois croisées revêtues extérieurement de grilles en fer à mailles si serrées qu'il est impossible aux curieux de voir la destination intérieure des pièces humides et sombres, tant d'ailleurs les vitres sont sales et poudreuses ; à gauche sont deux autres croisées semblables dont une parfois ouverte permet d'apercevoir le portier, sa femme et ses enfants grouillant, travaillant, cuisinant, mangeant et criant au milieu d'une salle planchéiée, boisée où tout tombe en lambeaux et où l'on descend par deux marches, profondeur qui semble indiquer le progressif exhaussement du pavé parisien. Si, par un jour de pluie, quelque passant s'abrite sous la longue voûte à solives saillantes et blanchies à la chaux qui mène de la porte à l'escalier, il lui est difficile de ne pas contempler le tableau que présente l'intérieur de cette maison. A gauche, se trouve un jardinet carré qui ne permet pas de faire plus de quatre enjambées en tout sens, jardin à terre noire où il existe des treillages sans pampres, où, à défaut de végétation, il vient à l'ombre de deux arbres, des papiers, de vieux linges, des tessons, des gravats tombés du toit ; terre infertile où le temps a jeté sur les murs, sur le tronc des arbres et sur leurs branches une poudreuse empreinte semblable à de la suie froide. Les deux corps de logis en équerre dont se compose la maison tirent leur jour de ce jardinet entouré par deux maisons voisines bâties en colombage, décrépites, menaçant ruine, où se voit à chaque étage quelque grotesque attestation de l'état exercé par le locataire. Ici de longs bâtiments supportent d'immenses écheveaux de laine teinte qui sèchent ; là sur des cordes se balancent des chemises blanchies ; plus haut des volumes endossés montrent sur un ais leurs tranches fraîchement marbrées ; les femmes chantent, les maris sifflent, les enfants crient ; le menuisier scie ses planches, un tourneur en cuivre fait grincer son métal ; toutes les industries s'accordent pour produire un bruit que le nombre des instruments rend furibond. Le système général de la décoration intérieure de ce passage, qui n'est ni une cour, ni un jardin, ni une voûte, et qui tient de toutes ces choses, consiste en piliers de bois posés sur des dés en pierre, et qui figurent des ogives. Deux arcades donnent sur le jardinet; deux autres, qui font face à la porte cochère, laissent voir un escalier de bois dont la rampe fut jadis une merveille de serrurerie tant le fer y affecte des formes bizarres, et dont les marches usées tremblent sous le pied. Les portes de chaque appartement ont des chambranles bruns de crasse, de graisse, de poussière, et sont garnies de doubles portes revêtues de velours d'Utrecht semé [13] de clous dédorés disposés en losanges. Ces restes de splendeur annoncent que, sous Louis XIV, cette maison était habitée par quelque conseiller au Parlement, par de riches ecclésiastiques ou par quelque trésorier des parties casuelles [14]. Mais ces vestiges de l'ancien luxe attirent un sourire sur les lèvres par un naïf contraste entre le présent et le passé. Monsieur Jean-Jules Popinot demeurait au premier étage de cette maison où l'obscurité naturelle aux premiers étages des maisons parisiennes était redoublée par l'étroitesse de la rue. Ce vieux logis était connu de tout le douzième arrondissement, auquel la Providence avait donné ce magistrat comme elle donne une plante bienfaisante pour guérir ou modérer chaque maladie. Voici le croquis de ce personnage que voulait séduire la brillante marquise d'Espard.

En qualité de magistrat, monsieur Popinot était toujours vêtu de noir, costume qui contribuait à le rendre ridicule aux yeux des gens habitués à tout juger sur un examen superficiel. Les hommes jaloux de conserver la dignité qu'impose ce vêtement doivent se soumettre à des soins continuels et minutieux; mais le cher monsieur Popinot était incapable d'obtenir sur lui-même la propreté puritaine qu'exige le noir. Son pantalon toujours usé ressemblait à du voile, étoffe avec laquelle se font les robes d'avocat; et son maintien habituel finissait par y dessiner une si grande quantité de plis qu'il s'y trouvait par places des lignes blanchâtres, rouges ou luisantes qui dénonçaient une avarice sordide ou la pauvreté la plus insoucieuse. Ses gros bas de laine grimaçaient dans ses souliers déformés. Son linge avait ce ton roux contracté dans l'armoire par un long séjour, et qui annonçait en feu madame Popinot la manie du linge ; suivant la mode flamande, elle ne se donnait sans doute que deux fois par an l'embarras d'une lessive. L'habit et le gilet du magistrat étaient en harmonie avec le pantalon, les souliers, les bas et le linge. Il avait un bonheur constant dans son incurie, car le jour où il endossait un habit neuf, il l'appropriait à l'ensemble de sa toilette en y faisant des taches avec une inexplicable promptitude. Le bonhomme attendait que sa cuisinière le prévînt de la vétusté de son chapeau pour le renouveler. Sa cravate était toujours tordue sans apprêt, et jamais il ne rétablissait le désordre que son rabat de juge avait mis dans le col de sa chemise recroquevillé. Il ne prenait aucun soin de sa chevelure grise, et ne se faisait la barbe que deux fois par semaine. Il ne portait jamais de gants, et fourrait habituellement ses mains dans ses goussets vides dont l'entrée salie, presque toujours déchirée, ajoutait un trait de plus à la négligence de sa personne. Quiconque a fréquenté le Palais de Justice à Paris, endroit où s'observent toutes les variétés du vêtement noir, pourra se figurer la tournure de monsieur Popinot. L'habitude de siéger pendant des journées entières modifie beaucoup le corps, de même que l'ennui causé par d'interminables plaidoyers agit sur la physionomie des magistrats. Enfermé dans des salles ridiculement étroites, sans majesté d'architecture et où l'air est promptement vicié, le juge parisien prend forcément un visage refrogné [15], grimé par l'attention, attristé par l'ennui ; son teint s'étiole, contracte des teintes ou verdâtres ou terreuses, suivant le tempérament de l'individu. Enfin, dans un temps donné, le plus florissant jeune homme devient une pâle machine à *considérants*, une mécanique appliquant le code sur tous les cas, avec le flegme des volants d'une horloge. Si donc la nature avait doué monsieur Popinot d'un extérieur peu agréable, la magistrature ne l'avait pas embelli. Sa charpente offrait des lignes heurtées. Ses gros genoux, ses grands pieds, ses larges mains contrastaient avec une figure sacerdotale qui ressemblait vaguement à une tête de veau, douce jusqu'à la fadeur, mal éclairée par des yeux vairons, dénuée de sang, fendue par un nez droit et plat, surmontée d'un front sans protubérance, décorée de deux immenses oreilles qui fléchissaient sans grâce. Ses cheveux grêles et rares laissaient voir son crâne par plusieurs sillons irréguliers. Un seul trait recommandait ce visage au physionomiste. Cet homme avait une bouche sur les lèvres de laquelle respirait une bonté divine. C'était de bonnes grosses lèvres rouges, à mille plis, sinueuses, mouvantes, dans lesquelles la nature avait exprimé de beaux sentiments ; des lèvres qui parlaient au cœur et annonçaient en cet homme l'intelligence, la clarté, le don de seconde vue, un angélique esprit ; aussi l'eussiez-vous mal compris en le jugeant seulement sur son front déprimé, sur ses yeux sans chaleur et sur sa piteuse allure. Sa vie répondait à sa physionomie, elle était pleine de travaux secrets et cachait la vertu d'un saint. De fortes études sur le Droit l'avaient si bien recommandé quand Napoléon réorganisa la justice en 1806 et 1811 que, sur l'avis de Cambacérès, il fut inscrit un des premiers pour siéger à la Cour impériale de Paris. Popinot n'était pas intrigant. A chaque nouvelle exigence, à chaque nouvelle sollicitation, le ministre reculait Popinot, qui ne mit jamais les pieds ni chez l'Archichancelier ni chez le Grand Juge [16]. De la Cour, il fut exporté sur les listes du Tribunal, puis repoussé jusqu'au dernier échelon par les intrigues des gens actifs et remuants. Il fut nommé juge suppléant. Un cri général s'éleva dans le Palais : « Popinot juge suppléant! » Cette injustice frappa le monde judiciaire, les avocats, les huissiers, tout le monde, excepté Popinot, qui ne se plaignit point. La première clameur passée, chacun trouva que tout était pour le mieux dans le meilleur des mondes possibles, qui certes doit être le monde judiciaire. Popinot fut juge suppléant jusqu'au jour où le plus célèbre Garde des Sceaux de la Restauration [17] vengea les passe-droits faits à cet homme modeste et silencieux par les Grands Juges de l'Empire. Après avoir été juge suppléant pendant douze années, monsieur Popinot devait sans doute mourir simple juge au Tribunal de la Seine.

Pour expliquer l'obscure destinée d'un des hommes supérieurs de l'ordre judiciaire, il est nécessaire d'entrer ici dans quelques considérations qui serviront à dévoiler sa vie, son caractère, et qui montreront d'ailleurs quelques-uns des rouages de cette grande machine nommée la Justice. Monsieur Popinot fut classé par les trois présidents qu'eut successivement le Tribunal de la Seine, dans une catégorie de *jugerie*, seul mot qui puisse rendre l'idée à exprimer. Il n'obtint pas dans cette compagnie la réputation de capacité que ses travaux lui avaient méritée par avance. De même qu'un peintre est invariablement enfermé dans la catégorie des paysagistes, des portraitistes, des peintres d'histoire, de marine ou de genre par le public des artistes, des connaisseurs ou des niais qui par envie, qui par omnipotence critique, qui par préjugé, le barricadent dans son intelligence en croyant tous qu'il existe des calus dans toutes les cervelles, étroitesse de jugement que le monde applique aux écrivains, aux hommes d'État, à tous les gens qui commencent par une spécialité avant d'être proclamés universels ; de même, Popinot eut sa destination et fut cerclé dans son genre. Les magistrats, les avocats, les avoués, tout ce qui pâture sur le terrain judiciaire distingue deux éléments dans une cause : le Droit et l'Équité. L'équité résulte des faits, le droit est l'application des principes aux faits. Un homme peut avoir raison en équité, tort en justice, sans que le juge soit accusable. Entre la conscience et le fait, il est un abîme de raisons déterminantes qui sont inconnues au juge, et qui condamnent ou légitiment un fait. Un juge n'est pas Dieu, son devoir est d'adapter les faits aux principes, de juger des espèces variées à l'infini, en se servant d'une mesure déterminée. Si le juge avait le pouvoir de lire dans la conscience et de démêler les motifs afin de rendre d'équitables arrêts, chaque juge serait un grand homme. La France a besoin d'environ six mille juges ; aucune génération n'a six mille grands hommes à son service, à plus forte raison ne peut-elle les trouver pour sa magistrature. Popinot était au milieu de la civilisation parisienne un très habile cadi [18], qui par la nature de son esprit et à force d'avoir frotté la lettre de la loi dans l'esprit des faits, avait reconnu le défaut des applications spontanées et violentes. Aidé par sa seconde vue judiciaire, il perçait l'enveloppe du double mensonge sous lequel les plaideurs cachent l'intérieur des procès. Juge comme l'illustre Desplein était chirurgien, il pénétrait les consciences comme ce savant pénétrait les corps. Sa vie et ses mœurs l'avaient conduit à l'appréciation exacte des pensées les plus secrètes par l'examen des faits. Il creusait un procès comme Cuvier fouillait l'humus du globe. Comme ce grand penseur, il allait de déductions en déductions avant de conclure, et reproduisait le passé de la conscience comme Cuvier reconstruisait un anoplothérium. A propos d'un rapport, il s'éveillait souvent la nuit, surpris par un filon de vérité qui brillait soudain dans sa pensée. Frappé des injustices profondes qui couronnaient ces luttes où tout dessert l'honnête homme, où tout profite aux fripons, il concluait souvent contre le droit en faveur de l'équité dans toutes les causes où il s'agissait de questions en quelque sorte divinatoires. Il passa donc parmi ses collègues pour un esprit peu pratique, ses raisons longuement déduites allongeaient d'ailleurs les délibérations ; quand Popinot remarqua leur répugnance à l'écouter, il donna son avis brièvement. On dit qu'il jugeait mal ces sortes d'affaires ; mais, comme son génie d'appréciation était frappant, que son jugement était lucide et sa pénétration profonde, il fut regardé comme possédant une aptitude spéciale pour les pénibles fonctions de juge d'instruction. Il demeura donc juge d'instruction pendant la plus grande partie de sa vie judiciaire. Quoique ses qualités le rendissent éminemment propre à cette carrière difficile, et qu'il eût la réputation d'être un profond criminaliste à qui ses fonctions plaisaient, la bonté de son cœur le mettait constamment à la torture, et il était pris entre sa conscience et sa pitié comme dans un étau. Quoique mieux rétribuées que celles de juge civil, les fonctions de juge d'instruction ne tentent personne ; elles sont trop assujettissantes. Popinot, homme de modestie et de vertueux savoir, sans ambition, travailleur infatigable, ne se plaignit pas de sa destination : il fit au bien public le sacrifice de ses goûts, de sa compatissance, et se laissa déporter dans les lagunes de l'instruction criminelle, où il sut à la fois être sévère et bienfaisant. Parfois, son greffier remettait au prévenu de l'argent pour acheter du tabac, ou pour avoir un vêtement chaud en hiver, en le reconduisant du cabinet du juge à la Souricière, prison temporaire où l'on tient les prévenus à la disposition de l'instructeur. Il savait être juge inflexible et homme charitable. Aussi nul n'obtenait-il plus facilement que lui des aveux sans recourir aux ruses judiciaires. Il avait d'ailleurs la finesse de l'observateur. Cet homme, d'une bonté niaise en apparence, simple et distrait, devinait les ruses des Crispins [10] du bagne, déjouait les filles les plus astucieuses, et faisait fléchir les scélérats. Des circonstances peu communes avaient aiguisé sa perspicacité ; mais pour les dire, besoin est de pénétrer dans sa vie intime : car le juge était en lui le côté social ; un autre homme plus grand et moins connu se trouvait en lui.

Douze ans avant le jour où cette histoire commence, en 1816, par cette terrible disette qui coïncida fatalement avec le séjour des soi-disant Alliés en France, Popinot fut nommé président de la commission extraordinaire instituée pour distribuer des secours aux indigents de son quartier au moment où il projetait d'abandonner la rue du Fouarre, dont l'habitation ne lui déplaisait pas moins qu'à sa femme. Ce grand jurisconsulte, ce profond criminaliste, de qui la supériorité paraissait à ses collègues une aberration, avait depuis cinq ans aperçu les résultats judiciaires sans en voir les causes. En montant dans les greniers, en apercevant les misères, en étudiant les nécessités cruelles qui conduisent graduellement les pauvres à des actions blâmables, en mesurant enfin leurs longues luttes, il fut saisi de compassion. Ce juge devint alors le saint Vincent-de-Paul de ces grands enfants, de ces ouvriers souffrants. Sa transformation ne fut pas tout à coup complète. La bienfaisance a son entraînement comme les vices ont le leur. La Charité dévore la bourse d'un saint comme la Roulette mange les biens du joueur, graduellement. Popinot alla d'infortune en infortune, d'aumône en aumône ; puis, quand il eut soulevé tous les haillons qui forment à cette misère publique comme un appareil sous lequel s'envenime une plaie fiévreuse, il devint, au bout d'un an, la providence de son quartier. Il fut membre du comité de bienfaisance et du bureau de charité. Partout où des fonctions gratuites étaient à exercer, il acceptait et agissait sans emphase, à la manière de *l'homme au petit manteau* [20] qui passe sa vie à porter des soupes dans les marchés et dans les endroits où sont les gens affamés. Popinot avait le bonheur d'agir sur une plus vaste circonférence et dans une sphère plus élevée : il veillait à tout, il prévenait le crime, il donnait de l'ouvrage aux ouvriers inoccupés, il faisait placer les impotents, il distribuait ses secours avec discernement sur tous les points menacés, se constituant le conseil de la veuve, le protecteur des enfants sans asile, le commanditaire des petits commerces. Personne au Palais ni dans Paris ne connaissait cette vie secrète de Popinot. Il est des vertus si éclatantes qu'elles comportent l'obscurité : les hommes s'empressent de les mettre sous le boisseau. Quant aux obligés du magistrat, tous, travaillant pendant le jour et fatigués la nuit, étaient peu propres à le prôner ; ils avaient l'ingratitude des enfants, qui ne peuvent jamais s'acquitter parce qu'ils doivent trop. Il y a des ingratitudes forcées ; mais quel cœur a pu semer le bien pour récolter la reconnaissance et se croire grand ? Dès la deuxième année de son apostolat secret, Popinot avait fini par convertir en un parloir le magasin du rez-de-chaussée de sa maison, qui était éclairé par les trois croisées à grilles en fer. Les murs et le plafond de cette grande pièce avaient été blanchis à la chaux, et le mobilier consistait en bancs de bois semblables à ceux des écoliers, en une armoire grossière, un bureau de noyer et un fauteuil. Dans l'armoire étaient ses registres de bienfaisance, ses modèles de *bons de pain*, son journal. Il tenait ses écritures commercialement, afin de ne pas être dupe de son cœur. Toutes les misères du quartier étaient chiffrées, casées dans un livre où chaque malheur avait son compte, comme chez un marchand les débiteurs divers. Lorsqu'il y avait doute sur une famille, sur un homme à secourir, le magistrat trouvait à ses ordres les renseignements de la police de sûreté. Lavienne, domestique fait pour le maître, était son aide de camp. Il dégageait ou renouvelait les reconnaissances du Mont-de-Piété, et courait aux endroits les plus menacés pendant que son maître travaillait au Palais. De quatre à sept heures du matin en été, de six à neuf heures en hiver, cette salle était pleine de femmes, d'enfants, d'indigents, auxquels Popinot donnait audience. Il n'était nullement besoin de poêle en hiver ; la foule abondait si drûment que l'atmosphère devenait chaude ; seulement Lavienne mettait de la paille sur le carreau trop humide. A la longue, les bancs étaient devenus polis comme de l'acajou verni ; puis, à hauteur d'homme, la muraille avait reçu je ne sais quelle sombre peinture appliquée par les haillons et les vêtements délabrés de ces pauvres gens. Ces malheureux aimaient tant Popinot que, quand, avant l'ouverture de sa porte, ils étaient attroupés vers le matin en hiver, les femmes se chauffant avec des *gueux* [21], les hommes se brassant pour s'échauffer, jamais un murmure n'avait troublé son sommeil. Les chiffonniers, les gens à état nocturne connaissaient ce logis, et voyaient souvent le cabinet du magistrat éclairé à des heures indues. Enfin les voleurs disaient en passant : *Voilà sa maison*, et la respectaient. Le matin appartenait aux pauvres, le milieu du jour aux criminels, le soir aux travaux judiciaires.

Le génie d'observation que possédait Popinot était donc nécessairement *bifrons* [22] : il devinait les vertus de la misère, les bons sentiments froissés, les belles actions en principe, les dévouements inconnus, comme il allait chercher au fond des consciences les plus légers linéaments du crime, les fils les plus ténus des délits, pour en tout discerner. Le patrimoine de Popinot valait mille écus de rente. Sa femme, sœur de monsieur Bianchon le père, médecin à Sancerre, lui en avait apporté deux fois autant. Elle était morte depuis cinq ans, et avait laissé sa fortune à son mari. Comme les appointements de juge suppléant ne sont pas considérables, et que Popinot n'était juge en pied que depuis quatre ans, il est facile de deviner la cause de sa parcimonie dans tout ce qui concernait sa personne ou sa vie, en voyant combien ses revenus étaient médiocres, combien grande était sa bienfaisance. D'ailleurs l'indifférence en fait de vêtements, qui signalait en Popinot l'homme préoccupé, n'est-elle pas la marque distinctive de la haute science, de l'art cultivé follement, de la pensée perpétuellement active? Pour achever ce portrait, il suffira d'ajouter que Popinot était du petit nombre des juges du Tribunal de la Seine auxquels la décoration de la Légion d'honneur n'avait pas été donnée.

Tel était l'homme que le président de la deuxième chambre du Tribunal, à laquelle appartenait Popinot, rentré depuis deux ans parmi les juges civils, avait commis pour procéder à l'interrogatoire du marquis d'Espard, sur la requête présentée par sa femme afin d'obtenir une interdiction.

La rue du Fouarre, où fourmillaient tant de malheureux de si grand matin, devenait déserte à neuf heures et reprenait son aspect sombre et misérable. Bianchon pressa donc le trot de son cheval, afin de surprendre son oncle au milieu de son audience. Il ne pensa pas sans sourire à l'étrange contraste que produirait le juge auprès de madame d'Espard ; mais il se promit de l'amener à faire une toilette qui ne le rendît pas trop ridicule.

— Mon oncle a-t-il seulement un habit neuf? se

disait Bianchon en entrant dans la rue du Fouarre, où les croisées du parloir jetaient une pâle lumière. Je ferai bien, je crois, de m'entendre là-dessus avec Lavienne.

Au bruit du cabriolet, une dizaine de pauvres surpris sortirent de dessous le porche et se découvrirent en reconnaissant le médecin ; car Bianchon, qui traitait gratuitement les malades que lui recommandait le juge, n'était pas moins connu que lui des malheureux assemblés là. Bianchon aperçut son oncle au milieu du parloir, dont les bancs étaient en effet garnis d'indigents qui présentaient les grotesques singularités de costume à l'aspect desquelles s'arrêtent en pleine rue les passants les moins artistes. Certes, un dessinateur, un Rembrandt, s'il en existait un de nos jours [23], aurait conçu là l'une de ses plus magnifiques compositions en voyant ces misères naïvement posées et silencieuses. Ici la rugueuse figure d'un austère vieillard à barbe blanche, au crâne apostolique, offrait un saint Pierre tout fait. Sa poitrine, découverte en partie, laissait voir des muscles saillants, indice d'un tempérament de bronze qui lui avait servi de point d'appui pour soutenir tout un poème de malheurs. Là une jeune femme donnait à téter à son dernier enfant pour l'empêcher de crier, en en tenant un autre, âgé de cinq ans environ, entre ses genoux. Ce sein dont la blancheur éclatait au milieu des haillons, cet enfant à chairs transparentes, et son frère, dont la pose révélait un avenir de gamin, attendrissaient l'âme par une sorte d'opposition à demi gracieuse avec la longue file de figures rougies par le froid, au milieu de laquelle apparaissait cette famille. Plus loin une vieille femme, pâle et froide, présentait ce masque repoussant du paupérisme en révolte, prêt à venger en un jour de sédition toutes ses peines passées. Il y était aussi l'ouvrier jeune, débile, paresseux, de qui l'œil plein d'intelligence annonçait de hautes facultés comprimées par des besoins vainement combattus, se taisant sur ses souffrances, et près de mourir faute de rencontrer l'occasion de passer entre les barreaux de l'immense vivier où s'agitent ces misères qui s'entre-dévorent. Les femmes étaient en majorité ; leurs maris, partis pour leurs ateliers, leur laissaient sans doute le soin de plaider la cause du ménage avec cet esprit qui caractérise la femme du peuple, presque toujours la reine dans son taudis. Vous eussiez vu sur toutes les têtes des foulards déchirés, des robes bordées de boue, des fichus en lambeaux, des casaquins sales et troués, mais partout des yeux qui brillaient comme autant de flammes vives. Réunion horrible, dont l'aspect inspirait d'abord le dégoût, mais qui bientôt causait une sorte de terreur au moment où l'on apercevait que, purement fortuite, la résignation de ces âmes, aux prises avec tous les besoins de la vie, était une spéculation fondée sur la bienfaisance. Les deux chandelles qui éclairaient le parloir vacillaient dans une espèce de brouillard causé par la puante atmosphère de ce lieu mal aéré.

Le magistrat n'était pas le personnage le moins pittoresque au milieu de cette assemblée. Il avait sur la tête un bonnet de coton roussâtre. Comme il était sans cravate, son cou, rouge de froid et ridé, se dessinait nettement au-dessus du collet pelé de sa vieille robe de chambre. Sa figure fatiguée offrait l'expression à demi stupide que donne la préoccupation. Sa bouche, pareille à celle de tous ceux qui travaillent, s'était ramassée comme une bourse dont on a serré les cordons. Son front contracté semblait supporter le fardeau de toutes les confidences qui lui étaient faites : il sentait, analysait et jugeait. Attentif autant qu'un prêteur à la petite semaine, ses yeux quittaient ses livres et ses renseignements pour pénétrer jusqu'au for intérieur des individus qu'il examinait avec la rapidité de vision par laquelle les avares expriment leurs inquiétudes. Debout derrière son maître, prêt à exécuter ses ordres, Lavienne faisait sans doute la police et accueillait les nouveaux venus en les encourageant contre leur propre honte. Quand le médecin parut, il se fit un mouvement sur les bancs. Lavienne tourna la tête et fut étrangement surpris de voir Bianchon.

— Ah! Te voilà, mon garçon, dit Popinot en se détirant les bras. Qui t'amène à cette heure?

— Je craignais que vous ne fissiez aujourd'hui, sans m'avoir vu, certaine visite judiciaire au sujet de laquelle je veux vous entretenir.

— Eh bien, reprit le juge en s'adressant à une grosse petite femme qui restait debout près de lui, si vous ne me dites pas ce que vous avez, je ne le devinerai pas, ma fille.

— Dépêchez-vous, lui dit Lavienne, ne prenez pas le temps des autres.

— Monsieur, dit enfin la femme en rougissant et baissant la voix de manière à n'être entendue que de Popinot et de Lavienne, je suis *marchande des quatre saisons*, et j'ai mon petit dernier pour lequel je dois les mois de nourrice. Donc j'avais caché mon pauvre argent..

— Eh bien, votre homme l'a pris? dit Popinot en devinant le dénoûment de la confession.

— Oui, monsieur.

— Comment vous nommez-vous?

— La Pomponne.

— Votre mari?

— Toupinet.

— Rue du Petit-Banquier? reprit Popinot en feuilletant son registre. Il est en prison, dit-il en lisant une observation en marge de la case où ce ménage était inscrit.

— Pour dettes, mon cher monsieur.

Popinot hocha la tête.

— Mais, monsieur, je n'ai pas de quoi garnir ma brouette [24], le propriétaire est venu hier et m'a forcée de le payer, sans quoi j'étais à la porte.

Lavienne se pencha vers son maître et lui dit quelques mots à l'oreille.

— Eh bien, que vous faut-il pour acheter votre fruit [25] à la Halle ?

— Mais, mon cher monsieur, j'aurais besoin, pour continuer mon commerce, de... oui, j'aurais bien besoin de dix francs.

Le juge fit un signe à Lavienne, qui tira d'un grand sac dix francs et les donna à la femme pendant que le juge inscrivait le prêt sur son registre. A voir le mouvement de joie qui fit tressaillir la marchande, Bianchon devina les anxiétés par lesquelles cette femme avait été sans doute agitée en venant de sa maison chez le juge.

— A vous, dit Lavienne au vieillard à barbe blanche.

Bianchon tira le domestique à part, et s'enquit du temps que prendrait cette audience.

— Monsieur a eu deux cents personnes ce matin, en voici encore quatre-vingts *à faire*, dit Lavienne ; monsieur le docteur aurait le temps d'aller à ses premières visites.

— Mon garçon, dit le juge en se retournant et saisissant Horace par le bras, tiens, voici deux adresses ici près, l'une rue de Seine, et l'autre rue de l'Arbalète. Cours-y. Rue de Seine, une jeune fille vient de s'asphyxier, et tu trouveras rue de l'Arbalète un homme à faire entrer à ton hôpital. Je t'attendrai pour déjeuner.

Bianchon revint au bout d'une heure [26]. La rue du Fouarre était déserte, le jour commençait à poindre, son oncle remontait chez lui, le dernier pauvre de qui le magistrat venait de panser la misère s'en allait, le sac de Lavienne était vide.

— Eh bien, comment vont-ils ? dit le juge au docteur en montant l'escalier.

— L'homme est mort, répondit Bianchon, la jeune fille s'en tirera.

Depuis que l'œil et la main d'une femme y manquaient, l'appartement où demeurait Popinot avait pris une physionomie en harmonie avec celle du maître. L'incurie de l'homme emporté par une pensée dominante imprimait son cachet bizarre en toutes choses. Partout une poussière invétérée, partout dans les objets ces changements de destination dont l'industrie rappelait celle des ménages de garçon. C'était des papiers dans des vases de fleurs, des bouteilles d'encre vides sur les meubles, des assiettes oubliées, des briquets phosphoriques [27] convertis en bougeoirs au moment où il fallait faire une recherche, des déménagements partiels commencés et oubliés, enfin tous les encombrements et les vides occasionnés par des pensées de rangement abandonnées. Mais le cabinet du magistrat, particulièrement remué par ce désordre incessant, accusait sa marche sans haltes, l'entraînement de l'homme accablé d'affaires, poursuivi par des nécessités qui se croisent. La bibliothèque était comme au pillage, les livres traînaient, les uns empilés le dos dans les pages ouvertes, les autres tombés les feuillets contre terre ; les dossiers de procédure disposés en ligne, le long du corps de la bibliothèque, encombraient le parquet. Ce parquet n'avait pas été frotté depuis deux ans. Les tables et les meubles étaient chargés d'*ex-voto* apportés par la misère reconnaissante. Sur les cornets en verre bleu qui ornaient la cheminée se trouvaient deux globes de verre, à l'intérieur desquels étaient répandues diverses couleurs mêlées, ce qui leur donnait l'apparence d'un curieux produit de la nature. Des bouquets en fleurs artificielles, des tableaux où le chiffre de Popinot était entouré de cœurs et d'immortelles décoraient les murs. Ici des boîtes en ébénisterie prétentieusement faites, et qui ne pouvaient servir à rien. Là, des serre-papiers travaillés dans le goût des ouvrages exécutés au bagne par les forçats. Ces chefs-d'œuvre de patience, ces *rébus* de gratitude, ces bouquets desséchés donnaient au cabinet et à la chambre du juge l'air d'une boutique de jouets d'enfant. Le bonhomme se faisait des *memento* de ces ouvrages, il les emplissait de notes, de plumes oubliées et de menus papiers. Ces sublimes témoignages d'une charité divine étaient pleins de poussière, sans fraîcheur. Quelques oiseaux parfaitement empaillés, mais rongés par les mites, se dressaient dans cette forêt de colifichets où dominait un angora, le chat favori de madame Popinot, à laquelle un naturaliste sans le sou l'avait restitué sans doute avec toutes les apparences de la vie, payant ainsi par un trésor éternel une légère aumône. Quelque artiste du quartier, de qui le cœur avait égaré les pinceaux, avait également fait les portraits de monsieur et de madame Popinot. Jusque dans l'alcôve de la chambre à coucher se voyaient des pelotes brodées, des paysages en point de marque, et des croix en papier plié dont les fioritures décelaient un travail insensé. Les rideaux de fenêtres étaient noircis par la fumée, et les draperies n'avaient plus aucune couleur. Entre la cheminée et la longue table carrée sur laquelle travaillait le magistrat, la cuisinière avait servi deux tasses de café au lait sur un guéridon. Deux fauteuils d'acajou garnis en étoffe de crin attendaient l'oncle et le neveu. Comme le jour intercepté par les croisées n'arrivait pas jusqu'à cette place, la cuisinière avait laissé deux chandelles dont la mèche démesurément longue formait champignon, et jetait cette lumière rougeâtre qui fait durer la chandelle par la lenteur de la combustion; découverte due aux avares.

— Cher oncle, vous devriez vous vêtir plus chaudement quand vous descendez à ce parloir.

— Je me fais scrupule de les faire attendre, ces pauvres gens! Eh bien, que me veux-tu, toi?

— Mais je viens vous inviter à dîner demain chez la marquise d'Espard.

— Une de nos parentes? demanda le juge d'un air si naïvement préoccupé que Bianchon se mit à rire.

— Non, mon oncle, la marquise d'Espard est une haute et puissante dame, qui a présenté une requête au Tribunal, à l'effet de faire interdire son mari, et vous avez été commis...

— Et tu veux que j'aille dîner chez elle! Es-tu fou? dit le juge en saisissant le Code de Procédure. Tiens, lis donc l'article qui défend au magistrat de boire et de manger chez l'une des parties qu'il doit juger. Qu'elle vienne me voir si elle a quelque chose à me dire, ta marquise. Je devais en effet aller demain interroger son mari, après avoir examiné l'affaire pendant la nuit prochaine. Il se leva, prit un dossier qui se trouvait sous un serre-papiers à portée de sa vue, et dit après avoir lu l'intitulé : — Voici les pièces. Puisque cette haute et puissante dame t'intéresse, dit-il, voyons la requête!

Popinot croisa sa robe de chambre dont les pans retombaient toujours en laissant sa poitrine à nu ; il trempa ses mouillettes dans son café refroidi, et chercha la requête qu'il lut en se permettant quelques parenthèses et quelques discussions auxquelles son neveu prit part.

« A monsieur le Président du Tribunal civil de Première Instance du département de la Seine, séant au Palais de Justice.

« Madame Jeanne-Clémentine-Athénaïs de Blamont-Chauvry, épouse de monsieur Charles-Maurice-Marie-Andoche, comte de Nègrepelisse, marquis d'Espard

(Bonne noblesse), propriétaire ; ladite dame d'Espard demeurant rue du Faubourg-Saint-Honoré, n° 104, et ledit sieur d'Espard, rue de la Montagne-Sainte-Geneviève, n° 22 (Ah! oui, monsieur le président m'a dit que c'était dans mon quartier!), ayant Me Desroches pour avoué. »

— Desroches! un petit faiseur d'affaires, un homme mal vu du Tribunal et de ses confrères, qui nuit à ses clients!

— Pauvre garçon! dit Bianchon, il est malheureusement sans fortune, et il se démène comme un diable dans un bénitier, voilà tout.

« A l'honneur de vous exposer, monsieur le président, que depuis une année les facultés morales et intellectuelles de monsieur d'Espard, son mari, ont subi une altération si profonde, qu'elles constituent aujourd'hui l'état de démence et d'imbécillité prévu par l'article 486 du Code civil, et appellent au secours de sa fortune, de sa personne, et dans l'intérêt de ses enfants qu'il garde près de lui, l'application des dispositions voulues par le même article ;

« Qu'en effet l'état moral de monsieur d'Espard, qui, depuis quelques années, offrait des craintes graves fondées sur le système adopté par lui pour le gouvernement de ses affaires, a parcouru, pendant cette dernière année surtout, une déplorable échelle de dépression ; que la volonté, la première, a ressenti les effets du mal, et que son anéantissement a laissé monsieur le marquis d'Espard livré à tous les dangers d'une incapacité constatée par les faits suivants :

« Depuis longtemps tous les revenus que procurent les biens du marquis d'Espard passent, sans causes plausibles et sans avantages, même temporaires, à une vieille femme de qui la laideur repoussante est généralement remarquée, et nommée madame Jeanrenaud, demeurant tantôt à Paris, rue de La Vrillière, numéro 8 ; tantôt à Villeparisis, près Claye, département de Seine-et-Marne, et au profit de son fils, âgé de trente-six ans, officier de l'ex-garde impériale, que, par son crédit, monsieur le marquis d'Espard a placé dans la garde royale en qualité de chef d'escadron au premier régiment de cuirassiers. Ces personnes, réduites en 1814 à la dernière misère, ont successivement acquis des immeubles d'un prix considérable, entre autres et dernièrement un hôtel Grande rue Verte[28], où le sieur Jeanrenaud fait actuellement des dépenses considérables afin de s'y établir avec la dame Jeanrenaud sa mère, en vue du mariage qu'il poursuit ; lesquelles dépenses s'élèvent déjà à plus de cent mille francs. Ce mariage est procuré par les démarches du marquis d'Espard auprès de son banquier, le sieur Mongenod, duquel il a demandé la nièce en mariage pour ledit sieur Jeanrenaud, en promettant son crédit pour lui obtenir la dignité de baron. Cette nomination a eu lieu effectivement par ordonnance de Sa Majesté en date du 29 décembre dernier, sur les sollicitations du marquis d'Espard, ainsi qu'il peut en être justifié par Sa Grandeur monseigneur le Garde des sceaux, si le Tribunal jugeait à propos de recourir à son témoignage ;

« Qu'aucune raison, *même prise parmi celles que la morale et la loi réprouvent également,* ne peut justifier l'empire que la dame veuve Jeanrenaud a pris sur le marquis d'Espard, qui, d'ailleurs, la voit très rarement ; ni expliquer son étrange affection pour ledit sieur baron Jeanrenaud, avec qui ses communications sont peu fréquentes : cependant leur autorité se trouve être si grande, que chaque fois qu'ils ont besoin d'argent, fût-ce même pour satisfaire de simples fantaisies, cette dame ou son fils... »

— Hé ! hé ! *raison que la morale et la loi réprouvent !*

Que veut nous insinuer le clerc ou l'avoué ? dit Popinot.

Bianchon se mit à rire.

« ... cette dame *ou son fils* obtiennent sans aucune discussion du marquis d'Espard ce qu'ils demandent, et, à défaut d'argent comptant, monsieur d'Espard signe des lettres de change négociées par le sieur Mongenod, lequel a fait offre à l'exposante d'en témoigner ;

« Que d'ailleurs, à l'appui de ces faits, il est arrivé récemment, lors du renouvellement des baux de la terre d'Espard, que les fermiers ayant donné une somme assez importante pour la continuation de leurs contrats, le sieur Jeanrenaud s'en est fait faire immédiatement la délivrance ;

« Que la volonté du marquis d'Espard a si peu de concours à l'abandon de ces sommes, que quand il lui en a été parlé il n'a point paru s'en souvenir ; que, toutes les fois que des personnes graves l'ont questionné sur son dévouement à ces deux individus, ses réponses ont indiqué une si entière abnégation de ses idées, de ses intérêts, qu'il existe nécessairement en cette affaire une cause occulte sur laquelle l'exposante appelle l'œil de la justice, attendu qu'il est impossible que cette cause ne soit pas criminelle, abusive et tortionnaire, ou d'une nature appréciable par la médecine légale, si toutefois cette obsession n'est pas de celles qui rentrent dans l'abus des forces morales, et qu'on ne peut qualifier qu'en se servant du terme extraordinaire de *possession...* »

— Diable! reprit Popinot, que dis-tu de cela, toi, docteur ? Ces faits-là sont bien étranges.

— Ils pourraient être, répondit Bianchon, un effet du pouvoir magnétique.

— Tu crois donc aux bêtises de Mesmer [29], à son baquet, à la vue au travers des murailles ?

— Oui, mon oncle, dit gravement le docteur. En vous entendant lire cette requête, j'y pensais. Je vous déclare que j'ai vérifié, dans une autre sphère d'action, plusieurs faits analogues, relativement à l'empire sans bornes qu'un homme peut acquérir sur un autre. Je suis, contrairement à l'opinion de mes confrères, entièrement convaincu de la puissance de la volonté [30], considérée comme une force motrice. J'ai vu, tout compérage et charlatanisme à part, les effets de cette *possession.* Les actes promis au *magnétiseur* par le *magnétisé* pendant le sommeil ont été scrupuleusement accomplis dans l'état de veille. La volonté de l'un était devenue la volonté de l'autre.

— Toute espèce d'acte?

— Oui.

— Même criminel?

— Même criminel.

— Il faut que ce soit toi pour que je t'écoute.

— Je vous en rendrai témoin, dit Bianchon.

— Hum! Hum! fit le juge. En supposant que la cause de cette prétendue *possession* appartînt à cet ordre de faits, elle serait difficile à constater et à faire admettre en justice.

— Je ne vois pas, si cette dame Jeanrenaud est affreusement laide et vieille, quel autre moyen de séduction elle pourrait avoir, dit Bianchon.

— Mais, reprit le juge, en 1814, époque à laquelle la séduction aurait éclaté, cette femme devait avoir quatorze ans de moins ; si elle a été liée dix ans auparavant avec monsieur d'Espard, ces calculs de date nous reportent à vingt-quatre ans en arrière, époque à laquelle la dame pouvait être jeune, jolie, et avoir conquis, par des moyens fort naturels, pour elle aussi bien que pour son fils, sur monsieur d'Espard, un empire auquel certains hommes ne savent pas se soustraire. Si la cause de cet empire semble répréhensible aux yeux de la justice, il est justifiable aux yeux de la nature. Madame

Jeanrenaud aura pu se fâcher du mariage contracté probablement vers ce temps par le marquis d'Espard avec mademoiselle de Blamont-Chauvry ; et il pourrait n'y avoir au fond de ceci qu'une rivalité de femme, puisque le marquis ne demeure plus depuis longtemps avec madame d'Espard.

— Mais cette laideur repoussante, mon oncle ?

— La puissance des séductions, reprit le juge, est en raison directe avec la laideur ; vieille question ! D'ailleurs, et la petite vérole, docteur ? Mais continuons.

« Que dès l'année 1815, pour fournir aux sommes exigées par ces deux personnes, monsieur le marquis d'Espard est allé se loger avec ses deux enfants rue de la Montagne-Sainte-Geneviève, dans un appartement dont le dénûment est indigne de son nom et de sa qualité (On se loge comme on veut !) ; qu'il y détient ses deux enfants, le comte Clément d'Espard et le vicomte Camille d'Espard, dans les habitudes d'une vie en désaccord avec leur avenir, avec leur nom et leur fortune ; que souvent le manque d'argent est tel que récemment le propriétaire, un sieur Maraist, fit saisir les meubles garnissant les lieux ; que quand cette voie de poursuite fut effectuée en sa présence, le marquis d'Espard a aidé l'huissier, qu'il a traité comme un homme de qualité, en lui prodiguant toutes les marques de courtoisie et d'attention qu'il aurait eues pour une personne élevée au-dessus de lui en dignité... »

L'oncle et le neveu se regardèrent en riant.

« Que, d'ailleurs, tous les actes de sa vie, en dehors des faits allégués à l'égard de la dame veuve Jeanrenaud et du sieur baron Jeanrenaud son fils, sont empreints de folie ; que, depuis bientôt dix ans, il s'occupe si exclusivement de la Chine, de ses coutumes, de ses mœurs, de son histoire, qu'il rapporte tout aux habitudes chinoises ; que, questionné sur ce point, il confond les affaires du temps, les événements de la veille, avec les faits relatifs à la Chine ; qu'il censure les actes du gouvernement et la conduite du Roi, quoique d'ailleurs il l'aime personnellement, en les comparant à la politique chinoise ;

« Que cette monomanie a poussé le marquis d'Espard à des actions dénuées de sens ; que, contre les habitudes de son rang et les idées qu'il professait sur le devoir de la noblesse, il a entrepris une affaire commerciale pour laquelle il souscrit journellement des obligations à terme qui menacent aujourd'hui son honneur et sa fortune, attendu qu'elles emportent pour lui la qualité de négociant, et peuvent, faute de payement, le faire déclarer en faillite ; que ces obligations, contractées envers les marchands de papier, les imprimeurs, les lithographes et les coloristes, qui ont fourni les éléments nécessaires à cette publication intitulée : *Histoire pittoresque de la Chine*, et paraissant par livraisons, sont d'une telle importance, que ces mêmes fournisseurs ont supplié l'exposante de requérir l'interdiction du marquis d'Espard afin de sauver leurs créances... »

— Cet homme est un fou, s'écria Bianchon.

— Tu crois cela, toi! dit le juge. Il faut l'entendre. Qui n'écoute qu'une cloche n'entend qu'un son.

— Mais il me semble..., dit Bianchon.

— Mais il me semble, dit Popinot, que si quelqu'un de mes parents voulait s'emparer de l'administration de mes biens, et qu'au lieu d'être un simple juge, de qui les collègues peuvent examiner tous les jours l'état moral, je fusse duc et pair, un avoué quelque peu rusé, comme est Desroches, pourrait dresser une requête semblable contre moi.

« Que l'éducation de ses enfants a souffert de cette monomanie, et qu'il leur a fait apprendre, contrairement à tous les usages de l'enseignement, les faits de l'histoire chinoise qui contredisent les doctrines de la religion catholique, et leur a fait apprendre les dialectes chinois... »

— Ici Desroches me paraît drôle, dit Bianchon.

— La requête a été dressée par son premier clerc Godeschal que tu connais et qui n'est pas très Chinois, dit le juge.

« Qu'il laisse souvent ses enfants dénués des choses les plus nécessaires ; que l'exposante, malgré ses instances, ne peut les voir ; que le sieur marquis d'Espard les lui amène une seule fois par an ; que, sachant les privations auxquelles ils sont soumis, elle a fait de vains efforts pour leur donner les choses les plus nécessaires à l'existence, et desquelles ils manquaient... »

— Oh! madame la marquise, voici des farces. Qui prouve trop ne prouve rien. Mon cher enfant, dit le juge en laissant le dossier sur ses genoux, quelle est la mère qui jamais a manqué de cœur, d'esprit, d'entrailles, au point de rester au-dessous des inspirations suggérées par l'instinct animal? Une mère est aussi rusée pour arriver à ses enfants qu'une jeune fille peut l'être pour conduire à bien une intrigue d'amour. Si ta marquise avait voulu nourrir ou vêtir ses enfants, le diable ne l'en aurait, certes, pas empêchée! Hein? Elle est un peu trop longue, cette couleuvre, pour la faire avaler à un vieux juge! Continuons!

« Que l'âge auquel arrivent lesdits enfants exige, dès à présent, qu'il soit pris des précautions pour les soustraire à la funeste influence de cette éducation, qu'il y soit pourvu selon leur rang, et qu'ils n'aient point sous les yeux l'exemple que leur donne la conduite de leur père ;

« Qu'à l'appui des faits présentement allégués, il existe des preuves dont le Tribunal obtiendra facilement la répétition : maintes fois monsieur d'Espard a nommé le juge de paix du douzième arrondissement un mandarin de troisième classe ; il a souvent appelé les professeurs du collège Henri IV des *lettrés* (Ils s'en fâchent !). A propos des choses les plus simples, il a dit que cela ne se passait pas ainsi en Chine ; il fait, dans le cours d'une conversation ordinaire, allusion soit à la dame Jeanrenaud, soit à des événements arrivés sous le règne de Louis XIV, et demeure alors plongé dans une mélancolie noire : il s'imagine parfois être en Chine. Plusieurs de ses voisins, notamment les sieurs Edme Becker, étudiant en médecine, Jean-Baptiste Frémiot, professeur, domiciliés dans la même maison, pensent, après avoir pratiqué le marquis d'Espard, que sa monomanie, en tout ce qui est relatif à la Chine, est une conséquence d'un plan formé par le sieur baron Jeanrenaud et la dame veuve sa mère pour achever l'anéantissement des facultés morales du marquis d'Espard, attendu que le seul service que paraît rendre à monsieur d'Espard la dame Jeanrenaud est de lui procurer tout ce qui a rapport à l'empire de la Chine ;

« Qu'enfin l'exposante offre de prouver au Tribunal que les sommes absorbées par les sieur et dame veuve Jeanrenaud, de 1814 à 1828, ne s'élèvent pas à moins d'un million de francs.

« A la confirmation des faits qui précèdent, l'exposante offre à monsieur le Président le témoignage des personnes qui voient habituellement monsieur le marquis d'Espard, et dont les noms et qualités sont désignés ci-dessous, parmi lesquelles beaucoup l'ont suppliée de provoquer l'interdiction de monsieur le marquis d'Espard, comme le seul moyen de mettre sa fortune à l'abri de sa déplorable administration, et ses enfants loin de sa funeste influence.

« Ce considéré, monsieur le Président, et vu les pièces ci-jointes, l'exposante requiert qu'il vous plaise, attendu que les faits qui précèdent prouvent évidemment l'état de démence et d'imbécillité de monsieur le marquis d'Espard, ci-dessus nommé, qualifié et domicilié, ordonner que, pour parvenir à l'interdiction d'icelui, la présente requête et les pièces à l'appui seront communiquées à monsieur le procureur du Roi, et commettre l'un de messieurs les juges du Tribunal à l'effet de faire le rapport au jour que vous voudrez bien indiquer, pour être sur le tout par le Tribunal statué ce qu'il appartiendra, et vous ferez justice », etc.

— Et voici, dit Popinot, l'ordonnance du Président qui me commet! Eh bien, que veut de moi la marquise d'Espard? Je sais tout. J'irai demain avec mon greffier chez monsieur le marquis, car ceci ne me paraît pas clair du tout.

— Écoutez, mon cher oncle, je ne vous ai jamais demandé le moindre petit service qui eût trait à vos fonctions judiciaires ; eh bien, je vous prie d'avoir pour madame d'Espard une complaisance que mérite sa situation. Si elle venait ici, vous l'écouteriez?

— Oui.

— Eh bien, allez l'entendre chez elle : madame d'Espard est une femme maladive, nerveuse, délicate, qui se trouverait mal dans votre nid à rats. Allez-y le soir, au lieu d'y accepter à dîner, puisque la loi vous défend de boire et de manger chez vos justiciables.

— La loi ne vous défend-elle pas de recevoir des legs de vos morts? dit Popinot croyant apercevoir une teinte d'ironie sur les lèvres de son neveu.

— Allons, mon oncle, quand ce ne serait que pour deviner le vrai de cette affaire, accordez-moi ma demande! Vous viendrez là comme juge d'instruction, puisque les choses ne vous semblent pas claires. Diantre! L'interrogatoire de la marquise n'est pas moins nécessaire que celui de son mari.

— Tu as raison, dit le magistrat, elle pourrait bien être la folle. J'irai.

— Je viendrai vous prendre : écrivez sur votre agenda: *Demain soir à neuf heures chez madame d'Espard.* Bien, dit Bianchon en voyant son oncle notant le rendez-vous.

Le lendemain soir, à neuf heures, le docteur Bianchon monta le poudreux escalier de son oncle, et le trouva travaillant à la rédaction de quelque jugement épineux. L'habit demandé par Lavienne n'avait pas été apporté par le tailleur, en sorte que Popinot pris son vieil habit plein de taches et fut le Popinot *incomptus* [31] dont l'aspect excitait le rire sur les lèvres de ceux auxquels sa vie intime était inconnue. Bianchon obtint cependant de mettre en ordre la cravate de son oncle et de lui boutonner son habit, il en cacha les taches en croisant les revers des basques de droite à gauche et présentant ainsi la partie encore neuve du drap. Mais en quelques instants le juge retroussa son habit sur sa poitrine par la manière dont il mit ses mains dans ses goussets en obéissant à son habitude. L'habit, démesurément plissé par-devant et par-derrière, forma comme une bosse au milieu du dos, et produisit entre le gilet et le pantalon une solution de continuité par laquelle se montra la chemise. Pour son malheur, Bianchon ne s'aperçut de ce surcroît de ridicule qu'au moment où son oncle se présenta chez la marquise.

Une légère esquisse de la vie de la personne chez laquelle se rendaient en ce moment le docteur et le juge est ici nécessaire pour rendre intelligible la conférence que Popinot allait avoir avec elle.

Madame d'Espard était, depuis sept ans, très à la mode à Paris, où la Mode élève et abaisse tour à tour des personnages qui, tantôt grands, tantôt petits, c'est-à-dire tour à tour en vue et oubliés, deviennent plus tard des personnes insupportables comme le sont tous les ministres disgraciés et toutes les majestés déchues. Incommodes par leurs prétentions fanées, ces flatteurs du passé savent tout, médisent de tout, et, comme les dissipateurs ruinés, sont les amis de tout le monde. Pour avoir été quittée par son mari vers l'année 1815, madame d'Espard devait s'être mariée au commencement de l'année 1812. Ses enfants avaient donc nécessairement, l'un quinze et l'autre treize ans. Par quel hasard une mère de famille, âgée d'environ trente-trois ans, était-elle à la mode? Quoique la Mode soit capricieuse et que nul ne puisse à l'avance désigner ses favoris, que souvent elle exalte la femme d'un banquier ou quelque personne d'une élégance et de beauté douteuses, il doit sembler surnaturel que la Mode eût pris des allures constitutionnelles en adoptant la *présidence d'âge.* Ici la Mode avait fait comme tout le monde, elle acceptait madame d'Espard pour une jeune femme. La marquise avait trente-trois ans sur les registres de l'État civil, et vingt-deux ans le soir dans un salon. Mais combien de soins et d'artifices! Des boucles artificieuses lui cachaient les tempes. Elle se condamnait chez elle au demi-jour en faisant la malade afin de rester dans les teintes protectrices d'une lumière passée à la mousseline. Comme Diane de Poitiers, elle pratiquait l'eau froide pour ses bains; comme elle encore, la marquise couchait sur le crin, dormait sur des oreillers de maroquin pour conserver sa chevelure, mangeait peu, ne buvait que de l'eau, combinait ses mouvements afin d'éviter la fatigue, et mettait une exactitude monastique dans les moindres actes de sa vie. Ce rude système a, dit-on, été poussé jusqu'à l'emploi de la glace au lieu d'eau et jusqu'aux aliments froids par une illlustre Polonaise qui, de nos jours, allie une vie déjà séculaire aux occupations, aux mœurs de la petite-maîtresse. Destinée à vivre autant que vécut

Marion de Lorme [32], à laquelle des biographes accordent cent trente ans, l'ancienne vice-reine de la Pologne montre, à près de cent ans, un esprit et un cœur jeunes, une gracieuse figure, une taille charmante ; elle peut dans sa conversation où les mots pétillent comme les sarments au feu comparer les hommes et les livres de la littérature actuelle aux hommes et aux livres du dix-huitième siècle. De Varsovie, elle commande ses bonnets chez Herbault. Grande dame, elle a le dévouement d'une petite fille ; elle nage, elle court comme un lycéen, et sait se jeter sur une causeuse aussi gracieusement qu'une jeune coquette ; elle insulte la mort et se rit de la vie. Après avoir étonné jadis l'empereur Alexandre, elle peut aujourd'hui surprendre l'empereur Nicolas par la magnificence de ses fêtes. Elle fait encore verser des larmes à quelque jeune homme épris, car elle a l'âge qu'il lui plaît d'avoir et les dévouements ineffables d'une grisette. Enfin, elle est un véritable conte de fée, si toutefois elle n'est pas la fée du conte. Madame d'Espard avait-elle connu madame Zayonscek ? Voulait-elle la recommencer ? Quoi qu'il en soit, la marquise prouvait la bonté de ce régime, son teint était pur, son front n'avait point de rides, son corps gardait, comme celui de la bien-aimée de Henri II [33], la souplesse, la fraîcheur, attraits cachés qui ramènent et fixent l'amour auprès d'une femme. Les précautions si simples de ce régime indiqué par l'art, par la nature, peut-être aussi par l'expérience, trouvaient d'ailleurs en elle un système général qui les corroborait. La marquise était douée d'une profonde indifférence pour tout ce qui n'était pas elle ; les hommes l'amusaient, mais aucun d'eux ne lui avait causé ces grandes excitations qui remuent profondément les deux natures et brisent l'une par l'autre. Elle n'avait ni haine ni amour. Offensée, elle se vengeait froidement et tranquillement, à son aise, en attendant l'occasion de satisfaire la mauvaise pensée qu'elle conservait sur quiconque s'était mal posé dans son souvenir. Elle ne se remuait pas, ne s'agitait point ; elle parlait, car elle savait qu'en disant deux mots une femme peut faire tuer trois hommes. Elle s'était vue quittée par monsieur d'Espard avec un singulier plaisir : n'emmenait-il pas deux enfants qui, pour le moment, l'ennuyaient, et qui, plus tard, pouvaient nuire à ses prétentions ? Ses amis les plus intimes, comme ses adorateurs les moins persévérants, ne lui voyant aucun de ces bijoux à la Cornélie [34] qui vont et viennent en avouant sans le savoir l'âge d'une mère, tous la prenaient pour une jeune femme. Les deux enfants, de qui la marquise paraissait tant s'inquiéter dans sa requête, étaient aussi bien que leur père inconnus du monde comme le passage Nord-Est est inconnu des marins. Monsieur d'Espard passait pour un original qui avait abandonné sa femme sans avoir contre elle le plus petit sujet de plainte. Maîtresse d'elle-même à vingt-deux ans, et maîtresse de sa fortune, qui consistait en vingt-six mille livres de rente, la marquise hésita longtemps avant de prendre un parti, et de décider son existence. Quoiqu'elle profitât des dépenses que son mari avait faites dans son hôtel, qu'elle gardât les ameublements, les équipages, les chevaux, enfin toute une maison montée, elle mena d'abord une vie retirée pendant les années 16, 17 et 18, époque à laquelle les familles se remettaient des désastres occasionnés par les tourmentes politiques. Appartenant d'ailleurs à l'une des maisons les plus considérables et les plus illustres du faubourg Saint-Germain, ses parents lui conseillèrent de vivre en famille, après la séparation forcée à laquelle la condamnait l'inexplicable caprice de son mari. En 1820, la marquise sortit de sa léthargie, parut à la cour, dans les fêtes et reçut chez elle. De 1821 à 1827, elle tint un grand état de maison, se fit remarquer par son goût et par sa toilette ; elle eut son jour, ses heures de réception ; puis elle s'assit bientôt sur le trône où précédemment avaient brillé madame la vicomtesse de Beauséant, la duchesse de Langeais, madame Firmiani, laquelle, après son mariage avec monsieur de Camps, avait résigné le sceptre aux mains de la duchesse de Maufrigneuse, à qui madame d'Espard l'arracha. Le monde ne savait rien de plus sur la vie intime de la marquise d'Espard. Elle paraissait devoir demeurer longtemps à l'horizon parisien, comme un soleil près de se coucher, mais qui ne se coucherait jamais. La marquise s'était étroitement liée avec une duchesse non moins célèbre par sa beauté que par son dévouement à la personne d'un prince alors en disgrâce [35], mais habitué à toujours entrer en dominateur dans les gouvernements à venir. Madame d'Espard était également l'amie d'une étrangère près de laquelle un illustre et rusé diplomate russe [36] analysait les affaires publiques. Enfin une vieille comtesse accoutumée à battre les cartes du grand jeu politique l'avait maternellement adoptée. Pour tout homme à haute vue, madame d'Espard se préparait ainsi à faire succéder une sourde mais réelle influence au règne public et frivole qu'elle devait à la mode. Son salon prenait une consistance politique. Ces mots : *Qu'en dit-on chez madame d'Espard ? Le salon de madame d'Espard est contre telle mesure*, commençaient à se répéter par un assez grand nombre de sots pour donner à son troupeau de fidèles l'autorité d'une coterie. Quelques blessés politiques, pansés, chatouillés par elle, tels que le favori de Louis XVIII, qui ne pouvait plus se faire prendre en considération [37], et d'anciens ministres près de revenir au pouvoir, la disaient aussi forte en diplomatie que l'était à Londres la femme de l'ambassadeur russe[38]. La marquise avait plusieurs fois donné, soit à des députés, soit à des pairs, des mots et des idées qui de la tribune avaient retenti en Europe. Elle avait souvent bien jugé de quelques événements sur lesquels ses habitués n'osaient émettre un avis. Les principaux personnages de la cour venaient jouer au whist chez elle le soir. Elle avait d'ailleurs les qualités de ses défauts. Elle passait pour être discrète et l'était. Son amitié paraissait être à toute épreuve. Elle servait ses protégés avec une persistance qui prouvait qu'elle tenait moins à se faire des créatures qu'à augmenter son crédit. Cette conduite était inspirée par sa passion dominante, la vanité. Les conquêtes et les plaisirs auxquels tiennent tant de femmes, lui semblaient à elle des moyens : elle voulait vivre sur tous les points du plus grand cercle que puisse décrire la vie. Parmi les hommes encore jeunes auxquels l'avenir appartenait et qui se pressaient dans ses salons aux grands jours, se remarquaient messieurs de Marsay, de Ronquerolles, de Montriveau, de La Roche-Hugon, de Sérisy, Ferraud, Maxime de Trailles, de Listomère, les deux Vandenesse, du Châtelet, etc. Souvent elle admettait un homme sans vouloir recevoir sa femme, et son pouvoir était assez fort déjà pour imposer ces dures conditions à certaines personnes ambitieuses telles que deux célèbres banquiers royalistes, messieurs de Nucingen et Ferdinand du Tillet. Elle avait si bien étudié le fort et le faible de la vie parisienne, qu'elle s'était toujours conduite de façon à ne laisser à aucun homme le moindre avantage sur elle. On aurait pu promettre une somme énorme d'un billet ou d'une lettre où elle se serait compromise, sans en pouvoir trouver un seul. Si la sécheresse de son âme lui permettait de jouer son rôle au naturel, son extérieur ne la servait pas moins bien. Elle avait une taille jeune. Sa voix était à commandement souple et fraîche, claire, dure. Elle possédait éminemment les secrets de cette attitude aristocratique par laquelle une femme efface le passé. La marquise connaissait bien l'art de mettre un espace immense entre elle et l'homme qui se croit des droits à la familiarité après un bonheur de hasard. Son regard imposant savait tout nier. Dans sa conversation, les grands et beaux sentiments, les nobles déterminations paraissaient découler naturellement d'une âme et d'un cœur pur ; mais elle était en réalité tout calcul, et bien capable de flétrir un homme maladroit dans ses transactions, au moment où elle transigerait sans honte au profit de ses intérêts personnels. En essayant de s'attacher à cette femme, Rastignac avait bien deviné le plus habile des instruments : mais il ne s'en était pas encore servi ; loin de pouvoir le manier, il se faisait déjà broyer par lui. Ce jeune *condottiere* de l'intelligence, condamné, comme Napoléon, à toujours livrer bataille en sachant qu'une seule défaite était le tombeau de sa fortune, avait rencontré dans sa protectrice un dangereux adversaire. Pour la première fois de sa vie turbulente, il faisait une partie sérieuse avec un partner [39] digne de lui. Dans la conquête de madame d'Espard il apercevait un ministère ; aussi la servait-il avant de s'en servir : dangereux début.

L'hôtel d'Espard exigeait un nombreux domestique [40], le train de la marquise était considérable. Les grandes réceptions avaient lieu au rez-de-chaussée, mais la marquise habitait le premier étage de sa maison. La tenue d'un grand escalier magnifiquement orné, des appartements décorés dans le goût noble qui jadis respirait à Versailles, annonçaient une immense fortune. Quand le juge vit la porte cochère s'ouvrant devant le cabriolet de son neveu, il examina par un rapide coup d'œil la loge, le suisse, la cour, les écuries, les dispositions de cette demeure, les fleurs qui garnissaient l'escalier, l'exquise propreté des rampes, des murs, des tapis, et compta les valets en livrée qui, au coup de cloche, arrivèrent sur le palier. Ses yeux, qui, la veille, sondaient au fond de son parloir la grandeur des misères sous les vêtements boueux du peuple, étudièrent avec la même lucidité de vision l'ameublement et le décor des pièces par lesquelles il passa, pour y découvrir les misères de la grandeur.

— Monsieur Popinot. — Monsieur Bianchon.

Ces deux noms furent dits à l'entrée du boudoir où se trouvait la marquise, jolie pièce récemment remeublée et qui donnait sur le jardin de l'hôtel. En ce moment, madame d'Espard était assise dans un de ces anciens fauteuils *rococo* que Madame avait mis à la mode. Rastignac occupait près d'elle, à sa gauche, une chauffeuse dans laquelle il s'était établi comme le *primo* d'une dame italienne. Debout, à l'angle de la cheminée, se tenait un troisième personnage. Ainsi que le savant docteur l'avait deviné, la marquise était une femme d'un tempérament sec et nerveux : sans son régime, son teint eût pris la couleur rougeâtre que donne un constant échauffement ; mais elle ajoutait encore à sa blancheur factice par les nuances et les tons vigoureux des étoffes dont elle s'entourait ou avec lesquelles elle s'habillait. Le brun-rouge, le marron, le bistre à reflets d'or, lui allaient à merveille. Son boudoir, copié sur celui d'une célèbre lady alors à la mode à Londres, était en velours couleur de tan ; mais elle y avait ajouté de nombreux agréments dont les jolis dessins atténuaient la pompe excessive de cette royale couleur. Elle était coiffée comme une jeune personne, en bandeaux terminés par des boucles qui faisaient ressortir l'ovale un peu long de sa figure ; mais autant la forme ronde est ignoble, autant la forme oblongue est majestueuse. Les doubles miroirs à facettes qui allongent ou aplatissent à volonté les figures donnent une preuve évidente de cette règle applicable à la physiognomonie. En apercevant Popinot qui s'arrêta sur la porte comme un animal effrayé, tendant le cou, la main gauche dans son gousset, la droite armée d'un chapeau dont la coiffe était crasseuse, la marquise jeta sur Rastignac un regard dans lequel la moquerie était en germe. L'aspect un peu niais du bonhomme s'accordait si bien avec sa grotesque tournure, avec son air effaré, qu'en voyant la figure contristée de Bianchon, qui se sentait humilié dans son oncle, Rastignac ne put s'empêcher de rire en détournant la tête. La marquise salua par un geste de tête, et fit un pénible effort pour se soulever dans son fauteuil où elle retomba non sans grâce, en paraissant s'excuser de son impolitesse sur une débilité jouée.

En ce moment, le personnage qui se trouvait debout entre la cheminée et la porte salua légèrement, avança deux chaises en les présentant par un geste au docteur et au juge ; puis, quand il les vit assis, il se remit le dos contre la tenture, et se croisa les bras. Un mot sur cet homme. Il est de nos jours un peintre, Decamps, qui possède au plus haut degré l'art d'intéresser à ce qu'il représente à vos regards, que ce soit une pierre ou un homme. Sous ce rapport, son crayon est plus savant que son pinceau. Qu'il dessine une chambre nue et qu'il y laisse un balai sur la muraille ; s'il le veut, vous frémirez : vous croirez que ce balai vient d'être l'instrument d'un crime et qu'il est trempé de sang ; ce sera le balai dont s'est servie la veuve Bancal pour nettoyer la salle où Fualdès fut égorgé. Oui, le peintre ébouriffera le balai comme l'est un homme en colère, il en hérissera les brins comme si c'était vos cheveux frémissants ; il en fera comme un truchement entre la poésie secrète de son imagination et la poésie qui se déploiera dans la vôtre. Après vous avoir effrayé par la vue de ce balai, demain il en dessinera quelque autre auprès duquel un chat endormi, mais mystérieux dans son sommeil, vous affirmera que ce balai sert à la femme d'un cordonnier allemand pour se rendre au Brocken [41]. Ou bien ce sera quelque balai pacifique auquel il suspendra l'habit d'un employé au Trésor. Decamps a dans son pinceau ce que Paganini avait dans son archet, une puissance magnétiquement communicative. Eh bien, il faudrait transporter dans le style ce génie saisissant, ce *chique* [42] du crayon pour peindre l'homme droit, maigre et grand, vêtu de noir, à longs cheveux noirs, qui resta debout sans mot dire. Ce seigneur avait une figure à lame de couteau, froide, âpre, dont le teint ressemblait aux eaux de la Seine quand elle est trouble et qu'elle charrie les charbons de quelque bateau coulé. Il regardait à terre, écoutait et jugeait. Sa pose effrayait. Il était là, comme le célèbre balai auquel Decamps a donné le pouvoir accusateur de révéler un crime. Parfois, la marquise essaya durant la conférence d'obtenir un avis tacite en arrêtant pendant un instant ses yeux sur ce personnage ; mais quelque vive que fût la muette interrogation, il demeura grave et roide, autant que la statue du Commandeur.

Le bon Popinot, assis au bord de sa chaise, en face du feu, son chapeau entre les jambes, regardait les candélabres dorés en or moulu, la pendule, les curiosités entassées sur la cheminée, l'étoffe et les agréments de la tenture, enfin tous ces jolis riens si coûteux dont s'entoure une femme à la mode. Il fut tiré de sa contemplation bourgeoise par madame d'Espard qui lui disait d'une voix flûtée : — Monsieur, je vous dois un million de remerciements...

— Un million de remerciements, se dit le bonhomme en lui-même, c'est trop, il n'y en a pas un.

— ... Pour la peine que vous daignez...

— Daignez! pensa-t-il, elle se moque de moi.

— ... Daignez prendre en venant voir une pauvre plaideuse, trop malade pour pouvoir sortir...

Ici le juge coupa la parole à la marquise en lui jetant un regard d'inquisiteur par lequel il examina l'état sanitaire de la pauvre plaideuse. — Elle se porte comme un charme! se dit-il.

— Madame, répondit-il en prenant un air respectueux, vous ne me devez rien. Quoique ma démarche ne soit pas dans les habitudes du tribunal, nous ne devons rien épargner pour arriver à la découverte de la vérité dans ces sortes d'affaires. Nos jugements sont alors déterminés moins par le texte de la loi que par les inspirations de notre conscience. Que je cherche la vérité dans mon cabinet ou ici, pourvu que je la trouve, tout sera bien.

Pendant que Popinot parlait, Rastignac serrait la main à Bianchon, et la marquise faisait au docteur une petite inclination de tête pleine de gracieuses faveurs.

— Quel est ce monsieur? dit Bianchon à l'oreille de Rastignac en lui montrant l'homme noir.

— Le chevalier d'Espard, le frère du marquis.

— Monsieur votre neveu m'a dit, répondit la marquise à Popinot, combien vous aviez d'occupations, et je sais déjà que vous êtes assez bon pour vouloir cacher un bienfait, afin de dispenser vos obligés de la reconnaissance. Il paraît que ce tribunal vous fatigue extrêmement. Pourquoi ne double-t-on pas le nombre des juges?

— Ah! madame, *ça n'est pas l'embarras*, dit Popinot, ça n'en serait pas plus mal. Mais quand ça se fera, les poules auront des dents.

En entendant cette phrase, qui allait si bien à la

physionomie du juge, le chevalier d'Espard le toisa d'un coup d'œil, et eut l'air de se dire : « Nous en aurons facilement raison. »

La marquise regarda Rastignac, qui se pencha vers elle.

— Voilà, dit le jeune élégant à la marquise, comment sont faits les gens chargés de prononcer sur les intérêts et sur la vie des particuliers.

Comme la plupart des hommes vieillis dans un métier, Popinot se laissait volontiers aller aux habitudes qu'il y avait contractées, habitudes de pensée d'ailleurs. Sa conversation sentait le juge d'instruction. Il aimait à questionner ses interlocuteurs, à les presser entre des conséquences inattendues, à leur faire dire plus qu'ils ne voulaient en faire savoir. Pozzo di Borgo[43] s'amusait, dit-on, à surprendre les secrets de ses interlocuteurs, à les embarrasser dans ses pièges diplomatiques : il déployait ainsi, par une invincible accoutumance, son esprit trempé de ruse. Aussitôt que Popinot eut, pour ainsi dire, toisé le terrain sur lequel il se trouvait, il jugea qu'il était nécessaire d'avoir recours aux finesses les plus habiles, les mieux déguisées et les mieux entortillées, en usage au Palais pour surprendre la vérité. Bianchon demeurait froid et sévère comme un homme qui se décide à subir un supplice en taisant ses douleurs ; mais, intérieurement, il souhaitait à son oncle le pouvoir de marcher sur cette femme comme on marche sur une vipère : comparaison que lui inspirèrent la longue robe, la courbe de la pose, le col allongé, la petite tête et les mouvements onduleux de la marquise.

— Eh bien, monsieur, reprit madame d'Espard, quelle que soit ma répugnance à *faire de l'égoïsme*, je souffre depuis trop longtemps pour ne pas souhaiter que vous la finissiez promptement. Aurai-je bientôt une solution heureuse ?

— Madame, je ferai tout ce qui dépendra de moi pour la terminer, dit Popinot d'un air plein de bonhomie. Ignorez-vous la cause qui a nécessité la séparation existant entre vous et le marquis d'Espard ? demanda le juge en regardant la marquise.

— Oui, monsieur, répondit-elle en se posant pour débiter un récit préparé. Au commencement de l'année 1816, monsieur d'Espard, qui, depuis trois mois, avait tout à fait changé d'humeur, me proposa d'aller vivre auprès de Briançon, dans une de ses terres, sans avoir égard à ma santé, que ce climat aurait ruinée, sans tenir compte de mes habitudes ; je refusai de le suivre. Mon refus lui inspira des reproches si mal fondés que, dès ce moment, j'eus des soupçons sur la rectitude de son esprit. Le lendemain il me quitta, me laissant son hôtel, la libre disposition de mes revenus, et alla se loger rue de la Montagne-Sainte-Geneviève, en emmenant mes deux enfants.

— Permettez, madame, dit le juge en interrompant, quels étaient ces revenus ?

— Vingt-six mille livres de rente, répondit-elle en parenthèse. Je consultai sur-le-champ le vieux monsieur Bordin pour savoir ce que j'avais à faire, reprit-elle ; mais il paraît que les difficultés sont telles pour ôter à un père le gouvernement de ses enfants, que j'ai dû me résigner à demeurer seule à vingt-deux ans, âge auquel beaucoup de jeunes femmes peuvent faire des sottises. Vous avez sans doute lu ma requête, monsieur ; vous connaissez les principaux faits sur lesquels je me fonde pour demander l'interdiction de monsieur d'Espard ?

— Avez-vous fait, madame, demanda le juge, des démarches auprès de lui pour obtenir vos enfants ?

— Oui, monsieur ; mais elles ont été toutes inutiles. Il est bien cruel pour une mère d'être privée de l'affection de ses enfants, surtout quand ils peuvent donner des jouissances auxquelles tiennent toutes les femmes.

— L'aîné doit avoir seize ans, dit le juge.

— Quinze! répondit vivement la marquise.

Ici, Bianchon regarda Rastignac. Madame d'Espard se mordit les lèvres.

— En quoi l'âge de mes enfants vous importe-t-il?

— Ah! madame, dit le juge sans avoir l'air de faire attention à la portée de ses paroles, un jeune garçon de quinze ans et son frère, âgé sans doute de treize ans, ont des jambes et de l'esprit, ils pourraient venir vous voir en cachette ; s'ils ne viennent pas, ils obéissent à leur père, et, pour lui obéir en ce point, il faut l'aimer beaucoup.

— Je ne vous comprends pas, dit la marquise.

— Vous ignorez peut-être, répondit Popinot, que votre avoué prétend dans votre requête que vos chers enfants sont très malheureux près de leur père...

Madame d'Espard dit avec une charmante innocence :

— Je ne sais pas ce que l'avoué m'a fait dire.

— Pardonnez-moi ces inductions, mais la justice pèse tout, reprit Popinot. Ce que je vous demande, madame, est inspiré par le désir de bien connaître l'affaire. Selon vous, monsieur d'Espard vous aurait quittée sous le prétexte le plus frivole. Au lieu d'aller à Briançon, où il voulait vous emmener, il est resté à Paris. Ce point n'est pas clair. Connaissait-il cette dame Jeanrenaud avant son mariage?

— Non, monsieur, répondit la marquise avec une sorte de déplaisir visible seulement pour Rastignac et pour le chevalier d'Espard.

Elle se trouvait blessée d'être mise sur la sellette par ce juge, quand elle se proposait d'en pervertir le jugement ; mais, comme l'attitude de Popinot restait niaise à force de préoccupation, elle finit par attribuer ses questions au génie *interrogant* du bailli de Voltaire.

— Mes parents, dit-elle en continuant, m'ont mariée à l'âge de seize ans avec monsieur d'Espard, de qui le nom, la fortune, les habitudes répondaient à ce que ma famille exigeait de l'homme qui devait être mon mari. Monsieur d'Espard avait alors vingt-six ans, il était gentilhomme dans l'acception anglaise de ce mot ; ses manières me plurent, il paraissait avoir beaucoup d'ambition, et j'aime les ambitieux, dit-elle en regardant Rastignac. Si monsieur d'Espard n'avait pas rencontré cette dame Jeanrenaud, ses qualités, son savoir, ses connaissances l'auraient porté, selon le jugement de ses amis d'alors, au gouvernement des affaires ; le roi Charles X, alors MONSIEUR, le tenait haut dans son estime, et la pairie, une charge à la cour, une place élevée l'attendaient. Cette femme lui a tourné la tête et a détruit l'avenir de toute une famille.

— Quelles étaient alors les opinions religieuses de monsieur d'Espard ?

— Il était, dit-elle, il est encore d'une haute piété.

— Vous ne pensez pas que madame Jeanrenaud ait agi sur lui au moyen du mysticisme ?

— Non, monsieur.

— Vous avez un bel hôtel, madame, dit brusquement Popinot en retirant ses mains de ses goussets, et se levant pour écarter les basques de son habit et se chauffer. Ce boudoir est fort bien, voilà des chaises magnifiques, vos appartements sont bien somptueux ; vous devez gémir en effet, en vous trouvant ici, de savoir vos enfants mal logés, mal vêtus et mal nourris. Pour une mère, je n'imagine rien de plus affreux !

— Oui, monsieur. Je voudrais tant procurer quelques plaisirs à ces pauvres petits, que leur père fait travailler du matin au soir à ce déplorable ouvrage sur la Chine !

— Vous donnez de beaux bals, ils s'y amuseraient, mais ils y prendraient peut-être le goût de la dissipation ;

cependant, leur père pourrait bien vous les envoyer une ou deux fois par hiver.

— Il me les amène au jour de l'an et le jour de ma naissance. Ces jours-là, monsieur d'Espard me fait la grâce de dîner avec eux chez moi.

— Cette conduite est bien singulière, dit Popinot en prenant l'air d'un homme convaincu. Avez-vous vu cette dame Jeanrenaud ?

— Un jour, mon beau-frère, qui, par intérêt pour son frère...

— Ah! monsieur, dit le juge en interrompant la marquise, est le frère de monsieur d'Espard ?

Le chevalier s'inclina sans dire une parole.

— Monsieur d'Espard, qui a suivi cette affaire, m'a menée à l'Oratoire où cette femme va au prêche, car elle est protestante. Je l'ai vue, elle n'a rien d'attrayant, elle ressemble à une bouchère ; elle est extrêmement grasse, horriblement marquée de la petite vérole ; elle a les mains et les pieds d'un homme, elle louche, enfin c'est un monstre.

— Inconcevable! dit le juge en paraissant le plus niais de tous les juges du royaume. Et cette créature demeure ici près, rue Verte, dans un hôtel! Il n'y a donc plus de bourgeois [44].

— Un hôtel où son fils a fait des dépenses folles.

— Madame, dit le juge, j'habite le faubourg Saint-Marceau, je ne connais pas ces sortes de dépenses : qu'appelez-vous des dépenses folles ?

— Mais, dit la marquise, une écurie, cinq chevaux, trois voitures, une calèche, un coupé, un cabriolet.

— Cela coûte donc *gros* ? dit Popinot étonné.

— Énormément, dit Rastignac en l'interrompant. Un train pareil demande pour l'écurie, pour l'entretien des voitures et l'habillement des gens, entre quinze et seize mille francs.

— Croyez-vous, madame? demanda le juge d'un air surpris.

— Oui, au moins, répondit la marquise.

— Et l'ameublement de l'hôtel a dû coûter encore *gros*?

— Plus de cent mille francs, répondit la marquise qui ne put s'empêcher de sourire de la vulgarité du juge.

— Les juges, madame, reprit le bonhomme, sont assez incrédules, ils sont même payés pour l'être, et je le suis. Monsieur le baron Jeanrenaud et sa mère auraient, si cela est, étrangement spolié monsieur d'Espard. Voici une écurie qui, selon vous, coûterait seize mille francs par an. La table, les gages des gens, les grosses dépenses de maison devraient aller au double, ce qui exigerait cinquante ou soixante mille francs par an. Croyez-vous que ces gens, naguère si misérables, puissent avoir une si grande fortune? Un million donne à peine quarante mille livres de rente.

— Monsieur, le fils et la mère ont placé les fonds donnés par monsieur d'Espard en rentes sur le Grand-Livre, quand elles étaient à 60 ou 80. Je crois que leurs revenus doivent monter à plus de soixante mille francs. Le fils a d'ailleurs de très beaux appointements.

— S'ils dépensent soixante mille francs, dit le juge, combien dépensez-vous donc?

— Mais, répondit madame d'Espard, à peu près autant.

Le chevalier fit un mouvement, la marquise rougit, Bianchon regarda Rastignac ; mais le juge prit un air de bonhomie qui trompa madame d'Espard. Le chevalier ne prit plus aucune part à la conversation, il vit tout perdu.

— Ces gens, madame, dit Popinot, peuvent être traduits devant le juge extraordinaire.

— Telle était mon opinion, reprit la marquise enchantée. Menacés de la police correctionnelle, ils auraient transigé.

— Madame, dit Popinot, quand monsieur d'Espard vous quitta, ne vous donna-t-il pas une procuration pour gérer et administrer vos biens ?

— Je ne comprends pas le but de ces questions, dit vivement la marquise. Il me semble que si vous preniez en considération l'état où me met la démence de mon mari, vous devriez vous occuper de lui et non de moi.

— Madame, dit le juge, nous y arrivons. Avant de confier à vous ou à d'autres l'administration des biens de monsieur d'Espard, s'il était interdit, le tribunal doit savoir comment vous avez gouverné les vôtres. Si monsieur d'Espard vous avait remis une procuration, il vous aurait témoigné de la confiance, et le tribunal apprécierait ce fait. Avez-vous eu sa procuration ? Vous pourriez avoir acheté, vendu des immeubles, placé des fonds ?

— Non, monsieur ; il n'est pas dans les habitudes des Blamont-Chauvry de faire le commerce, dit-elle, vivement piquée dans son orgueil nobiliaire et oubliant son affaire. Mes biens sont restés intacts, et monsieur d'Espard ne m'a pas donné de procuration.

Le chevalier mit la main sur ses yeux pour ne pas laisser voir la vive contrariété que lui faisait éprouver le peu de prévoyance de sa belle-sœur, qui se tuait par ses réponses. Popinot avait marché droit au fait malgré les détours de son interrogatoire.

— Madame, dit le juge en montrant le chevalier, monsieur, sans doute, vous appartient par les liens du sang ? Nous pouvons parler à cœur ouvert devant ces messieurs.

— Parlez, dit la marquise étonnée de cette précaution.

— Hé bien, madame, j'admets que vous ne dépensiez

que soixante mille francs par an, et cette somme semblera bien employée à qui voit vos écuries, votre hôtel, votre nombreux domestique, et les habitudes d'une maison dont le luxe me semble supérieur à celui des Jeanrenaud.

La marquise fit un geste d'assentiment.

— Or, reprit le juge, si vous ne possédez que vingt-six mille francs de rente, entre nous soit dit, vous pourriez avoir une centaine de mille francs de dettes. Le tribunal serait donc en droit de croire qu'il existe dans les motifs qui vous portent à demander l'interdiction de monsieur votre mari un intérêt personnel, un besoin d'acquitter vos dettes, si... vous... en... aviez. Les sollicitations qui m'ont été faites m'ont intéressé à votre situation, examinez-la bien, confessez-vous. Il serait encore temps, dans le cas où mes suppositions seraient justes, d'éviter le scandale d'un blâme qu'il serait dans les attributions du tribunal d'exprimer dans les attendus de son jugement, si vous ne rendiez pas votre position nette et claire. Nous sommes forcés d'examiner les motifs des demandeurs aussi bien que d'écouter les défenses de l'homme à interdire, de rechercher si les requérants ne sont pas guidés par la passion, égarés par des cupidités malheureusement trop communes...

La marquise était sur le gril de saint Laurent.

— ... Et j'ai besoin d'avoir des explications à ce sujet, disait le juge. Madame, je ne demande pas à compter avec vous, mais seulement à savoir comment vous avez suffi à un train de soixante mille livres de rente, et cela depuis quelques années. Il est beaucoup de femmes qui accomplissent ce phénomène dans leur ménage, mais vous n'êtes pas de ces femmes-là. Parlez, vous pouvez avoir des moyens fort légitimes, des grâces royales, quelques ressources dans les indemnités récemment accordées ; mais, dans ce cas, l'autorisation de votre mari eût été nécessaire pour les recueillir.

La marquise était muette.

— Songez, dit Popinot, que monsieur d'Espard peut vouloir se défendre, et son avocat aura le droit de rechercher si vous avez des créanciers. Ce boudoir est fraîchement meublé, vos appartements n'ont pas le mobilier que vous laissait, en 1816, monsieur le marquis. Si, comme vous me faisiez l'honneur de me le dire, les ameublements sont coûteux pour des Jeanrenaud, ils le sont encore plus pour vous, qui êtes une grande dame. Si je suis juge, je suis homme, je puis me tromper, éclairez-moi. Songez aux devoirs que la loi m'impose, aux recherches rigoureuses qu'elle exige alors qu'il s'agit de prononcer l'interdiction d'un père de famille qui se trouve dans toute la force de l'âge. Aussi excuserez-vous, madame la marquise, les objections que j'ai l'honneur de vous soumettre, et sur lesquelles il vous est facile de me donner quelques explications. Quand un homme est interdit pour le fait de démence, il lui faut un curateur ; qui serait le curateur ?

— Son frère, dit la marquise.

Le chevalier salua. Il y eut un moment de silence qui fut gênant pour ces cinq personnes en présence. En se jouant, le juge avait découvert la plaie de cette femme. La figure bourgeoisement bonasse de Popinot, de qui la marquise, le chevalier et Rastignac étaient disposés à rire, avait acquis à leurs yeux sa physionomie véritable. En le regardant à la dérobée, tous trois apercevaient les mille significations de cette bouche éloquente. L'homme ridicule devenait un juge perspicace. Son attention à évaluer le boudoir s'expliquait : il était parti de l'éléphant doré qui soutenait la pendule pour questionner ce luxe, et venait de lire au fond du cœur de cette femme.

— Si le marquis d'Espard est fou de la Chine, dit

Popinot en montrant la garniture de cheminée, j'aime à voir que les produits vous en plaisent également. Mais peut-être est-ce à monsieur le marquis que vous devez les charmantes chinoiseries que voici, dit-il en désignant de précieuses babioles.

Cette raillerie de bon goût fit sourire Bianchon, pétrifia Rastignac, et la marquise mordit ses lèvres minces.

— Monsieur, dit madame d'Espard, au lieu d'être le défenseur d'une femme placée dans la cruelle alternative de voir sa fortune et ses enfants perdus, ou de passer pour l'ennemie de son mari, vous m'accusez! Vous soupçonnez mes intentions! Avouez que votre conduite est étrange...

— Madame, répondit vivement le juge, la circonspection que le tribunal apporte en ces sortes d'affaires vous aurait donné, dans tout autre juge, un critique peut-être moins indulgent que je ne le suis. D'ailleurs, croyez-vous que l'avocat de monsieur d'Espard sera très complaisant? Ne saura-t-il pas envenimer des intentions qui peuvent être pures et désintéressées? Votre vie lui appartiendra, il la fouillera sans mettre à ses recherches la respectueuse déférence que j'ai pour vous.

— Monsieur, je vous remercie, répondit ironiquement la marquise. Admettons pour un moment que je doive trente mille, cinquante mille francs, ce serait d'abord une bagatelle pour les maisons d'Espard et de Blamont-Chauvry ; mais si mon mari ne jouit pas de ses facultés intellectuelles, serait-ce un obstacle à son interdiction?

— Non, madame, dit Popinot.

— Quoique vous m'ayez interrogée avec un esprit de ruse que je ne devais pas supposer chez un juge, dans une circonstance où la franchise suffisait pour tout apprendre, reprit-elle, et que je me regarde comme autorisée à ne plus rien dire, je vous répondrai sans détour que mon état dans le monde, que tous ces efforts faits pour me conserver des relations sont en désaccord avec mes goûts. J'ai commencé la vie par demeurer longtemps dans la solitude ; mais l'intérêt de mes enfants a parlé, j'ai senti que je devais remplacer leur père. En recevant mes amis, en entretenant toutes ces relations, en contractant ces dettes, j'ai garanti leur avenir, je leur ai préparé de brillantes carrières où ils trouveront aide et soutien ; et, pour avoir ce qu'ils ont acquis ainsi, bien des calculateurs, magistrats ou banquiers, paieraient volontiers tout ce qu'il m'en a coûté.

— J'apprécie votre dévouement, madame, répondit le juge. Il vous honore, et je ne blâme en rien votre conduite. Le magistrat appartient à tous : il doit tout connaître, il lui faut tout peser.

Le tact de la marquise et son habitude de juger les hommes lui firent deviner que monsieur Popinot ne pourrait être influencé par aucune considération. Elle avait compté sur quelque magistrat ambitieux, elle rencontrait un homme de conscience. Elle songea soudain à d'autres moyens pour assurer le succès de son affaire. Les domestiques apportèrent le thé.

— Madame a-t-elle d'autres explications à me donner ? dit Popinot en voyant ces apprêts.

— Monsieur, lui répondit-elle avec hauteur, faites votre métier : interrogez monsieur d'Espard, et vous me plaindrez, j'en suis certaine... Elle releva la tête en regardant Popinot avec une fierté mêlée d'impertinence, le bonhomme la salua respectueusement.

— Il est gentil, ton oncle, dit Rastignac à Bianchon. Il ne comprend donc rien, il ne sait donc pas ce qu'est la marquise d'Espard, il ignore donc son influence, son pouvoir occulte sur le monde ? Elle aura demain chez elle le Garde des Sceaux...

— Mon cher, que veux-tu que j'y fasse, dit Bianchon, ne t'ai-je pas prévenu ? Ce n'est pas un homme coulant.

— Non, dit Rastignac, c'est un homme à couler.

Le docteur fut forcé de saluer la marquise et son muet chevalier pour courir après Popinot, qui, n'étant pas homme à demeurer dans une situation gênante, trottinait dans les salons.

— Cette femme-là doit cent mille écus, dit le juge en montant dans le cabriolet de son neveu.

— Que pensez-vous de l'affaire ?

— Moi, dit le juge, je n'ai jamais d'opinion avant d'avoir tout examiné. Demain, de bon matin, je manderai madame Jeanrenaud par-devant moi, dans mon cabinet, à quatre heures, pour lui demander des explications sur les faits qui lui sont relatifs, car elle est compromise.

— Je voudrais bien savoir la fin de cette affaire.

— Eh ! mon Dieu, ne vois-tu pas que la marquise est l'instrument de ce grand homme sec qui n'a pas soufflé mot ? Il y a un peu de Caïn chez lui, mais du Caïn qui cherche sa massue dans le tribunal, où, malheureusement, nous avons quelques épées de Samson [45].

— Ah ! Rastignac, s'écria Bianchon, que fais-tu dans cette galère ?

— Nous sommes accoutumés à voir de ces petits complots dans les familles : il ne se passe pas d'année qu'il n'y ait des jugements de non-lieu sur des demandes en interdiction. Dans nos mœurs, on n'est pas déshonoré par ces sortes de tentatives ; tandis que nous envoyons aux galères un pauvre diable pour avoir cassé la vitre qui le séparait d'une sébille pleine d'or. Notre code n'est pas sans défauts.

— Mais les faits de la requête ?

— Mon garçon, tu ne connais donc pas encore les romans judiciaires que les clients imposent à leurs avoués ? Si les avoués se condamnaient à ne présenter que la vérité, ils ne gagneraient pas l'intérêt de leurs charges.

Le lendemain, à quatre heures après midi, une grosse dame, qui ressemblait assez à une futaille à laquelle on aurait mis une robe et une ceinture, suait et soufflait en montant l'escalier du juge Popinot. Elle était à grand-peine sortie d'un landau vert qui lui seyait à merveille : la femme ne se concevait pas sans le landau, ni le landau sans la femme.

— C'est moi, mon cher monsieur, dit-elle en se présentant à la porte du cabinet du juge, madame Jeanrenaud, que vous avez demandée ni plus ni moins que si elle était une voleuse. Ces paroles communes furent prononcées d'une voix commune, scandée par les sifflements obligés d'un asthme, et terminée par un accès de toux. Quand je traverse les endroits humides, vous ne sauriez croire comme je souffre, monsieur. Je ne ferai pas de vieux os, sauf votre respect. Enfin me voilà.

Le juge resta tout ébahi à l'aspect de cette prétendue maréchale d'Ancre. Madame Jeanrenaud avait une figure percée d'une infinité de trous, très colorée, à front bas, un nez retroussé, une figure ronde comme une boule ; car chez la bonne femme tout était rond. Elle avait les yeux vifs d'une campagnarde, l'air franc, la parole joviale, des cheveux châtains retenus par un faux bonnet sous un chapeau vert orné d'un vieux bouquet d'oreilles-d'ours. Ses seins volumineux excitaient le rire en faisant craindre une grotesque explosion à chaque tousserie. Ses grosses jambes étaient de celles qui font dire d'une femme, par les gamins de Paris, qu'elle est bâtie sur pilotis. La veuve avait une robe verte garnie de chinchilla, qui lui allait comme une tache de cambouis sur le voile d'une mariée. Enfin chez elle tout était d'accord avec son dernier mot :

— Me voilà.

— Madame, lui dit Popinot, vous êtes soupçonnée d'avoir employé la séduction sur monsieur le marquis d'Espard pour vous faire attribuer des sommes considérables.

— De quoi, de quoi? dit-elle, la séduction! Mais, mon cher monsieur, vous êtes un homme respectable, et d'ailleurs, comme magistrat, vous devez avoir du bon sens, regardez-moi! Dites-moi si je suis femme à séduire quelqu'un. Je ne peux pas nouer les cordons de mes souliers ni me baisser. Voilà vingt ans que, Dieu merci, je ne peux pas mettre de corset sous peine de mort violente. J'étais mince comme une asperge à dix-sept ans, et jolie, je puis vous le dire aujourd'hui. J'ai donc épousé Jeanrenaud, un brave homme, conducteur de bateaux de sel. J'ai eu mon fils, qui est un beau garçon : il est ma gloire ; et, sans me mépriser, c'est mon plus bel ouvrage. Mon petit Jeanrenaud était un soldat flatteur pour Napoléon et l'a servi dans la garde impériale. Hélas! la mort de mon homme, qui a péri noyé, m'a fait une révolution : j'ai eu la petite vérole, je suis restée deux ans dans ma chambre sans bouger, et j'en suis sortie grosse comme vous voyez, laide à perpétuité et malheureuse comme les pierres... Voilà mes séductions!

— Mais, madame, quels sont donc alors les motifs que peut avoir monsieur d'Espard pour vous avoir donné des sommes...?

— Immenses, monsieur, dites le mot, je le veux bien ; mais quant aux motifs, je ne suis pas autorisée à les déclarer.

— Vous auriez tort. En ce moment sa famille, justement inquiète, va le poursuivre...

— Dieu de Dieu! dit la bonne femme en se levant

avec vivacité, serait-il donc susceptible d'être tourmenté à mon égard ? Le roi des hommes, un homme qui n'a pas son pareil ! Plutôt qu'il lui arrive le moindre chagrin, et j'oserais dire un cheveu de moins sur la tête, nous rendrons tout, monsieur le juge. Mettez cela sur vos papiers. Dieu de Dieu ! je cours dire à Jeanrenaud ce qui en est. Ah ! voilà du propre !

Et la petite vieille se leva, sortit, roula par les escaliers, et disparut.

— Elle ne ment pas, celle-là, se dit le juge. Allons, je saurai tout demain, car demain j'irai chez le marquis d'Espard.

Les gens qui ont dépassé l'âge auquel l'homme dépense sa vie à tort et à travers connaissent l'influence exercée sur les événements majeurs par des actes en apparence indifférents, et ne s'étonneront pas de l'importance attachée au petit fait que voici. Le lendemain Popinot eut un coryza, maladie sans danger, connue sous le nom impropre et ridicule de *rhume de cerveau*. Incapable de soupçonner la gravité d'un délai, le juge, qui se sentit un peu de fièvre, garda la chambre et n'alla pas interroger le marquis d'Espard. Cette journée perdue fut, dans cette affaire, ce que fut, à la journée des Dupes, le bouillon pris par Marie de Médicis, qui, retardant sa conférence avec Louis XIII, permit à Richelieu d'arriver le premier à Saint-Germain et de ressaisir son royal captif. Avant de suivre le magistrat et son greffier chez le marquis d'Espard, peut-être est-il nécessaire de jeter un coup d'œil sur la maison, sur l'intérieur et les affaires de ce père de famille représenté comme un fou dans la requête de sa femme.

Il se rencontre çà et là dans les vieux quartiers de Paris plusieurs bâtiments où l'archéologue reconnaît un certain désir d'orner la ville, et cet amour de la propriété qui porte à donner de la durée aux constructions.

La maison où demeurait alors monsieur d'Espard, rue de la Montagne-Sainte-Geneviève, était un de ces antiques monuments bâtis en pierre de taille, et qui ne manquaient pas d'une certaine richesse dans l'architecture ; mais le temps avait noirci la pierre, et les révolutions de la ville en avaient altéré le dehors et le dedans. Les hauts personnages qui jadis habitaient le quartier de l'Université s'en étant allés avec les grandes institutions ecclésiastiques, cette demeure avait abrité des industries et des habitants auxquels elle ne fut jamais destinée. Dans le dernier siècle, une imprimerie en avait dégradé les parquets, sali les boiseries, noirci les murailles, et détruit les principales dispositions intérieures. Autrefois l'hôtel d'un cardinal, cette noble maison était aujourd'hui livrée à d'obscurs locataires. Le caractère de son architecture indiquait qu'elle avait été bâtie durant les règnes de Henri III, de Henri IV et de Louis XIII, à l'époque où se construisaient aux environs les hôtels Mignon, Serpente, le palais de la princesse Palatine et la Sorbonne. Un vieillard se souvenait de l'avoir entendu, dans le dernier siècle, nommer l'hôtel Duperron. Il paraissait vraisemblable que cet illustre cardinal l'avait construite ou seulement habitée. Il existe en effet à l'angle de la cour un perron composé de plusieurs marches, par lequel on entre dans la maison ; et l'on descend au jardin par un autre perron construit au milieu de la façade intérieure. Malgré les dégradations, le luxe déployé par l'architecte dans les balustrades et dans la tribune de ces deux perrons annonce la naïve intention de rappeler le nom du propriétaire, espèce de calembour sculpté que se permettaient souvent nos ancêtres. Enfin, à l'appui de cette preuve, les archéologues peuvent voir dans les tympans qui ornent les deux principales façades quelques traces de cordons du chapeau romain. Monsieur le marquis d'Espard occupait le rez-de-chaussée, sans doute afin d'avoir la jouissance du jardin, qui pouvait passer dans ce quartier pour spacieux, et se trouvait à l'exposition du midi, deux avantages qu'exigeait impérieusement la santé de ses enfants. La situation de la maison, dans une rue dont le nom indique la pente rapide, procurait à ce rez-de-chaussée une assez grande élévation pour qu'il n'y eût jamais d'humidité. Monsieur d'Espard avait dû louer son appartement pour une très modique somme, les loyers étant peu chers à l'époque où il vint dans ce quartier afin d'être au centre des collèges et de surveiller l'éducation de ses enfants. D'ailleurs, l'état dans lequel il prit les lieux où tout était à réparer avait nécessairement décidé le propriétaire à se montrer fort accommodant. Monsieur d'Espard avait donc pu, sans être taxé de folie, faire chez lui quelques dépenses pour s'y établir convenablement. La hauteur des pièces, leur disposition, leurs boiseries dont les cadres seuls subsistaient, l'agencement des plafonds, tout respirait cette grandeur que le Sacerdoce a imprimée aux choses entreprises ou créées par lui, et que les artistes retrouvent aujourd'hui dans les plus légers fragments qui en subsistent, ne fût-ce qu'un livre, un habillement, un pan de bibliothèque, ou quelque fauteuil. Les peintures ordonnées par le marquis offraient ces tons bruns aimés par la Hollande, par l'ancienne bourgeoisie parisienne, et qui fournissent aujourd'hui de beaux effets aux peintres de genre. Les panneaux étaient tendus de papiers unis qui s'accordaient avec les peintures. Les fenêtres avaient des rideaux d'étoffe peu coûteuse, mais choisie de manière à produire un effet en harmonie avec l'aspect général. Les meubles étaient rares et bien distribués. Quiconque entrait dans cette demeure ne pouvait se défendre d'un sentiment doux et paisible, inspiré par le calme profond, par le silence qui y régnait, par la modestie et par l'unité de la couleur, en donnant à cette expression le sens qu'y attachent les peintres. Une certaine noblesse dans les détails, l'exquise propreté des meubles, un accord parfait entre les choses et les personnes, tout amenait sur les lèvres le mot *suave*. Peu de personnes étaient admises dans ces appartements habités par le marquis et ses deux fils, dont l'existence pouvait sembler mystérieuse à tout le voisinage. Dans un des corps de logis en retour sur la rue, au troisième étage, il existe trois grandes chambres qui restaient dans l'état de délabrement et de nudité grotesque où les avait mises l'imprimerie. Ces trois pièces, destinées à l'exploitation de l'*Histoire pittoresque de la Chine*, étaient disposées de manière à contenir un bureau, un magasin et un cabinet où se tenait monsieur d'Espard pendant une partie de la journée, car après le déjeuner, jusqu'à quatre heures du soir, le marquis demeurait dans son cabinet, au troisième étage, pour surveiller la publication qu'il avait entreprise. Les personnes qui venaient le voir le trouvaient habituellement là. Souvent, au retour de leurs classes, ses deux enfants montaient à ce bureau. L'appartement du rez-de-chaussée formait donc un sanctuaire où le père et ses fils demeuraient depuis le dîner jusqu'au lendemain. Sa vie de famille était ainsi soigneusement murée. Il avait pour tout domestique une cuisinière, vieille femme depuis longtemps attachée à sa maison, et un valet de chambre âgé de quarante ans, qui le servait avant qu'il n'épousât mademoiselle de Blamont. La gouvernante des enfants était restée près d'eux. Les soins minutieux dont témoignait la tenue de l'appartement annonçaient l'esprit d'ordre, le maternel amour que cette femme déployait pour les intérêts de son maître dans la conduite de sa maison et dans le gouvernement des enfants. Graves et peu communicatifs, ces trois braves gens semblaient avoir compris la pensée qui dirigeait la vie intérieure du marquis. Ce contraste entre leurs habitudes et celles de la plupart des valets constituait une singularité qui jetait sur cette maison un air de mystère, et qui servait beaucoup la calomnie à laquelle monsieur d'Espard donnait lui-même prise. Des motifs louables lui avaient fait prendre la résolution de ne se lier avec aucun des locataires de la maison. En entreprenant l'éducation de ses enfants, il désirait les garantir de tout contact avec des étrangers. Peut-être aussi voulut-il éviter les ennuis du voisinage. Chez un homme de sa qualité, par un temps où le libéralisme agitait particulièrement le quartier latin, cette conduite devait exciter contre lui de petites passions, des sentiments dont la niaiserie n'est comparable qu'à leur bassesse, et qui engendraient des commérages de portiers, des propos envenimés de porte à porte, ignorés de monsieur d'Espard et de ses gens. Son valet de chambre passait pour être un jésuite, sa cuisinière était une sournoise, la gouvernante s'entendait avec madame Jeanrenaud pour dépouiller le fou. Le fou était le marquis. Les locataires arrivèrent insensiblement à taxer de folie une foule de choses observées chez monsieur d'Espard, et passées au tamis de leurs appréciations sans qu'ils y trouvassent des motifs raisonnables. Croyant peu au succès de sa publication sur la Chine, ils avaient fini par persuader au propriétaire de la maison que monsieur d'Espard était sans argent, au moment même où, par un oubli que commettent beaucoup de gens occupés, il avait laissé le receveur des contributions lui envoyer une contrainte pour le paiement de sa cote arriérée. Le propriétaire avait alors réclamé, dès le 1er janvier, son terme par l'envoi d'une quittance que la portière s'était amusée à garder. Le 15 un commandement avait été signifié, la portière l'avait tardivement remis à monsieur d'Espard, qui prit cet acte pour un malentendu, sans croire à de mauvais procédés de la part d'un homme chez lequel il demeurait depuis douze ans. Le marquis fut saisi par un huissier pendant que son valet de chambre allait porter l'argent du terme chez son propriétaire. Cette saisie, insidieusement racontée aux personnes avec lesquelles il était en relation pour son entreprise, en avait alarmé quelques-unes, qui doutaient déjà de la solvabilité de monsieur d'Espard, à cause des sommes énormes que lui soutiraient, disait-on, le baron Jeanrenaud et sa mère. Les soupçons des locataires, des créanciers et du propriétaire étaient d'ailleurs presque justifiés par la grande économie que le marquis apportait dans ses dépenses. Il se conduisait en homme ruiné. Ses domestiques payaient immédiatement dans le quartier les plus menus objets nécessaires à la vie, et agissaient comme des gens qui ne veulent pas de crédit ; s'ils eussent demandé quoi que ce fût sur parole, ils auraient peut-être éprouvé des refus, tant les commérages calomnieux avaient obtenu de créance dans le quartier. Il est des marchands qui aiment celles de leurs pratiques qui les paient mal, quand ils ont avec elles des rapports constants ; tandis qu'ils en haïssent d'excellentes qui se tiennent sur une ligne trop élevée pour leur permettre des accointances, mot vulgaire mais expressif. Les hommes sont ainsi. Dans presque toutes les classes, ils accordent au compérage ou à des âmes viles qui les flattent les facilités, les faveurs refusées à la supériorité qui les blesse quelle que soit la manière dont elle se révèle. Le boutiquier qui crie contre la cour a ses courtisans. Enfin les façons du marquis et celles de ses enfants devaient engendrer de mauvaises dispositions chez leurs voisins, et les porter insensiblement à un degré de malfaisance auquel les gens ne reculent plus devant une lâcheté quand elle nuit à l'adversaire qu'ils se sont créé. Monsieur d'Espard était gentilhomme, comme sa femme était une grande dame : deux types magnifiques, déjà si rares en France que l'observateur peut y compter les personnes qui en offrent une complète réalisation. Ces deux personnages reposent sur des idées primitives, sur des croyances pour ainsi dire innées, sur des habitudes prises dès l'enfance, et qui n'existent plus. Pour croire au sang pur, à une race privilégiée, pour se mettre par la pensée au-dessus des autres hommes, ne faut-il pas, dès sa naissance, avoir mesuré l'espace qui sépare les patriciens du peuple ? Pour commander, ne faut-il pas ne point avoir connu d'égaux ? Ne faut-il pas enfin que l'éducation inculque les idées que la nature inspire aux grands hommes à qui elle a mis une couronne au front avant que leur mère n'y puisse mettre un baiser ? Ces idées et cette éducation ne sont plus possibles en France, où depuis quarante ans le hasard s'est arrogé le droit de faire des nobles en les trempant dans le sang des batailles, en les dorant de gloire, en les couronnant de l'auréole du génie ; où l'abolition des substitutions et des majorats [46], en émiettant les héritages, force le noble à s'occuper de ses affaires au lieu de s'occuper des affaires de l'État, et où la grandeur personnelle ne peut plus être qu'une grandeur acquise après de longs et patients travaux : ère toute nouvelle. Considéré comme un débris de ce grand corps nommé la féodalité, monsieur d'Espard méritait une admiration respectueuse. S'il se croyait par le sang au-dessus des autres hommes, il croyait également à toutes les obligations de la noblesse ; il possédait les vertus et la force qu'elle exige. Il avait élevé ses enfants dans ses principes, et leur avait communiqué dès le berceau la religion de sa caste. Un sentiment profond de leur dignité, l'orgueil du nom, la certitude d'être grands par eux-mêmes, enfantèrent chez eux une fierté royale, le courage des preux et la bonté protectrice des seigneurs châtelains ; leurs manières en harmonie avec leurs idées, et qui eussent paru belles chez des princes, blessaient tout le monde rue de la Montagne-Sainte-Geneviève, pays d'égalité, s'il en fut, où l'on croyait d'ailleurs monsieur d'Espard ruiné, où, depuis le plus petit jusqu'au plus grand, tout le monde refusait les privilèges de la noblesse à un noble sans argent, par la raison que chacun les laisse usurper aux bourgeois enrichis. Ainsi, le défaut de communication entre cette famille et les autres personnes existait au moral comme au physique.

Chez le père aussi bien que chez les enfants, l'extérieur et l'âme étaient en harmonie. Monsieur d'Espard, alors âgé d'environ cinquante ans, aurait pu servir de modèle pour exprimer l'aristocratie nobiliaire au dix-neuvième siècle. Il était mince et blond, sa figure avait cette distinction native dans la coupe et dans l'expression générale qui annonçait des sentiments élevés ; mais elle portait l'empreinte d'une froideur calculée qui commandait un peu trop le respect. Son nez aquilin, tordu dans le bout, de gauche à droite, légère déviation qui n'était pas sans grâce ; ses yeux bleus, son front haut, assez saillant aux sourcils pour former un épais cordon qui arrêtait la lumière en ombrant l'œil, indiquaient un esprit droit, susceptible de persévérance, une grande loyauté, mais donnaient en même temps un air étrange à sa physionomie. Cette cambrure du front aurait pu faire croire en effet à quelque peu de folie, et ses épais sourcils rapprochés ajoutaient encore à cette apparente bizarrerie. Il avait les mains blanches et soignées des gentilshommes, ses pieds étaient étroits et hauts. Son parler indécis, non seulement dans la prononciation qui ressemblait à celle d'un bègue, mais encore dans l'expression des idées, sa pensée et sa parole produisaient dans l'esprit de l'auditeur l'effet d'un homme qui va et vient, qui, pour employer un mot de la langue familière, tatillonne, touche à tout, s'interrompt dans ses gestes, et n'achève rien. Ce défaut, purement extérieur, contrastait avec la décision de sa bouche pleine de fermeté, avec le caractère tranché de sa physionomie. Sa démarche un peu saccadée seyait à sa manière de parler. Ces singularités contribuaient à confirmer sa prétendue folie. Malgré son élégance, il était pour sa personne d'une économie systématique, et portait pendant trois ou quatre ans la même redingote noire, brossée avec un soin extrême par son vieux valet de chambre. Quant à ses enfants, tous deux étaient beaux et doués d'une grâce qui n'excluait pas l'expression d'un dédain aristocratique. Ils avaient cette vive coloration, cette fraîcheur de regard, cette transparence dans la chair qui dénonce des mœurs pures, l'exactitude dans le régime, la régularité des travaux et des amusements. Tous deux avaient des cheveux noirs et des yeux bleus, le nez tordu comme celui de leur père ; mais peut-être leur mère leur avait-elle transmis cette dignité du parler, du regard et de la contenance, héréditaire chez les Blamont-Chauvry. Leur voix fraîche comme le cristal possédait le don d'émouvoir et cette mollesse qui exerce de si grandes séductions ; enfin, ils avaient la voix qu'une femme aurait voulu entendre après avoir reçu la flamme de leurs regards. Ils conservaient surtout la modestie de leur fierté, une chaste réserve, un *noli me tangere* [47], qui, plus tard, aurait pu paraître en effet du calcul, tant cette contenance inspirait l'envie de les connaître. L'aîné, le comte Clément de Nègrepelisse, entrait dans sa seizième année. Depuis deux ans il avait quitté la jolie petite veste anglaise que conservait encore son frère, le vicomte Camille d'Espard. Le comte, qui depuis environ six mois n'allait plus au collège Henri IV, était vêtu comme un jeune homme adonné aux premiers bonheurs que procure l'élégance. Son père n'avait pas voulu lui faire faire inutilement une année de philosophie, il tâchait de donner à ses connaissances une sorte de lien par l'étude des mathématiques transcendantes. En même temps le marquis lui apprenait les langues orientales, le droit diplomatique de l'Europe, le blason, et l'histoire aux grandes sources, l'histoire dans les chartes, dans les pièces authentiques, dans les recueils d'ordonnances. Camille était entré récemment en rhétorique.

Le jour où Popinot se proposa de venir interroger monsieur d'Espard fut un jeudi, jour de congé. Avant que leur père ne s'éveillât, sur les neuf heures, les deux frères jouaient dans le jardin. Clément se défendait mal contre les instances de son frère qui désirait aller au tir pour la première fois, et qui lui demandait d'appuyer sa demande auprès du marquis. Le vicomte abusait toujours un peu de sa faiblesse, et prenait souvent plaisir à lutter avec son frère. Tous deux se mirent donc à se quereller et à se battre en jouant comme des écoliers. En courant dans le jardin, l'un après l'autre, ils firent assez de bruit pour éveiller leur père qui se mit à sa fenêtre, sans être aperçu par eux, grâce à la chaleur du combat. Le marquis se plut à considérer ses deux enfants qui s'entrelaçaient comme deux serpents, et montraient leurs têtes animées par le déploiement de leurs forces : leurs visages étaient blancs et roses, leurs yeux lançaient des éclairs, leurs membres se tordaient comme des cordes au feu ; ils tombaient, se relevaient, se reprenaient comme deux athlètes dans un cirque, et causaient à leur père un de ces bonheurs qui récompenserait les plus vives peines d'une vie agitée. Deux personnes, l'une au second, l'autre au premier étage de la maison, regardèrent dans le jardin, et dirent aussitôt que le vieux fou s'amusait à faire battre ses enfants.

Aussitôt plusieurs têtes parurent aux fenêtres ; le marquis les aperçut, dit un mot à ses fils, qui tout à coup grimpèrent à la fenêtre, sautèrent dans sa chambre, et Clément obtint aussitôt la permission demandée par Camille. Il ne fut bruit dans la maison que du nouveau trait de folie du marquis.

Quand Popinot se présenta vers midi, accompagné de son greffier, à la porte où il demanda monsieur d'Espard, la portière le conduisit au troisième étage, en lui racontant comme quoi monsieur d'Espard, pas plus tard que ce matin, avait fait battre ses deux enfants, et riait, comme un monstre qu'il était, en voyant le cadet qui mordait l'aîné jusqu'au sang, et comment sans doute il voulait les voir se détruire.

— Demandez-moi pourquoi! ajouta-t-elle, il ne le sait pas lui-même.

Au moment où la portière disait au juge ce mot décisif, elle l'avait amené sur le palier du troisième étage, en face d'une porte placardée d'affiches qui annonçaient les livraisons successives de l'*Histoire pittoresque de la Chine*. Ce palier fangeux, cette rampe sale, cette porte où l'imprimerie avait laissé ses stigmates, cette fenêtre délabrée et les plafonds où les apprentis s'étaient plu à dessiner des monstruosités avec la flamme fumeuse de leurs chandelles, les tas de papiers et d'ordures amoncelés dans les coins, à dessein ou par insouciance ; enfin tous les détails du tableau qui s'offrait aux regards s'accordaient si bien avec les faits allégués par la marquise que, malgré son impartialité, le juge ne put s'empêcher d'y croire.

— Vous y êtes, messieurs, dit la portière, voilà la *manifacture* où les Chinois mangent de quoi nourrir tout le quartier.

Le greffier regarda le juge en souriant, et Popinot eut quelque peine à conserver son sérieux. Tous deux entrèrent dans la première chambre, où se trouvait un vieil homme qui sans doute faisait à la fois le service d'un garçon de bureau, d'un garçon de magasin et d'un caissier. Ce vieillard était le maître Jacques de la Chine. De longues planches, sur lesquelles étaient entassées les livraisons publiées, garnissaient les murs de cette chambre. Au fond, une cloison en bois et en grillage, intérieurement ornée de rideaux verts, formait un cabinet. Une chatière destinée à recevoir ou à donner les écus indiquait le siège de la caisse.

— Monsieur d'Espard? dit Popinot en s'adressant à cet homme vêtu d'une blouse grise.

Le garçon de magasin ouvrit la porte de la seconde chambre, où le magistrat et son greffier aperçurent un vieillard vénérable, à chevelure blanche, simplement vêtu, décoré de la croix de Saint-Louis, assis devant un bureau, et qui cessa de comparer des feuilles coloriées pour regarder les deux survenants. Cette pièce était un bureau modeste, rempli de livres et d'épreuves. Il s'y trouvait une table en bois noir, où sans doute venait travailler une personne absente en ce moment.

— Monsieur est monsieur le marquis d'Espard? dit Popinot.

— Non, monsieur, répondit le vieillard en se levant. Que désirez-vous de lui? ajouta-t-il en s'avançant vers eux, et témoignant par son maintien des manières élevées et des habitudes dues à l'éducation d'un gentilhomme.

— Nous voudrions lui parler d'affaires qui lui sont entièrement personnelles, répondit Popinot.

— D'Espard, voici des messieurs qui te demandent, dit alors ce personnage en entrant dans la dernière pièce où le marquis était au coin de la cheminée occupé à lire les journaux.

Ce dernier cabinet avait un tapis usé, les fenêtres

étaient garnies de rideaux en toile grise, il n'y avait que quelques chaises en acajou, deux fauteuils, un secrétaire à cylindre, un bureau à la Tronchin [48], puis sur la cheminée une méchante pendule et deux vieux candélabres. Le vieillard précéda Popinot et son greffier, leur avança deux chaises, comme s'il était le maître du logis, et monsieur d'Espard le laissa faire. Après des salutations respectives pendant lesquelles le juge observa le prétendu fou, le marquis demanda naturellement quel était l'objet de cette visite. Ici Popinot regarda le vieillard et le marquis d'un air assez significatif.

— Je crois, monsieur le marquis, répondit-il, que la nature de mes fonctions et l'enquête qui m'amène exigent que nous soyons seuls, quoiqu'il soit dans l'esprit de la loi que, dans ce cas, les interrogatoires reçoivent une sorte de publicité domestique. Je suis juge au tribunal de première instance du département de la Seine, et commis par monsieur le Président pour vous interroger sur les faits articulés dans une requête en interdiction présentée par madame la marquise d'Espard.

Le vieillard se retira. Quand le juge et son justiciable furent seuls, le greffier ferma la porte, s'établit sans cérémonie au bureau à la Tronchin où il déroula ses papiers et prépara son procès-verbal. Popinot n'avait pas cessé de regarder monsieur d'Espard, il observait l'effet produit sur lui par cette déclaration, si cruelle pour un homme plein de raison. Le marquis d'Espard, dont la figure était ordinairement pâle comme le sont les figures des personnes blondes, devint subitement rouge de colère ; il eut un léger tressaillement, s'assit, posa son journal sur la cheminée, et baissa les yeux. Il reprit bientôt la dignité du gentilhomme et contempla le juge, comme pour chercher sur sa physionomie les indices de son caractère.

— Comment, monsieur, n'ai-je pas été prévenu d'une semblable requête ? lui demanda-t-il.

— Monsieur le marquis, les personnes dont l'interdiction est requise n'étant pas censées jouir de leur raison, la signification de la requête est inutile. Le devoir du tribunal est de vérifier, avant tout, les allégations des requérants.

— Rien n'est plus juste, répondit le marquis. Eh bien, monsieur, veuillez m'indiquer la manière dont je dois me conduire...

— Vous n'avez qu'à répondre à mes demandes, en n'omettant aucun détail. Quelque délicates que soient les raisons qui vous auraient porté à agir de manière à donner à madame d'Espard le prétexte de sa requête, parlez sans crainte. Il est inutile de vous faire observer que la magistrature connaît ses devoirs, et qu'en semblable occurrence le secret le plus profond...

— Monsieur, dit le marquis dont les traits accusèrent une douleur vraie, si de mes explications il résultait un blâme de la conduite tenue par madame d'Espard, qu'en adviendrait-il ?

— Le tribunal pourrait exprimer une censure dans les motifs de son jugement.

— Cette censure est-elle facultative ? Si je stipulais avec vous, avant de vous répondre, qu'il ne sera rien dit de blessant pour madame d'Espard au cas où votre rapport me serait favorable, le tribunal aurait-il égard à ma prière ?

Le juge regarda le marquis, et ces deux hommes échangèrent alors des pensées d'une égale noblesse.

— Noël, dit Popinot à son greffier, retirez-vous dans l'autre pièce. Si vous êtes utile, je vous appellerai. — Si, comme je suis en ce moment disposé à le croire, il se rencontre en cette affaire des malentendus, je puis vous promettre, monsieur, que, sur votre demande, le tribunal agirait avec courtoisie, reprit-il en s'adressant au marquis quand le greffier fut sorti. Il est un premier fait allégué par madame d'Espard, le plus grave de tous, et sur lequel je vous prie de m'éclairer, dit le juge après une pause. Il s'agit de la dissipation de votre fortune au profit d'une dame Jeanrenaud, veuve d'un conducteur de bateaux, ou plutôt au profit de son fils le colonel, que vous auriez placé, pour qui vous auriez épuisé la faveur dont vous jouissiez auprès du Roi, enfin envers lequel vous auriez poussé la protection jusqu'à lui procurer un bon mariage. La requête donne à penser que cette amitié dépasse en dévouement tous les sentiments, même ceux que la morale réprouve...

Une rougeur subite colora le visage et le front du marquis, il lui vint même des larmes aux yeux, ses cils furent humectés ; puis un juste orgueil réprima cette sensibilité qui, chez un homme, passe pour de la faiblesse.

— En vérité, monsieur, répondit le marquis d'une voix altérée, vous me jetez dans une étrange perplexité. Les motifs de ma conduite étaient condamnés à mourir avec moi... Pour en parler, je dois vous découvrir des plaies secrètes, vous livrer l'honneur de ma famille, et, chose délicate que vous apprécierez, parler de moi. J'espère, monsieur, que tout sera secret entre nous. Vous saurez trouver dans les formes judiciaires un mode qui permette de rédiger un jugement sans qu'il y soit question de mes révélations...

— Sous ce rapport, tout est possible, monsieur le marquis.

— Monsieur, dit monsieur d'Espard, quelque temps après mon mariage, ma femme avait fait de si grandes dépenses que je fus obligé d'avoir recours à un emprunt. Vous savez quelle fut la situation des familles nobles pendant la Révolution ! Il ne m'avait point été permis d'avoir d'intendant ni d'homme d'affaires. Aujourd'hui les gentilshommes sont à peu près tous forcés de faire eux-mêmes leurs affaires. La plupart de mes titres de propriété avaient été rapportés du Languedoc, de la Provence ou du Comtat à Paris par mon père qui craignait, avec assez de raison, les recherches que les titres de famille, et ce qu'on nommait alors les parchemins des privilégiés, attiraient à leurs propriétaires. Nous sommes Nègrepelisse en notre nom. D'Espard est un titre acquis sous Henri IV par une alliance qui nous a donné les biens et les titres de la maison d'Espard, à la condition de mettre en abîme [49] sur nos armes l'écusson des d'Espard, vieille famille du Béarn, alliée à la maison d'Albret par les femmes : *d'or, à trois pals de sable, écartelé d'azur à deux pattes de griffon d'argent onglées de gueules posées en sautoir*, avec le fameux : DES PARTEM LEONIS [50] pour devise. Aux jours de cette alliance, nous perdîmes Nègrepelisse, petite ville aussi célèbre dans les guerres de religion, que le fut alors celui de mes ancêtres qui en portait le nom. Le capitaine de Nègrepelisse fut ruiné par l'incendie de ses biens, car les protestants n'épargnèrent pas un ami de Montluc. La Couronne fut injuste envers monsieur de Nègrepelisse, il n'eut ni le bâton de maréchal, ni gouvernement, ni indemnités ; le roi Charles IX, qui l'aimait, mourut sans avoir pu le récompenser ; Henri IV moyenna bien son mariage avec mademoiselle d'Espard, et lui procura les domaines de cette maison ; mais tous les biens des Nègrepelisse avaient déjà passé dans les mains des créanciers. Mon bisaïeul le marquis d'Espard fut, comme moi, mis assez jeune à la tête de ses affaires par la mort de son père, lequel, après avoir dissipé la fortune de sa femme, ne lui laissa que les terres substituées de la maison d'Espard, mais grevées d'un douaire. Le jeune marquis d'Espard se trouva donc d'autant plus gêné qu'il avait une charge à la cour. Particulièrement bien vu de Louis XIV, la faveur du roi fut un brevet de fortune. Ici, monsieur, fut faite sur notre écusson une tache inconnue, horrible, une tache de boue et de sang, que je suis occupé à laver. Je découvris ce secret dans les titres relatifs à la terre de Nègrepelisse, et dans des liasses de correspondances.

En ce moment solennel, le marquis parlait sans bégaiement, il ne lui échappait aucune des répétitions qui lui étaient habituelles ; mais chacun a pu observer que les personnes qui, dans les choses ordinaires de la vie, sont affectées de ces deux défauts, s'en débarrassent au moment où quelque passion vive anime leur discours.

— La révocation de l'édit de Nantes eut lieu, reprit-il. Peut-être ignorez-vous, monsieur, que, pour beaucoup de favoris, ce fut une occasion de fortune. Louis XIV donna aux grands de sa cour les terres confisquées sur les familles protestantes qui ne se mirent pas en règle pour la vente de leurs biens. Quelques personnes en faveur allèrent, comme on disait alors, à la chasse aux protestants. J'ai acquis la certitude que la fortune actuelle de deux familles ducales se compose de terres confisquées sur de malheureux négociants. Je ne vous expliquerai point, à vous, homme de justice, les manœuvres employées pour tendre des pièges aux réfugiés qui avaient de grandes fortunes à emporter : qu'il vous suffise de savoir que la terre de Nègrepelisse, composée de vingt-deux clochers et de droits sur la ville, que celle de Gravenges, qui jadis nous avait appartenu, se trouvaient entre les mains d'une famille protestante. Mon grand-père y rentra par la donation que lui en fit Louis XIV. Cette donation reposait sur des actes marqués au coin d'une épouvantable iniquité. Le propriétaire de ces deux terres, croyant pouvoir rentrer en France, avait simulé une vente et allait en Suisse rejoindre sa famille, qu'il y avait envoyée tout d'abord. Il voulait sans doute profiter de tous les délais accordés par l'ordonnance, afin de régler les affaires de son commerce. Cet homme fut arrêté par un ordre du gouverneur, le fidéicommissaire déclara la vérité, le pauvre négociant fut pendu, mon père eut les deux terres. J'aurais voulu pouvoir ignorer la part que mon aïeul prit à cette intrigue ; mais le gouverneur était son oncle maternel, et j'ai lu malheureusement une lettre par laquelle il le priait de s'adresser à Déodatus, mot convenu entre les courtisans pour parler du Roi. Il règne dans cette lettre, à propos de la victime, un ton de plaisanterie qui m'a fait horreur. Enfin, monsieur, les sommes envoyées par la famille réfugiée pour racheter la vie du pauvre homme furent gardées par le gouverneur, qui n'en dépêcha pas moins le négociant.

Le marquis d'Espard s'arrêta, comme si ces souvenirs étaient encore trop pesants pour lui.

— Ce malheureux se nommait Jeanrenaud, reprit-il. Ce nom doit vous expliquer ma conduite. Je n'ai pas pensé sans une vive douleur à la honte secrète qui pesait sur ma famille. Cette fortune permit à mon grand-père d'épouser une Navarreins-Lansac, héritière des biens de cette branche cadette, beaucoup plus riche alors que ne l'était la branche aînée de Navarreins. Mon père se trouva dès lors un des plus considérables propriétaires du royaume. Il put épouser ma mère, qui était une Grandlieu de la branche cadette. Quoique mal acquis, ces biens nous ont étrangement profité! Résolu de promptement réparer le mal, j'écrivis en Suisse, et n'eus de repos qu'au moment où je fus sur la trace des héritiers du protestant [51]. Je finis par savoir que les Jeanrenaud, réduits à la dernière misère, avaient quitté Fribourg, et qu'ils étaient revenus habiter la France. Enfin, je découvris dans monsieur Jeanrenaud, simple lieutenant de cavalerie sous Bonaparte, l'héritier de cette malheureuse famille. A mes yeux, monsieur, le droit des Jeanrenaud était clair. Pour que la prescription s'établisse, ne faut-il pas que les détenteurs puissent être attaqués ? A quel pouvoir les réfugiés se seraient-ils adressés ? Leur tribunal était là-haut, ou plutôt, monsieur, le tribunal était là, dit le marquis en se frappant le cœur. Je n'ai pas voulu que mes enfants pussent penser de moi ce que j'ai pensé de mon père et de mes aïeux ; j'ai voulu leur léguer un héritage et des écussons sans souillure, je n'ai pas voulu que la noblesse fût un mensonge en ma personne. Enfin, politiquement parlant, les émigrés qui réclament contre les confiscations révolutionnaires doivent-ils garder encore des biens qui sont le fruit de confiscations obtenues par des crimes ? J'ai rencontré chez monsieur Jeanrenaud et chez sa mère une probité revêche : à les entendre, il semblait qu'ils me spoliassent. Malgré mes insistances, ils n'ont accepté que la valeur qu'avaient les terres au jour où ma famille les reçut du Roi. Ce prix fut arrêté entre nous à la somme de onze cent mille francs, qu'ils me laissèrent la facilité de payer, à ma convenance, sans intérêts. Pour obtenir ce résultat, j'ai dû me priver de mes revenus pendant longtemps. Ici, monsieur, commença la perte de quelques illusions que je m'étais faites sur le caractère de madame d'Espard. Quand je lui proposai de quitter Paris et d'aller en province, où avec la moitié de ses revenus nous pourrions vivre honorablement, et arriver ainsi plus promptement à une restitution dont je lui parlai, sans lui dire la gravité des faits, madame d'Espard me traita de fou. Je découvris alors le vrai caractère de ma femme : elle eût approuvé sans scrupule la conduite de mon grand-père, et se serait moquée des huguenots ; effrayé de sa froideur, de son peu d'attachement pour ses enfants, qu'elle m'abandonnait sans regret, je résolus de lui laisser sa fortune, après avoir acquitté nos dettes communes. Ce n'était pas d'ailleurs à elle à payer mes sottises, me dit-elle. N'ayant plus assez de revenus pour vivre et pourvoir à l'éducation de mes enfants, je me décidai à les élever moi-même, à en faire des hommes de cœur et des gentilshommes. En plaçant mes revenus dans les fonds publics, j'ai pu m'acquitter beaucoup plus promptement que je ne l'espérais, car je profitai des chances que présenta l'augmentation des rentes. En me réservant quatre mille livres pour mes fils et moi, je n'aurais pu payer que vingt mille écus par an, ce qui aurait exigé près de dix-huit années pour achever ma libération, tandis que dernièrement j'ai soldé mes onze cent mille francs dus. Ainsi, j'ai le bonheur d'avoir accompli cette restitution sans avoir causé le moindre tort à mes enfants. Voilà, monsieur, la raison des paiements faits à madame Jeanrenaud et à son fils.

— Ainsi, dit le juge en contenant l'émotion que lui donnait ce récit, madame la marquise connaissait les motifs de votre retraite ?

— Oui, monsieur.

Popinot fit un haut-le-corps assez expressif, se leva soudain, et ouvrit la porte du cabinet.

— Noël, allez-vous-en, dit-il à son greffier. Monsieur, reprit le juge, quoique ce que vous venez de me dire suffise pour m'éclairer, je désirerais vous entendre relativement aux autres faits allégués en la requête. Ainsi, vous avez entrepris ici une affaire commerciale en dehors des habitudes d'un homme de qualité.

— Nous ne saurions parler de cette affaire ici, dit le marquis en faisant signe au juge de sortir. — Nouvion, reprit-il en s'adressant au vieillard, je descends chez moi, mes enfants vont revenir, tu dîneras avec nous.

— Monsieur le marquis, dit Popinot sur l'escalier, ceci n'est donc pas votre appartement ?

— Non, monsieur. J'ai loué ces chambres pour y mettre les bureaux de cette entreprise. Voyez, reprit-il en montrant une affiche, cette histoire est publiée sous le nom d'un des plus honorables libraires de Paris, et non par moi.

Le marquis fit entrer le juge au rez-de-chaussée en lui disant : — Voici mon appartement, monsieur.

Popinot fut naturellement ému par la poésie plutôt trouvée que cherchée qui respirait sous ces lambris. Le temps était magnifique, les fenêtres étaient ouvertes, l'air du jardin répandait au salon des senteurs végétales ; les rayons du soleil égayaient et animaient les boiseries un peu brunes de ton. A cet aspect, Popinot jugea qu'un fou serait peu capable d'inventer l'harmonie suave qui le saisissait en ce moment.

— Il me faudrait un appartement semblable, pensait-il. Vous quitterez bientôt ce quartier? demanda-t-il à haute voix.

— Je l'espère, répondit le marquis ; mais j'attendrai que mon plus jeune fils ait fini ses études, et que le caractère de mes enfants soit entièrement formé, avant de les introduire dans le monde et près de leur mère ; d'ailleurs, après leur avoir donné la solide instruction qu'ils possèdent, je veux la compléter en les faisant voyager dans les capitales de l'Europe afin de leur faire voir les hommes et les choses, et les habituer à parler les langues qu'ils ont apprises. Monsieur, dit-il en faisant asseoir le juge dans le salon, je ne pouvais vous entretenir de la publication sur la Chine devant un vieil ami de ma famille, le comte de Nouvion, revenu de l'émigration sans aucune espèce de fortune, et avec qui j'ai fait cette affaire, moins pour moi que pour lui. Sans lui confier les motifs de ma retraite, je lui dis que j'étais ruiné comme lui, mais que j'avais assez d'argent pour entreprendre une spéculation dans laquelle il pouvait s'employer utilement.

Mon précepteur fut l'abbé Grozier, qu'à ma recommandation Charles X nomma son bibliothécaire à la bibliothèque de l'Arsenal [52], qui lui fut rendue quand il était MONSIEUR. L'abbé Grozier possédait des connaissances profondes sur la Chine, sur ses mœurs et ses coutumes ; il m'avait fait son héritier à un âge où il est difficile qu'on ne se fanatise pas pour ce que l'on apprend. A vingt-cinq ans je savais le chinois, et j'avoue que je n'ai jamais pu me défendre d'une admiration exclusive pour ce peuple, qui a conquis ses conquérants, dont les annales remontent incontestablement à une époque beaucoup plus reculée que ne le sont les temps mythologiques ou bibliques ; qui, par ses institutions immuables, a conservé l'intégrité de son territoire, dont les monuments sont gigantesques, dont l'administration est parfaite, chez lequel les révolutions sont impossibles, qui a jugé le beau idéal comme un principe d'art infécond, qui a poussé le luxe et l'industrie à un si haut degré que nous ne pouvons le surpasser en aucun point, tandis qu'il nous égale là où nous nous croyons supérieurs. Mais, monsieur, s'il m'arrive souvent de plaisanter en comparant à la Chine la situation des États européens, je ne suis pas Chinois, je suis un gentilhomme français. Si vous aviez des doutes sur la finance de cette entreprise, je puis vous prouver que nous comptons deux mille cinq cents souscripteurs à ce monument littéraire, iconographique, statistique et religieux, dont l'importance a été généralement appréciée, nos souscripteurs appartiennent à toutes les nations de l'Europe, nous n'en avons que douze cents en France. Notre ouvrage coûtera environ trois cents francs, et le comte de Nouvion y trouvera six à sept mille livres de rente pour sa part, car son bien-être fut le secret motif de cette entreprise. Pour mon compte, je n'ai en vue que la possibilité de donner à mes enfants quelques douceurs.

Les cent mille francs que j'ai gagnés, bien malgré moi, paieront leurs leçons d'armes, leurs chevaux, leur toilette, leurs spectacles, leurs maîtres d'agrément, les toiles qu'ils barbouillent, les livres qu'ils veulent acheter, enfin toutes ces petites fantaisies que les pères ont tant de plaisir à satisfaire. S'il avait fallu refuser ces jouissances à mes pauvres enfants si méritants, si courageux dans le travail, le sacrifice que je fais à notre nom m'aurait été doublement pénible. En effet, monsieur, les douze années pendant lesquelles je me suis retiré du monde pour élever mes enfants m'ont valu l'oubli le plus complet à la cour. J'ai déserté la carrière politique, j'ai perdu toute ma fortune historique, toute une illustration nouvelle que je pouvais léguer à mes enfants; mais notre maison n'aura rien perdu, mes fils seront des hommes distingués. Si la pairie m'a manqué, ils la conquerront noblement en se consacrant aux affaires de leur pays, et lui rendront de ces services qui ne s'oublient pas. Tout en purifiant le passé de notre maison, je lui assurais un glorieux avenir : n'est-ce pas avoir accompli une belle tâche, quoique secrète et sans gloire? Avez-vous maintenant, monsieur, quelques autres éclaircissements à me demander?

En ce moment le bruit de plusieurs chevaux retentit dans la cour.

— Les voici, dit le marquis.

Bientôt les deux jeunes gens, de qui la mise était à la fois élégante et simple, entrèrent dans le salon, bottés, éperonnés, gantés, agitant gaiement leur cravache. Leur figure animée rapportait la fraîcheur du grand air, ils étaient étincelants de santé. Tous deux vinrent serrer la main de leur père, échangèrent avec lui, comme entre amis, un coup d'œil plein de muette tendresse, et saluèrent froidement le juge. Popinot regarda comme tout à fait inutile d'interroger le marquis sur ses relations avec ses fils.

— Vous êtes-vous bien amusés? leur demanda le marquis.

— Oui, mon père. J'ai, pour la première fois, abattu six poupées en douze coups! dit Camille.

— Où êtes-vous allés vous promener?

— Au Bois où nous avons vu notre mère.

— S'est-elle arrêtée?

— Nous allions si vite en ce moment, qu'elle ne nous a sans doute pas vus! répondit le jeune comte.

— Mais alors pourquoi n'êtes-vous pas allés vous présenter?

— J'ai cru remarquer, mon père, qu'elle n'est pas contente de se voir abordée par nous en public, dit Clément à voix basse. Nous sommes un peu trop grands.

Le juge avait l'oreille assez fine pour entendre cette phrase, qui attira quelques nuages sur le front du marquis. Popinot se plut à contempler le spectacle que lui offraient le père et les enfants. Ses yeux, empreints d'une sorte d'attendrissement, revenaient sur la figure de monsieur d'Espard, de qui les traits, la contenance et les manières lui représentaient la probité sous sa plus belle forme, la probité spirituelle et chevaleresque, la noblesse dans toute sa beauté.

— Vous, vous voyez, monsieur, lui dit le marquis en reprenant son bégaiement, vous voyez que la justice, que la justice peut entrer ici, ici, à toute heure ; oui, à toute heure ici. S'il y a des fous, s'il y a des fous, ce ne peut être que les enfants, qui sont un peu fous de leur père, et le père qui est très fou de ses enfants ; mais c'est une folie de bon aloi.

En ce moment la voix de madame Jeanrenaud se fit entendre dans l'antichambre, et la bonne femme entra dans le salon malgré les observations du valet de chambre.

— Je ne vais pas par quatre chemins, moi! criait-elle. Oui, monsieur le marquis, dit-elle en faisant un salut à la ronde, il faut que je vous parle à l'instant même. Parbleu! Je suis venue encore trop tard, puisque voilà monsieur le juge criminel.

— Criminel! dirent les deux enfants.

— Il y avait de bien bonnes raisons pour que je ne vous trouvasse pas chez vous, puisque vous étiez ici. Ah, bah! La justice est toujours là quand il s'agit de mal faire. Je viens, monsieur le marquis, vous dire que je suis d'accord avec mon fils de tout vous rendre, puisqu'il y va de votre honneur, qui est menacé. Mon fils et moi, nous aimons mieux tout vous restituer que de vous causer le plus léger chagrin. En vérité, faut être bête comme des pots sans anse pour vouloir vous interdire...

— Interdire notre père? crièrent les deux enfants en se serrant contre le marquis. Qu'y a-t-il?

— Chut, madame! dit Popinot.

— Mes enfants, laissez-nous, dit le marquis.

Les deux jeunes gens allèrent au jardin, sans faire la moindre observation, mais pleins d'inquiétude.

— Madame, dit le juge, les sommes que monsieur le marquis vous a remises vous sont légitimement dues, quoiqu'elles vous aient été données en vertu d'un principe de probité très étendu. Si les gens qui possèdent des biens confisqués de quelque manière que ce soit, même par des manœuvres perfides, étaient, après cent cinquante ans, obligés à des restitutions, il se trouverait en France peu de propriétés légitimes. Les biens de Jacques Cœur ont enrichi vingt familles nobles, les confiscations abusives prononcées par les Anglais au profit de leurs adhérents, quand l'Anglais possédait une partie de la France, ont fait la fortune de plusieurs maisons princières. Notre législation permet à monsieur le marquis de disposer de ses revenus à titre gratuit, sans qu'il puisse être accusé de dissipation. L'interdiction d'un homme se base sur l'absence de toute raison dans ses actes ; mais ici la cause des remises qui vous sont faites est puisée dans les motifs les plus sacrés, les plus honorables. Ainsi vous pouvez tout garder sans remords et laisser le monde mal interpréter cette belle action. A Paris, la vertu la plus pure est l'objet des plus sales calomnies. Il est malheureux que l'état actuel de notre société rende la conduite de monsieur le marquis sublime. Je voudrais, pour l'honneur de notre pays, que de semblables actes y fussent trouvés tout simples ; mais les mœurs sont telles que je suis forcé, par comparaison, de regarder monsieur d'Espard comme un homme auquel il faudrait décerner une couronne au lieu de le menacer d'un jugement d'interdiction. Pendant tout le cours d'une longue vie judiciaire, je n'ai rien vu ni entendu qui m'ait plus ému que ce que je viens de voir et d'entendre. Mais il n'y a rien d'extraordinaire à trouver la vertu sous sa plus belle forme alors qu'elle est mise en pratique par des hommes qui appartiennent à la classe la plus élevée. Après m'être expliqué de cette manière, j'espère, monsieur le marquis, que vous serez certain de mon silence, et que vous n'aurez aucune inquiétude sur le jugement à intervenir, s'il y a jugement.

— Eh bien, à la bonne heure, dit madame Jeanrenaud, en voilà un de juge! Tenez, mon cher monsieur, je vous embrasserais si je n'étais pas si laide ; vous parlez comme un livre.

Le marquis tendit sa main à Popinot, et Popinot y frappa doucement de la sienne en jetant à ce grand homme de la vie privée un regard plein d'harmonies pénétrantes, auquel le marquis répondit par un gracieux sourire. Ces deux natures si pleines, si riches, l'une bourgeoise et divine, l'autre noble et sublime, s'étaient mises à l'unisson doucement, sans choc, sans éclat de passion, comme si deux lumières pures se fussent confondues. Le père de tout un quartier se sentait digne de presser la main de cet homme deux fois noble, et le marquis éprouvait au fond de son cœur un mouvement qui l'avertissait que la main du juge était une de celles d'où s'échappent incessamment les trésors d'une inépuisable bienfaisance.

— Monsieur le marquis, ajouta Popinot, en le saluant, je suis heureux d'avoir à vous dire que, dès les premiers mots de cet interrogatoire, j'avais jugé mon greffier inutile. Puis il s'approcha du marquis, l'entraîna dans l'embrasure d'une croisée et lui dit : — Il est temps que vous rentriez chez vous, monsieur ; je crois qu'en cette affaire madame la marquise a subi des influences que vous devez combattre dès aujourd'hui.

Popinot sortit, se retourna plusieurs fois dans la cour et dans la rue, attendri par le souvenir de cette scène. Elle appartenait à ces effets qui s'implantent dans la mémoire pour y refleurir à certaines heures où l'âme cherche des consolations.

— Cet appartement me conviendrait bien, se dit-il en arrivant chez lui. Si monsieur d'Espard le quitte, je reprendrai son bail...

Le lendemain, vers dix heures du matin, Popinot, qui la veille avait rédigé son rapport, s'achemina au Palais dans l'intention de faire prompte et bonne justice. Au moment où il entrait au vestiaire pour y prendre sa robe et mettre son rabat, le garçon de salle lui dit que le Président du tribunal le priait de passer dans son cabinet, où il l'attendait. Popinot s'y rendit aussitôt.

— Bonjour, mon cher Popinot, lui dit le magistrat en l'emmenant dans l'embrasure de la fenêtre.

— Monsieur le Président, s'agit-il d'une affaire sérieuse ?

— Une niaiserie, dit le Président. Le Garde des Sceaux, avec qui j'ai eu l'honneur de dîner hier, m'a pris à part dans un coin. Il avait su que vous étiez allé prendre le thé chez madame d'Espard, dans l'affaire de laquelle vous avez été commis. Il m'a fait entendre qu'il était convenable que vous ne siégiez point dans cette cause...

— Ah! monsieur le Président, je puis affirmer que je suis sorti de chez madame d'Espard au moment où le thé fut servi ; d'ailleurs ma conscience...

— Oui, oui, dit le Président, le tribunal tout entier, les deux Cours, le Palais vous connaissent. Je ne vous répéterai pas ce que j'ai dit de vous à Sa Grandeur ; mais vous savez : *la femme de César ne doit pas être soupçonnée*. Aussi ne faisons-nous pas de cette niaiserie une affaire de discipline, mais une question de convenance. Entre nous, il s'agit moins de vous que du tribunal.

— Mais, monsieur le Président, si vous connaissiez l'espèce, dit le juge en essayant de tirer son rapport de sa poche.

— Je suis persuadé d'avance que vous avez apporté dans cette affaire la plus stricte indépendance. Et moi-même, en province, simple juge, j'ai souvent pris bien plus qu'une tasse de thé avec les gens que j'avais à juger ; mais il suffit que le Garde des Sceaux en ait parlé, que l'on puisse causer de vous, pour que le tribunal évite une discussion à ce sujet. Tout conflit avec l'opinion publique est toujours dangereux pour un corps constitué, même quand il a raison contre elle, parce que les armes ne sont pas égales. Le journalisme peut tout dire, tout supposer ; et notre dignité nous interdit tout, même la réponse. D'ailleurs j'en ai conféré avec votre Président, et monsieur Camusot vient d'être commis sur la récusation que vous allez donner. C'est une chose arrangée en famille. Enfin je vous demande votre récusation comme un service personnel, en revanche vous aurez la croix de la Légion d'honneur qui vous est depuis si longtemps due, j'en fais mon affaire.

En voyant monsieur Camusot, un juge récemment appelé d'un tribunal du ressort à celui de Paris et qui s'avança saluant et le juge et le président, Popinot ne put retenir un sourire ironique. Ce jeune homme blond et pâle, plein d'ambition cachée, semblait prêt à pendre et à dépendre, au bon plaisir des rois de la terre, les innocents aussi bien que les coupables et à suivre l'exemple des Laubardemont plutôt que celui des Molé [53]. Popinot se retira en saluant le Président et le juge, il dédaigna de relever la mensongère accusation portée contre lui.

Paris, février 1836 [54].

DOSSIER

BIOGRAPHIE

La biographie de Balzac est tellement chargée d'événements si divers, et tout s'y trouve si bien emmêlé, qu'un exposé purement chronologique des faits serait d'une confusion extrême.

Dans l'ordre chronologique, nous nous sommes donc contentés de distinguer, d'une manière aussi peu arbitraire que possible, cinq grandes époques de la vie de Balzac : des origines à 1814, 1815-1828, 1828-1833, 1833-1840, 1841-1850.

A l'intérieur des périodes principales, nous avons préféré, quand il y avait lieu, classer les faits selon leur nature : l'œuvre, les autres activités touchant la littérature, la vie sentimentale, les voyages, etc. (mais en reprenant, à l'intérieur de chaque paragraphe, l'ordre chronologique).

Famille, enfance ; des origines à 1814.

En juillet 1746 naît dans le Rouergue, d'une lignée paysanne, Bernard-François Balssa, qui sera le père du romancier et mourra en 1829 ; en 1776 nous retrouvons le nom orthographié « Balzac ».

Janvier 1797 : Bernard-François, directeur des vivres de la division militaire de Tours, épouse à cinquante ans Laure Sallambier, qui en a dix-huit, et qui vivra jusqu'en 1854.

1799, 20 mai : naissance à Tours d'Honoré Balzac (le nom ne comporte pas encore la particule). Un premier fils, né jour pour jour un an plus tôt, n'avait pas vécu.

Après Honoré naîtront trois autres enfants : 1° Laure (1800-1871), qui épousera en 1820 Eugène Surville, ingénieur des Ponts et Chaussées, et restera presque toujours pour le romancier une confidente de prédilection ; 2° Laurence (1802-1825), devenue en 1821 Mme de Montzaigle : c'est sur son acte de baptême que la particule « de » apparaît pour la première fois devant le nom des Balzac ; elle mourra dans la misère, honnie par sa mère ; 3° Henry (1807-1858), fils adultérin dont le père était Jean de Margonne (1780-1858), châtelain de Saché.

L'enfance et l'adolescence d'Honoré seront affectées par la préférence de la mère pour Henry, lequel, dépourvu de dons et de caractère, traînera une existence assez misérable ; les ternes séjours qu'il fera dans les îles de l'océan Indien avant de mourir à Mayotte contrastent absolument avec les aventures des romanesques coureurs de mers balzaciens. Balzac gardera des liens étroits avec Margonne et séjournera souvent à Saché, où l'on montre encore sa chambre et sa table de travail.

Dès sa naissance, Honoré est mis en nourrice chez la femme d'un gendarme à Saint-Cyr-sur-Loire, aujourd'hui faubourg de Tours (rive droite). De 1804 à 1807 il est externe dans un établissement scolaire de Tours, de 1807 à 1813 il est pensionnaire au collège de Vendôme. Puis, pendant plus d'un an, en 1813-1814, atteint de troubles et d'une espèce d'hébétude qu'on attribue à un abus de lecture, il demeure dans sa famille, au repos. En 1814, pendant quelques mois, il reprend ses études au collège de Tours, comme externe.

Son père, alors administrateur de l'Hospice général de Tours, est nommé directeur des vivres dans une entreprise parisienne de fournitures aux armées. Toute la famille quitte Tours pour Paris en novembre 1814.

Apprentissages, 1815-1828.

1815-1819. Honoré poursuit ses études à Paris. Il entreprend son droit, suit des cours à la Sorbonne et au Muséum. Il travaille comme clerc dans l'étude de Me Guillonnet-Merville, avoué, puis dans celle de Me Passez, notaire ; ces deux stages laisseront sur lui une empreinte profonde.

Son père ayant pris sa retraite, la famille, dont les ressources sont désormais réduites, quitte Paris et s'installe pendant l'été 1819 à Villeparisis. Cet été-là est guillotiné à Albi un frère cadet de Bernard-François, pour l'assassinat, dont il n'était peut-être pas coupable, d'une fille de ferme. Cependant Honoré, qu'on destinait au notariat, obtient de renoncer à cette carrière, et de demeurer seul à Paris, dans une mansarde, pour éprouver sa vocation en s'exerçant au métier des lettres. En septembre 1820, au tirage au sort, il obtient un « bon numéro », qui le dispense du service militaire.

Dès 1817 il a rédigé des *Notes sur la philosophie et la religion*, suivies en 1818 de *Notes sur l'immortalité de l'âme*, premiers indices du goût prononcé qu'il gardera longtemps pour la spéculation philosophique : maintenant il s'attaque à une tragédie, *Cromwell*, cinq actes en vers, qu'il termine au printemps de 1820. Soumise à plusieurs juges successifs, l'œuvre est uniformément estimée détestable ; Andrieux, aimable écrivain, professeur au Collège de France et académicien, consulté par la famille, conclut que l'auteur peut tenter sa chance dans n'importe quelle voie, hormis la littérature. Balzac continue sa recherche philosophique avec *Falthurne* et *Sténie* (1820), que suivront bientôt (1823) un *Traité de la prière* et un second *Falthurne*.

De 1822 à 1827, soit en collaboration soit seul, mais toujours sous des pseudonymes, il publie une masse considérable de produits romanesques « de consommation courante », qu'il lui arrivera d'appeler « petites opérations de littérature marchande » ou même « cochonneries littéraires ». A leur sujet les balzaciens se partagent ; les uns y cherchent des ébauches de thèmes et les signes avant-coureurs du génie romanesque ; les autres doutent que Balzac, soucieux seulement de satisfaire sa clientèle, y ait rien mis qui soit vraiment de lui-même.

En 1822 commence sa longue liaison (mais, de sa part, non exclusive) avec Antoinette de Berny, qu'il a rencontrée à Villeparisis l'année précédente. Née en 1777, elle a alors deux fois l'âge d'Honoré, et elle est d'un an et demi l'aînée de la mère de celui-ci ; il aura pour celle qu'il a rebaptisée Laure et la *Dilecta* un amour en quelque sorte ambivalent, où il trouvera une compensation à son enfance frustrée.

Fille d'un musicien de la Cour et d'une femme de la chambre de Marie-Antoinette, elle-même femme d'expérience, Laure initiera son jeune amant non seulement aux secrets de la vie mondaine sous l'Ancien Régime, mais aussi à ceux de la condition féminine et de la joie sensuelle. Elle restera pour lui un soutien et le guide le plus sûr. Elle mourra en 1836.

En 1825 Balzac entre en relations avec la duchesse d'Abrantès (1784-1838) ; cette nouvelle maîtresse, qui d'ailleurs s'ajoute à la précédente et ne se substitue pas à elle, a encore quinze ans de plus que lui. Fort avertie de la grande et petite histoire de la Révolution et de l'Empire, elle complète l'éducation que lui a donnée Mme de Berny, et le présente aux nombreux amis qu'elle garde dans le monde ; lui-même, plus tard, se fera son conseiller et peut-être son collaborateur lorsqu'elle écrira ses *Mémoires*.

Durant la fin de cette période, il se lance dans des affaires qui enrichissent d'une manière incomparable l'expérience du futur auteur de *La Comédie humaine*, mais qui en attendant se soldent par de pénibles et coûteux échecs.

Il se fait éditeur en 1825, l'éditeur se fait imprimeur en 1826, l'imprimeur se fait fondeur de caractères en 1827, — toujours en association, les fonds de ses propres apports étant constitués par sa famille et par Mme de Berny. En 1825 et 1826 il publie, entre autres, des éditions compactes de Molière et de La Fontaine, pour lesquelles il a composé des notices. En 1828 la société de fonderie est remaniée ; il en est écarté au profit d'Alexandre de Berny, fils de son amie : l'entreprise deviendra une des plus belles réalisations françaises dans ce domaine. L'imprimerie est liquidée quelques mois plus tard, en août ; elle laisse à Balzac 60 000 francs de dettes (dont 50 000 envers sa famille).

Nombreux voyages et séjours en province, notamment dans la région de L'Isle-Adam, en Normandie, et surtout en Touraine, terre natale et terre d'élection.

Les débuts, 1828-1833.

A la mi-septembre 1828 Balzac va s'établir pour six semaines à Fougères, en vue du roman qu'il prépare sur la chouannerie. *Le Dernier Chouan ou la Bretagne en 1800,* dont le titre deviendra finalement *Les Chouans,* paraît en mars 1829 ; c'est le premier roman dont il assume ouvertement la responsabilité en le signant de son véritable nom.

En décembre 1829 il publie sous l'anonymat *Physiologie du mariage,* un essai (ou, comme il dira plus tard, une « étude analytique ») qu'il avait ébauché puis délaissé plusieurs années auparavant.

1830 : les *Scènes de la vie privée* réunissent en deux volumes six nouvelles ou courts récits. Ce nombre sera porté à quinze dans une réédition du même titre en quatre tomes (1832).

1831 : *La Peau de chagrin* ; ce roman est repris pour former la même année, avec douze autres récits divers, trois volumes de *Romans et contes philosophiques* ; l'ensemble est précédé d'une introduction de Philarète Chasles, certainement inspirée par Balzac. 1832 : les *Nouveaux contes philosophiques* augmentent cette collection de quatre récits (dont une première version de *Louis Lambert*). Il faut noter que la qualification « philosophiques » a encore un sens fort vague, et provisoire, dans l'esprit de l'écrivain.

Les *Contes drolatiques.* A l'imitation des *Cent nouvelles nouvelles* (il avait un goût très vif pour la vieille littérature dite gauloise), il voulait en écrire cent, répartis en dix dizains. Le premier dizain paraît en 1832, le deuxième en 1833 ; le troisième ne sera publié qu'en 1837, et l'entreprise s'arrêtera là.

Septembre 1833 : *Le Médecin de campagne.* Pendant toute cette époque, Balzac donne une foule de textes divers à de nombreux périodiques. Il poursuivra ce genre de collaboration durant toute sa vie, mais à une cadence moindre.

Laure de Berny reste la Dilecta, Laure d'Abrantès devient une amie.

Passade avec Olympe Pélissier.

Entré en liaison d'abord épistolaire avec la duchesse de Castries en 1831, il séjourne auprès d'elle, à Aix-les-Bains et à Genève, en septembre et octobre 1832 ; elle s'amuse à se laisser chaudement courtiser par lui, mais ne cède pas, ce dont, fort déconfit, il se venge par *La Duchesse de Langeais.*

Au début de 1832 il reçoit d'Odessa une lettre signée « L'Étrangère », et répond par une petite annonce insérée dans un journal : c'est le début de ses relations avec Mme Hanska (1805-1882), sa future femme, qu'il rencontre pour la première fois à Neuchâtel dans les derniers jours de septembre 1833.

Vers cette même époque il a une maîtresse discrète, Maria du Fresnay.

Voyages très nombreux. Outre ceux que nous avons signalés ci-dessus (Fougères, Aix, Genève, Neuchâtel), il faut mentionner plusieurs séjours près de Tours ou de Nemours avec Mme de Berny, à Saché, à Angoulême chez ses amis Carraud, etc.

Son travail acharné n'empêche pas qu'il ne soit très répandu dans les milieux littéraires et dans le monde ; il mène une vie ostentatoire et dispendieuse.

En politique, il s'affiche légitimiste. Il envisage de se présenter aux élections législatives de 1831, et en 1832 à une élection partielle.

L'essor, 1833-1840.

Durant cette période, Balzac ne se contente pas d'assurer le développement de son œuvre : il se préoccupe de lui assigner une organisation d'ensemble. Déjà les *Scènes de la vie privée* et les *Romans et contes philosophiques* témoignaient chez lui de cette tendance ; maintenant il s'avance sur la voie qui le conduira à la conception globale de *La Comédie humaine*.

En octobre 1833 il signe un contrat pour la publication d'une collection intitulée *Études de mœurs au* XIXe *siècle*, et qui doit rassembler aussi bien les rééditions que des ouvrages nouveaux. Divisée en trois séries, cette collection va comprendre quatre tomes de *Scènes de la vie privée*, quatre de *Scènes de la vie de province* et quatre de *Scènes de la vie parisienne*. Les douze volumes paraissent en ordre dispersé de décembre 1833 à février 1837. Le tome I est précédé d'une importante introduction de Félix Davin, porte-parole ou même prête-nom de Balzac. La classification a une valeur à la fois littérale et symbolique : elle se fonde à la fois sur le cadre de l'action et sur la signification du thème.

Parallèlement paraissent de 1834 à 1840 vingt volumes d'*Études philosophiques*, avec une nouvelle introduction de Félix Davin.

Principales créations en librairie de cette période : *Eugénie Grandet*, fin 1833 ; *La Recherche de l'absolu*, 1834 ; *Le Père Goriot*, *La Fleur des pois* (titre qui deviendra *Le Contrat de mariage*), *Séraphîta*, 1835 ; *Histoire des Treize*, 1833-1835 ; *Le Lys dans la vallée*, 1836 ; *La Vieille Fille*, *Illusions perdues* (début), *César Birotteau*, 1837 ; *La Femme supérieure* (titre qui deviendra *Les Employés*), *La Maison Nucingen*, *La Torpille* (début de *Splendeurs et misères des courtisanes*), 1838 ; *Le Cabinet des antiques*, *Une fille d'Ève*, *Béatrix*, 1839 ; *Une princesse parisienne* (titre qui deviendra *Les Secrets de la princesse de Cadignan*), *Pierrette*, *Pierre Grassou*, 1840.

En marge de cette activité essentielle, Balzac prend à la fin de 1835 une participation majoritaire dans la *Chronique de Paris*, journal politique et littéraire ; il y publie un bon nombre de textes, jusqu'à ce que la société, irrémédiablement déficitaire, soit dissoute six mois plus tard.

Curieusement il réédite (et complète à l'aide de « nègres ») une partie de ses romans de jeunesse, en gardant un pseudonyme qui n'abuse personne : ce sont les *Œuvres complètes d'Horace de Saint-Aubin*, seize volumes, 1836-1840.

En 1838 il s'inscrit à la toute jeune Société des Gens de Lettres, il la préside en 1839, et mène diverses campagnes pour la protection de la propriété littéraire et des droits des auteurs.

Candidat à l'Académie française en 1839, il s'efface devant Hugo, qui d'ailleurs n'est pas élu.

En 1840 il fonde la *Revue parisienne*, mensuelle et entièrement rédigée par lui ; elle disparaît après le troisième numéro, où il a inséré son long et fameux article sur *La Chartreuse de Parme*.

Théâtre, vieille et durable préoccupation depuis le *Cromwell* de ses vingt ans : en 1839, la Renaissance refuse *L'École des ménages*, pièce dont il donne chez Custine une lecture à laquelle assistent Stendhal et Théophile Gautier. En 1840 la censure écarte plusieurs fois et finit par autoriser *Vautrin*, pièce interdite dès le lendemain de la première.

Il séjourne à Genève auprès de Mme Hanska du 24 décembre 1833 au 8 février 1834 ; il la retrouve à Vienne (Autriche) en mai-juin 1835 ; alors commence une séparation qui durera huit ans.

Le 4 juin 1834 naît Marie du Fresnay, présumée être sa fille, et qu'il regarde comme telle ; elle ne mourra qu'en 1930.

Mme de Berny, malade depuis 1834, accablée de malheurs familiaux, cesse de le voir à la fin de 1835 ; elle va mourir huit mois plus tard.

En 1836, naissance de Lionel-Richard Lowell, fils présumé de Balzac et de la comtesse Guidoboni-Visconti ; en 1837 le comte lui donne lui-même procuration pour régler à Venise en son nom une affaire de succession ; en 1837 encore, c'est chez la comtesse que Balzac, poursuivi pour dettes, se réfugie : elle paie pour lui, et lui évite ainsi la contrainte par corps.

Juillet-août 1836 : Mme Marbouty, déguisée en homme, l'accompagne à Turin et en Suisse.

Voyages toujours nombreux.

Au cours de l'excursion autrichienne de 1835 il est reçu par Metternich et visite le champ de bataille de Wagram en vue d'un roman qu'il ne parviendra jamais à écrire. En 1836, séjournant en Touraine, il se voit accueilli par Talleyrand et la duchesse de Dino. L'année suivante, c'est George Sand qui l'héberge à Nohant ; elle lui suggère le sujet de *Béatrix*.

Durant son voyage italien de 1837, il a appris à Gênes qu'on pouvait exploiter fructueusement en Sardaigne les scories d'anciennes mines de plomb argentifère ; en 1838, en passant par la Corse, il se rend sur place — pour y constater que l'idée était si bonne qu'une société marseillaise l'a devancé ; retour par Gênes, Turin, et Milan où il s'attarde.

On signale en 1834 un dîner réunissant Balzac, Vidocq et les bourreaux Sanson père et fils.

Démêlés avec la Garde nationale, où il se refuse obstinément à assurer ses tours de garde : en 1835 il se cache d'elle autant que de ses créanciers, à Chaillot, sous le nom de « Mme veuve Durand » ; en 1836 elle l'incarcère pendant une semaine dans sa prison surnommée « Hôtel des Haricots »; nouvel emprisonnement en 1839, pour la même raison.

En 1837, près de Paris, à Sèvres, au lieudit les Jardies, il achète les premiers éléments de ce dont il voudra constituer tout un domaine. On prétendra qu'il aurait rêvé même de faire fortune en y acclimatant la culture de l'ananas. Ses projets assez grandioses lui coûteront fort cher et ne lui amèneront que des déboires. Liquidation onéreuse et longue ; à la mort de Balzac elle ne sera pas encore tout à fait terminée.

C'est en octobre 1840 que, quittant les Jardies, il s'installe à Passy dans l'actuelle rue Raynouard, où sa maison est redevenue aujourd'hui la « Maison de Balzac ».

Suite et fin, 1841-1850.

Le fait marquant qui inaugure cette période est l'acte de naissance officiel de *La Comédie humaine* considérée comme un ensemble organique. Cet acte, c'est le contrat passé le 2 octobre 1841 avec un groupe d'éditeurs pour la publication, sous ce « titre général », des « œuvres complètes » de Balzac, celui-ci se réservant « l'ordre et la distribution des matières, la tomaison et l'ordre des volumes ».

Nous avons vu le romancier, dès ses véritables débuts ou presque, montrer le souci d'un ordre et d'un classement. Une lettre à Mme Hanska du 26 octobre 1834 en faisait déjà état. Une lettre de décembre 1839 ou janvier 1840, adressée à un éditeur non identifié, et restée sans suite, mentionnait pour la première fois le « titre général », avec un plan assez détaillé. Cette fois le grand projet va enfin se réaliser (sous réserve de quelques changements de détail ultérieurs dans le plan, et sous réserve aussi de plusieurs ouvrages annoncés qui ne seront jamais composés).

Réunissant rééditions et nouveautés, l'ensemble désormais intitulé *La Comédie humaine* paraît de 1842 à 1848 en dix-sept volumes, complétés en 1855 par un tome XVIII, et suivis, en 1855 encore, d'un tome XIX (*Théâtre*) et d'un tome XX (*Contes drolatiques*. Trois parties : *Études de mœurs*, *Études philosophiques*, *Études analytiques* — la première partie étant elle-même divisée en *Scènes de la vie privée*, *Scènes de la vie de province*, *Scènes de la vie parisienne*, *Scènes de la vie politique*, *Scènes de la vie militaire* et *Scènes de la vie de campagne*.

L'Avant-propos est un texte doctrinal capital. Avant de se résoudre à l'écrire lui-même, Balzac avait demandé vainement une préface à Nodier, à George Sand, ou envisagé de reproduire les introductions de Davin aux anciennes *Études de mœurs* et *Études philosophiques*.

Premières publications en librairie : *Le Curé de village*, 1841 ; *Mémoires de deux jeunes mariées*, *Ursule Mirouët*, *Albert Savarus*, *La Femme de trente ans* (sous sa forme et son titre définitifs après beaucoup d'avatars), *Les Deux Frères* (titre qui deviendra *La Rabouilleuse*), 1842 ; *Une ténébreuse affaire*, *La Muse du département*, *Illusions perdues* (au complet), 1843; *Honorine*, *Modeste Mignon*, 1844 ; *Petites misères de la vie conjugale*, 1846 ; *La Dernière Incarnation de Vautrin* (achevant *Splendeurs et misères des courtisanes*), 1847 ; *Les Parents pauvres* (*Le Cousin Pons* et *La Cousine Bette*), 1847-1848.

Romans posthumes. *Le Député d'Arcis* et *Les Petits Bourgeois*, restés inachevés, et terminés, avec une désinvolture confondante, par Charles Rabou agréé par la veuve, paraissent respectivement en 1854 et 1856. La veuve assure elle-même, avec beaucoup plus de tact, la mise au point des *Paysans* qu'elle publie en 1855.

Théâtre. Représentation et échec des *Ressources de Quinola*, 1842 ; de *Paméla Giraud*, 1843. Succès sans lendemain de *La Marâtre*, pièce créée à une date peu favorable (25 mai 1848) ; trois mois plus tard la Comédie-Française reçoit *Mercadet ou le Faiseur*, mais la pièce ne sera pas représentée.

Chevalier de la Légion d'honneur depuis avril 1845, Balzac, encore candidat à l'Académie française, obtient 4 voix le 11 janvier 1849, dont celles de Hugo et de Lamartine (on lui préfère le duc de Noailles), et, aux trois scrutins du 18 janvier, 2 voix (Vigny et Hugo), 1 voix (Hugo) et 0 voix, le comte de Saint-Priest étant élu.

Amours et voyages, durant toute cette période, portent pratiquement un seul et même nom : Mme Hanska. Le mari meurt — enfin! — le 10 novembre 1841, en Ukraine ; mais Balzac n'est informé que le 5 janvier d'un événement qu'il attend pourtant avec tant d'impatience. Son amie, libre désormais de l'épouser, va néanmoins le faire attendre près de dix ans encore, soit qu'elle manque d'empressement, soit que réellement le régime tsariste se dispose à confisquer ses biens, qui sont considérables, si elle s'unit à un étranger.

En 1843, après huit ans de séparation, Balzac va la retrouver pour deux mois à Saint-Pétersbourg ; il rentre par Berlin, les pays rhénans, la Belgique. En 1845, voyages communs en Allemagne, en France, en Hollande, en Belgique, en Italie. En 1846, ils se rencontrent à Rome et voyagent en Italie, en Suisse, en Allemagne.

Mme Hanska est enceinte ; Balzac en est profondément heureux, et, de surcroît, voit dans cette circonstance une occasion de hâter son mariage ; il se désespère lorsqu'elle accouche en novembre 1846 d'un enfant mort-né.

En 1847 elle passe quelques mois à Paris ; lui-même, peu après, rédige un testament en sa faveur. A l'automne, il va la retrouver en Ukraine, où il séjourne près de cinq mois. Il rentre à Paris, assiste à la révolution de février 1848, envisage une candidature aux élections législatives, repart dès la fin de septembre pour l'Ukraine, où il séjourne jusqu'à la fin d'avril 1850.

C'est là qu'il épouse Mme Hanska, le 14 mars 1850.

Rentrés ensemble à Paris vers le 20 mai, les deux époux, le 4 juin, se font donation mutuelle de tous leurs biens en cas de décès. Depuis plusieurs années la santé de Balzac n'a pas cessé de se dégrader ; malade, il ne travaille plus.

Du 1er juin 1850 date (à notre connaissance) la dernière lettre que Balzac ait écrite entièrement de sa main. Le 18 août il a reçu l'extrême-onction, et Hugo, venu en visite, le trouve inconscient : il meurt à onze heures et demie du soir, dans un état physique affligeant. On l'enterre au Père-Lachaise trois jours plus tard ; les cordons du poêle sont tenus par Hugo et Dumas, mais aussi par le sinistre Sainte-Beuve, qui n'a jamais rien compris à son génie, et par le ministre de l'Intérieur ; devant sa tombe, superbe discours de Hugo : ni Hugo ni Baudelaire ne se sont trompés sur le génie de Balzac.

La femme de Balzac, après avoir trouvé quelque consolation à son veuvage, mourra ruinée en 1882.

NOTICE

Les trois récits que rassemble le présent volume, et dont la préface de Jean-Louis Bory a dit les affinités, sont disposés *grosso modo* dans l'ordre chronologique des événements racontés.

Une double famille, qui avait alors pour titre *La Femme vertueuse,* parut pour la première fois en avril 1830, dans le second des deux tomes des *Scènes de la vie privée.* Il faut souligner que ces *Scènes* étaient à l'époque les seules qui existassent : elles ne formaient pas encore l'un des éléments de base d'un plus vaste ensemble.

Ce plus vaste ensemble fait son apparition à la fin de 1833 ; ce sont les douze tomes des *Études de mœurs au XIX*e *siècle* : on y retrouve en 1835 *La Femme vertueuse.* Le récit y est non plus seulement recueilli, mais reclassé : sa place est maintenant en tête des *Scènes de la vie parisienne* ; pour la première fois il est daté *in fine* (février-mars 1830).

En 1842 commence à paraître l'édition globale de *La Comédie humaine* : *Une double famille* y prend, dans le tome I, son titre définitif, reçoit sa datation définitive (qu'expliquent des remaniements tardifs), s'augmente de la dédicace. La première section de la collection s'appelle désormais — comme douze ans plus tôt — *Scènes de la vie privée,* et c'est sous cette vieille et nouvelle enseigne que se range finalement *Une double famille.*

L'histoire du *Contrat de mariage* est plus simple. Le récit paraît pour la première fois en novembre 1835 dans les

Études de mœurs au XIXe siècle, où, daté, il figure parmi les *Scènes de la vie privée.* Ce classement est dès lors définitif ; il est confirmé en 1842 lors de la reprise dans l'édition globale de *La Comédie humaine* (où est ajoutée la dédicace à Rossini). Avant 1842 le titre était *La Fleur des pois* (ce titre, suffisamment expliqué dans le texte, avait aussi été prévu par Balzac pour *La Vieille Fille*).

Le Contrat de mariage semble bien avoir été composé en septembre et octobre 1835, donc en toute hâte et juste avant la publication. Balzac écrivait à sa sœur Laure Surville, dans les derniers jours d'octobre 1835 : « ... *La Fleur des pois* est finie, nous paraissons le 10. Ce que je voulais faire a été glorieusement accompli. J'ai représenté tout un avenir de deux époux par la scène seule du contrat de mariage, c'est le combat du jeune et du vieux notariat. C'est profondément comique, et j'ai su intéresser à la discussion d'un contrat telle qu'elle a lieu. »

Après la publication, il mandait le 21 novembre à Mme Hanska : « *La Fleur des pois* a coûté 66 nuits de travail, sans compter les jours, et 500 francs de corrections, mais les galfâtres de la presse en disent du bien entre eux, et il paraît qu'il y a succès. »

Quand Balzac rédigea-t-il *L'Interdiction*? Quelques lignes énigmatiques d'une lettre de juillet 1835 ont pu laisser supposer qu'il y songeait dès cette époque ; l'hypothèse n'est pas invraisemblable, mais rien ne la confirme. En tout cas, ce n'est que le 18 janvier 1836 qu'il écrivait à Mme Hanska : « Il faut que je donne pour février une œuvre intitulée *L'Interdiction* », etc. ; et le 30 janvier : « Il faut maintenant achever pour février *L'Interdiction* », etc. On peut donc admettre que la composition s'exécuta durant les premières semaines de l'année 1836.

Le récit parut aussitôt dans la *Chronique de Paris*, en cinq livraisons échelonnées du 31 janvier au 18 février. A la fin de l'été il fut repris dans les *Études philosophiques*, où, daté *in fine* de février 1836, il se trouva partagé entre les tomes XXIV et XXV. Il figura en 1844, augmenté de la dédicace, dans les *Scènes de la vie parisienne* de l'édition globale de *La Comédie humaine.* Plus tardivement enfin Balzac déclara l'intention de le transférer dans les *Scènes de la vie privée.*

Vers la mi-mars 1836 il offrit le manuscrit à une femme mystérieuse dont nous ne connaissons à peu près que le prénom, Louise, — lequel était peut-être de convention : je vous prépare, lui écrivait-il, « un don, précieux aux yeux de ceux qui m'aiment et dont je suis avare, que je refuse à tout ce qui n'a pas touché vivement mon cœur ou qui ne m'a pas été serviable : une chose qui n'a de valeur que pour les amitiés de cœur à cœur ». Le manuscrit, après être passé dans diverses collections, est aujourd'hui à la Nationale.

[illegible] dans les [illegible]
[illegible]
[illegible]
[illegible]
[illegible] qui peut dire [illegible]
[illegible]
[illegible]
[illegible] et que [illegible]
[illegible]
[illegible]
[illegible]

ANNEXE

I
LE NOTAIRE

Une reedition du Contrat de mariage, *où les notaires Mathias et Solonet jouent un rôle plus déterminant peut-être que les protagonistes apparents, nous paraît appeler un complément documentaire : il s'agit d'une monographie intitulée* Le Notaire, *et que Balzac publia en 1840 dans le recueil collectif* Les Français peints par eux-mêmes. *Nous la reproduisons intégralement.*

Les notes appelées dans le texte se trouvent en fin de volume, à la suite des autres notes.

Vous voyez un homme gros et court, bien portant, vêtu de noir, sûr de lui, presque toujours empesé, doctoral, important surtout! Son masque, bouffi d'une niaiserie papelarde, qui, d'abord jouée, a fini par rentrer sous l'épiderme, offre l'immobilité du diplomate, mais sans la finesse, et vous allez savoir pourquoi. Vous admirez surtout un certain crâne couleur beurre frais qui accuse de longs travaux, de l'ennui, des débats intérieurs, les orages de la jeunesse et l'absence de toute passion. Vous dites : « Ce monsieur ressemble extraordinairement à un notaire. » Le notaire long et sec est une exception. Physiologiquement parlant, le notariat est absolument contraire à certains tempéraments. Ce n'est pas sans raison que Sterne, ce grand et fin observateur, a dit : *Le petit notaire*! Un caractère irritable et nerveux, qui peut encore être celui de l'avoué, serait funeste à un notaire : il faut trop de patience, tout homme n'est pas apte à se rendre insignifiant, à subir les interminables confidences des clients, qui tous s'imaginent que leur affaire est la seule affaire ; ceux de l'avoué sont des gens passionnés, ils tentent une lutte, ils se préparent à une défense. L'avoué, c'est le parrain judiciaire ; mais le notaire est le souffre-douleur des mille combinaisons de l'intérêt, étalé sous toutes les formes sociales. Oh! ce que souffrent les notaires ne peut s'expliquer que par ce que souffrent les femmes et le papier blanc, les deux choses les moins réfractaires en apparence : le notaire résiste énormément, mais il perd ses angles. En étudiant cette figure effacée, vous entendez des phrases mécaniques de toute longueur, et, disons-le, plusieurs lieux communs! L'Artiste recule épouvanté. Chacun se dit affirmativement : « Ce monsieur est notaire. » Il est perdu, celui qui donne lieu à ces étranges soupçons, car le notaire a créé l'*air notaire*, expression devenue proverbiale. Eh! bien, cet homme est une victime. Cet homme épais et lourd fut espiègle et léger, il a pu avoir beaucoup d'esprit, il a peut-être aimé. Arcane incompris, vrai martyr, mais volontairement martyr! être mystérieux, aussi digne de pitié quand tu aimes ton état que quand tu le hais, je t'expliquerai, je te le dois! Bon homme et malicieux, tu es un Sphinx et un Œdipe tout à la fois ; tu as la phraséologie obscure de l'un et la pénétration de l'autre. Tu es incompréhensible pour beaucoup, mais tu n'es pas indéfinissable. Te définir, ce sera peut-être trahir bien des secrets que, selon Brid'oison, l'on ne se dit qu'à soi-même [1].

Le notaire offre l'étrange phénomène des trois incarnations de l'insecte, mais au rebours : il a commencé par être un brillant papillon, il finit par être une larve enveloppée de son suaire, et qui, par malheur, a de la mémoire. Cette horrible transformation d'un clerc joyeux, gabeur, rusé, fin, spirituel, goguenard, en notaire, la société l'accomplit lentement ; mais, bon gré, mal gré, elle fait le notaire ce qu'il est. Oui, le type effacé de leur physionomie est celui de la masse : les notaires ne représentent-ils pas votre terme moyen, honorables médiocrités que 1830 a intronisées? Ce qu'ils entendent, ce qu'ils voient, ce qu'ils sont forcés de penser, d'accepter, outre leurs honoraires ; les comédies, les tragédies qui se jouent pour eux seuls devraient les rendre spirituels, moqueurs, défiants ; mais à eux seuls il est interdit de rire, de se moquer et d'être spirituels : l'esprit chez un notaire effaroucherait le client. Muet quand il parle, effrayant quand il ne dit rien, le notaire est contraint d'enfermer ses pensées et son esprit, comme on cache une maladie secrète. Un notaire ostensiblement fin, perspicace, capricieux, un notaire qui ne serait pas rangé comme une vieille fille, épilogueur comme un vieux sous-chef, perdrait sa clientèle. Le client domine sa vie. Le notaire est constamment couvert d'un masque, il le quitte à peine au sein de ses joies domestiques ; il est toujours obligé de jouer un rôle, d'être grave avec ses clients, grave avec ses clercs, et il a bien des raisons d'être grave avec sa femme! Il doit ignorer ce qu'il a bien compris, et comprendre ce qu'on ne veut pas trop lui expliquer. Il accouche les cœurs! Quand il en fait sortir des monstres que le grand Geoffroy Saint-Hilaire ne saurait mettre en bocal [1], il est forcé de se récrier :

— Non, monsieur, vous ne ferez pas cet acte, il est indigne de vous. Vous vous abusez sur l'étendue de vos droits (phrase honnête au fond de laquelle il y a : « Vous êtes un fripon! »). Vous ignorez le vrai sens de la loi, *ce qui peut arriver au plus honnête homme du monde* ; mais, monsieur, etc.

Ou bien :

— Non, madame ; si j'approuve le sentiment naturel et jusqu'à un certain point honorable qui vous anime, je ne vous permettrai pas de prendre ce parti. Paraissez toujours honnête femme, même après votre mort.

Quand la nomenclature des vertus et des impossibilités est épuisée, quand le client ou la cliente sont ébranlés, le notaire ajoute :

— Non, vous ne le ferez pas ; et moi, d'ailleurs, je vous refuserais mon ministère!

Ce qui est la plus grande parole que puisse lâcher un officier ministériel.

Les notaires sont effectivement des officiers : peut-être leur vie est-elle un long combat? Obligés de dissimuler sous cette gravité de costume leurs idées drolatiques, et ils en ont! leur scepticisme, et ils doutent de tout! leur bonté, les clients en abuseraient! forcés d'être tristes avec des héritiers qui souvent crèveraient de rire s'ils étaient seuls, d'arraisonner [3] des veuves qui deviennent folles de joie, de parler mort et enfants à de rieuses jeunes filles, de consoler les fils par des totaux d'inventaire, de répéter les mêmes paroles et les mêmes raisonnements à des gens de tout âge et de tout étage, de tout voir sans regarder, de regarder sans voir, de se mettre fictivement en colère, de rire sans raison, de raisonner sans rire, de faire de la morale comme les cuisiniers font de la sauce, les notaires sont hébétés, par la même raison qu'un artilleur est sourd. Il y a plus de sots que de gens d'esprit, autrement le sot serait l'être rare, et le notaire, obligé de se mettre au niveau de son client, se trouve constamment à dix degrés au-dessous de zéro : chacun connaît la force de l'habitude, ce rôle devient une seconde nature. Les notaires se matérialisent donc l'esprit, hélas! sans se spiritualiser le corps. Sans autre caractère que leur caractère public, ils deviennent ennuyeux à force d'être ennuyés. Perdus par l'usage des lieux communs dans leur cabinet, ils les importent dans le monde. Ils ne s'intéressent à rien à force de s'intéresser à tout, ils arrivent à la plus parfaite indifférence en trouvant l'ingratitude au bout de tous les services rendus, et deviennent enfin cette créature pleine de contradictions cachées sous une couche de graisse et de bien-être, ce petit homme arrondi, doux et raisonneur, phraseur et parfois concis, sceptique et crédule, pessimiste et optimiste, très bon et sans cœur, pervers ou perverti, mais nécessairement hypocrite, qui tient du prêtre, du magistrat, du bureaucrate, de l'avocat, et dont l'analyse exacte défierait La Bruyère s'il vivait encore. Eh bien, cet homme a ses grandeurs ; mais ce qui rend le notaire grand est précisément ce qui le fait si petit : témoin de tant de perversités, non pas spectateur, mais directeur du théâtre de l'intérêt, il doit demeurer probe ; il voit creuser le lac Asphalite [4] où s'engloutiront les fortunes, sans pouvoir y pêcher ; il minute l'acte aux commandites, et doit se tenir sur le seuil de la Gérance comme un marchand de pièges qui ne s'intéresse ni à la proie ni au chasseur. Mais aussi quelles incarnations différentes! quel travail! Jamais essieu ne fut mieux battu, ni plus essayé. Admirez ses transitions, et voyez si la Nature, qui met tant de temps et de soins à faire quelque magnifique coquille, n'est pas surpassée ici par la Civilisation dans ce produit crustacé nommé le notaire ?

Tout notaire a été deux fois clerc, il a pratiqué plus ou moins longtemps la procédure : pour savoir prévenir les procès, ne faut-il pas les avoir vus naître ? Après deux ans de cléricature chez un avoué, ceux qui conservent des illusions sur la nature humaine ne seront jamais ni magistrats, ni notaires, ni avoués : ils deviennent actionnaires. De l'Étude d'un avoué le clerc s'élance dans une Étude de notaire [5]. Après avoir observé la manière dont on se joue des contrats il va étudier la manière dont on les fait. S'il ne procède pas ainsi, le futur notaire a pris l'état par ses commencements, il s'est engagé petit clerc comme on s'engage soldat pour devenir général : plus d'un notaire de Paris fut saute-ruisseau. Après cinq ans de stage dans une ou plusieurs Études de notaire, il est difficile d'être un jeune homme pur : on a vu les rouages huileux de toute fortune, les hideuses disputes des héritiers sur les cadavres encore chauds. Enfin, on a vu le cœur humain aux prises avec le Code. Les clients d'une Étude exercent une horrible et active corruption sur la cléricature. Le fils s'y plaint du père, la fille de ses parents. Une Étude est un confessionnal où les passions viennent vider le sac de leurs mauvaises idées, consulter sur leur cas de conscience en cherchant des moyens d'exécution. Y a-t-il rien au monde de plus dissolvant que les inventaires après décès ? Une mère meurt entourée des respects et de la tendresse de sa famille. Quand, en fermant les yeux, le rideau tombe sur la farce jouée, le notaire et son clerc trouvent les preuves d'une vie intime épouvantable, ils les brûlent ; puis ils écoutent le panégyrique le plus touchant de la sainte créature ensevelie depuis quelques jours ; ils sont forcés de laisser à cette famille ses illusions, ils se taisent par un sublime mensonge ; mais quels rires, quels sourires, quels regards le patron et son clerc n'échangent-ils pas en sortant ? Pour eux, le politique immense qui trompait l'Europe était trompé comme un enfant par une femme : sa confiance avait le ridicule de celle du Malade imaginaire avec Béline [6]. Ils cherchent quelques papiers utiles chez un homme dit vertueux et bienfaisant, sur la tombe duquel on a brûlé l'encens de l'éloge, et fait partir les décharges les plus honorables de l'artillerie des regrets ; mais ce magistrat, ce vénérable vieillard, était un débauché. Le clerc emporte une horrible bibliothèque qui se partage dans l'Étude. Par un usage et par un calembour immémorial, les clercs s'emparent de tout ce qui peut offenser la morale publique ou religieuse et qui déshonorerait le mort. Ces choses infâmes constituent la *cote G*. Personne n'ignore que les notaires cotent par les lettres de l'alphabet les papiers, les documents et les titres. La cote G (*j'ai*) contient tout ce que prennent les clercs.

— Y a-t-il de la cote G? est le cri de l'Étude quand le second revient d'un inventaire.

Le partage fini, le diable inspire les commentaires qui se font entre la poire cuite du troisième clerc, le fromage du second et la tasse de chocolat du principal. Croyez-vous que sept ou huit gaillards, dans la force de l'âge et de l'esprit, ennuyés du travail le plus ennuyeux, aplatis sur des pupitres à copier des actes, à étudier des liquidations, échangent des maximes de Fénelon et de Massillon au moment où, le patron sorti, restés seuls, ils prennent une petite récréation? L'esprit français, comprimé par les cartons poudreux du minutier, éclate en saillies et recule les limites du drolatique. La langue de Rabelais y a le pas sur celle de Florian. On y devine les intentions des clients, on commente leurs friponneries, on les bafoue. Si les clercs ne bafouaient pas les clients, ils seraient des monstres, ils seraient notaires avant le temps. Ces débuts de la pensée dans la froide carrière du calcul ou du libertinage sont terminés par le grand mot du principal :

— Allons, messieurs, on ne fait rien ici!

Ce qui certes est vrai. Le clerc parle beaucoup, il conçoit tout, et reste vertueux comme un as de pique, faute d'argent. La grande plaisanterie des Études à l'égard des nouveaux venus est de leur présenter comme existants de chimériques, de monstrueux usages : quand le clerc y croit, le tour est fait. On rit.

Ces plaisants concertos ont lieu devant un petit garçon de dix à douze ans, l'espoir de sa famille, à tête blonde ou noire, à l'œil vif, le petit clerc! cet empereur des gamins de

Paris qui joue le rôle de fifre dans cet orchestre où chantent les désirs et les intentions, où tout se dit, où rien ne s'exécute. Il sort des mots profonds de cette petite bouche parée de perles, de ces lèvres roses qui se flétriront si vite. Le petit clerc joute de corruption avec les clercs, sans connaître la portée de sa parole. Une observation expliquera le petit clerc. Tous les matins, au bureau de la législation des signatures notariales, il y a une assemblée de petits clercs qui frétillent comme des poissons rouges dans un bocal, et qui font tellement enrager le personnage vieux et soucieux chargé de ce service, qu'il est à peine à l'abri de ces jeunes tigres derrière son grillage. Cet employé (il a failli perdre l'esprit) aurait besoin d'un ou deux sergents de ville dans son bureau. On y a songé. Le préfet de police a craint pour ses sergents. Ce que disent ces petits clercs ferait dresser les cheveux à un argousin, et ce qu'ils font attristerait Satan. Ils se moquent de tout, savent tout et se disent tout, ne pouvant encore rien faire. Ils composent à eux tous une espèce de télégraphe singulier qui transmet dans les études et au même moment toutes les nouvelles du notariat. La femme d'un notaire a-t-elle mis un de ses bas à l'envers, a-t-elle trop toussé la nuit, a-t-elle eu des querelles avec son mari, le bas, le haut, le milieu, tout se sait par les cent petits clercs du notariat parisien, en rapport au Palais avec les cent petits clercs des avoués.

Jusqu'au grade de troisième clerc, les jeunes gens qui se destinent au notariat ressemblent assez à des jeunes gens. Un troisième clerc a déjà vingt ans : il commence à pâlir devant les contrats de vente, il étudie les liquidations, il pioche son droit s'il ne l'a pas pratiqué chez un avoué, il porte les sommes importantes à l'enregistrement, il va recevoir sur les contrats de mariage les signatures des personnages éminents, il aperçoit dans la discrétion et la probité l'élément de son état. Déjà le jeune homme prend l'habitude de ne pas tout dire, il perd cette gracieuse spontanéité de mouvement et de langage qui mérite ce reproche : « Vous êtes un enfant ! » à quiconque la garde, à l'Artiste, au Savant, à l'Écrivain. Ne pas être discret, ne pas être probe, pour un troisième clerc, c'est renoncer au notariat. Chose étrange ! les deux éminentes vertus de l'état préexistent dans l'atmosphère des Études. Peu de clercs ont subi deux remontrances à ce sujet. A la seconde, d'ailleurs, ils seraient renvoyés et déclarés incapables d'être dans les affaires. Au second clerc commence la responsabilité. Caissier de l'étude, il tient le répertoire, il est chargé du scel [7], de la signature, de l'enregistrement en temps utile, de la collation des actes. Le troisième clerc rit déjà moins que les autres, mais le second clerc ne rit plus : il met plus ou moins de gaieté dans ses mercuriales, il est plus ou moins sardonique ; mais il sent déjà sur ses épaules le petit manteau officiel. Cependant, il est plus d'un second clerc qui se mêle encore à la vie des clercs, il fait encore quelques parties de campagne, il se risque à la Chaumière ; mais alors il n'a pas vingt-cinq ans ; à cet âge, tout second clerc pense à traiter de quelque charge en province, effrayé du prix des Études à Paris, lassé de la vie parisienne, content d'une destinée modeste, pressé d'être, selon la plaisanterie consacrée, son propre patron, et de se marier. Les piocheurs de la confrérie des clercs ont un divertissement particulier appelé *conférence*. L'esprit de la conférence consiste à se réunir dans un local quelconque pour y agiter les questions ardues de la jurisprudence ; mais ces assemblées aboutissent toujours à des déjeuners dominicaux, payés par les amendes encourues. On y parle beaucoup, chacun en sort persistant dans son opinion, absolument comme à la Chambre, mais il y a le vote de moins.

Là se termine la première incarnation. Le jeune homme s'est façonné lentement, il a eu peu de jouissances : les clercs sortent tous de familles plus ou moins laborieuses, où leur enfance a été sans cesse rebattue de ce mot : « Fais fortune! » Ils ont travaillé du matin au soir sans quitter l'Étude. Les clercs ne peuvent se livrer à aucune passion ; leurs passions polissent l'asphalte des boulevards, elles doivent se dénouer aussi promptement qu'elles se nouent, et tout clerc ambitieux se garde bien de perdre son temps en aventures romanesques ; il a enterré ses fantasques idées dans ses inventaires, il a dessiné ses désirs en figures bizarres sur son garde-main, il ignore entièrement la galanterie, il tient à honneur de prendre cet air indéfinissable qui participe à la fois de la rondeur des commerçants et du bourru des militaires, que souvent les gens d'affaires outrent pour se faire valoir ou pour élever par leurs manières des chevaux de frise entre eux et les exigences des clients ou des amis.

Enfin, tous ces clercs rieurs, gabeurs, spirituels, profonds, incisifs, perspicaces, arrivés au principalat, sont à demi notaires. La grande affaire du maître clerc est de donner à penser que, sans lui, le patron ferait de fameuses boulettes. Il tyrannise quelquefois son patron, il entre dans son cabinet pour lui soumettre des observations, il en sort mécontent. Il est beaucoup d'actes sur lesquels il a droit de vie et de mort, mais il est des affaires que le patron seul peut nouer et conduire ; généralement, il est à la porte de toutes les confidences sérieuses. Dans beaucoup d'Études, le premier clerc a un cabinet qui précède celui du patron. Ces premiers clercs ont alors un degré d'importance de plus. Les premiers clercs, qui signent *ppal* et s'appellent entre eux *mon cher maître*, se connaissent, se voient et se festoient sans admettre d'autres clercs. Il est un moment où le premier clerc ne pense qu'à traiter ; il se faufile alors partout où il peut soupçonner l'existence d'une dot. Il devient sobre, il dîne à deux francs quand il n'est pas nourri chez le patron, il affecte un air posé, réfléchi. Quelques-uns empruntent de belles manières et se donnent des lunettes afin d'augmenter leur importance ; ils deviennent alors très visiteurs, et, dans les ménages riches, ils lâchent des phrases dans le genre de celle-ci :

— J'ai appris, par le beau-frère de monsieur votre gendre, que madame votre fille est rétablie de son indisposition.

Le maître clerc connaît les alliances bourgeoises, comme un ministre français auprès d'une petite cour allemande connaît celles de tous les principicules. Ces sortes de premiers clercs professent des principes conservateurs et paraissent extrêmement moraux ; il se gardent bien de jouer publiquement à la bouillotte, mais ils prennent leur revanche dans leurs réunions entre maîtres clercs, qui se terminent par des soupers bien supérieurs à ceux des dandies, et dont le dénouement les empêche de jamais faire aucune sottise sentimentale : un premier clerc amoureux est plus qu'une monstruosité, c'est un être incapable. Depuis environ une douzaine d'années, sur cent premiers clercs, il en est une trentaine emportés par le désir d'arriver qui abandonnent l'Étude, se font commanditaires d'entreprises industrielles, directeurs d'assurances, hommes d'affaires ; ils cherchent une charge sans finance, et peuvent ainsi conserver une physionomie : ils restent à peu près ce que la nature les a faits. Après sept ou huit ans d'exercice, vers trente-deux ou trente-six ans, le principal est, pendant quelques jours, visiblement perturbé : il est atteint par une charge au cœur. Mais dans aucune partie, ni dans l'église, ni dans le militaire, ni à la cour, ni sur le théâtre même, il n'y a de changement analogue à celui qui se fait chez cet homme, en un moment, du jour au lendemain. Dès qu'il est reçu notaire, il prend ce visage de bois qui le rend plus notaire qu'il ne l'est avec son petit manteau officiel. Il a les façons les plus solennelles, les plus graves, avec les premiers clercs ses amis, qui cessent aussitôt d'être ses amis. Il est entièrement dissemblable de l'homme qu'il était la veille ; le phénomène de sa troisième incarnation entomologique est accompli : il est notaire.

Frappés des désavantages de leur position au centre d'une ville pleine de jouissances, qui tend sa robe à tout venant, qui la relève d'une façon si séduisante à l'Opéra, les notaires — au désespoir d'être, dans leur vêtement moral, comme des bouteilles de vin de Champagne dans la glace, froids et pétillants, comprimés et animés, — les notaires, sous l'Empire, avaient établi, disait-on à mots couverts dans les Études, une société de riches notaires, laquelle était au notariat ce qu'une soupape est dans une machine à vapeur. Secrètes étaient les assemblées, secrets étaient les intermèdes, étrangement drolatique était le nom de cette société, où le grand commanditaire était le Plaisir, où Paphos, Cythère et même Lesbos étaient membres du conseil de discipline, où l'argent, principal nerf de cette association mystérieuse et joyeuse, abondait. Que ne disait pas l'histoire ? On y mangeait beaucoup d'enfants, on déjeunait de petites filles, on soupait de mères, on ne s'apercevait plus ni de l'âge ni du sexe, ni de la couleur des grand-mères sur le matin, après des bouillottes échevelées. Héliogabale et les empereurs n'étaient que des petits clercs auprès de ces grands et gros notaires impériaux, dont le moins intrépide, le lendemain, apparaissait grave et froid comme si son orgie n'avait été qu'un rêve. Aussi, grâce à cette institution où le notaire déversait les inspirations du malin esprit, le notariat parisien eut-il alors moins de faillites à compter que sous la Restauration. Peut-être cette histoire est-elle un conte. Aujourd'hui, les notaires parisiens ne sont plus autant liés qu'autrefois, ils se connaissent moins, leur solidarité s'est dénouée avec les transmissions trop répétées des offices. Au lieu d'être notaire quelque trente ans, la moyenne de l'exercice est de dix ans au plus. Un notaire ne pense qu'à se retirer : ce n'est plus le magistrat des intérêts, le conseil des familles ; il a tourné trop au spéculateur.

Le notaire a deux manières d'être : attendre les affaires ou les aller chercher. Le notaire qui attend est le notaire marié, digne ; il est le notaire patient, écouteur, qui discute et tâche d'éclairer ses clients. Il est susceptible de voir tomber son étude. Ce notaire a trois saluts différents : il se tortille en s'inclinant devant le grand seigneur, il salue en balançant la tête devant le client riche, donne un petit coup de tête aux clients dont la fortune se dérange, et ouvre sa porte sans saluer aux prolétaires. Le notaire qui cherche les affaires est le petit notaire à marier : il est encore maigre, il va dans les bals et les fêtes, il court le monde, il y prend des airs penchés, il s'y insinue, il transporte l'étude dans les nouveaux quartiers, et ne nuance pas ses saluts ; il saluerait la colonne de la place Vendôme. On dit du mal de lui, mais il se venge par ses succès. Le vieux notaire complaisant et bourru est une figure presque disparue. Le notaire, maire de son arrondissement, président de sa chambre, chevalier d'un ordre quelconque, honoré par le notariat entier, et dont le portrait décorait tous les cabinets de notaire, qui respirait enfin l'air parlementaire des conseillers d'avant la Révolution, est le phénix de l'espèce : il ne se retrouvera plus.

Le notaire pourrait se consoler des affaires par l'amour conjugal ; mais, pour lui, le mariage est plus pesant que pour tout autre homme. Il a ce point de ressemblance avec les rois qu'il se marie pour son état et non pour lui-même. Le beau-père voit également en lui moins l'homme que la charge. Une héritière en bas bleus, la fille née avec les bénéfices d'une moutarde quelconque ou de quelque bol salutaire, du cirage ou des briquets, il épouse tout, même une femme comme il faut. Si quelque chose est plus original que la plate-bande des notaires, peut-être est-ce celle des notaresses. Aussi les notaresses se jugent-elles sévèrement : elles craignent avec de justes raisons d'être deux ensemble, elles s'évitent et ne se connaissent point entre elles. De quelque boutique qu'elle procède, la femme du notaire veut devenir une grande dame, elle tombe dans le luxe : il y en a qui ont voiture ; elles vont alors à l'Opéra-Comique. Quand elles se produisent aux Italiens, elles y font une si grande sensation que toute la haute compagnie se demande :

— Que peut être cette femme ?

Généralement dénuées d'esprit, très rarement passionnées, se sachant épousées pour leurs écus, sûres d'obtenir une tranquillité précieuse, grâce aux occupations de leurs maris, elles se composent une petite existence égoïste très enviable ; aussi presque toutes engraissent-elles à ravir un Turc. Il est néanmoins possible de trouver des femmes charmantes parmi les notaresses. A Paris, le hasard se surpasse lui-même : les hommes de génie y trouvent à dîner, il n'y a pas trop de gens écrasés le soir, et l'observateur qui rencontre une femme comme il faut peut apprendre qu'elle est notaresse. Une séparation complète entre la femme du notaire et l'étude a lieu maintenant chez presque tous les notaires de Paris. Il n'est pas une notaresse qui ne se vante de ne pas savoir le nom des clercs et d'ignorer leurs personnes. Autrefois clerc et notaire, femmes et enfants, dînaient ensemble patriarcalement. Aujourd'hui, ces vieux usages ont péri dans le torrent des idées nouvelles tombées des Alpes révolutionnaires ; aujourd'hui, le premier clerc seul, dans beaucoup d'études, est logé sous le toit authentique, et vit à sa guise, transaction qui arrange mieux le patron.

Quand un notaire n'a pas la figure ronde et doucement arrondie que vous savez, s'il n'offre pas à la société la garantie immense de sa médiocrité, s'il n'est pas le rouage d'acier poli qu'il doit être, s'il est resté dans son cœur quoi que ce soit d'artiste, de capricieux, de passionné, d'aimant, il est perdu ; tôt ou tard, il dévie de son rail, il arrive à la faillite et à la chaise de poste belge, le corbillard du notaire. Il emporte alors les regrets de quelques amis, l'argent de ses clients et laisse sa femme libre.

II

LA CHINE ET LES CHINOIS

En 1842, Balzac publia dans un journal (La Législature, *14, 15, 17 et 18 octobre*) *le compte rendu d'un ouvrage de son ami Auguste Borget, dédicataire de* La Messe de l'athée. *Cet ouvrage s'intitulait* La Chine et les Chinois. *L'article de Balzac était fort long : à peu près comme la moitié de* L'Interdiction *ou de* Une double famille. *Aussi n'est-il pas possible de le reproduire ici intégralement. Nous tenons du moins à en donner de larges extraits, qui éclaireront une préoccupation personnelle du romancier, dont celui-ci a fait un des thèmes ou des motifs de* L'Interdiction (*voir la note 52 de ce récit*).

Quelques éclaircissements nécessaires se trouveront à la suite de nos Notes.

Si jamais un livre a pu avoir de l'actualité, n'est-ce pas celui-ci ? Si nous n'étions pas ce que nous sommes, le peuple du monde le moins voyageur, le plus exclusif qu'il y ait, certes il devrait n'en pas rester un exemplaire chez ceux qui vont être chargés de le vendre. Si, au lieu de le publier à Paris, l'auteur l'avait écrit en anglais et l'avait fait paraître à Londres, en une matinée il eût disparu de la boutique où on l'aurait mis en vente. Un Français en Chine! artiste! un observateur!... Qui est-ce? Ah! voilà!... C'est un garçon parti de la contrée la plus immobile et la moins progressive de France, un peintre de paysage né à Issoudun, en plein Berry. Parfois, le hasard se donne la tournure de l'impossible : c'est sa fatuité.

Beaucoup de ceux qui me lisent vont s'écrier :

— L'auteur n'est pas allé en Chine.

Eh bien, il faut le dire, le Berry en doute encore, et bien des vieilles femmes y mourront sans vouloir croire qu'un Berrichon ait vu la Chine.

— D'abord, pourquoi aller en Chine? Qui lui a mis

cette idée en tête? a-t-on dit de toutes parts en Berry. Que pouvait-il y faire?

— Et puis, a fait observer une des plus fortes têtes du pays, est-ce que la Chine existe?

Ah! nous sommes au cœur de la question, qui, pour moi particulièrement, avait un intérêt immense. Mon enfance a été bercée de la Chine et des Chinois par une personne chère [8] qui adorait ce peuple étrange. Aussi, dès l'âge de quinze ans, avais-je lu le Père du Halde, l'abbé Grozier [9], qui fut le prédécesseur de Charles Nodier à la bibliothèque de l'Arsenal, et la plus grande partie des relations plus ou moins mensongères écrites sur la Chine; enfin, je savais tout ce que l'on peut savoir théoriquement de la Chine. Par esprit de contradiction, j'exerçais ce sens de la critique, inné chez l'homme social, sur les objets de l'innocente passion d'un vieillard. Je mettais toujours en fureur cette personne à laquelle je devais, d'après les lois chinoises, un si grand respect, qu'elle est presque sacrée, quasi divine, en lui soutenant, avec une perspicacité de seconde vue, que la Chine et les Chinois étaient tels qu'ils sont dans les paravents, dans les écrans, sur les petites porcelaines, les grands vases et les peintures. Selon moi, le génie de ce peuple devait le porter à ne représenter que ce qu'il voyait, et tel qu'il le voyait, car le défaut de perspective est sans doute le résultat de la constitution de l'œil.

. . .

Hélas! apprendre à la France la vérité sur la Chine m'a semblé l'un des plus grands crimes de lèse-imagination. Un des hommes à qui j'en veux le plus au monde est Jacquemont [10]. Quand j'étais malheureux, — et la situation a chez moi trop de monotonie pour qu'elle me plaise, — avant Jacquemont, je m'élançais en Asie, dans l'Asie de la reine de Golconde, dans l'Asie du calife de Bagdad, dans l'Asie des *Mille et Une Nuits*, le pays des rêves d'or, le chef-lieu des génies, des palais de fées, un pays où, comme disaient nos ancêtres, on est *vêtu de léger*, où les pantalons sont en mousseline plissée, où l'on porte des anneaux d'or aux pieds, des babouches ornées de poèmes écrits à l'aiguille, des cachemires sur la tête, des ceintures pleines de talismans, où le despotisme réalise ses féeries. Si l'on y rencontre le souverain, en un quart d'heure on obtient, en l'intéressant par un conte ou par une histoire, ce que, dans l'Europe des Calvin et des Luther (deux abominables drôles!), on ne peut avoir qu'après s'être roulé pendant des années dans la fange ou dans la poussière de l'Élection, dans les creux bavardages de la Tribune, dans les luttes les plus déshonorantes pour l'esprit, et où le génie de Richelieu perdrait ses ailes. Concevez-vous Richelieu parlotant au lieu d'agir?... Jacquemont nous a tué l'Asie. Ce député du Positif nous a promenés dans les jungles, dans les solitudes les plus sales, les plus rabougries, les plus pauvres ; il nous a parlé de sa seringue comme de son cheval de bataille ; il nous a vanté les gloires de l'Angleterre, cette infâme buveuse de trésors, contre laquelle l'Inde criera pendant l'éternité.

Dans les deux volumes de Jacquemont, je n'ai vu qu'une seule chose ; mais cette chose est le débris de mon Asie, le dernier vestige des empires qui s'y bâtissaient, s'y écroulaient et s'y rebâtissaient comme des châteaux de cartes! C'est la *Bégum* ou *Bégoun*, une vieille Allemande, Alsacienne, Suissesse ou Française, veuve de beaucoup de Nabads (*sic*), la dernière sultane des contes, et riche de deux cents millions! devant laquelle John Bull est à plat ventre, couvant des yeux ce trésor de roupies.

Dès que j'ai vu positivement que M. Auguste Borget avait pénétré en Chine, une grande tristesse a donc pénétré dans mon âme. « Ce sera, me disais-je, le second tome de Jacquemont... » Rassurez-vous! gens à imagination, rêveurs à qui l'infortune laisse assez de force pour enfoncer les portes d'ivoire de ce divin sommeil de l'âme appelé la fantaisie : M. Auguste Borget n'est pas trop allé en Chine! La Chine fantastique et drolatique nous reste. Grâce à la déclaration de guerre entre l'Angleterre et le Céleste Empire, ce voyageur n'a pas fait plus de huit lieues de France en Chine ; mais c'est un garçon sincère, il les a faites, ce qui n'est encore arrivé qu'à nos missionnaires, qui y laissent leurs os en subissant, encore aujourd'hui, des martyres comme on en a décrit dans *La Fleur des saints*, ou dans l'œuvre des Bollandistes.

. . .

Notre voyageur berrichon pense avoir fait des merveilles! Croyez-moi, si je vous parle de lui, de son voyage et de son album, c'est que j'ai raison : les paravents sont les paravents, et le voyageur n'est pas prophète! Oui, il n'y a pas d'autre Chine que la Chine des magots. Vue de près, la Chine est plus incroyable, plus fantastique que vue sur nos cheminées. En faisant un dessin sur place, M. Borget nous a rapporté des écrans, des paravents, des vases extravagants, dont les fleurs et les fruits sont décidément vrais. Nous sommes maintenant en plein dans le sujet. Oui, ce peuple tourne sur lui-même, il ne change pas, il est bien l'empire du Milieu.

En inventant le juste milieu, Louis-Philippe a contrefait la pensée chinoise du cabinet de Pékin!

Et d'abord, avant de rendre compte de ce merveilleux ouvrage, je veux donner une preuve éclatante de mon impartialité en vous disant que je l'ai lu, ce qui n'arrive pas à tous les critiques qui parlent d'un livre [...].

. . .

En fait de lettres, [les Chinois] apprécient avant tout la *forme*!... l'esprit vient après, ou, si vous voulez, ils l'incrustent dans la forme. Ce système est toute la Chine [...].

La première chose qui ait frappé notre voyageur en Chine est l'immense quantité d'inscriptions. Les Chinois écrivent les maximes de la religion et leurs lois partout : sur les murailles, sur les rochers, au seuil des maisons, aux corniches, sur les persiennes, sur les auvents, sur les stores... A cet égard, on ne peut pas reprocher aux Français de laisser leurs murailles sans écriture. Mais qu'écrivons-nous sur les murs? d'infâmes remèdes pour d'infâmes maladies, des Arrêtés qui révèlent l'impudeur publique, des indications d'industries honteuses qui protègent le vol, des appels à la morale publique à propos de billets de banque, ou de chiens perdus ; sans compter cette admirable inscription doublée d'un invalide : *Le public n'entre pas ici!* mise partout où l'on voit sortir une foule d'Anglais. En voyant des inscriptions sur les caisses de thé, sur les soieries qui doublent ces charmantes boîtes où les Chinois encaissent leurs marchandises, je pensai que c'était, comme chez nous, l'indice d'un antique usage de l'*Annonce*, chez le peuple le plus commercialement habile du monde. Erreur! Il en est bien autrement chez ce peuple encore plus ami de la vertu que du lucre.

Selon M. Borget, ces inscriptions diraient un tas de choses comme :

« Le grand Tien ne veut pas qu'on fournisse de la drogue à celui qui paie pour avoir les premières qualités. »

Ou : « Le bien mal acquis ne profite pas. »

Ou : « Si tu voles, tu fais mal à ton père, qui va se trouver bien tourmenté dans son cercueil. »

. . .

Tous ceux qui liront les fragments de lettres qui précèdent ces trente-deux dessins regretteront infiniment que M. Auguste Borget n'ait pas publié toutes les lettres qu'il a écrites sur son voyage en Chine. Quant aux *sinophiles* qui liront cet article, ils partageront ces regrets, car, pour le lire jusqu'au bout, il faut avoir porté la Chine dans son cœur, il faut avoir jeté ses regards sur cet empire à féeries, il faut avoir enfin cherché des solutions aux problèmes infinis que l'existence de ce peuple présente, occupation qui constitue le vrai *casse-tête chinois*! De ces choses mystérieuses et fantastiques comprises sous ce nom, pour nous essentiellement farceur : LA CHINE, croyez-en un sinographe-né, les Anglais n'y ont encore rien vu ni connu. Nous devons à la religion catholique et à nos sublimes missionnaires de vaincre encore aujourd'hui les Anglais sur ce terrain, sans y avoir d'autre armée que le dévouement de nos martyrs, de nos prêtres partis de la rue du Bac [11].

. . .

En Chine, dit l'auteur de *La Chine et les Chinois*, toutes les fois que des vaisseaux de commerce anglais lèvent l'ancre, les commandants chinois tirent quelques coups de canon contre les vaisseaux quand ils sont hors de portée ; puis, le mandarin écrit à l'empereur un rapport dont voici la substance : « Les barbares se sont montrés, mais ils ont fui devant la première démonstration de l'artillerie du Céleste Empire. » Il y a cette différence entre ceci et les rapports sur l'Algérie, que le mandarin a fait du commerce, a empoché des écus, et que nous avons perdu des hommes.

. . .

En ouvrant cet ouvrage, un des plus intéressants, selon moi, qu'on ait publiés depuis le voyage de Jacquemont et celui d'Abyssinie de messieurs Combes et Tamisier [12], une phrase m'a sauté aux yeux!... non, au cœur, dois-je dire, et m'a fait mal :

« Dans le groupe de maisons qui est à l'ouest, et qui renferme quatre factoreries, se trouve le hong français (synonyme de factorerie), qui n'a pas de façade sur la place et est, hélas! le plus humble de tous ; il est entre le hong espagnol et celui d'un *haniste*, nom des marchands chinois qui commercent avec les étrangers. »

Hélas!... oui, hélas!... ai-je répété, voilà où nous en sommes!... voilà ce que c'est que d'avoir coupé la tête à Lally! d'avoir si mal récompensé Mahé de La Bourdonnais et les hardis français qui luttaient dans les Indes contre l'Angleterre. Enfin, voilà le résultat de cette imbécile croyance, la seule religion du Français, qui consiste à croire que l'univers commence à Montrouge et finit à Montmartre, à se moquer des étrangers et à les regarder comme une proie. Hélas! La France en est réduite à l'influence acquise à force de supplices par nos Missions étrangères. Notre Compagnie des Indes est rue du Bac. On ne donne pas à la Société Géographique la dixième partie de l'argent nécessaire à ses plans et à ses projets. Le Commerce est sans audace ni grandeur dans un pays où l'on a tué par les plus infâmes friponneries la magnifique ressource de l'Association, le seul moyen de mettre à fin les grandes choses du commerce extérieur qui doit préparer les conquêtes nationales.

. . .

Pourquoi les peuples qui suent le plus, c'est-à-dire qui perdent le plus par la transpiration, ou dont le mécanisme vital fonctionne le plus, consomment-ils le moins de nourriture ?

Il est constant qu'une poignée de dattes ou de riz suffit à l'Arabe, au Chinois, à l'Indou, et que la patate ou la banane sustentent les pauvres de l'Amérique. La science me répondra peut-être que ces gens-là vivent très peu de temps. Mais, si le fait était vrai (M. Borget a vu des pauvres Chinois très vieux), la question, selon moi, ne serait pas encore résolue. En effet, ce n'est pas d'après sa durée, mais selon la quantité de bonheur qu'elle procure, qu'il faut juger de la vie. Généralement, on mange trop en Europe. Le premier mot de l'Ange qui apparut à Swedenborg en l'appelant à la Vie Spirituelle fut : « Ne mange pas tant! » C'était un Ange Oriental. J'en reviens donc à ceci : Pourquoi les cinq centimes de macaroni du lazzarone se traduisent-ils, six degrés plus loin, en vingt centimes de pain, dix centimes de tête de mouton cuite, et dix centimes de lait que coûte la nourriture d'un des trente mille gueux qui se lèvent à Paris sans savoir où ni comment ils dîneront?

C'est le plus important problème à résoudre pour le moment ; voici pourquoi :

Quelque perfection dont soient susceptibles les machines, elles nécessiteront toujours la main de l'homme, et ce qui se passe en Angleterre au moment où j'écris nous l'apprend assez énergiquement. Or, le prix des denrées de première nécessité fixe le prix du salaire, et le prix du salaire régit celui des produits. Notre agriculture repose de fond en comble sur l'excessive sobriété, sur la misère, tranchons le mot, des paysans. N'en déplaise à ceux qui se disent les philanthropes par excellence, le jour où leurs doctrines antisociales passeraient dans ces têtes-là, la France et la Société seraient sans pain et n'existeraient pas deux ans. Aux faiseurs de déclamations, il faut répondre net que l'existence antagonistique du riche et du pauvre est un fait à subir dans l'Ordre Social, comme celles des différentes espèces en Zoologie. Si les animaux pouvaient parler, nous apprendrions que tous les moutons veulent être des lions. Donc, la production commerciale étant devenue de nos jours un combat (pacifique pour quelques instants de nation à nation), le triomphe du commerce appartiendra nécessairement au peuple qui pourra fournir à ses soldats industriels les vivres au meilleur marché. Le problème que le Commerce d'un pays doit résoudre est en définitif celui-ci :

Avoir le plus de travail possible contre le plus de denrées de première nécessité, avec le moins d'argent possible.

. . .

Le devoir d'un gouvernement est bien moins de réprimer les factions que de rendre la vie facile au peuple. Depuis trente ans, le pouvoir en France s'est beaucoup trop préoccupé de ce qui regarde la justice et la gendarmerie. Je ne sais rien de plus formidable qu'un procureur général appuyé par la troupe. Mais cet appareil constitue la répression des peuples sans foi ; car la Religion devrait suffire, et l'obéissance des masses sera toujours l'ouvrage des prêtres et non celui de la force brutale. Si notre politique tient à rester matérielle, que pour cinq sous le pauvre ait de la viande et du pain, et il n'y aura pas de théorie novatrice qui tienne devant ce résultat. Aussi a-t-il grandement raison, celui qui, montrant dans une irrigation bien entendue de notre sol la question la plus importante pour notre prospérité, s'est écrié : *Les fleuves français emmènent chaque année des milliards à la mer* [13] !... Le canal d'irrigation est tout aussi nécessaire à l'agriculture et serait plus productif que ne l'est le canal de navigation pour le commerce. En ce genre, nous avons commencé par la fin. Les Chinois ont créé les produits avant de s'occuper des moyens de les transporter.

. . .

La première révélation que j'ai eue des phénomènes d'industrie de la Chine, ce fut en Touraine, à Cangé, terre achetée par un colon dont le fils, un de mes camarades de collège, fut gouverneur général de l'Inde sous la Restauration, et que je revis là pour la première fois depuis notre sortie de l'Institution Ganzer et Beuzelin, deux hommes comme il en aurait fallu des milliers pour refaire l'éducation en France. Eugène des B... avait rapporté de Chine à sa mère une travailleuse, véritable monument, fait principalement en ivoire. Je fus abasourdi d'un pareil travail. Il me sembla que trois générations de Benvenuti-Cellini devaient s'y être usées. Il y avait des mondes d'animaux et de personnages taillés dans l'ivoire, et d'un arrangement, d'une richesse d'exécution, d'une beauté de matière à faire rester un mois là, devant, à examiner, sans avoir tout vu. Eu égard au travail, le prix de ce meuble était inimaginable, incroyable ; mais il s'expliquait par cette facilité de la vie que M. Borget a observée et dont il rend compte.

Ce constant bon marché des salaires, qui vous est démontré maintenant, est la question cachée au fond de la guerre de l'Angleterre avec la Chine. Les bornes de cet article imposent la loi de dire les choses en peu de mots. Voici donc, selon notre voyageur, en quoi consiste la difficulté. L'Angleterre a commis la sottise de s'adonner au thé, pour se dispenser de nous acheter nos vins, car le thé produit une excitation nerveuse de laquelle l'Anglais et l'Anglaise se sont fait une habitude. Un peuple qui a des habitudes perd sa liberté. Voilà pourquoi l'on jette les jeunes Français dans le cigare, qui est à l'opium à peu près ce que le vin est à l'eau-de-vie. Le thé ne se *fabrique* qu'en Chine. Entendons-nous bien! On sait, depuis longtemps, que la température, la longitude et la latitude des contrées où le thé se cultive en Chine est identique avec les conditions atmosphériques d'une grande partie de la France. Le thé viendrait parfaitement en Touraine, en Berry et dans la vallée du Rhône. Faire venir le thé n'est rien. Voici quelles sont les nécessités de sa préparation pour devenir matière commerciale. Chaque feuille de thé doit être d'abord cueillie, une à une, puis, placée, une à une, à une certaine distance l'une de l'autre, pour être séchée. Une fois sèche à un certain degré qui laisse la possibilité de la manier sans la casser, chaque feuille doit être roulée, toujours une à une et entre les doigts, comme vous la voyez roulée. Maintenant, pensez au nombre exorbitant de petits points verdâtres qui sont dans une livre de thé, lesquels, soumis à une infusion d'eau bouillante, se déploient et redeviennent une feuille après vous avoir été vendue sous forme de boulette! Les avez-vous jamais comptées? Non, ni moi, mais il y en a des milliers. Or, supputez les différents bénéfices du cultivateur qui plante et récolte, des Chinoises qui cueillent, étendent et roulent, du commissionnaire qui transporte, de l'entrepositaire qui garde, du spéculateur qui va chercher à Canton, du navigateur qui apporte en Europe ces parfums doublement chinois ; calculez les bénéfices du marchand en gros et du marchand en détail, sur le prix d'une livre de thé dont la qualité la plus chère ne vaut, place de la Bourse, que quarante francs!... Ne comprendrez-vous pas, alors, que, si l'on peut faire venir du thé dans beaucoup de pays, il n'y a que les Chinois qui puissent vous le préparer à la sueur de leurs doigts? Aussi les Anglais, fatigués de perdre des millions avec la Chine, à laquelle ils n'apportaient que très peu de marchandises, ont-ils rêvé à inoculer aux Chinois un besoin qui les forçât à subir un échange. Le Chinois riche s'ennuie ; il n'a pas, comme l'Anglais, la ressource du tourisme, car un Chinois, sorti de Chine, ne peut plus y rentrer. Les Anglais ont apporté au Chinois du bonheur en petits bâtons bruns, le rêve de l'opium, le paradis des Malais et des Orientaux. Les Anglais, en échangeant le thé contre de l'opium, ont pu mettre alors un terme à l'épuisement des capitaux anglais absorbés par la Chine. On s'est aperçu bientôt en Chine du défaut que produisait cette consommation dans ce que nous appelons *la balance commerciale*. Frappé de la profonde immoralité que commettait l'Anglais en vendant du poison à son peuple, le gouvernement chinois, mû par deux raisons également puissantes, la morale et l'intérêt, mais bien plus puissantes quand l'intérêt se cache sous la morale, a défendu le commerce de l'opium. Pour ne pas recommencer à donner son or, l'Angleterre a préféré faire la guerre. Mais la Chine est plus forte que l'Angleterre. D'abord, la Chine s'est mise à cultiver le pavot et à recueillir de l'opium de manière à en vendre à ceux qui en veulent, chez elle et ailleurs. Puis elle n'a qu'à refuser du thé aux Barbares, à faire rentrer ses populations à l'intérieur, elle lassera, elle usera les Anglais : les Anglais céderont.

• • •

LES PERSONNAGES

Parmi les personnages des trois récits que rassemble le présent volume, les uns ne reparaissent dans aucun autre ouvrage de *La Comédie humaine*, et on ne les verra pas figurer dans la liste ci-dessous ; les autres se retrouvent, à titre principal, accessoire ou épisodique, dans les romans et nouvelles que cette liste énumère pour chacun d'eux.

Les noms absents de la liste sont ou bien ceux de personnages romanesques que Balzac n'a mis en scène nulle part ailleurs, ou bien ceux d'hommes ou de femmes ayant réellement existé.

AIGLEMONT (marquis et marquise d').
Le Bal de Sceaux. – Le Cabinet des Antiques. – César Birotteau. – Le Contrat de mariage. – La Cousine Bette. – La Duchesse de Langeais. – Les Employés. – La Femme de trente ans. – Le Lys dans la vallée. – La Maison du Chat-qui-pelote. – La Maison Nucingen. – Modeste Mignon. – Le Père Goriot. – Splendeurs et misères des courtisanes. – Un début dans la vie. – Ursule Mirouët.

BEAUSÉANT (vicomte puis marquis de, et Mme).
Albert Savarus. – Béatrix. – Le Cabinet des Antiques. – La Duchesse de Langeais. – Étude de femme. – La Femme abandonnée. – Gobseck. – L'Interdiction. – Le Lys dans la vallée. – Le Père Goriot. – Les Secrets de la princesse de Cadignan. – Splendeurs et misères des courtisanes.

BELLEFEUILLE (Caroline Crochard, dite de).
Splendeurs et misères des courtisanes. – Une double famille.

BIANCHON (docteur, père du docteur Horace, et Mme, née Boirouge-Popinot).
L'Interdiction. – Le Père Goriot.

BIANCHON (docteur Horace).
Autre étude de femme. – César Birotteau. – La Cousine Bette. – Le Cousin Pons. – Le Curé de village. – Les Employés. – L'Envers de l'histoire contemporaine. – Étude de femme. – La Fausse Maîtresse. – Honorine. – Illusions perdues. – L'Interdiction. – La Maison Nucingen. – Mémoires de deux jeunes mariées. – La Messe de l'athée. – La Muse du département. – La Peau de chagrin. – Le Père Goriot. – Petites misères de la vie conjugale. – Les Petits Bourgeois. – Pierrette. – La Rabouilleuse. – Les Secrets de la princesse de Cadignan. – Splendeurs et misères des courtisanes. – Une double famille. – Un prince de la Bohême.

BLAMONT-CHAUVRY (famille de).
Le Cabinet des Antiques. – L'Interdiction. – Le Lys dans la vallée.

BORDIN (avoué).
L'Envers de l'histoire contemporaine. – Gobseck. – L'Interdiction. – Un début dans la vie. – Une ténébreuse affaire. – La Vieille Fille.

CAMPS (Octave de, et Mme, née de Cadignan, ex-Mme Firmiani).
Autre étude de femme. – Le Bal de Sceaux. – Le Contrat de mariage. – Les Employés. – L'Interdiction. – Madame Firmiani. – Les Secrets de la princesse de Cadignan. – Splendeurs et misères des courtisanes. – Une fille d'Ève.

CAMUSOT DE MARVILLE (et Mme, née Thirion).
Le Cabinet des Antiques. – César Birotteau. – Le Cousin Pons. – L'Interdiction. – La Muse du département. – Splendeurs et misères des courtisanes. – Un début dans la vie. – La Vendetta.

CARIGLIANO (maréchal-duc et duchesse de).
Le Cabinet des Antiques. – Le Contrat de mariage. – La Cousine Bette. – Le Député d'Arcis. – Les Employés. – Illusions perdues. – La Maison du Chat-qui-pelote. – Les Paysans. – La Peau de chagrin. – Le Père Goriot. – Sarrasine.

CASA-RÉAL (famille de).
Le Contrat de mariage. – La Recherche de l'absolu.

CHÂTELET (comte et comtesse Sixte du).
Les Employés. – Illusions perdues. – L'Interdiction. – Splendeurs et misères des courtisanes.

CLAËS (famille van).
Le Contrat de mariage. – La Recherche de l'absolu.

COLLIN (Jacques, dit Vautrin, dit Carlos Herrera, dit Trompe-la-Mort).
Le Contrat de mariage. – La Cousine Bette. – Illusions perdues. – Le Père Goriot. – Splendeurs et misères des courtisanes.

DESPLEIN (chirurgien).
Autre étude de femme. – Le Cousin Pons. – Le Curé de village. – Les Employés. – L'Envers de l'histoire contemporaine. – Ferragus. – Honorine. – Illusions perdues. – L'Interdiction. – La Messe de l'athée. – Modeste Mignon. – La Muse du département. – Le Père Goriot. – Pierrette. – La Rabouilleuse. – Splendeurs et misères des courtisanes.

DESROCHES (maître).
Le Colonel Chabert. – Le Cousin Pons. – Les Employés. – La Femme de trente ans. – Illusions perdues. – L'Interdiction. – La Maison Nucingen. – La Peau de chagrin. – Les Petits Bourgeois. – La Rabouilleuse. – Splendeurs et misères des courtisanes. – Un début dans la vie. – Un homme d'affaires. – Un prince de la Bohême. – Ursule Mirouët.

DUDLEY (lord et lady).
Autre étude de femme. – Le Bal de Sceaux. – Le Cabinet des Antiques. – Le Contrat de mariage. – La Fille aux

yeux d'or. – La Grenadière. – Illusions perdues. – L'Interdiction. – Le Lys dans la vallée. – Mémoires de deux jeunes mariées. – La Muse du département. – La Peau de chagrin. – La Rabouilleuse. – Les Secrets de la princesse de Cadignan. – Une fille d'Ève. – Un homme d'affaires. – Ursule Mirouët.

ESPARD (marquise d').
Autre étude de femme. – Le Bal de Sceaux. – Béatrix. – Le Cabinet des Antiques. – César Birotteau. – Le Contrat de mariage. – La Cousine Bette. – Le Député d'Arcis. – Les Employés. – La Fausse Maîtresse. – Gambarra. – Illusions perdues. – L'Interdiction. – Le Lys dans la vallée. – Madame Firmiani. – La Maison Nucingen. – Mémoires de deux jeunes mariées. – Modeste Mignon. – La Muse du département. – Les Paysans. – Le Père Goriot. – Sarrasine. – Les Secrets de la princesse de Cadignan. – Splendeurs et misères des courtisanes. – Une fille d'Ève. – Une ténébreuse affaire.

ESPARD (comte Clément et vicomte Camille d').
L'Interdiction. – Splendeurs et misères des courtisanes.

ESPARD (chevalier d').
Le Député d'Arcis. – L'Interdiction. – Les Secrets de la princesse de Cadignan. – Splendeurs et misères des courtisanes.

FERRAUD ou FÉRAUD (comte de, et comtesse, née Chapotel, ex-comtesse Chabert).
Le Bal de Sceaux. – Le Colonel Chabert. – Le Contrat de mariage. – Les Employés. – L'Interdiction. – Le Père Goriot.

FIRMIANI (Mme, née de Cadignan; puis Mme Octave de Camps).
Autre étude de femme. – Le Bal de Sceaux. – Le Contrat de mariage. – Les Employés. – La Femme de trente ans. – Illusions perdues. – L'Interdiction. – Madame Firmiani. – Le Père Goriot. – Les Secrets de la princesse de Cadignan. – Splendeurs et misères des courtisanes. – Une fille d'Ève.

Fontaine (baron puis vicomte de, et Mme, née Mongenod).
Le Bal de Sceaux. – L'Envers de l'histoire contemporaine. – L'Interdiction. – Modeste Mignon.

Fontanon (abbé).
Les Employés. – Honorine. – Une double famille.

Gigonnet (Bidault, dit).
César Birotteau. – Les Comédiens sans le savoir. – Le Contrat de mariage. – Les Employés. – Gobseck. – Illusions perdues. – La Maison Nucingen. – Les Petits Bourgeois. – Splendeurs et misères des courtisanes. – Une fille d'Ève. – Ursule Mirouët. – La Vendetta.

Gobseck (Jean-Esther van).
César Birotteau. – Les Comédiens sans le savoir. – Le Contrat de mariage. – Le Cousin Pons. – Les Employés. – Gobseck. – Illusions perdues. – L'Interdiction. – Les Paysans. – Le Père Goriot. – Les Petits Bourgeois. – Splendeurs et misères des courtisanes. – Ursule Mirouët.

Godeschal
Le Colonel Chabert. – Le Cousin Pons. – L'Interdiction. – La Maison Nucingen. – Les Petits Bourgeois. – La Rabouilleuse. – Un début dans la vie.

Gondreville (Malin, comte de, et comtesse).
Le Cabinet des Antiques. – Le Contrat de mariage. – Le Député d'Arcis. – La Duchesse de Langeais. – Les Employés. – La Paix du ménage. – Sarrasine. – Splendeurs et misères des courtisanes. – Un début dans la vie. – Une ténébreuse affaire.

Grandlieu (famille de).
Béatrix. – Le Contrat de mariage. – L'Enfant maudit. – La Femme abandonnée. – L'Interdiction. – Modeste Mignon. – Les Paysans. – Le Père Goriot. – La Rabouilleuse. – Splendeurs et misères des courtisanes.

Granville (comte Roger de et comtesse, née Angélique Bontems).
Adieu. – César Birotteau. – Le Contrat de mariage. – Le Cousin Pons. – Le Curé de village. – La Duchesse de

Langeais. – Les Employés. – Honorine. – L'Interdiction. – La Maison Nucingen. – Splendeurs et misères des courtisanes. – Une double famille. – Une fille d'Ève. – Une ténébreuse affaire.

HAUTESERRE (Robert et Adrien de).
Une double famille. – Une ténébreuse affaire.

JEANRENAUD (baron).
Albert Savarus. – L'Interdiction.

LANGEAIS (duchesse Antoinette de).
Le Cabinet des Antiques. – La Duchesse de Langeais. – Ferragus. – Illusions perdues. – L'Interdiction. – Le Lys dans la vallée. – Le Père Goriot. – Les Secrets de la princesse de Cadignan.

LA ROCHE-HUGON (baron puis comte Martial de).
Béatrix. – La Bourse. – Le Cabinet des Antiques. – Le Contrat de mariage. – Le Député d'Arcis. – L'Interdiction. – La Paix du ménage. – Les Paysans. – Les Petits Bourgeois. – Une fille d'Ève.

LENONCOURT-GIVRY (famille de).
Le Contrat de mariage. – La Duchesse de Langeais. – Illusions perdues. – Le Lys dans la vallée. – Madame Firmiani. – Mémoires de deux jeunes mariées. – Les Paysans. – Splendeurs et misères des courtisanes.

LISTOMÈRE (le marquis de, et la marquise, née de Vandenesse).
Le Cabinet des Antiques. – Le Contrat de mariage. – Le Curé de Tours. – Les Employés. – Étude de femme. – La Femme de trente ans. – Illusions perdues. – L'Interdiction. – Le Lys dans la vallée. – Madame Firmiani. – Mémoires de deux jeunes mariées. – Le Père Goriot. – Une fille d'Ève.

MAGUS (Élias ou Élie).
Le Contrat de mariage. – Le Cousin Pons. – Pierre Grassou. – La Rabouilleuse. – La Vendetta.

MANERVILLE (comte Paul de, et Mme, née Évangélista).
Le Bal de Sceaux. – Le Cabinet des Antiques. – Le Contrat de mariage. – Les Employés. – La Fille aux yeux

d'or. – Gambara. – Illusions perdues. – Le Lys dans la vallée. – Une fille d'Ève.

MARSAY (comte Henri de).
Autre étude de femme. – Le Bal de Sceaux. – Béatrix. – Le Cabinet des Antiques. – César Birotteau. – Le Contrat de mariage. – Le Député d'Arcis. – La Duchesse de Langeais. – La Fausse Maîtresse. – La Femme de trente ans. – Ferragus. – La Fille aux yeux d'or. – Gobseck. – Illusions perdues. – L'Interdiction. – Le Lys dans la vallée. – La Maison Nucingen. – Mémoires de deux jeunes mariées. – Modeste Mignon. – Les Paysans. – Le Père Goriot. – La Rabouilleuse. – Les Secrets de la princesse de Cadignan. – Splendeurs et misères des courtisanes. – Une fille d'Ève. – Une ténébreuse affaire. – Un homme d'affaires. – Ursule Mirouët.

MAUFRIGNEUSE (duc de, puis prince de Cadignan, et Mme, née Diane d'Uxelles).
Autre étude de femme. – Le Bal de Sceaux. – Le Cabinet des Antiques. – Le Député d'Arcis. – La Duchesse de Langeais. – Les Employés. – La Femme de trente ans. – Illusions perdues. – L'Interdiction. – Le Lys dans la vallée. – Madame Firmiani. – Mémoires de deux jeunes mariées. – Modeste Mignon. – La Muse du département. – Le Père Goriot. – La Rabouilleuse. – Les Secrets de la princesse de Cadignan. – Splendeurs et misères des courtisanes. – Un début dans la vie. – Une ténébreuse affaire. – Ursule Mirouët.

MAULINCOUR (baronne de).
Le Contrat de mariage. – Ferragus.

MAULINCOUR (baron Auguste Charbonnon de).
Le Contrat de mariage. – La Duchesse de Langeais. – Ferragus. – Le Père Goriot.

MICHONNEAU (Mlle).
Voir : POIRET aîné.

MOLINEUX
La Bourse. – César Birotteau. – Splendeurs et misères des courtisanes. – Une double famille.

MONGENOD (Mlle).
Voir : FONTAINE (baronne puis vicomtesse de).

MONGENOD (fondateur de la banque Mongenod et Cie).
Le Bal de Sceaux. – César Birotteau. – L'Envers de l'histoire contemporaine. – L'Interdiction. – Modeste Mignon. – La Muse du Département. – Les Petits Bourgeois. – La Rabouilleuse.

MONTRIVEAU (général marquis Arnaud de).
Autre étude de femme. – Le Cabinet des Antiques. – Le Contrat de mariage. – La Duchesse de Langeais. – Illusions perdues. – L'Interdiction. – Le Lys dans la vallée. – Mémoires de deux jeunes mariées. – La Muse du département. – Le Père Goriot. – Pierrette. – Les Secrets de la princesse de Cadignan.

NAVARREINS (famille de).
Le Cabinet des Antiques. – Le Colonel Chabert. – La Cousine Bette. – Le Curé de village. – La Duchesse de Langeais. – La Femme abandonnée. – Illusions perdues. – L'Interdiction. – Modeste Mignon. – La Paix du ménage. – Les Paysans. – Petites misères de la vie conjugale. – Splendeurs et misères des courtisanes.

NAVARREINS (duc de, et duchesse, née Cadignan).
Le Cabinet des Antiques. – Le Colonel Chabert. – Le Contrat de mariage. – La Cousine Bette. – Le Curé de village. – La Duchesse de Langeais. – Les Employés. – Gobseck. – Illusions perdues. – La Muse du département. – La Paix du ménage. – La Peau de chagrin. – La Rabouilleuse. – Les Secrets de la princesse de Cadignan. – Splendeurs et misères des courtisanes. – Une ténébreuse affaire. – La Vieille Fille.

NUCINGEN (Frédéric, baron de, et Mme, née Delphine Goriot).
Autre étude de femme. – Béatrix. – La Bourse. – Le Cabinet des Antiques. – César Birotteau. – Les Comédiens sans le savoir. – Le Contrat de mariage. – La Cousine Bette. – Le Cousin Pons. – Le Député d'Arcis. – Les Employés. – L'Envers de l'histoire contemporaine. – Étude de femme. – Eugénie Grandet. – La Fausse Maîtresse. – Ferragus. –

La Fille aux yeux d'or. – Gobseck. – Illusions perdues. – L'Interdiction. – La Maison Nucingen. – Melmoth réconcilié. – La Muse du département. – Les Paysans. – La Peau de chagrin. – Le Père Goriot. – Pierrette. – La Rabouilleuse. – Sarrasine. – Les Secrets de la princesse de Cadignan. – Splendeurs et misères des courtisanes. – Une fille d'Ève. – Un homme d'affaires.

PAMIERS (vidame de).
Le Cabinet des Antiques. – Le Contrat de mariage. – La Duchesse de Langeais. – Ferragus. – Splendeurs et misères des courtisanes.

POIRET aîné (et Mme, née Michonneau).
Les Employés. – L'Interdiction. – Le Père Goriot. – Les Petits Bourgeois. – Splendeurs et misères des courtisanes. – Un début dans la vie.

POPINOT (Jean-Jacques, magistrat, et Mme, née Bianchon).
César Birotteau. – L'Envers de l'histoire contemporaine. – Honorine. – L'Interdiction. – Les Petits Bourgeois. – Splendeurs et misères des courtisanes. – La Vieille Fille.

RABOURDIN (M. et Mme Xavier).
César Birotteau. – Les Employés. – L'Interdiction. – La Maison du Chat-qui-pelote. – La Maison Nucingen. – Les Petits Bourgeois.

RASTIGNAC (comte Eugène de, et Mme, née Nucingen).
Autre étude de femme. – Le Bal de Sceaux. – Béatrix. – Le Cabinet des Antiques. – Les Comédiens sans le savoir. – Le Contrat de mariage. – La Cousine Bette. – Le Député d'Arcis. – Étude de femme. – La Fausse Maîtresse. – Illusions perdues. – L'Interdiction. – La Maison Nucingen. – Melmoth réconcilié. – Modeste Mignon. – La Peau de chagrin. – Le Père Goriot. – La Rabouilleuse. – Les Secrets de la princesse de Cadignan. – Splendeurs et misères des courtisanes. – Une fille d'Ève. – Une ténébreuse affaire. – Un prince de la Bohême. – Ursule Mirouët.

ROGUIN (maître et Mme).
Autre étude de femme. – Le Cabinet des Antiques. – César Birotteau. – Le Colonel Chabert. – Eugénie Grandet. –

La Maison du Chat-qui-pelote. – La Maison Nucingen. – La Muse du département. – Les Petits Bourgeois. – Pierrette. – La Rabouilleuse. – Une double famille. – Une fille d'Ève. – La Vendetta.

RONQUEROLLES (marquis de).
Autre étude de femme. – Béatrix. – Le Cabinet des Antiques. – César Birotteau. – Le Contrat de mariage. – La Duchesse de Langeais. – La Fausse Maîtresse. – La Femme de trente ans. – Ferragus. – La Fille aux yeux d'or. – Gobseck. – Illusions perdues. – L'Interdiction. – Le Lys dans la vallée. – Les Paysans. – Le Père Goriot. – Les Secrets de la princesse de Cadignan. – Splendeurs et misères des courtisanes. – Un début dans la vie. – Ursule Mirouët.

SERISY (comte Hugret de).
Le Contrat de mariage. – La Cousine Bette. – Les Employés. – Honorine. – L'Interdiction. – Les Paysans. – Le Père Goriot. – La Rabouilleuse. – Splendeurs et misères des courtisanes. – Un début dans la vie.

SIMEUSE (les jumeaux Paul-Marie et Marie-Paul de).
L'Envers de l'histoire contemporaine. – Splendeurs et misères des courtisanes. – Une double famille. – Une ténébreuse affaire.

TEMNINCK (famille).
Le Contrat de mariage. – La Recherche de l'absolu.

TILLET (Ferdinand du et Mme, née de Granville).
Béatrix. – César Birotteau. – Les Comédiens sans le savoir. – La Cousine Bette. – Le Cousin Pons. – Le Député d'Arcis. – Les Employés. – L'Envers de l'histoire contemporaine. – La Femme de trente ans. – Illusions perdues. – L'Interdiction. – La Maison Nucingen. – Melmoth réconcilié. – La Muse du département. – Petites misères de la vie conjugale. – Les Petits Bourgeois. – Pierrette. – La Rabouilleuse. – Les Secrets de la princesse de Cadignan. – Splendeurs et misères des courtisanes. – Une fille d'Ève. – Un homme d'affaires. – Un prince de la Bohême.

TRAILLES (comte Maxime de).
Béatrix. – Le Cabinet des Antiques. – César Birotteau. – Les Comédiens sans le savoir. – Le Contrat de mariage. – La Cousine Bette. – Le Député d'Arcis. – Les Employés. – La Fausse Maîtresse. – Gobseck. – Illusions perdues. – L'Interdiction. – Le Père Goriot. – La Rabouilleuse. – Les Secrets de la princesse de Cadignan. – Splendeurs et misères des courtisanes. – Un homme d'affaires. – Un prince de la Bohême. – Ursule Mirouët.

TROMPE-LA-MORT.
Voir : COLLIN (Jacques).

VANDENESSE (comte Félix de, et Mme, née de Granville).
Autre étude de femme. – Le Bal de Sceaux. – Béatrix. – Le Cabinet des Antiques. – César Birotteau. – Le Contrat de mariage. – Le Cousin Pons. – La Fausse Maîtresse. – Gobseck. – Illusions perdues. – L'Interdiction. – Le Lys dans la vallée. – Mémoires de deux jeunes mariées. – La Muse du département. – Les Secrets de la princesse de Cadignan. – Splendeurs et misères des courtisanes. – Un début dans la vie. – Une fille d'Ève. – Une ténébreuse affaire.

VANDENESSE (Charles de, et Mme, née de Fontaine).
Le Bal de Sceaux. – Béatrix. – Le Cabinet des Antiques. – César Birotteau. – Le Contrat de mariage. – La Femme de trente ans. – Gobseck. – Illusions perdues. – L'Interdiction. – Le Lys dans la vallée. – La Maison Nucingen. – Le Père Goriot. – Les Secrets de la princesse de Cadignan. – Splendeurs et misères des courtisanes. – Un début dans la vie. – Une fille d'Ève. – Ursule Mirouët.

VAUTRIN
Voir : COLLIN (Jacques).

NOTES

UNE DOUBLE FAMILLE

1. Cette dédicace n'apparaît que dans l'édition de 1842. Nous rectifions l'orthographe du nom que Balzac écrit « Türheim ». Chanoinesse viennoise issue d'une grande famille, la comtesse Louise de Thürheim (1788-1864) avait eu une grande passion pour un jeune Français trop roturier pour qu'elle l'épousât autrement que « devant Dieu », plus jeune qu'elle de douze ans, et qui se suicida en 1832. Elle était liée avec Mme Hanska ; Balzac, qui lui avait été présenté à Vienne en 1835, l'appelait « la comtesse Loulou ».

2. Archéologues.

3. Officier civil préposé à la surveillance d'un quartier.

4. D'appointements annuels. Signalons-le ici une fois pour toutes (et le lecteur s'en souviendra particulièrement à propos du *Contrat de mariage*) : on admet communément que le « franc balzacien » représente environ 4 de nos nouveaux francs. Mais hâtons-nous de corriger cette indication : depuis Balzac le coût de la vie, les genres et niveaux d'existence, l'éventail des revenus, etc., ont tellement évolué, et dans des sens si divers, qu'il faut se garder d'attribuer à de telles équivalences une valeur trop précise. Ainsi l' « honnête employé » dont parle ici Balzac vivait sans doute un peu moins mal qu'il ne ferait aujourd'hui s'il ne devait disposer chaque mois que de 400 de nos francs.

5. Voir la note 17 du *Contrat de mariage*.

6. Le comte Roger de Granville est né en 1779 ; il aurait donc trente-six ans à l'époque de cet épisode. Quelques pages plus loin il sera désigné par les mots « le jeune homme » (voir le passage correspondant à la note 10).

7. Les coucous étaient de petites voitures publiques spécialisées dans la desserte des environs de Paris, et qui disparurent vers 1840. Ce moyen de transport fait l'objet d'une intéressante analyse dans les premières pages d'*Un début dans la vie.* On y voit que le Faubourg Saint-Denis était l'un des stationnements habituels de ces voitures, qui faisaient alors une dure concurrence aux pesants attelages des messageries régulières.

8. Fille d'Alexandre de Beauharnais et de Joséphine, épouse de Louis Bonaparte, frère de Napoléon, et par lui souveraine de Hollande, mère du futur Napoléon III, la reine Hortense (1783-1837) ne conserva le domaine de Saint-Leu que sous la première Restauration ; après 1815, elle vécut en exil.

9. En 1813.

10. Voir plus haut la note 6.

11. Étoffe légère de laine croisée.

12. L'Opéra-Comique, alors situé rue Feydeau.

13. Postillon, groom.

14. Près de l'actuelle place de la République.

15. Le port de la soutane n'était pas encore obligatoire ; il ne le devint dans le diocèse de Paris qu'en 1852. L'obligation fut abolie en 1962.

16. L'Archichancelier de l'Empire était hiérarchiquement le deuxième personnage de l'État ; il présidait la haute cour impériale, promulguait les sénatus-consultes organiques et les lois, signait les nominations dans l'ordre judiciaire et les actes de l'état civil de la maison impériale. Cette charge fut remplie par Cambacérès pendant toute la durée de l'Empire.

17. Le Grand Juge était le ministre de la Justice de l'Empire ; il dirigeait la justice et la police, et présidait la Cour de cassation dans les circonstances solennelles.

18. Fréquentation habituelle.

19. Littré : « Fig. et familièrement. L'air du bureau, les dispositions des personnes chargées d'une affaire. »

20. Empester : « Infecter de la peste ou de toute autre maladie contagieuse » (Littré).

21. Opéra-comique aimablement insignifiant, créé en 1764 ; paroles de Sedaine, musique de Monsigny.

22. Refrain d'une chanson composée vers 1720.

23. Cet adjectif exprime moins un désaccord que l'absence de toute espèce d'accord. Pour le sens, il se rapprocherait de « hétéroclite » plutôt que de « discordant ». On rencontrera le substantif correspondant dans *Le Contrat de mariage* (voir la note 41 de ce récit).

24. Il s'agit, bien entendu, de la fameuse Congrégation, association occulte religieuse et politique dont la réalité fut longtemps niée dans les milieux bien-pensants avant d'être reconnue par les historiens. Inféodée au comte d'Artois, elle vit son influence devenir prépondérante lorsque celui-ci monta sur le trône sous le nom de Charles X.

25. A quelque heure.

26. Commencé par Richelieu en 1632, il ne fut achevé qu'en 1829 par le duc d'Orléans, futur Louis-Philippe.

27. Sur cette datation, voir notre Notice.

LE CONTRAT DE MARIAGE

1. Cette dédicace apparaît dans l'édition de 1842. Balzac avait pour Rossini (1792-1868) une admiration profonde ; il mettait son génie en balance avec celui de Beethoven, en marquant cependant une préférence pour le second. Le parallèle était d'ailleurs, à l'époque, un lieu commun des conversations en milieu cultivé. Rossini est cité fort souvent dans *La Comédie humaine*, notamment dans *Massimilla Doni* où son *Mosé* fait l'objet d'une analyse poussée. Balzac l'a fré-

quenté surtout de 1830 à 1833 ; il l'avait rencontré chez Olympe Pélissier, pour qui il eut des bontés et dont le compositeur fit sa maîtresse puis sa femme.

2. Le maréchal duc de Richelieu (1696-1788), brillant militaire et grand libertin, fut gouverneur de Guyenne et Gascogne en 1755.

3. La suite du récit indiquera que Paul de Manerville était né en 1794. Quant au collège des oratoriens de Vendôme, on sait que Balzac y avait été lui-même pensionnaire (voir notre Biographie).

4. Ce titre, supprimé en 1793, rétabli par la Restauration et définitivement supprimé en 1848, équivalait à celui de général de division.

5. La Satire X, sur les femmes et le mariage, qui commence par ces deux vers : « Enfin bornant le cours de tes galanteries, /Alcippe, il est donc vrai, dans peu tu te maries. »

6. Cette institution, qui forme l'un des ressorts du récit, est définie plus loin, dans le passage correspondant à la note 37.

7. La Satire X, déjà citée un peu plus haut.

8. Balzac ne songe-t-il pas à sa propre *Physiologie du mariage*, parue en 1829 ?

9. Troupes relevant de la maison du roi. On sait que l'apparente courtoisie des Français à Fontenoy cachait un piège, les Anglais devant prendre le temps, après avoir tiré les premiers, de recharger leurs armes. Du moins est-ce l'interprétation aujourd'hui courante du mot célèbre.

10. Cette expression allait devenir surnom, puis, comme on sait (voir notre Notice), donner au récit son titre primitif. « Se dit de personnes remarquables par leur élégance, leur position, leur agrément, etc. » (Littré).

11. Balzac emploie très souvent « s'harmonier » pour « s'harmoniser » (en hésitant sur la construction du verbe avec « à » ou « avec »). Selon Littré, « harmonier », transitif, dans le sens de « mettre en harmonie », est un néologisme,

tandis que « s'harmonier », dont il cite deux exemples tirés de Bernardin de Saint-Pierre, serait un tour vieilli. La fréquence du mot dans le vocabulaire de *La Comédie humaine* est évidemment en rapport avec la notion swedenborgienne des correspondances.

12. Voir ci-après la note 15.

13. Les créoles ne sont pas des métis comme on le croit parfois, mais des individus de pure race blanche nés dans ce qu'on appelait autrefois les colonies.

14. Le mot était originairement du masculin. Mais, note Littré avec peut-être une nuance de réprobation, « des voyageurs font ce mot féminin ».

15. Paul de Manerville a été qualifié quelques pages plus haut de « Brummell bordelais ». Voilà maintenant les signes apparents de son dandysme ou plutôt de cette anglophilie ou anglomanie qui régnait dans les mœurs de la bonne société, tandis qu'une certaine anglophobie pesait sur la politique étrangère de la France. Anglomanie qui se manifeste jusque dans le vocabulaire de *La Comédie humaine*, où l'on voit Balzac préférer par exemple « comfort » à « confort », « partner » à « partenaire ». En raison de la signification morale qu'elles comportent, nous respectons, à l'occasion, ces graphies aujourd'hui tombées en désuétude.

16. Le mot est d'origine napolitaine, comme la notion qu'il désigne : c'est l'action de jeter un sort par des signes et surtout par le regard.

17. Lavater (1741-1801), pasteur et théologien suisse, spiritualiste et extatique, avait étudié dans ses *Fragments physiognomoniques* (1774) les rapports qu'il disait exister entre la structure du visage de chaque individu et sa personnalité. Gall (1758-1828), médecin allemand venu triompher à Paris en 1807, prétendait, par une science nouvelle qu'il appelait phrénologie, établir une relation directe entre les formes extérieures du crâne et les facultés, déterminées par la disposition du cerveau. De telles recherches avaient pour Balzac un intérêt primordial : elles l'aidaient à exprimer la corres-

pondance du physique et du moral de l'homme sur laquelle il fondait simultanément sa technique descriptive et sa philosophie.

18. Voir notre Annexe I.

19. Est-ce par l'effet d'un lapsus ou d'une inadvertance que l'édition de 1842, même dans l'exemplaire portant les tardives corrections autographes de Balzac, laisse subsister ce mot là où on attendrait plutôt « interversion »?

20. Non à Brouage en Saintonge, mais à Richelieu même, en Touraine.

21. Il n'y a pas nécessairement de contradiction entre les « trente années d'exercice » et la première phrase de l'alinéa : trente ans dans la carrière notariale, fût-ce comme clerc, mais vingt ans comme titulaire « en sa charge ». Rapprochons les indications de cet alinéa et celles de la première page du récit : Mathias, né en 1753, se voit conférer en 1790, comme clerc, à trente-sept ans, la gestion des biens de Manerville le père ; ce n'est que vers cette époque qu'il commence à constituer sa fortune, et il ne rachète l'étude Chesneau que vers 1802, à quarante-neuf ans. Toutefois nous ne pouvons pas demander à cette chronologie une précision trop rigoureuse ; voir ci-dessous la note 28 et le passage correspondant.

22. Ce personnage féminin de *L'Iliade*, fille de Priam et d'Hécube, avait le don de prophétie, — et n'avait à annoncer que des événements funestes.

23. Autres personnages de *L'Iliade*, le bouillant Achille et le sage Nestor représentent respectivement Solonet et Mathias.

24. « Ici et maintenant » : immédiatement.

25. Le personnage de Molière, dans la pièce du même nom.

26. L'arithmétique d'un notaire balzacien peut présenter des raccourcis déconcertants...

27. Voir plus loin le passage correspondant à la note 37. Balzac se plaît à retarder le plus possible le moment où Mme Évangélista comprendra enfin la manœuvre de Mathias.

28. Cette indication s'accorde malaisément avec la chronologie dont fait état ci-dessus la note 21.

29. Ne faudrait-il pas lire « impatiente » au lieu de « impatientée », qui subsiste néanmoins dans l'exemplaire de 1842 corrigé ?

30. La quadruple espagnole, équivalant à la double pistole ou au doublon, était alors négociable en France pour 85 francs environ, soit quelque 340 de nos nouveaux francs. Le *Discreto* vaudrait donc aujourd'hui près d'un million et demi de francs. Mais la note 4 de *Une double famille* a déjà signalé le caractère aléatoire de pareilles assimilations.

31. Mines d'argent, au Mexique.

32. En venir au fait, sans échappatoire.

33. Dans *Le Misanthrope* de Molière, acte III, scène IV. Balzac a déjà cité cette pièce un peu plus haut.

34. Balzac ne se souvient-il pas, ici encore, du *Misanthrope* et de la fameuse scène des portraits (II, IV) ?

35. Balzac a traduit lui-même, plus haut : « Cette queue n'est pas de ce chat. »

36. Voir plus bas la note 4 de *L'Interdiction.*

37. Telle est la définition du majorat que Balzac prend soin de différer depuis le début du récit, et qui a sa place parmi les ressorts de *La Comédie humaine* en général. Réorganisée en 1817 et 1825, cette institution avait pour objet de remédier dans une certaine mesure à l'émiettement des grandeurs de la fortune, de la propriété foncière et de la famille ; elle fut supprimée en 1835 par voie d'extinction. D'autre part, nul ne pouvait accéder à la pairie s'il n'était pourvu d'un majorat formé essentiellement de biens-fonds. Il existe une sorte de droit balzacien du majorat, dont M. Pierre-Antoine Perrod a donné une analyse critique dans *L'Année balzacienne* (livraison de 1968).

38. Il semble qu'on doive entendre : en le considérant comme devant devenir désormais sa victime.

39. Balzac cite sans doute de mémoire ce vers de Voltaire (*Tancrède*, acte III, scène IV), car il en modifie la ponctuation, qu'il convient de rectifier ainsi : « Il s'en présentera ; gardez-vous d'en douter. »

40. « A l'extrême du droit, injustice extrême. » Cet adage latin est ainsi commenté par Cicéron dans le *De officiis* (I, 6) : « *Exsistunt etiam saepe injuriae calumnia quadam, et nimis callida, sed malitiosa juris interpretatione. Ex quo illud* Summum jus, summa injuria *factum est jam tritum sermone proverbium.* Et même on commet souvent des injustices en se tenant trop près de la loi, en l'interprétant avec une apparence de scrupule, mais avec malignité. D'où ce mot passé en proverbe *Summum jus, summa injuria.* » Adage traduit par Racine dans *La Thébaïde* (IV, III) : « Une extrême justice est souvent une injure » (le mot « injure », avait alors, comme « *injuria* », le sens d' « injustice », qu'il a tout à fait perdu depuis).

41. « Discordance » ou « manque d'accord », plutôt que « désaccord ». On a rencontré l'adjectif correspondant dans *Une double famille* (voir la note 23 de ce récit).

42. Saint Jean Chrysostome, dénonçant ouvertement du haut de la chaire de Sainte-Sophie les désordres d'Eudoxie, impératrice d'Orient.

43. *Sic.*

44. Voir ci-dessus les notes 21 et 28.

45. *La Comédie humaine* ne nous renseigne pas sur l'issue de cette aventure orientale. Le dénouement, au demeurant, n'est pas aussi factice qu'on pourrait le croire : non pas seulement parce que les héros balzaciens ne manquent pas qui ont fait fortune en courant les mers (Charles Grandet, Charles Mignon, Gobseck, etc.), mais parce que le romancier connaissait trop bien l'exemple de son propre frère, lequel avait voulu suivre dans la même direction on ne sait quels exemples, mais pour échouer, lui, lamentablement (voir, à son sujet, la note 1 de *L'Interdiction*).

46. Il subsiste dans le rapprochement de ces chiffres quelque obscurité.

47. Alcools rectifiés à degré élevé.

48. Dont on prépare ou effectue le chargement.

49. Expression proverbiale : faire une trouvaille heureuse, — et hasardeuse.

50. Il s'agit apparemment de la tentative d'enlèvement racontée dans *La Duchesse de Langeais.*

51. La prison pour dettes.

52. Mines d'argent, en Bolivie.

53. D'une manière patente. Cet adverbe est peu usité ; Littré en donne néanmoins un exemple tiré de Chateaubriand.

54. Henri de Marsay appartenait à la société secrète de « flibustiers en gants jaunes » dont l'*Histoire des Treize* relate plusieurs aventures. Le récit auquel il est fait allusion plus haut, *La Duchesse de Langeais*, appartient, on le sait, à ce cycle.

55. Ezzelin et Medora sont des figures de Byron, respectivement dans *Lara* et *Le Corsaire*. La bande des Dix Mille, association de malfaiteurs, est à la pègre, dans *La Comédie humaine*, ce que les Treize sont à la haute société ; le chef en est Jacques Collin, dit Carlos Herrera, dit Vautrin, dit Trompe-la-Mort, animateur souterrain du *Père Goriot*, d'*Illusions perdues* et de *Splendeurs et misères des courtisanes.*

56. Destinées à recevoir les dénonciations anonymes.

57. Talleyrand était pied-bot.

58. La lettre d'Henri de Marsay est censée écrite à la fin de 1827.

59. Il n'est pas impossible que Balzac ait songé au mariage de Lamartine en inventant les circonstances de celui d'Henri de Marsay.

60. Jonchets. « Je ne te faudrai point » : je ne te ferai pas défaut.

61. Voir ci-dessus la note 52.

62. Dans l'exemplaire de 1842 portant les corrections ma-

nuscrites de Balzac, le nom de *La Belle-Amélie* est changé ici en *La Belle-Caroline*. (Avait-on remontré au romancier que la reine s'appelait Marie-Amélie ?) Mais l'auteur semble s'être désintéressé lui-même de cette correction : il ne l'a reportée nulle part ailleurs. Aussi ne croyons-nous pas devoir en tenir compte.

63. Voir ci-dessus la note 15.

64. Au sens propre, bas officier des bagnes, chargé de la garde des forçats.

65. Personnage du *Roland furieux* de l'Arioste.

66. Date de la rédaction ; voir notre Notice.

L'INTERDICTION

1. Cette dédicace n'apparaît que dans l'édition de 1844. Le contre-amiral Bazoche (1784-1853) était alors gouverneur de l'île Bourbon (aujourd'hui La Réunion), où Henry de Balzac (1807-1858), le frère du romancier, vivait dans la gêne et sans doute dans la misère.

Ce frère, doublement adultérin puisque son père véritable, Jean de Margonne, le châtelain de Saché, se trouvait lui-même marié, fut naturellement le préféré de Mme de Balzac. Honoré, qui avait cruellement souffert de son enfance brimée, devait en 1849 écrire à sa mère, avec dureté : « ... Si tu m'avais aimé comme tu as aimé Henry, je serais sans doute où il est ; et, dans ce sens, tu as été une bonne mère pour moi... » ; car le cadet adulé avait mal tourné. Paresseux, menteur, incapable, il finit en 1831 par aller chercher fortune dans les îles de l'océan Indien. Il y resta jusqu'en 1834, revint passer deux ans en France, repartit pour l'île Maurice, puis pour l'île Bourbon ; il mourut à Mayotte. Balzac lui avait dédié *Le Bal de Sceaux* en 1842.

Celui-ci écrivait à Mme Hanska le 11 décembre 1843 : « J'ai reçu de mauvaises nouvelles de mon frère à Bourbon ; sa place ne lui suffit pas pour vivre et il faut que je sollicite au ministère de la Marine pour lui en faire donner une plus lucrative ; c'est une démarche excessivement pénible. » Sans doute le ministère lui conseilla-t-il de s'adresser directement au contre-amiral Bazoche ; ce qu'il fit par une lettre du 31 décembre : il y annonçait la dédicace de *L'Interdiction* et l'envoi au gouverneur de tous les tomes déjà parus de *La Comédie humaine*, puis demandait en faveur d'Henry une proposition pour une place de commis de la marine de 2e classe.

Nouvelle lettre le 11 février 1844, sur les mêmes thèmes : « Je saisis cette occasion, ajoutait Balzac, pour vous renouveler mes remerciements et vous offrir l'expression de ma gratitude en vous priant de soutenir mon pauvre frère dans la vie un peu dure qu'il s'est faite. La mienne n'est pas encore à l'abri des coups de vent ni des contrariétés. Mon frère ne se figure pas que je suis comme un gladiateur dans le cirque, et que ce n'est pas au milieu du combat que l'on peut aider son prochain, fût-ce un frère. » On ignore si le contre-amiral Bazoche vint effectivement en aide à Henry.

2. Il s'agit de l'actuel palais de l'Élysée qui, construit au début du XVIIIe siècle, et après des affectations multiples et des remaniements divers, ne devint qu'en 1873 la résidence du chef de l'État.

3. Le récit se passe en 1828.

4. Une légende tenace veut qu'aux yeux de Balzac l'âge de trente ans soit pour une femme celui des renoncements définitifs. La remarque que fait ici Bianchon — le physiologiste attitré de *La Comédie humaine*, qualification que nous allons le voir s'appliquer à justifier — va apparemment dans le même sens. Cependant Balzac présente le plus souvent cette « maturité » des femmes comme le début de leur épanouissement : « ... A trente ans, dans toute la gloire de la beauté, riche de forces que vous ne soupçonnez pas, pleine de tendresses à donner... » (*Honorine* ; voir aussi, par exemple, la troisième partie de *La Femme de trente ans* ou la Méditation XIX de *Physiologie du mariage*). On sait que Mme de Berny avait quarante-quatre ans lorsque commencèrent ses amours avec Balzac (voir plus haut la Biographie). *Le Contrat de mariage* nous présente Mme Évangélista « dans toute la beauté de la femme à quarante ans ».

5. Racontée dans *La Maison Nucingen*, « cette histoire-là » — la troisième liquidation du banquier — avait rapporté à Rastignac un capital de quatre cent mille francs, soit au moins l'équivalent d'un million et demi de nos nouveaux francs. En 1845 il sera riche de trois cent mille livres de rente (*Les Comédiens sans le savoir*). Sur la valeur du franc balzacien, voir la note 4 d'*Une double famille*.

6. Voir la note 49 du *Contrat de mariage*.

7. Voilà.

8. Où avaient pris pension Rastignac et Bianchon, étudiants pauvres ; voir *Le Père Goriot*.

9. La forme correcte, pour le participe présent du verbe « poindre », serait « poignant » ; dans son zèle à revivifier des formes désuètes, Balzac se forgeait parfois une linguistique toute personnelle (les éditions antérieures à celle de 1844 portent « pointant », forme résultant d'une confusion assez habituelle entre « poindre » et « pointer »).

10. Homme simplet, crédule.

11. Nouvelle allusion au *Père Goriot*.

12. Aujourd'hui du cinquième arrondissement.

13. Le texte de 1844 porte « semées », qui est évidemment une coquille ; les fautes typographiques ne manquent pas dans cette édition, et Balzac ne s'est pas trop soucié de les corriger lorsqu'il l'a reprise pour en réviser le texte.

14. Des revenus éventuels. Il s'agissait essentiellement des anciens droits perçus au profit de l'État sur les mutations des charges.

15. Balzac usait volontiers de cette forme aujourd'hui oubliée, et que la langue classique employait concurremment avec « renfrogné ».
Grimé : ridé.

16. Sur l'Archichancelier de l'Empire et le Grand Juge, voir la note 17 d'*Une double famille*.

17. Le baron Pasquier (1767-1862), qui, de l'Empire à la révolution de 1848, servit avec constance tous les régimes.

18. Fonctionnaire musulman chargé non pas tant d'appliquer des articles de la loi que de régler en équité les contestations d'ordre religieux ou civil.

19. Valets de comédie, féconds en inventions et mauvais tours.

20. L'homme au petit manteau bleu : surnom populaire d'Edme Champion (1764-1852). Enrichi dans la joaillerie, il se consacra au service des pauvres à partir des dernières années de la Restauration, et s'attacha à distribuer chaque jour aliments et vêtements à quiconque se présentait. Candidat à l'Assemblée nationale en 1848, il ne fut pas élu.

21. Chaufferettes faites d'un récipient en terre cuite contenant des braises. — Se brasser : se frapper le haut du corps avec les bras pour se réchauffer.

22. A double face.

23. Il arrive très souvent à Balzac de remplacer ou d'accentuer des descriptions par des références à des œuvres picturales (avec une prédilection pour l'école hollandaise ou flamande). Cette manière de peindre non pas d'après nature mais d'après peinture est significative : ce qu'il décrit alors, c'est moins le tableau lui-même que les réactions de sa propre imagination devant le tableau contemplé ou imaginé, et son objectivité s'exerce moins à l'égard de l'objet qu'à l'égard de la qualité de la rêverie suscitée en lui par l'objet. Des exemples caractéristiques de ce procédé se rencontrent dans *La Maison du Chat-qui-pelote,* dans *La Recherche de l'absolu* et, à vrai dire, un peu partout dans *La Comédie humaine.*

24. Le mot désignait aussi certaines voiturettes à deux roues.

25. Terme générique : vos fruits. Cet emploi au singulier est aujourd'hui tombé en désuétude.

26. Il est peu vraisemblable que Popinot ait eu le temps d' « expédier » en une heure les quatre-vingts personnes dont il est question quelques lignes plus haut : il n'aurait consacré à chaque affaire que quarante-cinq secondes en moyenne.

L'ajustage des chiffres ou même des dates est parfois approximatif dans Balzac.

27. Flacon renfermant du phosphore fondu où l'on trempait des bûchettes soufrées avant de les frotter sur un bouchon pour les allumer.

28. Aujourd'hui rue de Penthièvre, dans le huitième arrondissement, entre Saint-Augustin et Saint-Philippe-du-Roule. C'était dès lors un « beau quartier ». Voir plus loin la réplique correspondant à la note 44.

29. Le médecin allemand Mesmer (1734-1815), après avoir acquis à Vienne un grand renom de guérisseur, vint en 1778 s'installer à Paris, où il demeura quelques années. Il y fut l'objet d'un vif engouement, suscité soit par des guérisons réelles, soit par le snobisme, soit par ces deux causes ensemble. Il professait une doctrine du « magnétisme animal », « moyen, selon lui, d'une influence mutuelle entre les corps célestes, la terre et les corps animés ». Il traitait à la fois plusieurs malades, lesquels, disposés autour d'un baquet où était censé s'accumuler le fluide magnétique, communiquaient avec ce dernier au moyen de tiges métalliques. Avec Gall et Lavater, Balzac regardait Mesmer comme l'un des prophètes de la philosophie à la fois physiologique et mystique dont Swedenborg était le dieu. Le mesmérisme forme le ressort essentiel du roman *Ursule Mirouët.*

30. Autre aspect essentiel de la doctrine de Balzac, qui considérait la volonté comme une sorte de fluide comparable à l'électricité (voir notamment *Louis Lambert).*

31. Négligé.

32. On sait aujourd'hui qu'elle ne vécut que de 1611 à 1650 ; mais il est exact que certains de ses biographes avaient prolongé son existence jusqu'en 1741. Le général polonais Zayonsceck (1752-1826) fut à partir de 1815 lieutenant-général en Pologne du tsar Alexandre Ier (auquel Nicolas Ier succéda en 1825). Sa femme, Française d'origine, devait mourir en 1845 (il semble qu'on ignore la date de sa naissance) ; c'est Mme Hanska qui avait entretenu Balzac de son genre de vie et de sa légende.

33. Diane de Poitiers.

34. Cornélie, mère des Gracques, disait n'avoir d'autres bijoux que ses deux fils Tiberius et Caius.

35. La duchesse de Dino et son oncle Talleyrand.

36. Pozzo di Borgo (1768-1848), Corse qui, par haine du clan Bonaparte, se fit contre la France un agent secret, efficace et redoutable au service de l'Angleterre, de la Prusse, de l'Autriche et surtout de la Russie. Après 1815 il fut ambassadeur du tsar à Paris.

37. Le duc Decazes, écarté du pouvoir en 1820, sous la pression des ultras, après l'assassinat du duc de Berry : ils lui reprochaient un certain libéralisme qu'ils rendaient responsable de l'attentat.

38. La princesse de Lieven, qui avait été en correspondance étroite avec Metternich et devait devenir l'amie de Guizot.

39. Voir la note 15 du *Contrat de mariage.*

40. L'ensemble du personnel domestique. Cette acception du mot reparaîtra plusieurs fois dans la suite du récit.

41. Dans la chaîne du Harz, à l'assemblée des sorcières, dans la nuit de Walpurgis (voir *Faust*).

42. Nous respectons ici l'orthographe de Balzac. — Un peu plus bas, le texte porte bien « à lame » et non « en lame de couteau ».

43. Voir plus haut la note 36.

44. Voir plus haut la note 28.

45. L' « épée » de Samson était la mâchoire d'âne avec laquelle il massacra mille Philistins.

46. Voir dans *Le Contrat de mariage* le passage correspondant à la note 37.

47. « Ne me touchez pas » (Évangile selon saint Jean, xx, 17).

48. Bureau dont le plateau pouvait s'élever, s'incliner et former pupitre, permettant d'y travailler debout.

49. Au point central de l'écu.

50. « Donne la part du lion » ; selon un usage fréquent, la devise est composée à partir d'un calembour sur le nom de famille. Ces armes sont reproduites, non sans quelque ambiguïté d'ailleurs, dans l'*Armorial de la Comédie humaine* établi pour Balzac lui-même et publié seulement en 1963 par les soins de Fernand Lotte (chez Garnier).

51. Un scrupule analogue forme le ressort d'une nouvelle de Balzac, *Madame Firmiani*. Un autre récit, *L'Auberge rouge*, soulève un problème comparable. M. Moïse Le Yaouanc (*L'Année balzacienne*, 1971) a rapproché l'histoire de la fortune de la famille d'Espard et un roman, *Le Tartare ou le retour de l'exilé*, paru en 1822 sous la signature de Viellerglé : ce nom désignait (ou dissimulait) une équipe de tâcherons de librairie dont Balzac fit partie ; mais M. Le Yaouanc signale cette correspondance avec la prudence qui, selon nous, s'impose lorsqu'on fait état des travaux de jeunesse du romancier.

52. Où Nodier lui succéda en 1823. Ancien jésuite, l'abbé Grozier (1743-1823) avait publié de 1777 à 1784 une *Description de la Chine* en douze volumes in-quarto. Le père de Balzac s'était quelque temps passionné pour la Chine, laquelle occupe une certaine place dans la mythologie de *La Comédie humaine*. Dans un article de 1842 dont nous reproduisons en Annexe de larges extraits, Balzac écrit : « Mon enfance a été bercée de la Chine et des Chinois par une personne chère qui adorait ce peuple étrange. Aussi, dès l'âge de quinze ans, avais-je lu le Père du Halde, l'abbé Grozier, qui fut le prédécesseur de Charles Nodier à la bibliothèque de l'Arsenal, et la plus grande partie des relations plus ou moins mensongères écrites sur la Chine. » Voir plus loin la note 9 de l'Annexe.

53. Le baron de Laubardemont (1590-1653) fut un haut magistrat implacablement dévoué aux consignes personnelles de Richelieu et tout à fait dénué de scrupules. En revanche, son contemporain Mathieu Molé (1584-1656) s'efforça de montrer plus d'indépendance et d'équité. — Il est singulier que Balzac laisse ici le dénouement en suspens, donnant à entendre que le docile Camusot, substitué à l'intègre Popinot, saura faire réussir l'intrigue de Mme d'Espard. Mais

Lucien de Rubempré nous détrompe, dans *Splendeurs et misères des courtisanes* (première partie, « Comment aiment les filles ») : « J'ai eu, dit-il, l'imprudence de raconter plaisamment, chez madame de Sérizy, devant messieurs de Bauvan et de Grandville, l'histoire du procès qu'elle faisait pour obtenir l'interdiction de son mari, le marquis d'Espard, et qui m'avait été confiée par Bianchon. L'opinion de monsieur de Grandville, appuyé par Bauvan et Sérizy, a fait changer celle du Garde des Sceaux. L'un et l'autre, ils ont reculé devant la *Gazette des Tribunaux*, devant le scandale, et la marquise a eu sur les doigts dans les motifs du jugement qui a mis fin à cette horrible affaire. » Le piquant est que la justice et la morale ne finissent par triompher que grâce à l'improbable et heureux hasard d'une rencontre mondaine. Le pessimisme de Balzac reste intact sous cet autre aspect ; mais sa cruauté doit-elle s'appeler pessimisme ?

54. Date de la fin de la rédaction et de la première publication ; voir notre Notice.

ANNEXE

1. Dans *Le Mariage de Figaro*, acte II, scène XX.

2. Geoffroy Saint-Hilaire, entre autres travaux, s'était distingué en tératologie ; il avait démontré que les formes dites monstrueuses n'étaient pas des aberrations désordonnées de la nature et restaient assujetties aux lois générales.

3. « Chercher à persuader par des raisons » (Littré).

4. La mer Morte.

5. Cet apprentissage avait été celui de Balzac lui-même ; voir plus haut la Biographie.

6. *Le Malade imaginaire*, acte I, scène VI et *passim*.

7. Sceau.

8. Son père, qui était par certains côtés un original, et qui avait des manies.

9. Sur l'abbé Grozier, voir la note 52 de *L'Interdiction*. Le P. du Halde (1674-1743), jésuite également, revit et compila deux siècles de rapports envoyés à la Compagnie de Jésus par ses missionnaires d'Extrême-Orient ; il en tira une *Description géographique, historique, chronologique, politique de l'empire de la Chine et de la Tartarie chinoise* (*1735*).

10. Victor Jacquemont (1801-1832), chargé par le Muséum d'une mission scientifique, parcourut toute l'Inde de 1828 à 1832, où il mourut à Bombay. Deux volumes de ses lettres furent publiés peu de mois après sa mort, deux autres volumes trente-quatre ans plus tard ; son *Voyage dans l'Inde* parut de 1836 à 1844, grâce à Guizot. C'était un esprit fin et vif, qui avait l'estime de Stendhal et de Mérimée.

11. De la maison mère des Missions étrangères.

12. Combes et Tamisier, après un voyage d'exploration en 1834-1836, avaient publié en 1835-1837 un *Voyage en Abyssinie, dans les pays des Gallas, de Choa et d'Ifat, précédé d'une excursion dans l'Arabie Heureuse.*

13. Le beau-frère de Balzac, Eugène Surville, ingénieur, s'était particulièrement intéressé à la question des canaux ; et, depuis une étude de Mme Anne-Marie Meininger parue en 1963 dans *L'Année balzacienne*, on sait que la conversation d'Eugène Surville a pu exercer une action sensible sur certaines des infrastructures de *La Comédie humaine*.

DU MÊME AUTEUR

Dans la même collection

LE PÈRE GORIOT. *Préface de Félicien Marceau.*

EUGÉNIE GRANDET. *Édition présentée et établie par Samuel S. de Sacy.*

ILLUSIONS PERDUES. *Préface de Gaëtan Picon. Notice de Patrick Berthier.*

LES CHOUANS. *Préface de Pierre Gascar. Notice de Roger Pierrot.*

LE LYS DANS LA VALLÉE. *Préface de Paul Morand. Édition établie par Anne-Marie Meininger.*

LA COUSINE BETTE. *Édition présentée et établie par Pierre Barbéris.*

LA RABOUILLEUSE. *Édition présentée et établie par René Guise.*

LE COUSIN PONS. *Préface de Jacques Thuillier. Édition établie par André Lorant.*

SPLENDEURS ET MISÈRES DES COURTISANES. *Édition présentée et établie par Pierre Barbéris.*

UNE TÉNÉBREUSE AFFAIRE. *Édition présentée et établie par René Guise.*

LA PEAU DE CHAGRIN. *Préface d'André Pieyre de Mandiargues. Édition établie par Samuel S. de Sacy.*

LE COLONEL CHABERT, suivi de EL VERDUGO, ADIEU, LE RÉQUISITIONNAIRE. *Préface de Pierre Gascar. Édition établie par Patrick Berthier.*

LE COLONEL CHABERT. *Préface de Pierre Barbéris. Édition de Patrick Berthier.*

LE MÉDECIN DE CAMPAGNE. *Préface d'Emmanuel Le Roy Ladurie. Édition établie par Patrick Berthier.*

LE CURÉ DE VILLAGE. *Édition présentée et établie par Nicole Mozet.*

LES PAYSANS. *Préface de Louis Chevalier. Édition établie par Samuel S. de Sacy.*

CÉSAR BIROTTEAU. *Préface d'André Wurmser. Édition établie par Samuel S. de Sacy.*

LE CURÉ DE TOURS, suivi de PIERRETTE. *Édition présentée et établie par Anne-Marie Meininger.*

LA RECHERCHE DE L'ABSOLU, suivi de LA MESSE DE L'ATHÉE. *Préface de Raymond Abellio. Édition établie par Samuel S. de Sacy.*

FERRAGUS, CHEF DES DÉVORANTS («Histoire des Treize» : 1er épisode). *Édition présentée et établie par Roger Borderie.*

LA DUCHESSE DE LANGEAIS. LA FILLE AUX YEUX D'OR («Histoire des Treize» : 2e et 3e épisodes). *Édition présentée et établie par Rose Fortassier.*

LA FEMME DE TRENTE ANS. *Édition présentée et établie par Pierre Barbéris.*

LA VIEILLE FILLE. *Édition présentée et établie par Robert Kopp.*

L'ENVERS DE L'HISTOIRE CONTEMPORAINE. *Préface de Bernard Pingaud. Édition établie par Samuel S. de Sacy.*

BÉATRIX. *Édition présentée et établie par Madeleine Fargeaud.*

LOUIS LAMBERT. LES PROSCRITS. JÉSUS-CHRIST EN FLANDRE. *Préface de Raymond Abellio. Édition établie par Samuel S. de Sacy.*

UNE FILLE D'ÈVE, suivi de LA FAUSSE MAÎTRESSE. *Édition présentée et établie par Patrick Berthier.*

LES SECRETS DE LA PRINCESSE DE CADIGNAN et autres études de femme. *Préface de Jean Roudaut. Édition établie par Samuel S. de Sacy.*

MÉMOIRES DE DEUX JEUNES MARIÉES. *Préface de Bernard Pingaud. Édition établie par Samuel S. de Sacy.*

URSULE MIROUËT. *Édition présentée et établie par Madeleine Ambrière-Fargeaud.*

MODESTE MIGNON. *Édition présentée et établie par Anne-Marie Meininger.*

LA MAISON DU CHAT-QUI-PELOTE, suivi de LE BAL DE SCEAUX, LA VENDETTA, LA BOURSE. *Préface d'Hubert Juin. Édition établie par Samuel S. de Sacy.*

LA MUSE DU DÉPARTEMENT, suivi de UN PRINCE DE LA BOHÈME. *Édition présentée et établie par Patrick Berthier.*

LES EMPLOYÉS. *Édition présentée et établie par Anne-Marie Meininger.*

PHYSIOLOGIE DU MARIAGE. *Édition présentée et établie par Samuel S. de Sacy.*

LA MAISON NUCINGEN précédé de MELMOTH RÉCONCILIÉ. *Édition présentée et établie par Anne-Marie Meininger.*

LE CHEF-D'ŒUVRE INCONNU, PIERRE GRASSOU et autres nouvelles. *Édition présentée et établie par Adrien Goetz.*

SARRASINE, GAMBARA, MASSIMILLA DONI. *Édition présentée et établie par Pierre Brunel.*

LE CABINET DES ANTIQUES. *Édition présentée et établie par Nadine Satiat.*

COLLECTION FOLIO

Dernières parutions

3460. J.M.G. Le Clézio — *Hasard* suivi de *Angoli Mala.*
3461. Joëlle Miquel — *Mal-aimés.*
3462. Pierre Pelot — *Debout dans le ventre blanc du silence.*
3463. J.-B. Pontalis — *L'enfant des limbes.*
3464. Jean-Noël Schifano — *La danse des ardents.*
3465. Bruno Tessarech — *La machine à écrire.*
3466. Sophie de Vilmorin — *Aimer encore.*
3467. Hésiode — *Théogonie* et autres poèmes.
3468. Jacques Bellefroid — *Les étoiles filantes.*
3469. Tonino Benacquista — *Tout à l'ego.*
3470. Philippe Delerm — *Mister Mouse.*
3471. Gérard Delteil — *Bugs.*
3472. Benoît Duteurtre — *Drôle de temps.*
3473. Philippe Le Guillou — *Les sept noms du peintre.*
3474. Alice Massat — *Le Ministère de l'intérieur.*
3475. Jean d'Ormesson — *Le rapport Gabriel.*
3476. Postel & Duchâtel — *Pandore et l'ouvre-boîte.*
3477. Gilbert Sinoué — *L'enfant de Bruges.*
3478. Driss Chraïbi — *Vu, lu, entendu.*
3479. Hitonari Tsuji — *Le Bouddha blanc.*
3480. Denis Diderot — *Les Deux amis de Bourbonne* (à paraître).
3481. Daniel Boulanger — *Le miroitier.*
3482. Nicolas Bréhal — *Le sens de la nuit.*
3483. Michel del Castillo — *Colette, une certaine France.*
3484. Michèle Desbordes — *La demande.*
3485. Joël Egloff — *«Edmond Ganglion & fils».*
3486. Françoise Giroud — *Portraits sans retouches (1945-1955).*
3487. Jean-Marie Laclavetine — *Première ligne.*
3488. Patrick O'Brian — *Pablo Ruiz Picasso.*
3489. Ludmila Oulitskaïa — *De joyeuses funérailles.*
3490. Pierre Pelot — *La piste du Dakota.*

3491. Nathalie Rheims	*L'un pour l'autre.*
3492 Jean-Christophe Rufin	*Asmara et les causes perdues.*
3493. Anne Radcliffe	*Les Mystères d'Udolphe.*
3494. Ian McEwan	*Délire d'amour.*
3495. Joseph Mitchell	*Le secret de Joe Gould.*
3496. Robert Bober	*Berg et Beck.*
3497. Michel Braudeau	*Loin des forêts.*
3498. Michel Braudeau	*Le livre de John.*
3499. Philippe Caubère	*Les carnets d'un jeune homme.*
3500. Jerome Charyn	*Frog.*
3501. Catherine Cusset	*Le problème avec Jane.*
3502. Catherine Cusset	*En toute innocence.*
3503. Marguerite Duras	*Yann Andréa Steiner.*
3504. Leslie Kaplan	*Le Psychanalyste.*
3505. Gabriel Matzneff	*Les lèvres menteuses.*
3506. Richard Millet	*La chambre d'ivoire...*
3507. Boualem Sansal	*Le serment des barbares.*
3508. Martin Amis	*Train de nuit.*
3509. Andersen	*Contes choisis.*
3510. Defoe	*Robinson Crusoé.*
3511. Dumas	*Les Trois Mousquetaires.*
3512. Flaubert	*Madame Bovary.*
3513. Hugo	*Quatrevingt-treize.*
3514. Prévost	*Manon Lescaut.*
3515. Shakespeare	*Roméo et Juliette.*
3516. Zola	*La Bête humaine.*
3517. Zola	*Thérèse Raquin.*
3518. Frédéric Beigbeder	*L'amour dure trois ans.*
3519. Jacques Bellefroid	*Fille de joie.*
3520. Emmanuel Carrère	*L'Adversaire.*
3521. Réjean Ducharme	*Gros Mots.*
3522. Timothy Findley	*La fille de l'Homme au Piano.*
3523. Alexandre Jardin	*Autobiographie d'un amour.*
3524. Frances Mayes	*Bella Italia.*
3525. Dominique Rolin	*Journal amoureux.*
3526. Dominique Sampiero	*Le ciel et la terre.*
3527. Alain Veinstein	*Violante.*
3528. Lajos Zilahy	*L'Ange de la Colère (Les Dukay tome II).*
3529. Antoine de Baecque et Serge Toubiana	*François Truffaut.*

3530.	Dominique Bona	*Romain Gary.*
3531.	Gustave Flaubert	*Les Mémoires d'un fou. Novembre. Pyrénées-Corse. Voyage en Italie.*
3532.	Vladimir Nabokov	*Lolita.*
3533.	Philip Roth	*Pastorale américaine.*
3534.	Pascale Froment	*Roberto Succo.*
3535.	Christian Bobin	*Tout le monde est occupé.*
3536.	Sébastien Japrisot	*Les mal partis.*
3537.	Camille Laurens	*Romance.*
3538.	Joseph Marshall III	*L'hiver du fer sacré.*
3540	Bertrand Poirot-Delpech	*Monsieur le Prince*
3541.	Daniel Prévost	*Le passé sous silence.*
3542.	Pascal Quignard	*Terrasse à Rome.*
3543.	Shan Sa	*Les quatre vies du saule.*
3544.	Eric Yung	*La tentation de l'ombre.*
3545.	Stephen Marlowe	*Octobre solitaire.*
3546.	Albert Memmi	*Le Scorpion.*
3547.	Tchékhov	*L'Île de Sakhaline.*
3548.	Philippe Beaussant	*Stradella.*
3549.	Michel Cyprien	*Le chocolat d'Apolline.*
3550.	Naguib Mahfouz	*La Belle du Caire.*
3551.	Marie Nimier	*Domino.*
3552.	Bernard Pivot	*Le métier de lire.*
3553.	Antoine Piazza	*Roman fleuve.*
3554.	Serge Doubrovsky	*Fils.*
3555.	Serge Doubrovsky	*Un amour de soi.*
3556.	Annie Ernaux	*L'événement.*
3557.	Annie Ernaux	*La vie extérieure.*
3558.	Peter Handke	*Par une nuit obscure, je sortis de ma maison tranquille.*
3559.	Angela Huth	*Tendres silences.*
3560.	Hervé Jaouen	*Merci de fermer la porte.*
3561.	Charles Juliet	*Attente en automne.*
3562.	Joseph Kessel	*Contes.*
3563.	Jean-Claude Pirotte	*Mont Afrique.*
3564.	Lao She	*Quatre générations sous un même toit III.*
3565.	Dai Sijie	*Balzac et la Petite Tailleuse chinoise.*

Composition Bussière
et impression Bussière Camedan Imprimeries
à Saint-Amand (Cher),
le 10 janvier 2002.
Dépôt légal : janvier 2002.
1er dépôt légal dans la collection : janvier 1973.
Numéro d'imprimeur : 020143/1.
ISBN 2-07-036302-3./Imprimé en France.

11424